KNAUR

Über die Autorin:
Ivonne Keller, geboren 1970 nahe Frankfurt a. M., begann 2008 zu schreiben. Ihre Kurzgeschichten wurden mit mehreren Preisen ausgezeichnet. Ihr 2012 als Knaur eBook erschienener Roman »Hirngespenster« erhielt begeisterte Leserstimmen.
Mehr Informationen zur Autorin unter www.ivonne-keller.de.

Ivonne Keller

Hirngespenster

Roman

KNAUR

Es handelt sich bei dieser Taschenbuchausgabe um eine leicht überarbeitete Fassung des eBooks »Hirngespenster«, erschienen im Knaur eBook 2012.

Besuchen Sie uns im Internet:
www.knaur.de

Wenn Ihnen dieser Roman gefallen hat und Sie
auf der Suche sind nach ähnlichen Büchern, schreiben Sie uns
unter Angabe des Titels »Hirngespenster« an:
frauen@droemer-knaur.de

FSC
www.fsc.org
MIX
Papier aus verantwortungsvollen Quellen
FSC® C083411

Vollständig überarbeitete Taschenbuchausgabe September 2014
Knaur Taschenbuch

Ein Unternehmen der Droemerschen Verlagsanstalt
Th. Knaur Nachf. GmbH & Co. KG, München.

Dieses Werk wurde vermittelt durch die Agentur
EDITIO DIALOG, Dr. Michael Wenzel.
Redaktion: Gisela Klemt, Lüra Klemt & Mues GbR
Umschlaggestaltung: ZERO Werbeagentur, München
Umschlagabbildung: © Elisabeth Ansley/Trevillion Images
Satz: Adobe InDesign im Verlag
Druck und Bindung: CPI books GmbH, Leck
ISBN 978-3-426-51549-5

2 4 5 3 1

Für meine vier Jungs.
Ihr seid die Besten!

Vorbemerkung

Die Namen der im Text erwähnten Medikamente sind frei erfunden.

Die Wirkungsweisen jedoch nicht.

Prolog

In dem Moment, als ich mit dem Kopf auf den Beton aufschlug, bereute ich, Anna niemals gesagt zu haben, wie sehr ich sie bewunderte. Hätte ich es mal getan, befände ich mich jetzt vielleicht gar nicht in dieser vertrackten Situation. Dann hätte ich eventuell einfach abtreten können.

Mit einer Hand fummle ich am Verschluss meines Sicherheitsstuhls, in der anderen halte ich einen Becher mit Auslaufschutz. Damit ich hier am Küchentisch nicht umkippe, haben sie mir ein Stützkissen hinter den Rücken geklemmt. Nie hätte ich gedacht, dass ich so was noch mal erleben muss! In der einen Minute ist man noch im Vollbesitz seiner körperlichen Fähigkeiten, und in der nächsten findet man sich um Jahrzehnte zurückgeworfen wieder, bringt nicht mal mehr ein deutliches Wort über die Lippen!

Allein wenn ich mich in der Küche umschaue, könnte ich schreien. Auf meinem Sideboard steht eine chinesische Vase. Früher stand die dort nicht. Und überhaupt, alles hier ist vollkommen verändert. Inklusive meine Wenigkeit. Die Wände sind farbig gestrichen. Die Küche ist neu. Im Wohnzimmer liegt ein grüner Teppich.

Mir läuft der Sabber aus dem Mund, aber das ist auch schon egal – ich habe ohnehin keine Kontrolle darüber. Es ist mir auch niemand böse, sie lächeln und wischen mir das Kinn ab, von Anfang an. Mit meiner Körperbeherrschung steht es nun mal nicht zum Besten, genauso wenig wie mit meinen Gedanken, aber von denen ahnt ja sowieso keiner was. In meinen Tagträumen verfolge ich Sabinas Hausarbeit oder Nils' und Oles Spiel, ohne dass ich merke, wie die Zeit vergeht. Und wenn ich dann mal den Mund aufmache, um auch etwas zu einer Unterhaltung beizutragen oder Nils und Ole eine Anweisung zuzurufen, lalle ich nur.

Statt »Macht mit eurem Ball bloß nicht diese hässliche Vase kaputt!«, kommt mir ein solch abscheuliches Kauderwelsch über die Lippen, dass es mir sofort wieder die Sprache verschlägt. Peinlich ist das, so peinlich, dass ich manchmal vor Verzweiflung weine. Oder schreie. Keiner versteht, warum ich schreie; sie glauben, ich hätte Wutanfälle oder Krämpfe – keiner begreift, was wirklich mit mir los ist. Und dann wird wieder der Arzt konsultiert, man mache sich Sorgen wegen dieser Schreierei. Der weiß natürlich auch keine Lösung; das werde sich sicher geben, sagt er.

Vor ein paar Monaten, als ich zu mir kam, fand ich mich in einem gesicherten Bett wieder und begriff nicht, was mit mir passiert war. Ich war eine vollkommen andere. Keine Silvie Jakobi, berufstätige Mutter zweier Söhne, nein, ein hilfloses Geschöpf. Dass ich sogar Windeln trug, muss ich sicher nicht extra erwähnen. Johannes saß stundenlang bei mir und streichelte meine Hand – genauso wie Sabina. Ausgerechnet sie! Ich habe sie fast nicht erkannt. Auf den Fotos war sie natürlich viel jünger.

Am Ende hat er also doch noch bekommen, was er immer wollte.

Ich schielte die beiden aus halbgeschlossenen Lidern an, sah zu, wie sie sich küssten und in den Arm nahmen, und hatte ansonsten keine Chance, mich bemerkbar zu machen: Schläuche traten aus meiner Nase, und Medikamente flossen durch eine Kanüle in meinem Körper. Abgesehen davon, dass ich mich sowieso nicht gerade wie neugeboren fühlte.

Im Gegensatz dazu ist meine jetzige Situation das Paradies.

Wenn ich mich wenigstens besser bewegen könnte! Den Verschluss meines Stuhls kriege ich auch mit beiden Händen nicht auf. Allerdings, selbst wenn es mir gelänge, würde ich sowieso nur auf den Boden knallen. Da sehe ich mir lieber meinen Trinkbecher genauer an und versuche, ihn zu öffnen. Aber es gelingt mir nicht, selbst wenn ich die Zähne zu Hilfe nehme. Meine Finger weigern sich, die einfachsten Tätigkeiten auszuführen. Sabina ist das egal; sie lässt mich Ewigkeiten hier herumsitzen, während sie die Küche in Ordnung bringt. Immer schön arbei-

ten, fleißig wie eine Biene. Anna würde mit jemandem in meiner Situation bestimmt anders umgehen, wobei – sie wüsste ja genauso wenig, was mit mir los ist. Aber sie ist sowieso nicht da, und ich frage mich, was aus ihr geworden ist. Wieso kommt sie niemals hier vorbei? Wenigstens wegen Nils und Ole, immerhin ist sie ihre Tante.

Jetzt will Sabina mich schlafen legen, wie jeden Mittag um diese Zeit. Sie hat die Spülmaschine fertig eingeräumt, nimmt mir den Becher aus der Hand und macht den Verschluss meines Stuhls auf. Und egal, ob ich mit den Armen rudere oder nicht, sie bringt mich ins Bett, deckt mich zu und macht das Licht in meinem Zimmer aus. Sie schert sich nicht um meine Meinung, und auch sonst keiner.

Das Zimmer, in dem ich untergebracht bin, war früher mein Arbeitszimmer. Johannes und Sabina haben es in trauter Zweisamkeit für mich hergerichtet, dieses alberne Bett hineingeschoben und den Schreibtisch rausgetragen. So ändern sich die Zeiten. Und nun liege ich hier und versuche einzuschlafen – was bleibt mir anderes übrig? –, und ich wünschte, Anna wäre bei mir. Ach, Anna!

Silvie

Anna pflegte zu sagen, ich sei gebildet. Ich weiß, was sie meinte. In Wirklichkeit meinte sie *ein*gebildet, aber sie sagte es nicht. Anna ist »nur« Hausfrau, und sie sagte das immer so, als wären es meine Worte, dabei hätte ich solch eine Unachtsamkeit nie in den Mund genommen. Im Gegenteil, ich bewundere Frauen wie Anna, die sich voll und ganz der Familie widmen, denn ich denke, für Kinder ist das schön. Doch nur weil es nichts für mich war, dachte sie, ich sähe auf sie hinab.

Dabei habe ich meine große Schwester immer bewundert. Als Kind sah ich neben ihr aus wie ein verstrubbeltes Pony neben einem glänzenden Stallpferd – aber sie nahm es nicht wahr, ich war die Kleine. Anna entschied, dass sie Querflöte lernte und ich Geige. Ich war begeistert, wie von allem, was Anna vorschlug. Wir übten nachmittags gemeinsam auf unseren Instrumenten. Oft genug spielte unser Vater dazu auf dem Klavier, und Anna rief strahlend: »Wir gründen mal eine Band!«

Das wollte ich auch! Auch wenn die Geige mir gar nicht lag, ich gab mir alle Mühe mit dem Instrument, konnte ihm aber kaum einen sauberen Ton entlocken. In einer Band mit meiner Schwester, zwei Brüder wären unsere Ehemänner, und zu viert wären wir wie ABBA!

Nach einigen Wochen schlug unser Vater vor, dass ich mich besser an der Gitarre versuchte, sie entspräche vielleicht mehr meinem Charakter. Anna hörte es nicht gern. »Gitarre passt nicht zu Querflöte«, stellte sie fest und machte ein enttäuschtes Gesicht. Fortan übten wir getrennt, aber ich durfte weiterhin abends ihr dunkles Haar bürsten, mich danach zu ihr ins Bett kuscheln und stundenlang mit ihr flüstern und kichern. Sie erzählte die schönsten Gruselgeschichten, die man sich denken konnte.

Wir dachten, das Leben ginge immer so weiter. Wir wuchsen miteinander auf, eine Selbstverständlichkeit in unseren Augen, wir würden größer werden und älter, das Geheimnis der Erwachsenenwelt in weiter Ferne. Als Anna sich schwach fühlte und nicht am Sportunterricht teilnehmen konnte, schob man es auf die Pubertät, auf die hormonelle Veränderung. Dass sie blass aussah und keinen Appetit hatte ebenso. Die Blutuntersuchung war reine Routine, eine Pflichterfüllung von Hausarzt und Eltern – man wollte sich nichts vorwerfen müssen. Dann der Anruf des Arztes, das erschrockene Gesicht meiner Mutter, das Knibbeln an den Fingernägeln während des Telefonats und die geflüsterten Worte: »Uniklinik. Noch heute? In Ordnung.«

Dass Anna an Leukämie erkrankt war, war für mich kein Grund, nicht weiter zu ihr aufzuschauen. Ganz im Gegenteil. Doch für sie änderte sich alles.

Ich begriff zuerst nicht, was für eine Krankheit das war, die meine strahlende Anna in ein dünnes, glatzköpfiges Mädchen verwandelte, das nicht mehr lächelte. Einmal wagte ich, meine Eltern ängstlich zu fragen, ob auch »etwas ganz Schlimmes« passieren könnte. Sie blinzelten stumm, waren den ganzen Tag über nicht mehr ansprechbar. Da konnte ich mir den Rest schon denken. Ich gewöhnte mir ab, zu fragen, und versuchte, Anna bei meinen Besuchen in der Klinik aufzuheitern, indem ich ihr erzählte, dass eine ihrer Freundinnen in Hausschuhen in die Schule gekommen war, doch sie sah durch mich hindurch. Abends in meinem Zimmer legte ich ABBA auf und grübelte stundenlang. Der Gedanke, dass das Schicksal ein frühes Ende für meine Schwester vorgesehen haben könnte, grub sich täglich tiefer in mir ein, machte es sich dort bequem wie eine Katze im

Heuhaufen. Ein Leben ohne Anna konnte ich mir einfach nicht vorstellen. Ich hatte keinen Appetit mehr, genauso wenig wie sie. Ich dagegen kotzte nicht.

Als man sie nach fast einem Jahr Klinikaufenthalt als vorerst geheilt, aber glatzköpfig und wimpernlos entließ, stand ich an der Schwelle zur Pubertät und war so groß wie sie. Sie sah sich in meinem Zimmer um, betrachtete schweigend die Poster von The Police und fragte: »Wo sind denn die ABBA-Poster hingekommen?«

Ich schluckte. »Weg. Ich … ähm … höre jetzt was anderes.«

Wortlos verließ sie mein Zimmer, und ich eilte ihr hinterher. »Soll ich dir mal eine Platte von denen vorspielen? Die sind super!«

Sie blieb stehen und blickte mich unter ihrer braunen Perücke böse an. »Hättest du nicht auf mich warten können? Ich bin älter als du und kann nichts dafür, dass ich Leukämie hatte. Nicht nur, dass du jetzt andere Musik hörst. Du bekommst auch noch einen Busen!«

»Entschuldigung«, flüsterte ich.

Spätestens ab diesem Moment ahnte ich, dass es zwischen uns nie mehr so werden würde wie früher. Ein Stück meiner alten Anna war mit der Chemo zerstört worden, unwiederbringlich.

Während Anna nach ihrem Realschulabschluss in einer Schneiderlehre aufging, und es so aussah, als hätte sie endlich wieder ein wenig Spaß am Leben, wechselte ich zum Ende ihrer Ausbildung auf die Oberstufe und lernte dort ein Jahr später Johannes kennen. Ich stand auf Pink Floyd und trug selbstgestrickte Pullover und Camelboots, während Anna Ballerinas und filigranen Silberschmuck trug. Ich konnte viele Beatles-Songs auf der Gitarre spielen und war deshalb auf jeder Spontanparty am Ufer eines der umliegenden Seen gern gesehen; selbst die Jungs sangen lauthals mit, wenn sie gekifft hatten. Johannes hatte die elfte Klasse in den USA verbracht – in seinen Kapuzenpullis und mit seiner Baseballkappe passte er überhaupt nicht zu unserem Trupp aus Jutetaschenträgern. Die Jungs, mit denen ich auf Partys knutschte und die mir beibrachten, wie man eine Bierflasche mit dem Feuerzeug öffnet, trugen speckige Jeans und löchrige T-Shirts und jobbten an Tankstellen. Er schloss sich uns an, indem er sich in den Pausen zu uns in die Raucherecke gesellte. Die Arme verschränkt, lauschte er unseren Gesprächsthemen, die wir für intellektuell hielten: Politik, Umweltschutz, Emanzipation. Ich fragte mich, warum er unsere Nähe suchte, wo wir doch seine tollen Erfahrungen, die er in Amerika gemacht hatte, nicht teilten. Er hatte die große weite Welt gesehen, wir nur die kleine Welt zwischen Hanau und Büdingen. Ich dachte, er wird sich bald seinesgleichen suchen.

Aber er wusste gar nicht, wer seinesgleichen war.

Eines Sommerabends auf einer Party am Seeufer rief er plötzlich über die Köpfe aller hinweg: »Hey, Silvie!«

Ich sah von der Gitarre auf und strich mir eine blonde Haarsträhne aus der Stirn. »Kannst du *Wish you were here* von Pink Floyd spielen?«, fragte er hoffnungsvoll, aber es klang für mich dennoch von oben herab, so nach dem Motto: Kannst du doch eh nicht!

Ich bedachte ihn mit einem Zucken der Augenbraue und antwortete: »Aber nur, wenn du mitsingst.«

Dann begann ich mein Spiel. Es lag mit Sicherheit am Haschisch, dass mir kein einziger Patzer unterlief. Besonders das Intro hat es in sich; ich hatte es ewig üben müssen und war oftmals daran verzweifelt. An diesem Abend konnte ich den Song von vorn bis hinten ohne einen einzigen Fehler durchspielen. Johannes sang nicht mit. Er wischte sich verstohlen die Augen, aber ich war nicht so borniert zu glauben, mein Spiel rührte ihn.

An diesem Abend gewann er mein Herz; ich wusste, wie sich Verlust anfühlt.

Er sprach mich an diesem Abend nicht noch einmal an; um genau zu sein, verschwand er grußlos, nachdem ich fertig war. Doch ich hatte bei ihm einen Stein im Brett, er grüßte mich nun in den Pausen. Er kam jetzt öfter zu unseren Partys, ohne jedoch nochmals einen Musikwunsch zu äußern.

Eines Abends, als wir im Wagen meiner Mutter unterwegs zu einer Disco waren, saß er vorn neben mir. Zwar hatte ich keine Gitarre dabei, ich fuhr ja auch, aber wir sangen alle lauthals zu The beautiful Souths *Song for whoever*. Aus einer Laune heraus beugte ich mich zu ihm hinüber und fragte: »Sag mal, wie hieß eigentlich deine Freundin in Amerika?«

Johannes schaute stur geradeaus. Hatte er mich überhaupt gehört?

»Sabina«, verriet er schließlich.

Ich steuerte weiter und summte bei den anderen mit. Sabina. Ich fragte mich, wie sie aussah. Blond, wie ich? Brünett? »Das hört sich gar nicht amerikanisch an«, bemerkte ich.

Er nickte. »Ihre Mutter ist Deutsche. Spricht auch perfekt Deutsch.« Dann schwieg er wieder. Plötzlich tippte er mir auf den Arm. Erstaunt drehte ich den Kopf zur Seite.

»Wenn du magst, besuch mich doch mal. Ich kann dir Bilder zeigen.«

»Gern«, nickte ich und lächelte zaghaft.

An diesem Abend sah ich ihn zum ersten Mal tanzen.

Ein paar Tage später fuhr ich zu ihm nach Hause und staunte nicht schlecht. Hanau ist nicht gerade ein schönes Städtchen, und das ist noch schmeichelhaft ausgedrückt. Er jedoch wohnte in einer Villa im nobelsten Stadtteil.

Mit offenem Mund stieg ich aus dem Auto. Das Haus stand zurückgesetzt auf einem leicht ansteigenden Grundstück. Vorn zur Straße hin gab es ein schweres, gusseisernes Tor, und ich legte zaghaft den Finger auf die Klingel. Fast erwartete ich einen

Butler, der mir das Tor öffnen würde – es ertönte jedoch lediglich ein Summer. Ich erinnere mich noch daran, wie Johannes mir die Tür öffnete und mich seiner Mutter vorstellte, die im Wohnzimmer Blumen goss. Ich betrachtete sie verstohlen, sie sah aus wie eine Schauspielerin, eine Berühmtheit aus einer Zeitschrift, und nicht wie eine ganz normale Mutter. Alles an ihr wirkte gepflegt und edel, genauso wie das Innere des Hauses. Ich hatte noch nie solch edle Vorhänge gesehen. Sie streckte mir die Hand entgegen.

»Du bist also Silvie? Freut mich.«

Ich schüttelte ihre Hand und brachte gerade mal ein schüchternes »Hallo« zustande, bevor Johannes mich weiter in sein Zimmer führte.

Da es keine andere Sitzgelegenheit gab, ließ ich mich auf einer Ecke seines Bettes nieder und schaute mich um. Der Raum war nicht besonders groß, aber wie sich herausstellte, gehörten ihm auch ein angrenzendes kleines Badezimmer sowie ein Raum mit Schreibtisch und braunem Ledersessel. Die Möbel waren alt – ich hätte sie als Antiquitäten eingestuft.

Er folgte meinem Blick und sagte: »Das Zeug ist von meinem Vater. Ist gestorben, als ich klein war.«

»Oh«, sagte ich und nickte, schob das Bettzeug beiseite, damit ich besser sitzen konnte, und fragte mich, was wohl mit seinem Vater passiert war.

Offenbar spiegelten sich meine Gedanken auf meinem Gesicht wider, oder aber er war es gewohnt, diese Fragen früher oder später zu hören. Er sagte: »Er war zwanzig Jahre älter als meine Mutter. Sie waren nur fünf Jahre verheiratet. Meine Mutter machte eine große Erbschaft, und die restlichen Verwandten redeten nicht mehr mit uns.«

Oha, dachte ich und fragte: »Kannst du dich noch an ihn erinnern?«

Er schüttelte den Kopf. »Nö. Ist halt so. Hab ich eben nur eine Mutter, ist auch okay.«

Ich nickte und sah mich weiter um. An der dem Bett gegenüberliegenden Wand standen zwei große, ebenfalls alte Regale, auf denen alles kreuz und quer lag, darunter etliche Baseballkappen. Er hatte ja immer diese Sportklamotten an, Nike größtenteils, von Kopf bis Fuß, die obligatorische Baseballkappe fehlte nie. Ich war mir nicht sicher, ob ich ihn gut finden sollte, rein äußerlich.

Er griff neben seinem Bett nach einem Fotoalbum und schlug es auf. Ein Mädchen mit glänzenden schokobraunen Haaren und hellbraunen Augen strahlte mich an. Ihr Gesicht war mit Sommersprossen übersät, die Zähne blitzten weiß, sie riss die Arme in die Höhe, als riefe sie »Tadaaa!« Johannes blätterte weiter. Auf den folgenden Seiten vollführte das Mädchen anmutige Turnübungen auf einer grünen Wiese, sie schlug Rad, machte einen Handstand. Dazu stets dieses sympathische Lachen, der schlanke Körper verrenkte sich anmutig, und ich sank mit jedem weiteren Foto mehr in mich zusammen. Auf der letzten Seite des Albums gab es ein Bild von ihm und ihr, sie strahlten um die Wette. Johannes lugte mit seinen braunen Augen schelmisch unter dem Schirm der Baseballkappe hervor, sie lachte lauthals, die kinnlangen Haare umrahmten ihr Gesicht. Sie sahen aus wie zwei Werbeamerikaner – den beiden hätte man alles abgekauft. Dass sie Cheerleaderin war, ahnte ich nicht, ich hielt das für ein Klischee aus amerikanischen Filmen. Er sah geradezu so aus, als könne auch er lauthals lachen – was ich persönlich noch nie erlebt hatte.

»Danke, dass du mir die Bilder gezeigt hast«, sagte ich und sah ihn mitfühlend an. Ihm kullerte eine Träne über die Wange, und er schloss die Augen.

»He, Johannes«, sagte ich und strich ihm mit meiner Hand über die Wange. Da schluchzte er, und seine Unterlippe zitterte.

Es sah nicht hübsch aus, aber so verletzlich, so rührend. Ich konnte nicht anders, als ihn in den Arm zu nehmen – jeder hätte das getan. Und während ich seinen Kopf streichelte, wollte ich nichts anderes, als ihn zu trösten. Ich wischte mit dem Daumen seine Tränen weg, eine nach der anderen, doch ich kam nicht nach, er weinte immer mehr, bis es schließlich seinen ganzen Körper schüttelte.

So lagen wir eine halbe Stunde beisammen, ein Freund und eine Freundin. Mehr war nicht, wobei das natürlich schon eine Menge ist. Er war noch nicht mal mein Typ – ein langhaariger Motorradfahrer hätte weitaus besser zu mir gepasst als dieses Söhnchen aus gutem Hause. Ich hätte mich auch mit ihm geschämt, auf keinen Fall wollte ich meinen Eltern und Anna einen Freund vorstellen, der ihnen gefiel. Nie im Leben! Dass er sich an meiner Schulter ausheulte – für mich war das so etwas wie eine Ehre und eine Bestätigung meines besonders ausgeprägten Einfühlungsvermögens. Mit neunzehn genügte mir das.

So ging es bis zu den darauffolgenden Sommerferien. Ich wusste mittlerweile alles über Sabina. Sie war neben zwei Brüdern das Nesthäkchen seiner deutsch-amerikanischen Austauschfamilie und hatte den Auftrag, von dem netten Jungen aus Deutschland ein bisschen das »Deutsch der heutigen Jugend« zu lernen. Johannes hatte dadurch jede Menge Gründe, viel Zeit in Sabinas Zimmer zu verbringen. Jeden Dienstag- und Donnerstagnachmittag lagen sie sich in den Armen, bis die Mutter von der Arbeit nach Hause kam. So lange, bis seine Lippen schmerzten und Sabinas Kinn rot leuchtete. Und beide wund waren zwischen den Beinen, das brauchte er mir nicht zu sagen. Nachdem er ein halbes Jahr in den USA war, verunglückte einer von Sabinas Brüdern tödlich. Für Sabina brach eine Welt zusammen, doch Johannes fing sie auf. Ich konnte mir vorstellen, wie sie das zusammengeschweißt hatte und dass er noch immer an sie dachte. Doch eines Tages überraschte er mich mit der Aussage, er wolle Sabina endlich vergessen. Er hatte erfahren, dass sie einen neuen Freund hatte, einen Typen aus der Footballmannschaft. Doch obwohl er sie angeblich vergessen wollte, hing ihr Foto weiterhin neben seinem Bett. Was mich nicht störte, wir waren nur Freunde. Darüber hinaus hatten wir kein Interesse aneinander.

Dies änderte sich schlagartig, als ich meinen Schlabberpulli ab- und mir einen Jeansrock und ein enges Oberteil zulegte. Ich wollte mal etwas Neues ausprobieren.

»Was ist denn mit dir los?«, fragte er, als ich auf einer Party eintrudelte. »Warst du beim Zahnarzt?«

Ich tippte mir an die Stirn. »Johannes, ich glaube, es ist alles neu an mir – alles, bis auf meine Zähne«, antwortete ich und gesellte mich zu meinen Freundinnen, die mein Outfit bewunderten. Die meisten hatten längst ihre Ökophase hinter sich. Johannes kam mir hinterher und berührte mich an der Schulter.

»Sorry, Silvie. Keine Ahnung, wie ich auf Zahnarzt gekommen bin!« Er grinste verlegen. »Du siehst gut aus, wirklich. Gefallen mir, deine neuen Klamotten.«

Ich hob die Schultern. »Ist schon gut.«

Trotzdem fixierte er mich noch den ganzen Abend, und obwohl ich es nicht wollte, fühlte ich, wie mir die Röte in die Wangen stieg. Hallo? Ich war noch die Gleiche wie vorher!

Allerdings scharwenzelten auch die anderen Jungs an diesem Abend auffällig um mich herum. Wahrscheinlich lag ich – aus heutiger Sicht – doch recht aufreizend in der Gegend herum, mit meinem kurzen Jeansrock und dem darunter hervorblitzenden schwarzen Slip.

Johannes ließ mich nicht aus den Augen. Egal, in welchen Raum der Party ich wechselte, ich konnte sicher sein, dass er kurz darauf folgte.

»Hallo Patrouille«, sagte ich, als er erneut hinter mir stand. Er drehte mich zu sich herum und hielt meinen Blick fest. Ich blinzelte und sah zuerst weg. Mir war noch nie aufgefallen, dass er so schöne braune Augen hatte. Manchmal reicht das, um mit jemandem nach Hause zu gehen.

Am nächsten Morgen fiel mein Blick durch meine zerzausten Haare auf Sabinas Bild an der Wand. Sie strahlte mich mit ihren weißen Zähnen an; ihr schokoladenfarbenes Haar glänzte in der Sonne, und ich fühlte mich wie ein Straßenköter. Johannes war schon wach. Er stützte sich auf den Ellbogen und folgte meinem Blick.

»Denkst du noch oft an sie?«, fragte ich.

Er hielt unwillkürlich die Luft an und hob schließlich die Schultern. Es folgte ein langer Seufzer.

Dann fuhr er mich nach Hause.

Tagelang dachte ich an diese Nacht zurück. An seine Hände, wie sie mich gestreichelt hatten, und an seine Lippen, die mich geküsst hatten. An den Sex. Aber ich konnte unmöglich zu ihm gehen, ihn anrufen – wir waren Freunde, und was passiert war, musste ein Versehen gewesen sein. Er schien es auch so zu sehen, er rief mich ebenfalls nicht an.

Als wir uns schließlich in unserer Stammdisco trafen, gab es mir einen Stich, der mir zunächst ins Herz fuhr, anschließend in den Bauch und dann zwischen die Beine. Wir grüßten kurz, er mit einem Nicken, ich hob meine Bierflasche. Unauffällig verfolgte ich jeden seiner Schritte. Er quatschte an diesem Abend mit vielen Mädchen und lachte oft. Er, der sonst nie lachte, scherzte und schäkerte mit einem Mädchen aus dem Deutsch-Leistungskurs, wie ich es noch nie bei ihm erlebt hatte. Dann wandte er sich Nicole zu, die ich noch nie hatte leiden können, und kitzelte sie unterm Kinn. Trank ein Bier. Er – der sonst nie etwas anrührte! Schließlich legte er seine Hand zwischen ihre

Schulterblätter und schob sie wie selbstverständlich zur Bar, bestellte etwas. Ich hatte einen Kloß im Hals. Gleichzeitig regte sich Trotz in mir. Umständlich bahnte ich mir den Weg durch die tanzende Menge und tippte ihm auf die Schulter. »Hi, Johannes.«

Er schien überrascht, dass ich zu ihm gekommen war. »Ach, Silvie! Na, alles klar?«

Ich schüttelte den Kopf. »Irgendwie nicht. Ich meine ...« – ich deutete auf Nicole – »... was ist denn mit Sabina?«

Er blickte mich überrascht an. »Was soll mit ihr sein?«

»Pff!«, machte ich, ließ ihn stehen und stürmte aus der stickigen Diskothek ins Freie – es war warm draußen, die Nächte waren nicht mehr so kühl wie noch zwei Wochen vorher. Vor dem Gebäude steckte ich mir eine Zigarette an und kramte nach meinem Autoschlüssel – ich hatte genug gehört. Im selben Moment trat er aus der Tür, schaute sich suchend um und kam dann zu mir rüber. »Sag mal – bist du noch ganz dicht?«

Ich gab keinen Ton von mir.

»Also weißt du!«, schnauzte er. »Was ist denn los mit dir? Erst meldest du dich nicht, und kaum siehst du mich, stellst du mich stasimäßig zur Rede. Was sollte die Frage nach Sabina? Ich bin nicht mehr mit ihr zusammen, fast schon ein Jahr nicht mehr, das weißt du doch!«

»Aber du denkst noch an sie!«, rief ich.

Er sah kurz zu Boden, dann fuhr er sich mit der Zunge über die Lippen. »Silvie, das Leben muss doch weitergehen. Sie ist mit diesem Footballtypen zusammen – ich lebe hier in Deutschland. Ich muss mich schließlich auch weiterentwickeln.«

»Na dann. Viel Spaß beim Entwickeln«, wünschte ich und lief los zu meinem Auto.

Er eilte mir hinterher und hielt mich am Arm fest. »Ich weiß nicht, was du willst!«, rief er. »Du machst ständig mit allen möglichen Typen rum. Wieso soll ich leben wie ein Mönch, nur weil ich vielleicht manchmal noch an Sabina denke?«

Ich konnte nur den Kopf schütteln und versuchte, mich von ihm loszumachen – aber er hielt mich fest, zwang mich, ihn anzusehen. »Hatte es nur mit Sabina zu tun, dass du mich nicht angerufen hast?«

Ich sagte noch immer nichts, blickte ihn nur herausfordernd an. Er hätte mich doch auch anrufen können!

»Sag doch mal was, Mensch! Was sollte die Aktion eben? Du hast dich aufgeführt, als wärst du eifersüchtig, und jetzt kriegst du die Klappe nicht auf und rennst weg!« Ich stand da und konnte nichts sagen. Ich wollte ihn küssen und ihn in mir haben, sehnte mich nach seinen Händen, wollte ihn riechen und schmecken – aber mich anbiedern, nein, das wollte ich nicht. Er hob die Schultern, ließ mich stehen und ging wieder hinein. Ich blickte ihm hinterher, nahm seinen federnden Gang wahr, den festen Hintern. Eine Weile lang atmete ich schwer die stehende Luft der lauen Sommernacht in mich ein, zog an meiner Zigarette und hatte Flugzeuge in meinem Bauch. Er sah so süß aus, seitdem er die Baseballkappe nicht mehr trug.

Vielleicht würde er Sabina ja vergessen. Das Leben musste weitergehen, er hatte es selbst gesagt.

Drinnen sah ich mich suchend um, stromerte durch den ganzen Laden – aber er war nirgends zu entdecken. Nur diese Nicole stand an der Bar mit ihrem Gin Tonic und hob die Augenbrauen. »Suchst du den Johannes?«, fragte sie.

»Nö«, sagte ich, »ich hab was vergessen.«

Sie grinste. »Ja, klar.«

Ich sah zu, dass ich wieder zum Ausgang kam, und genau dort stand er. Mit verschränkten Armen lehnte er an der Wand neben der Ausgangstür und legte den Kopf schräg. »Du bist ja immer noch hier.«

Ich trat vor ihn hin. »Bitte komm mit. Bitte«, sagte ich.

Er nickte.

Ich fuhr einhändig. Meine rechte Hand lag auf dem Schritt seiner Jeans, und ich genoss es, wie er unter mir hart wurde.

Am nächsten Morgen betrachtete ich wieder Sabinas Foto an der Wand und fasste mir ein Herz. »Meinst du, du könntest es abhängen?«, fragte ich. »Es vielleicht woanders aufstellen?«

Johannes antwortete mit einem Kuss.

Mein Alltag besteht aus Essen und Schlafen. Zwischendurch werde ich gewaschen und gekämmt – das hasse ich. Mit dem Kamm zerren sie so forsch an meiner Kopfhaut, dass ich laut protestiere. Dabei könnte ich es selbst tun. Man belächelt mich. Ich soll mich nicht so anstellen, sagt man, und macht munter weiter. Anschließend schieben mich Johannes oder Sabina raus an die frische Luft, das soll mir angeblich guttun. Vorher geht's die Treppe hinunter, zuerst mein fahrbarer Untersatz, danach ich. Sabina ist immer völlig aus dem Häuschen, wenn wir draußen unterwegs sind. Alles Mögliche will sie mir zeigen. »Guck mal, ein Baum; wie schön die Blätter im Wind wackeln«, flötet sie. Und ständig fummelt sie an mir herum. Zupft an meiner Kleidung und an meiner Decke, richtet mich auf, wenn ich in mich zusammensinke. Ich kann es nicht leiden, wenn sie das tut. Ich habe es lieber, wenn Johannes sich um mich kümmert – von ihm lasse ich mir alles gefallen, auch, dass er mich in den Arm nimmt und wiegt, wenn es mir nicht gutgeht und ich über meine Lage verzweifelt bin. Dass ich hier mit den beiden zusammenleben muss, hätte ich mir in meinen schlimmsten Alpträumen nicht ausgemalt. Sabina sagte neulich, sie sei ja so glücklich, dass sie uns alle habe. Unglaublich ist das. Dabei hätte ich auch ein bisschen Glück verdient. Noch dazu war ich so kurz davor. Manchmal gehen wir zu einer Gruppe von Leuten, die in der gleichen Situation sind wie ich. Alle dort fangen wieder bei Adam und Eva an – alles, was wir jemals beherrscht haben, ist aus unseren Köpfen und Körpern ausgelöscht. Uns eint das gleiche Schicksal, zumindest vermute ich das. Keiner merkt, was wirklich mit uns los ist und dass wir alles mitkriegen, was um uns herum passiert, auch wenn wir lallen oder sabbern. Sabina beklagt in dieser Runde häufig, dass ich zu viel schreie. Beifälliges Nicken begleitet ihre Schilderungen, was mich mitunter so zornig macht, dass ich mich erneut in Rage bringe. Davon wird Sabina ganz nervös, streichelt mir über den Rücken und über den Kopf, doch das beruhigt mich keineswegs. Im Gegenteil. Und zu Hause beklagt sie sich dann bei Johannes, dass ich offensichtlich keine ihrer Zuwendungen ertrage, wo sie doch alles für mich tue. Das wurmt sie natürlich. Wenn ich wieder sprechen kann, werde ich die Sache aufklären. Wenn, denn bisher bin ich meilenweit davon entfernt. Genauso weit wie von einer einzigen motorischen Glanzleistung. Aber ich arbeite daran. Die Ärzte sagen, ich sei möglicherweise etwas bequem. Bequem? Das ist wirklich unverschämt. Wie gern würde ich einmal allen hier die Meinung geigen!

Stattdessen hänge ich meinen Erinnerungen nach und denke darüber nach, was geschehen ist, seit ich Anna das letzte Mal sah. Und wann es begann, dass sie mir zusehends entglitt.

Anna

Anna fuhr mit den Kindern zum Einkaufen in den Supermarkt, wie jeden zweiten Tag. Sie parkte immer in der ersten Reihe links vom Eingang in der Tiefgarage. Wenn dort nichts frei war, wartete sie ab, bis jemand wegfuhr. Das konnte manchmal eine Weile dauern, aber es war wichtig, auf einem dieser Plätze zu stehen. Kein anderer Platz kam in Frage. Heute hatte sie Glück, es war einer in ihrer Reihe frei, als sie in die Garage kam. Sie fuhr in die Parklücke und schaltete den Motor aus – eins –, legte den ersten Gang ein – zwei – und zog den Schlüssel ab – drei –. Dann atmete sie tief durch, wandte sich zu den Kindern um und erkundigte sich betont gut gelaunt: »Fertig, Mädels?«

»Ja!«, riefen Emma und Clara, Luna nickte zustimmend.

Während sie die Mädchen abschnallte, zählte sie wieder: Bei eins drückte sie den Gurtöffner, bei zwei nahm sie die Gurte von den Schultern und bei drei half sie Clara aus dem Sitz. Luna und Emma kletterten schon selbständig heraus, aber für das Klettern zählte Anna auch eine Drei. Innerlich, selbstverständlich. Es war das Einzige, was sie zur Ruhe brachte, das Zählen. Egal, welche Tätigkeit sie ausführte: Alles ließ sich in drei Schritte aufteilen. Und wenn es mal mehr Schritte waren, dann teilte sie sie durch drei: Duschen zum Beispiel, das hatte insgesamt siebenundzwanzig Schritte, neun mal drei. In die Duschwanne steigen – eins –, Wasser andrehen – zwei –, Temperatur prüfen – drei. Unter dem laufenden Wasser stehen – eins –, Wasser abstellen – zwei –, Shampoo auf die Handfläche geben – drei. Shampoo ins Haar reiben – eins –, Brause anstellen – zwei –, Shampoo auswaschen – drei – und so weiter. Sie hatte längst aufgegeben, sich das abzugewöhnen. Eine Zeitlang hatte sie es versucht, aber wofür? Immerhin kam sie dadurch zur Ruhe. Und dann mal ehrlich: andere rauchten. Was war wohl das schlimmere Laster? Oder tranken, konnten nicht damit aufhören. Sie selbst rührte weder Zigaretten noch Alkohol an. Das Einzige, was sie sich hin und wieder gönnte, war eine Beruhigungstablette. Tablettenstreifen nehmen – eins –, Tablette rausdrücken – zwei –, Tablette in den Mund legen – drei. Schranktür öffnen, Glas rausnehmen, Schranktür schließen. Wasserflasche greifen, aufdrehen, eingießen. Flasche abstellen, Glas zum Mund führen, schlucken. Glas hinstellen, zum Stuhl gehen, sich hinsetzen. Warten, bis sie wirkte.

Meist ging es sehr schnell; der Nebel setzte sich auf die Gedanken, und die Nerven beruhigten sich. Sie trank viel, es war gesund. Wasser reinigte und beschleunigte den Blutkreislauf. Diese Vorstellung gefiel ihr.

Anna öffnete den Kofferraum – eins –, lud den Buggy aus – zwei – und setzte Clara, die laut protestierte, hinein – drei.

Silvie behauptete, Nils protestiere nie, wenn man ihn in den Kinderwagen lege; er werde gern gefahren. Er war ja auch noch ein Baby. Außerdem hatte Silvie keine Ahnung, sah alles locker. Schon als Kind hatte sie sich nicht um die Meinung anderer geschert, hatte den Lehrern Hefte mit Eselsohren präsentiert und Mama und Papa zerrissene Hosen. Ihre Art, lauthals zu singen, wo sie ging und stand, später ihre Hemmungslosigkeit den Jungs gegenüber, die sie ansprach und anfasste, als sei nichts dabei. Manchmal hatte Silvie sogar versucht, sie bloßzustellen, sagte »Das ist meine Schwester Anna« und hatte die Lacher auf ihrer Seite gehabt, weil keiner sich vorstellen konnte, dass sie aus demselben Stall kamen. Die Rockerin und das Mauerblümchen.

Heutzutage war es nicht anders. Silvie meinte, sie sei etwas Besonderes mit ihrem Job bei der Frankfurter Rundschau, wo sie vermutlich nichts weiter tat, als anderen mit ihrer Besserwisserei auf die Nerven zu gehen. Dabei hatte sie den Job nur über Papa bekommen. Da Nils den ganzen Tag in der Krippe war, führte sie ein ruhiges Leben. Hatte eine Putzfrau, die die Hausarbeit für sie erledigte. Bekam keine Anrufe von Ärzten, die um Rückruf baten.

Anna strich mit beiden Händen ihr dunkles Haar hinter die Ohren – eins –, straffte die Schultern – zwei –, betrat mit einem Schritt den Supermarkt – drei – und zählte weiter jeden ihrer Schritte. Clara war als Vierjährige an sich schon zu groß für den Buggy, aber ohne war an einen normalen Einkauf nicht zu denken. Überhaupt stellte ein normaler Einkauf eine immer größere Herausforderung dar. Allein die viele Zeit, die sie dafür benötigte! Erst einmal das Parken. Unter Umständen wartete sie eine halbe Stunde auf den freien Platz. Dann irrte sie durch die Gänge, so wie jetzt, um irgendwelche Produkte zu suchen. Auf das Zählen musste sie sich hierbei besonders konzentrieren. Zuerst alle Gänge auf der rechten Seite und danach die auf der linken. Oft vergaß sie das ein oder andere, dann ging es mit der ganzen Bande wieder auf die andere Seite, hin und her, bis sie endlich alles beisammen hatte. Luna war mit ihren sechs Jahren auch keine große Hilfe, sie krallte sich ängstlich am Buggy fest, so dass Anna nicht nur diesen, sondern auch Luna schieben musste. Manchmal konnte sie nicht anders, als das Kind anzufahren, es solle endlich einmal loslassen. Trotzdem griffen die kleinen Fingerchen immer wieder nach dem Wagen, bis sie daraufschlug. Dann unterließ Luna es wenigstens. Und Emma, die bei allen Artikeln fragte: »Wofür ist das hier? Wie viel kostet das? Darf ich das ins Netz legen?« Und gleichzeitig Clara, die permanent versuchte, aus ihrem Kinderwagen auszusteigen, sobald Anna an einem Regal stehen blieb – es war eine Tortur. Und dann die Kasse. O Gott, die Kasse! Schlangen überall. Manchmal lähmte es sie regelrecht, wenn sie sich für die richtige Kasse entscheiden musste. Es musste die schnellste sein, allein schon wegen Clara. Doch für welche Kasse sie sich auch entschied, es war immer die langsamste. So auch heute. Kaum hatte sie sich für eine entschieden – die Kassiererin kannte sie, sie arbeitete zügig, nicht so wie manch andere Trantüte, die im Zeitlupentempo die Artikel über den Scanner zog –, ging auch hier wieder alles schief. Anna legte ihre Waren aufs Band – eins – zwei – drei –, und dann war es schon so weit: Die Papierrolle war alle. Unmöglich konnte sie den Vorgang des Bandwechselns abwarten; mit zusammengebissenen Zähnen räumte sie alles wieder ein und hastete unter neugierigen Blicken zur Nachbarkasse, an der weniger Betrieb zu herrschen schien. Doch kaum hatte sie dort ihren Einkauf aufs Band gelegt, ging es an der vorherigen auch schon weiter, während an ihrer die Kassiererin zum Mikro griff: »Fünf acht drei. Artikelnummer fehlt.«

War sie verflucht?

Emma zupfte an ihrem Arm. »Ich muss mal!«

»Du siehst doch, dass ich erst noch bezahlen muss!«, zischte sie und versuchte, die Beherrschung zu bewahren.

»Ich muss aber ganz dringend!«, rief Emma.

Annas Handy klingelte. Sie warf einen hektischen Blick aufs Display; wie befürchtet, war es Matthias. Er hasste es, wenn sie nicht ranging. Doch sie konnte jetzt unmöglich telefonieren! Die Kassiererin blickte sie erwartungsvoll an, die Artikelnummer war längst eingegeben, am Ende der Kasse türmten sich ihre Einkäufe, und das Handy bimmelte weiter. Die Leute hinter ihr begannen die Köpfe nach ihr zu recken, weil sie bewegungsunfähig auf den Boden starrte.

»Geh doch mal zur Seite!«, schrie sie schließlich Luna an, die beständig an ihrer Jacke herumfummelte – warum das Kind sie stets befingern musste und so nah an sie heranrückte, wusste kein Mensch! Sie schwitzte. Oh, verdammt noch mal, und wie sie schwitzte. Geldbeutel rausholen, Karte rausholen, der Kassiererin geben. Anna versuchte, sich zu beruhigen. Gleich war alles überstanden, sie musste nur noch einpacken.

»Was ist mit dem Zeug da?«, fragte die Kassiererin und deutete auf den Buggy. Anna beugte sich nach vorn und stieß einen Schrei aus. »Clara!« Im Schoß ihrer Tochter lagen Schokoriegel und Kaugummipäckchen, dazwischen ein Flachmann Chantré. Ich kann nicht mehr, dachte Anna und atmete hektisch. Und dann wieder Lunas Finger, die nach ihr griffen, und Emma, die weinte: »Ich hab Pipi gemacht!« Ein Rinnsal wand sich zu Emmas Füßen, sie weinte, und Clara schrie: »Isss will raaaauuus!«

Plötzlich legte jemand von hinten eine Hand auf Annas Schulter, und die Stimme einer älteren Dame raunte: »Ganz ruhig, junge Frau, sie hyperventilieren ja!« An die Kassiererin gewandt rief die alte Dame: »Geben Sie mir eine Plastiktüte, schnell!«

Die Kassiererin tat wie geheißen und beobachtete erschrocken, wie die alte Dame Anna routiniert die Plastiktüte vors Gesicht hielt und beruhigend auf sie einredete: »– Eeeein – aaaaus – eeeeein – aaaaaus. Atmen Sie weiter. Ich räume Ihre Einkäufe ein und kümmere mich um die Mädchen. Du« – sie deutete auf Luna – »hilfst mir bitte beim Einpacken. Und du« – sie zeigte auf Emma – »hörst auf zu weinen, das ist nicht so schlimm und kann jedem mal passieren. Und Sie«, wandte sie sich an die Kassiererin, »besorgen jemanden, der das hier wegwischt.« Die Kassiererin nickte und rief über das Mikro: »Fünf acht drei, bitte einen Wischmopp an die Kasse.«

Die Dame schob Anna mitsamt dem Buggy beiseite und legte gemeinsam mit Luna die Waren in das Kinderwagennetz. Anna lief mit der Tüte vor dem Mund in Richtung Ausgang. Dass die ältere Dame selbst noch Einkäufe auf dem Band hatte, bedachte sie nicht – kopflos rannte sie aus dem Gebäude und lief zu einer Bushaltestelle, die sich gegenüber der Einfahrt zum Supermarkt befand. Unter den neugierigen Blicken der Fahrgäste setzte sie sich mit ihrer Einkaufstüte vor dem Mund auf einen freien Platz und atmete. – Ein – aus – ein – aus – ein – aus. Schließlich öffnete sie mit zittrigen Fingern die Handtasche und nahm verstohlen eine ihrer Pillen heraus, die sie ebenfalls unter neugierigen Blicken hinunterwürgte. Drei Busse hielten und fuhren wieder ab. Dann erst fielen ihr die Mädchen wieder ein. O Gott, dachte sie und sprang auf. Um ein Haar erfasste sie ein herannahender Bus. Ein Herr ergriff ihren Arm und rief: »Hoppla, junge Frau!« Anna stürzte auf die andere Straßenseite und lief in den Supermarkt zurück. Die ältere Dame wartete mit den dreien an einem elektrischen Rennauto und sah Anna besorgt entgegen.

»Entschuldigen Sie bitte, ich brauchte dringend frische Luft! Ich … es tut mir wirklich furchtbar leid, und, also, vielen Dank auch, dass Sie auf meine Kinder achtgegeben haben!«

Die Dame reichte Anna ihr Portemonnaie und sagte: »Keine Ursache. Zum Glück hatten Sie genügend Bargeld.« Sie blickte Anna fragend an. »Denken Sie, Sie kommen zurecht?«

Anna rang sich ein Lächeln ab. »Die Nerven«, sagte sie. »Ich weiß auch nicht, was mit mir los war! Das ist mir noch nie passiert, das können Sie mir glauben. Ist nicht mein Tag heute!«

»Vielleicht gehen Sie doch besser zum Arzt, wissen Sie … Vielleicht bekommen Sie eine Kur verschrieben. Mit den drei Kindern sind Sie ja wirklich einer großen Belastung ausgesetzt.«

Anna nickte, nahm Clara unter Protestgeheul aus dem Rennwagen – eins –, setzte sie gewaltsam in den Buggy – zwei – und schnallte sie fest – drei.

»Ich rufe meinen Arzt an, sobald ich zu Hause bin, das ist wirklich mal ein guter Tipp«, antwortete sie. Dann nahm sie Emma an die Hand, die weinend und in noch immer nasser Hose neben dem Rennwagen saß.

»Wir gehen«, sagte sie. »Und vielen Dank noch mal.«

Luna trottete hinter ihr her.

Es war ein Tag wie jeder andere. Wenn sie nur die Rückrufbitte des Arztes ausblendete. Und wofür bitte brauchte sie eine Kur? Alles war in Ordnung. Ab und zu eine kleine Pille, und alles war wieder im Lot. Ganz einfach. Es gab lediglich hin und wieder Situationen wie diese, die sie kaum zu handhaben vermochte. Morgens zum Beispiel, wenn sie die Mädchen für den Kindergarten fertig machen musste. Matthias war der Morgen heilig, er wollte nicht gestört werden. Er hatte einen harten Tag vor sich und einen Kaffee im Bett verdient, den er sich selbst machte, ohne sie jemals zu fragen, ob sie vielleicht auch einen wollte. Erst nachdem er diesen getrunken hatte, setzte er sich an den gedeckten Frühstückstisch und warf einen Blick in die Tageszeitung. Dass er dabei gern seine Ruhe haben wollte, war verständlich. Aber die Situation so zu gestalten, dass sie Matthias' Anerkennung fand, verlangte Anna alles ab. Es war kaum möglich. Zu irgendeinem Moment des Frühstücks – meistens wenn Anna versuchte, die Brote für Schule und Kindergarten zuzubereiten – donnerte er los: »*Sit down*, Clara! Luna, *stop humming! And* Emma, *eat your toast!*« Immer dieses Englisch. Fast schämte sie sich für ihn, wenn er so sprach. Dabei hatte sie es früher bewundert. Mehr als einmal war es geschehen, dass sie, ohne die Brote fertig zu haben, fluchtartig mit den Mädchen das Haus verließ – nur weg von Matthias. Sie konnte auf dem Weg zum Kindergarten etwas für die Kinder kaufen. Doch unterwegs vergaß sie es, zu hektisch waren der morgendliche Berufsverkehr und die Parkplatzsituation, und wenn sie die Kinder abholte, hieß es von der Erzieherin: »Emma und Clara hatten heute wieder kein Frühstück dabei, Frau Ziegler. Könnten Sie bitte in Zukunft darauf achten?«

Sie versprach es jedes Mal. Einmal sagte die Erzieherin: »Clara hat erzählt, sie konnte heute auch zu Hause nichts frühstücken.«

»Ach?«

»Ja. Sie hat gesagt, sie hatte keine Zeit. Und sie hatte auch nichts dabei.«

»Das ist ja schade«, war alles, was Anna dazu hatte sagen können.

»Ja. Das ist schade. Besonders für die Kinder, Frau Ziegler.«

Seitdem schaffte sie es kaum mehr, die Kinder ohne Angst vom Kindergarten abzuholen. Besonders, wenn es mit dem Frühstück nicht geklappt hatte. Aber ohnehin war die Abholsituation unerträglich. Alle starrten sie an. Buchstäblich. Sobald sie das Foyer betrat, verstummte jedes Gespräch. Die Kinder gehorchten nicht. Wie eindringlich auch immer sie Emma und Clara bat, bitte ihre Schuhe anzuziehen und sich fertig zu machen: Sie zeigten keinerlei Reaktion. Kaum hatte sie schließlich eine der beiden am Arm zur Bank gezerrt, um ihr zu helfen, balgte sich die andere mit einem anderen Kind oder schrie, sie müsse aufs Klo. Und so viele Augenpaare schauten zu. Meist kam sie ohnehin auf den allerletzten Drücker, weil sie oft zuvor eine halbe Stunde lang zu Hause am Tisch saß, unfähig, sich zu rühren. Dabei wollte sie nur ein paar Momente lang die Ruhe im Haus genießen, die Ordnung – um dann den Nachmittag mit den Kindern hinter sich zu bringen. Oft genug war sie versucht, den Mädchen bereits nach ihrer Ankunft zu Hause die erste Tablette zu geben, aber meist half es schon, wenn sie zwischendurch selbst eine nahm. Wenn sie selbst ruhiger war, erschienen ihr auch die Mädchen ruhiger.

Mit Unbehagen erinnerte sie sich an einen Abend noch vor Nils' Geburt, als sie Silvie angerufen hatte. Sie hatte hören wollen, wie es um die Schwangerschaft stand – spontan und ohne nachzudenken, hatte sie sie auf ihre Terrasse eingeladen, hatte gedacht, sie könne sich mit ihr unterhalten wie mit einer ganz normalen Schwester. Erst nach Silvies überraschender Zusage sah sie sich im Haus um und stellte mit Schrecken fest, dass Emma und Clara wieder alles unordentlich gemacht hatten. Unmöglich hätte sie Silvie das Haus in diesem Zustand präsentieren können. Sie brachte die Kinder zu Bett und räumte dann in Windeseile das ganze Haus auf, alles Herumliegende stopfte sie in die Schränke, selbst die Sofakissen rückte sie noch zurecht, wienerte Spüle und Anrichte. Silvie sollte bloß nicht denken, sie hätte ihren Alltag nicht im Griff. Doch dafür zu sorgen, dass niemand merkte, was sie durchmachte, war fast nicht zu schaffen.

Eigentlich hatte sie die Tabletten nur nehmen wollen, solange die Kinder klein und unverständig waren und alles ausräumten. Nicht im Traum hätte sie gedacht, dass sie mit dem Älterwerden noch anstrengender wurden! Ohne ihre Pillen ging es gar nicht mehr. Und ausgerechnet an jenem Abend, als Silvie zu Besuch gekommen war, waren ihr die Tabletten ausgegangen. Dabei hätte sie schwören können, dass noch eine ganze Schachtel in ihrem Nachtschränkchen lag; sie wollte niemals ohne Reserveschachtel sein, schon aus Prinzip nicht. Aber an dem Abend, kurz bevor Silvie klingelte, waren keine Tabletten zu finden gewesen. Immer wieder war sie von der Terrasse ins Haus gelaufen, hatte nachgesehen, ob sie nicht doch noch irgendwo eine fand. Doch es war keine da gewesen, und die Angst vor einer Nacht ohne Tabletten war ihr ins Herz gekrochen, sie war kaum mehr in der Lage gewesen, der Unterhaltung mit Silvie zu folgen, die sie über Matthias und ihr Verhältnis zu den Nachbarn ausgequetscht hatte und irgendwann endlich gegangen war. Und dann hatte Anna doch noch eine Tablette in ihrem Portemonnaie entdeckt. Gott sei Dank, denn es war ja gerade auch die Angst vor dem Gerede der Nachbarn, die sie so unter Strom setzte. Allen voran Christine Brückner, von der sie wusste, dass sie sie verabscheute – bereits beim Einzug hatte sie Matthias gegen Anna aufbringen wollen, indem sie gegen deren Wunsch wetterte, einen kleinen Teich in ihrer Gartenhälfte anzulegen. Verantwortungslos sei das, in Anbetracht dessen, dass die Kinder im Garten umherliefen und es keinen Zaun gab, der sie vorm Ertrinken schützte. Und ihr Mann Thomas, der Bauunternehmer war oder Gartenpfleger und seit eh und je die Gestaltung des Gartens verantwortete, hatte mit einer Handbewegung das Thema Teich einfach weggewischt.

Inzwischen war sie froh darüber, denn die Lebhaftigkeit der Kinder hatte sie tatsächlich unterschätzt. Und Matthias – er war im Laufe der Jahre immer später nach Hause gekommen, dann, wenn er sicher sein konnte, dass die Kinder im Bett waren.

»Das mache ich nicht mehr mit, Anna«, hatte er eines Tages gesagt, als eine der drei eine Hand voll Rührei in die Loombank geschmiert hatte. Er legte seine Serviette beiseite, stand auf und sagte: »Wenn alles weg ist und die drei Teufel im Bett sind, kannst du mich anrufen.« Seitdem kam er nicht vor 21 Uhr nach Hause, meistens später. Allerdings – wenn er nicht da war, war die Lage sowieso besser. Sie stand dann nicht so unter Strom – wer konnte ihr das verdenken? Früher war er weiß Gott besserer Laune gewesen als in letzter Zeit, seit die Geschäfte schlecht liefen. Seit drei Monaten war es ihm nicht gelungen, auch nur ein einziges Objekt zu verkaufen, und das war schlichtweg eine Katastrophe. Für alles. Für alle. Aber darüber wollte und konnte sie nicht nachdenken. Sie hatte ihm helfen wollen, über Silvie. Silvie brauchte doch ein Haus! Aber nein, sie war sich für Bad Homburg zu schade. Zu spießig! Dabei hätte es ihr gutgetan, ihre Schwester in der Nähe zu haben, auch wenn Silvie auf sie herabsah, weil sie nicht so gebildet war wie sie. Genauso wie Christine Brückner, die ihr scheinheilig das Du angeboten hatte. Glaubte wohl, Anna merke nicht, wie sie jeden Morgen, wenn Matthias das Haus verließ, rein zufällig mit ihren beiden Töchtern auch aus dem Haus ging. Wollte demonstrieren, dass sie die taffere Mutter war, im doppelten Sinne: schicker und schneller. War jeden Morgen wie aus dem Ei gepellt, wohingegen Anna es kaum schaffte, sich das Haar zu kämmen. Jede Minute, die sie zu lange im Bad verbrachte, nutzten Emma und Clara, um das blanke Chaos anzurichten, aber es ging nicht, dass sie ihnen schon am Morgen eine halbe Tablette gab. Einmal hatte sie das getan, und prompt hatte die Erzieherin im Kindergarten sie darauf angesprochen. »Frau Ziegler«, hatte sie beim Abholen geschmunzelt, »die beiden wirkten heute wie sediert!«

Anna hatte nur gelacht und mit dem Zeigefinger gewedelt. »Keine schlechte Idee, die zwei sind manchmal ganz schön lebhaft.« Und prompt kam der Tipp der Erzieherin: »Lassen Sie sie doch mal auf ADHS testen.«

Gar nichts ließ sie testen, es reichte schon, dass sie selbst zum Arzt musste. Dass Emma und Clara nicht ganz normal waren, wusste sie auch so. Schon als Babys waren sie nicht zu beruhigen gewesen, Clara noch weniger als Emma. Und immerzu Matthias' Blicke: Du hast die Kinder nicht im Griff. Dabei war er es gewesen, der darauf gedrängt hatte, drei Kinder zu bekommen. Sie hatte nur zwei gewollt! Aber nein, in den Bad Homburger Maklerkreisen machte es sich gut, wenn man sich ein drittes Kind anschaffte.

»Ich habe drei zu Hause«, pflegte er zu sagen und hatte stets die anerkennenden Blicke auf seiner Seite. Eigenheim, Frau, drei Kinder.

Sie selbst war ja auch stolz auf das, was sie sich geschaffen hatten, aber die ständige Sorge! Keiner hatte sie vorgewarnt, was für entsetzliche Sorgen man sich um Kinder machte. Es verging kein Tag, an dem sie nicht darüber nachdachte, dass eine der drei sterben könnte. Immer wieder malte sie sich das Szenario aus: Sie kam in die Diele, und Emma lag in einer Blutlache am Fuß der Treppe. Oder Clara baumelte von der Zimmerdecke, ein umgefallener Stuhl zu ihren Füßen. Und dann gab es die Stimmen, die ihr sagten, es wäre das Beste, Emma und Clara wären nie geboren worden. Es wäre alles so viel leichter, so viel besser zu ertragen. Luna als Einzelkind – wie gern wäre sie dann Mutter. Auch wenn

Luna dumm war, aber das waren sie alle drei. Egal, wie sehr Anna sich den Mund fusselig redete und die Kleinen beschwor, sie sollten nicht alle Spiele aus den Regalen oder alle Kleider aus dem Kleiderschrank räumen, nicht alle Shampooflaschen in den Ausguss ausleeren oder ihre Stifte und Malbücher in die volle Badewanne werfen – sie machten, was sie wollten. Lachten! Und immer wieder Matthias' verbissenes Gesicht. Wie er, den Mund zu einer geraden Linie zusammengepresst, im Türrahmen lehnte und sie von oben bis unten betrachtete, wie sie dastand, mit zerzaustem Haar und den schreienden Kindern. Sie selbst schrie auch manchmal so laut, dass sie meinte, ihr versage die Stimme.

»Du bist wie eine Furie«, hatte er einmal festgestellt, und ihr geraten, sie solle etwas einnehmen. Fast hätte sie gelacht. Das tat sie doch!

Schließlich hatte sie sich etwas Stärkeres besorgt. Und seitdem, zugegebenermaßen, lief es besser. Nicht nur bei ihr, nein, auch bei den Mädchen. Die einzige Nebenwirkung waren die Alpträume. Solche Alpträume hatte sie nie zuvor gehabt. Bereits kurz nach dem Einschlafen machte sich oft das Grauen breit, eine Art Monster, das sich mit lautem Rauschen näherte. Die Tentakel eines riesigen Etwas griffen in diesem Rauschen nach ihr, und alles, was sie tun konnte, war schreien. Sie schrie manchmal so laut, dass Matthias ihr den Mund zuhielt, und oft genug kam Luna gelaufen. Schrecklich war das. Andererseits: Die Tage waren besser. Sie hatte die Angst einigermaßen im Griff. Die Angst vor den Kindern, vor den Schulden, vor der Nachbarin und vor Matthias.

Anna atmete tief durch und griff zum Telefon.

»Frauenarztpraxis Dr. Stein, was kann ich für Sie tun?«

»Hier ist Anna Ziegler.« Ihre Stimme zitterte. »Dr. Stein hat mich um Rückruf gebeten.«

Wir sind gerade draußen spazieren, im Holzhausenpark, ganz in der Nähe unserer Wohnung. Als ich noch selbst laufen konnte, war ich oft mit Nils und Ole hier. Sie rennen gerade neben mir her, während Sabina mich ächzend schiebt. Ich schaue in den Himmel und freue mich, weil die Blätter so herrlich in der Sonne funkeln und die Luft so gut riecht. Alles erinnert an früher, und bei diesem Gedanken fange ich an zu weinen. Wird es jemals wieder so wie früher werden? Sabina beugt sich besorgt zu mir herunter und fragt: »Was hast du denn? Findest du es nicht schön hier draußen? Ist dir vielleicht kalt?« Sie legt mir eine warme Decke über, die ich unter Tränen dankbar annehme. Schon geht es mir besser, es war tatsächlich etwas kalt. Ole macht sich einen Spaß, setzt mir seine Baseballkappe auf und lacht über meinen Protest. Dann wirft er mir seinen Ball zu, der mit einem Plumps auf meinem Schoß landet. »Ole, tu ihr nicht weh!«, ruft Sabina, dann nimmt sie mir den Ball vom Schoß und die Kappe vom Kopf. Ich lache laut. Warte nur, bis ich wieder laufen kann, Schätzchen. Dann hole ich dich!

Silvie

Nachdem Johannes und ich das Abitur bestanden hatten, begann er sein Chemiestudium in Darmstadt und ich ein Germanistikstudium in Frankfurt. In der Schule hatte ich bei der Schülerzeitung mitgewirkt und wollte beruflich unbedingt etwas in dieser Richtung machen, vielleicht bei einer Zeitung arbeiten wie mein Vater. Obwohl er dort nur in der Buchhaltung tätig war – wenn er von den Journalisten erzählte, bekam ich Sehnsucht nach diesem Beruf. Und ein Studium würde mir auch genügend Zeit für die Reisen geben, die Johannes und ich planten. Australien wollten wir bereisen, und Asien.

Anna war nicht begeistert davon, dass ich mich zum Studieren entschieden hatte, statt endlich eine Lehre anzufangen. »Silvie bekommt sehr viel länger Geld von euch als ich«, beschwerte sie sich eines Abends beim Essen. »Als ich in Silvies Alter war, habe ich schon seit zwei Jahren mein eigenes Geld verdient. Ich fände es nur fair, wenn ihr mir die Differenz auszahlen würdet.«

Wir alle glotzten sie ziemlich blöde an, bis mein Vater die Sprache wiederfand. »Du bist schon seit drei Jahren mit deiner Lehre fertig, Anna, und du wohnst trotzdem noch hier, ohne etwas dafür zu bezahlen. Ich könnte dein Argument verstehen, würde Silvie auf der faulen Haut liegen. Aber so? Auch ein Studium ist eine Ausbildung, und wir unterstützen sie darin. Wenn du möchtest, kannst du dein Abitur nachholen und auch studieren.«

Ich nickte begeistert. »Vielleicht Design, du könntest Kostümbildnerin werden!« In der Tat schneiderte sie inzwischen sehr gut. Nach wie vor war es nicht mein Stil, aber dass die Qualität stimmte und sie was draufhatte, das war auch für mich deutlich erkennbar.

Doch Anna schnaubte abfällig. »Ich will eine eigene Familie haben! Wenn ich hier ausziehe, dann zu einem Mann, mit dem ich Kinder bekomme. Wieso sollte ich euer Geld für ein sinnloses Studium verplempern?« Der intensive Blick, den sie mir dabei zuwarf, gefiel mir gar nicht.

»Ich will gar keine Kinder, Anna und ...!«, rief ich, doch mein Vater unterbrach mich mit einer Handbewegung.

Anna und ich warfen uns über den Tisch böse Blicke zu, und sie stänkerte trotz der kurzen Ansprache meines Vaters bei nächster Gelegenheit weiter. Diesmal sicherheitshalber ohne Zeugen.

»Ich finde es rücksichtslos von dir, dass ich jetzt noch fünf Jahre länger auf meine eigene Küche warten soll, weil du nicht ausziehst. Normalerweise wärst du jetzt mit der Lehre fertig, und Papa könnte mit dem Umbau anfangen.«

»Was willst du mit einer eigenen Küche? Mama kocht doch für dich«, widersprach ich.

Als sei ich schwer von Begriff, schlug sie sich mit der Hand vor die Stirn. »Wenn ich einen Freund hab, Silvie – und ich meine einen richtigen Freund, nicht so wie bei dir und Johannes – dann sieht es schon komisch aus, dass ich mein eigenes Geld verdiene, aber nicht selbst für mich sorge.«

Ich schluckte ihre Kränkung ohne einen Kommentar hinunter. Dass sie schon vor Ende meines Studiums diesen sogenannten richtigen Mann kennenlernen könnte, zum Beispiel am nächsten Tag oder zumindest in naher Zukunft, schien ihr nicht in den Sinn zu kommen.

»Wieso ziehst du dann nicht aus?«, wandte ich ein. »Du kannst dir doch eine Wohnung leisten.«

Diesmal tippte sie sich an die Stirn. »Ich spare mein Geld für ein Haus. Meinst du, ich will später mal zur Miete wohnen? Nein, danke.«

Ich konnte nur den Kopf schütteln. Ich sprach mit einer 22-Jährigen, die eine Küche wollte und auf ein eigenes Haus sparte. Aber mein Gott, sollte sie ihre blöde Küche haben. Mit ihr unter einem Dach zu leben – dazu hatte ich ohnehin keine Lust mehr. Sie klopfte sogar morgens, wenn ich später Vorlesung hatte, an meiner Zimmertür und rief »Aufstehen!«, bevor sie zur Arbeit ging. Wie eine Gefängniswärterin.

Ich sprach mit meinen Eltern und sagte, es sei weitaus praktischer für mich, in der Nähe der Uni ein Zimmer zu haben, als jeden Tag die lange Fahrt nach Frankfurt auf mich zu nehmen. Ich glaube, sie ahnten den wahren Grund für meinen Wunsch, doch sie verschwendeten kein Wort daran. Im Gegenteil. Wenn meine Eltern etwas planen konnten, waren sie glücklich, und nun suchten sie eben ein Zimmer für mich.

Johannes fragte ich klopfenden Herzens: »Wollen wir vielleicht zusammenziehen? Wir könnten uns die Miete teilen.« Ich stellte es mir wunderbar vor, morgens mit ihm in der eigenen Wohnung aufzuwachen. So erwachsen.

»Ich denk mal drüber nach«, sagte er.

Nach zwei Wochen fragte ich: »Du willst nicht, stimmt's?«

»Ich bleib noch ein bisschen bei meiner Mutter, dann ist sie nicht so allein«, war seine Antwort.

Ich nickte und schluckte die Enttäuschung hinunter. Seine Mutter war kaum zu Hause und machte oft lange Reisen. Ich dachte an das Foto von Sabina, das zwar nicht mehr neben seinem Bett hing, aber im Regal zwischen den Büchern stand. Immer an einer anderen Stelle.

Als Anna zur Besichtigung meiner fertig eingerichteten Einzimmerwohnung kam, setzte sie wieder diesen schmollenden Blick auf. Sie strich über die Lehne meines schwarzen Zweisitzersofas und sagte: »Du studierst noch und hast trotzdem schon deine eigene Wohnung.«

»Ein Zimmer eher«, entgegnete ich.

»Keiner kann dir mehr sagen, was du zu tun und zu lassen hast. Nicht so wie bei uns zu Hause. Seitdem du weg bist, steht Mama ständig bei mir oben und will mit mir schwatzen. Das nervt!«

Ich verschränkte die Arme und musterte sie ungeduldig.

»Na ja«, fuhr sie fort, »wenn man so gebildet ist wie du und eine eigene Wohnung hat – was interessiert einen dann noch die eigene Schwester? Interessiert auch keinen zu Hause, dass ich schon lange mein eigenes Geld verdiene und sparsam bin. Immer heißt es nur Silvie hinten, Silvie vorne. Unsere Tochter studiert in Frankfurt«, äffte sie.

»Anna, was willst du eigentlich?«, fragte ich.

Ihr Blick flackerte. »Einfach nur meine Ruhe«, sagte sie schließlich und wandte sich von mir ab. Die konnte sie haben.

Johannes kam oft zu mir, und ich fühlte, dass ihn die Tatsache, nicht mit mir zusammengezogen zu sein, belastete. Eines Tages übergab er mir einen Briefumschlag, den ich halb amüsiert, halb misstrauisch öffnete. Was sollte das jetzt bedeuten? In dem Umschlag lag der Grundriss eines Zimmers, unter dem Grundriss stand eine Adresse, die mir sehr bekannt vorkam – es war meine Straße.

Er hatte sich eine Wohnung ganz in meiner Nähe genommen, mit einem Kommilitonen zusammen – Sven, einem etwas dicklichen Typen mit bereits lichter werdendem Haar und großen Händen. Ich wusste genau, was das zu bedeuten hatte. Er wollte in meiner Nähe sein. Immerhin.

Doch was sonst in seinem Kopf herumspukte, konnte ich nur erahnen. Eines Nachmittags, als wir in der Stadt unterwegs waren und Dinge wie Toilettenpapier und Küchenschwämme kauften, trug er mir in der Drogerie eine Packung Haartönung hinterher.

»Braun würde dir auch gut stehen«, sagte er und hielt mir prüfend die Packung an den Kopf.

Ich zeigte ihm einen Vogel. »Braun?«, fragte ich. »Braun steht mir überhaupt nicht. Ich würde aussehen wie ein Straßenköter!«

»Nicht, wenn du dir die Haare auf Kinnlänge abschneiden würdest«, entgegnete er und bog meine langen fransigen Spitzen so um, dass eine weiche Welle meinen Schädel umrahmte.

Ich verließ den Laden und schaute mich nicht einmal um.

Dann kam Sabina zu Besuch nach Deutschland, zu einer Austauschfamilie in Freiburg, der Heimat ihrer Mutter. Sie wollten sich treffen, nur mal so, auf einen Nachmittag, vielleicht auch Abend. Ich tat erfreut und beglückwünschte ihn.

»Na, das ist doch toll, Johannes! Endlich seht ihr euch mal wieder, nach so langer Zeit.« Ich klopfte ihm aufmunternd auf die Schulter. Den Kloß in meinem Hals ignorierte ich.

Johannes tat verhalten. Aber ich wusste, dass er total aufgeregt war; zwei Jahre hatten sie sich nicht gesehen. Freiburg. Gott sei Dank nicht in der Nähe. Andererseits war das schlecht, denn das hieß: mindestens eine Übernachtung. Ich aß nichts, bis er wieder aus Freiburg zurück war. Er rief mich an und sagte: »Bin wieder da.«

»Prima«, hauchte ich. »War's schön?«

Er schnaubte. »Die ganze Freiburger Familie war dabei. Man hat uns keinen Moment aus den Augen gelassen.«

Ich dachte ein paar Sekunden über diese Antwort nach, die keine war. »Noch Gefühle?«

»Worüber zerbrichst du dir eigentlich den Kopf?«, wollte er wissen. Aggressiv, wie mir schien. »Sie geht wieder zurück.«

Ich schluckte und schwieg.

»Komm Silvie, mach keinen Stress. Sie ist mir mittlerweile sowieso zu jung«, sagte er.

»Ach? Ist sie nicht älter geworden?«

Er lachte gekünstelt. »Ob du's glaubst oder nicht – irgendwie nicht. Sie wirkt nicht wie in unserem Alter. Und ein bisschen zu amerikanisch, wenn du mich fragst.«

»Baseballkappe?«

Er zögerte. »Genau. Sie ist nicht mehr … mein Typ.«

Doch es lag etwas in seiner Stimme, das das Gegenteil sagte.

Als es dunkel um mich herum war und ich nur still lauschen konnte, haben Sabina und Johannes viel geredet. Viel Mist, wenn man mich fragt, aber mich fragt ja keiner. Ich verstehe bis heute nicht ganz, worum es genau ging. Auch um Anna, und dass sie nicht zu Besuch kommen wollte, weil alles noch so frisch war. Weil sie es nicht verkraften konnte, mich zu sehen.

Aber inzwischen ist es doch nicht mehr frisch. Warum kommt sie dann nicht? Liegt es vielleicht doch an mir?

So grausam kann sie doch nicht sein.

Vor meiner Dunkelheit, als ich nicht einmal etwas hören konnte, muss einiges passiert sein, von dem ich keine Ahnung habe. Wie lange dieser Zustand andauerte, weiß ich nicht, aber wenn ich danach gehe, wie groß meine Jungs inzwischen geworden sind, dann kann es so kurz nicht gewesen sein.

Irgendwann vernahm ich dann Stimmen, wie durch Watte. Sie machten sich Sorgen, weil ich so ruhig war. »Sie bewegt sich kaum«, sagte Sabina oft und legte mir die Hand auf. Sehr zärtlich und besorgt, das muss ich zugeben. Aber hätte ich gewusst, um wen es sich bei ihr handelt, hätte ich ihr einen ordentlichen Tritt verpasst. Bestimmt hätte sie es sich auch niemals träumen lassen, dass sie sich eines Tages um mich kümmert. Und trotzdem tut sie es. Man kann nie wissen, welche Überraschungen das Leben für einen bereithält.

Als ich kurz vor meinem Studienabschluss stand, lernte Anna einen Mann kennen. Matthias Ziegler. Ein Mann wie aus dem Bilderbuch – ihrer Meinung nach jedenfalls. Aufsteigender Immobilienmakler, Anfang dreißig, der die Welt erobern wollte. Sie wollte Kinder und ein Haus – das passte zu seinem Image. Sie lernten sich bei der Arbeit kennen. Anna war mittlerweile bei einem Bekleidungsausstatter für Maßanzüge angestellt, und Matthias war einer ihrer Stammkunden.

Als sie mich ihm vorstellte, sagte sie: »Das ist meine gebildete Schwester Silvie.«

»Darauf muss man sich nichts einbilden«, erwiderte er, und ich sagte für den Rest des Nachmittags nichts mehr. Ich hatte gerade meine letzten Prüfungen beendet und hätte allen Grund gehabt, darauf anzustoßen. Ein Glas Sekt zu erheben darauf, dass sich alle Anstrengung gelohnt hatte. Aber es war ja nur ich, die ihr Diplom in der Tasche hatte. Bei mir war das ja normal.

Sollte sie glücklich werden mit diesem Lackaffen, der zwar keinen Siegelring trug, dafür aber einen Seitenscheitel. Und wer im Anzug zum ersten Date mit den Schwiegereltern aufkreuzte, hatte in meinen Augen sowieso schon verloren.

Von dieser Lebensphase waren Johannes und ich meilenweit entfernt. Seine Mutter schenkte uns zum bestandenen Studium unsere ersehnte Rucksackreise nach Australien. Es war ein Liebesurlaub – der Druck der Prüfungen war weg, ein aufregendes Arbeitsleben lag vor uns. Wir waren gelöst und glücklich und hatten jede Menge Trinkwasser bei uns – das Einzige, das wir neben einem Zelt auf unserer Tour zum Überleben brauchten. Kein Gedanke streifte Anna oder Sabina, wenn ich tagsüber durch Schluchten kraxelte und nachts in den Sternenhimmel blickte, der sich über uns wölbte.

Ich bin kein romantischer Typ. Ich brauche weder Kerzenlicht noch Schmusesongs, um in Stimmung zu kommen. Aber dieser Sternenhimmel, der brachte uns so nahe wie noch nie.

»Spürst du die Steine nicht?«, fragte Johannes in einer Nacht und rieb sich die Knie.

»Ist mir egal«, hauchte ich und küsste ihn.

»Wenn wir wieder in Deutschland sind, ziehen wir zusammen«, flüsterte er. »Ich liebe dich, Silvie.«

Wir waren glücklich.

Rückblickend war es die beste Zeit meines Lebens – die Zeit in unserer Altbauwohnung im Stadtteil Sachsenhausen. Ich begann bei der Frankfurter Rundschau, zunächst als Volontärin auf Vermittlung meines Vaters, dann als Online-Redakteurin. An lauen Sommerabenden schauten wir von unserem Balkon über den Main hinweg zur Frankfurter City. Stundenlang saß ich auf dem Balkon, las in der Zeitung oder redigierte Artikel. Nur sehr selten dachte ich an Sabina. Johannes hatte mit ihr abgeschlossen – sonst wäre er wohl kaum mit mir zusammengezogen.

Wenn ich mir eine Zeit aussuchen dürfte, die ich noch einmal erleben möchte, dann wäre es diese. Wir hatten zwar ein geregeltes, aber trotzdem ein abwechslungsreiches Leben. Wir gingen oft ins Kino, sahen uns Ausstellungen an und frühstückten sonntags oft in einem Straßencafé. Johannes arbeitete als Chemiker bei einer Firma, die Brauereianlagen herstellte, und erzählte gerne ironisch von seinen Kollegen, die eifrig dabei waren, sich Haus und Kinder anzuschaffen.

So wie er es schilderte, konnte ich davon ausgehen, dass sein Lebensplan anders aussah.

»Wer weiß«, scherzte ich, »vielleicht werden wir auch irgendwann Eltern.«

Er betrachtete mich nachdenklich. »Vielleicht«, sagte er dann und grinste schräg. »Irgendwann.«

Gut, vielleicht irgendwann. Ich ignorierte die Frage, die in meinem Hinterkopf hämmerte, und dachte: Anna bekommt Kinder, das reicht.

Als Anna uns besuchen kam, brachte sie mir eine Orchidee mit.

»Du hast es dir schön gemacht«, sagte sie anerkennend und sah vom Balkon über den Main zur Innenstadt. »Mir wäre es zwar zu laut«, ergänzte sie mit Blick auf den langsam rollenden Verkehr unter uns, »aber solange man keine Kinder hat, ist das okay.«

Wir schauten auf ihren Bauch, der sich bereits leicht wölbte. Sie war im vierten Monat schwanger und steckte in den Planungen für ihre Hochzeit und ihren Umzug in eine Bad Homburger Doppelhaushälfte. Alles sollte perfekt werden; neben der Arbeit und den Hochzeitsvorbereitungen streifte sie durch exquisite Möbelhäuser der Umgebung und beschäftigte sich mit Feng-Shui. Seit unserer Kindheit hatte ich sie nicht so glücklich gesehen. Sie war viel netter geworden – der bissige Unterton war weg.

Es war mir lediglich ein Rätsel, was sie an Matthias fand. Johannes und ich nannten ihn »die A-Klasse« – er war immer wie aus dem Ei gepellt. Und stolz auf seine Leistungen als Mitglied des CDU-Ortschaftsrats oder als Vorsitzender des Lions Club. Neben ihm verblasste Anna. Meiner Meinung nach bewunderte sie ihn ein bisschen zu sehr. Immerhin war es nicht so, dass es gar nichts gab, worauf sie selbst stolz sein konnte. Sie konnte doch etwas! Aber es war nicht mein Leben. Sollte sie glücklich werden mit Matthias, der eifrig damit beschäftigt war, Klienten zum »Lunch« bei Giovanni, einem Edelitaliener, einzuladen, während Anna die Doppelhaushälfte wienerte.

Ihre erste Tochter Luna kam wenige Monate nach Annas Hochzeit zur Welt. Emma und Clara folgten mit jeweils einem Jahr Abstand. Die beiden sahen aus wie Matthias. Sie hatten die gleiche hohe Stirn und die gleichen tiefliegenden Augen und waren ebenso kompakt in der Statur: beide keine Schönheiten, aber süß in ihrer Art. Wenn ich zu Besuch kam, stürmten sie zur Haustür und überschlugen sich fast vor Eifer, halfen beim Ausziehen von Jacke und Schuhen, wohingegen Luna an der Wand lehnte und verschämt lächelte. Sie war ein schüchternes blondes Ding mit langen staksigen Beinen, das angeblich aussah wie ich. Ich stritt das ab, Matthias auch – alle anderen waren jedoch einhellig dieser Meinung. Ich fragte mich immer, wie Anna es fertigbrachte, jederzeit so adrett auszusehen – das Haus war immer picobello aufgeräumt, trotz der drei Kinder –, das war schon beeindruckend. Der Lappen schien in ihrer Hand festgewachsen zu sein, er war ihr stetiger Begleiter. Ständig wischte sie den Tisch und danach die Hände und Münder ihrer Kinder. Ich hätte eine andere Reihenfolge vorgezogen – wenn überhaupt.

Luna setzte sich im Gegensatz zu ihren Schwestern nie freiwillig zu jemandem auf den Schoß; sie stocherte meist in ihrem Essen herum oder blickte verträumt in die Gegend. Matthias taute lediglich auf, wenn man ihn auf die Immobilienbranche ansprach. Ein Lachen konnte ihm jedoch auch dieses Thema nicht entlocken. Der guten Ordnung halber und um sich als Erziehungsberechtigter zu outen, richtete er ab und zu ein Wort an die Kinder, das er zu unserer Belustigung auf Englisch vorbrachte: »Emma, *stop wining!*«, oder: »Clara, *sit down please, will you*«, oder »Luna, *don't be so silly.*«

Als ich es das erste Mal hörte, fragte ich perplex: »Bist du Engländer?«

Er schürzte die Lippen. »Man kann nicht früh genug mit der Zweisprachigkeit anfangen, Silvia. Es schult das Gehirn.«

Anna fand das super. Matthias sei für die mehrsprachige Erziehung ihrer Töchter zuständig, erklärte sie, und sie dafür, dass »alles seine Ordnung hat«.

»Klingt nach guter Aufgabenteilung«, lästerte Johannes später.

»Ja«, sagte ich. »Schrecklich gut.«

Doch auch wenn mich Annas Leben abschreckte und ich mir nicht hätte vorstellen können, in einer Doppelhaushälfte zu enden – mit der Zeit kam ein Gefühl der Unvollständigkeit in mir auf, das ich anfangs kaum genauer definieren konnte. Die Sehnsucht nach einem Wesen, das nach Himmel roch und dessen feiner Haarflaum auf dem Kopf sich unter den Fingerspitzen anfühlte wie Mohair, meldete sich immer lauter.

Johannes versuchte es erneut diplomatisch. Er wolle schon, nur jetzt noch nicht. Wir lagen im Bett und sahen fern – vielleicht nicht der beste Moment, um das Thema anzusprechen.

»Na ja«, sagte ich und setzte mich auf, »wenn man sich darauf einigt, *irgendwann* Kinder zu wollen, und das mit Anfang dreißig, wird meist nie etwas draus.«

»Was für ein Quatsch«, erwiderte er und wandte den Blick nicht vom Bildschirm. »Wir müssten alles aufgeben. Gerade das Reisen. Und deine Arbeit. Wofür hast du studiert? Lass uns noch ein paar Jahre warten.«

»Ich weiß, dass du an Anna denkst und wie es bei ihr läuft«, erwiderte ich. »Aber bei uns würde das ganz anders werden, es würde sich gar nichts ändern. Ich gehe weiter arbeiten, wir suchen uns eine Krippe.«

»So, so«, sagte er. »Aber, wenn sich nichts ändern soll, warum willst du dann ein Kind?«

Er hatte recht … Warum also wollte ich ein Kind?

Plötzlich hörte ich mich fragen: »Will Sabina Kinder?«

Endlich wandte er den Blick vom Fernseher und verschränkte die Arme, voller Ablehnung.

»Ich weiß es nicht«, sagte er. »Spielt das eine Rolle für dich? Für mich nicht.«

»Ist schon gut«, sagte ich kleinlaut.

Um bessere Argumente zu haben, besuchte ich Kinderläden, Krippen und Kindergärten. Man sah mich verdutzt an, als ich dort vorsprach.

»Sie sind noch nicht einmal schwanger?«, fragte man mich.

»Wenn ich schwanger würde und – sagen wir – das Kind im April käme, ab wann könnte ich mit einem Platz rechnen?«, fragte ich, als führte ich ein Interview.

»Sie kämen auf die Warteliste.«

»Aber ich würde heute schon die Anmeldung ausfüllen.«

Ein Lachen. »Das geht nicht.«

»Okay, die Warteliste. Wie lang ist die?«

Spätestens dann schüttelten meine Gesprächspartner den Kopf. »Werden Sie erst einmal schwanger. Dann sehen wir weiter.«

Ich hatte also nichts in der Hand. Was nichts daran änderte, dass inzwischen die Uhr unerbittlich in mir tickte. Dabei wollte ich gar nicht, dass sie tickte! Johannes hatte ja recht – warum sollte man alle Freiheiten freiwillig aufgeben? Es war doch klar, dass mit Kindern vieles nicht mehr möglich wäre. Außerdem hatte ich einen tollen Beruf, traf jede Menge interessante Menschen – kaum etwas, das für Kinder sprach. Gegen Kinder hingegen sprach jede Menge. Wir verdienten beide gut, wir konnten uns alles leisten – warum also zurückschrauben?

Aber die Sache war die: In einem der Kinderläden war ein kleiner Junge unvermittelt auf meinen Schoß geklettert. Mehr als verdattert blinzelte ich ihn an, doch er blieb während des ganzen Gesprächs sitzen und nuckelte am Daumen. Weißblonde Ringellöckchen kringelten sich hinter seinen Ohren, und er duftete nach Maggi. In seinen braunen Kulleraugen hätte ich versinken mögen.

Der kleine Junge ging mir nicht aus dem Kopf, und ich sagte mir: Wir könnten ein Kind mit nach China nehmen – warum nicht? Oder nach Australien. Wenn man es früh genug daran gewöhnte?

Doch Johannes wollte nicht.

»Du willst *mich* nicht«, sagte ich und wischte mir die Augen.

Er widersprach mir nicht einmal, wiegelte ab, er bräuchte noch Zeit.

»Wie viel Zeit?«, fragte ich.

Den Zeitraum, den er nannte, dachte er sich aus; er wollte lediglich seine Ruhe vor mir haben.

»Gib mir sechs Monate«, sagte er, »dann sehen wir weiter.«

Zwei Monate lang schliefen wir nicht miteinander, und ich fragte mich schließlich, wofür ich eigentlich die Pille nahm. Er schlief nicht mehr mit mir, und ich wollte ein Kind. Zwei Dinge, die gegen die Pille sprachen.

Ohne Johannes etwas zu sagen, setzte ich sie ab und griff jeden Abend auf meinem Nachttisch ins Leere. Ich wollte Johannes über meinen Entschluss informieren, wenn sich eine Gelegenheit bot. Es musste schon passen. Nicht wie ein Druckmittel. Sollte er doch verhüten – ich war damit durch.

Ich wusste nicht mehr, wie sich ein Eisprung anfühlt, dass man dann nur noch an Sex denkt, egal wie und wo. Mir weichte der Slip durch, und ich roch anders. Johannes muss es auch gerochen haben, er schob seine Hand in meine Hose. Kein Gedanke streifte den nicht vorhandenen Pillenstreifen auf meinem Nachttisch.

Ich bekam einen riesigen Schreck, zuerst am Abend danach, als ich – noch immer wahnsinnig scharf auf ihn und in Gedanken auf die nächste Nummer – wieder ins Leere griff, und dann einige Zeit später, als ich den Test machte – beides ohne sein Wissen. Die Hoffnung stirbt zuletzt, so sagt man, und diese Hoffnung starb auf der Damentoilette der Frankfurter Rundschau.

Johannes warf mir nie vor, dass ich ihn reingelegt hätte – aber dass er innerlich kochte, als ich es ihm beichtete, war nicht zu übersehen. Er legte den Kopf in die Hände, ohne ein Wort zu sagen. Allein an meiner Verzweiflung und daran, dass ich zuvor tagelang um ihn herumgeschlichen war, so dass er mich ständig gefragt hatte: »Silvie, was ist denn?«, muss er gemerkt haben, dass ich ihn nicht hinters Licht führen wollte. Trotzdem strafte er mich anschließend mit Nichtachtung. Vielleicht konnte er nicht anders.

Etliche Tage ging er mir aus dem Weg, verkroch sich hinter seinem Laptop und spielte Kriegsspiele. Bis ich schließlich sagte: »Ich lasse es wegmachen, Johannes, es hat keinen Sinn.«

Er blickte nicht einmal auf, führte Kriege gegen Soldaten aus fremden Welten.

In meinem Kopf fand ein anderer Krieg statt. Es gab mehrere Beteiligte: die Schuld, die Angst und den Kinderwunsch.

»Weißt du«, sagte ich nach einigen Tagen, »wenn du dich hinterher sowieso von mir trennen willst – und wir sind auf dem besten Wege –, kann ich es auch behalten.«

»Du spinnst wohl«, sagte er und blinzelte.

»Nein, ich meine, dann ist es doch eigentlich meine eigene Entscheidung – wenn ich solo wäre. Eine alleinerziehende Mutter.«

»Das kann nicht dein Ernst sein.« Er tippte sich an die Stirn.

Ich weinte tagelang, und er saß hinter seinem Laptop und sah nicht auf. Er schlief auf dem Sofa, sperrte das Bad ab, wenn er darin war.

Doch schließlich klappte er den Laptop zu und setzte sich zu mir. »Es tut mir leid, Silvie, ich hatte einen Schock«, sagte er und nahm mich in den Arm.

»Aber ich doch auch«, flüsterte ich.

Er küsste mich und hielt mich fest, und ich weinte wieder. Da flüsterte er: »Wenn wir Eltern werden, sollten wir heiraten.«

Wie hätte ich wissen sollen, woher sein Sinneswandel kam? Ich dachte, er habe wirklich Zeit gebraucht, die Neuigkeit zu verdauen. Ich dachte nur an das Kind in meinem Bauch, das offensichtlich der Grund dafür war, dass er seit der Zeugung keine Lust mehr auf mich hatte. Ich dagegen umso mehr.

Einige Abende nach Johannes' und meinem Entschluss, zu heiraten, rief Anna mich an. Sie fragte, ob ich Lust hätte, mit ihr auf ihrer schönen Terrasse in der Abenddämmerung zu sitzen. Ich hatte ihr kurz zuvor erzählt, dass ich schwanger war, und sie hatte mir euphorisch gratuliert. »Na endlich!«, hatte sie gerufen – ganz so, als habe ich wenigstens einmal ihre Erwartungen erfüllt.

Ich ging zu ihr, doch kaum war ich dort, kritisierte sie sofort an mir herum. »Du rauchst zu viel«, begrüßte sie mich. Dabei war das Gegenteil der Fall. Ich rauchte so gut wie gar nicht mehr, seitdem ich schwanger war. Und selbstverständlich wollte ich es ganz aufgeben. Anna regte das auf. »Man soll mindestens drei Monate vor der Schwangerschaft damit aufhören und Folsäure einnehmen, um dem Kind die optimalen Bedingungen zu verschaffen!«, sagte sie und stellte mein Wasserglas auf einem Untersetzer ab, damit der Teaktisch keine Flecken bekam. »Und was machst du?«

»Wenn ich drei Monate vorher gewusst hätte, dass ich schwanger werde, hätte ich das so machen können«, sagte ich, »aber so ist es nun mal nicht.« Schwungvoll schnipste ich meine Asche in ihr Blumenbeet.

»Außerdem bekommst du später Krebs«, sagte sie noch.

»Erzähl nicht so einen Mist«, erwiderte ich. »Du hattest selbst Krebs, und du hast nicht geraucht.«

»Ich werde auch niemals rauchen«, antwortete sie und wischte mit dem Lappen über den Tisch, weil ein Tröpfchen Kondenswasser von meinem Glas daraufgetröpfelt war. »Und ich geh regelmäßig zur Vorsorge, das kannst du mir glauben!«

Ich glaubte es ihr unbesehen. Es war über zwanzig Jahre her, dass sie Krebs gehabt hatte, und noch immer sprach sie davon – was vielleicht normal war. Im Gegensatz zu ihrer augenscheinlichen Nervosität. Ständig erhob sie sich, ging ins Haus. Zuerst dachte ich, sie wolle etwas holen, sah ihr hinterher und wartete ab. Wenige Minuten später kehrte sie mit leeren Händen zurück und setzte sich wieder hin. Die Unterhaltung lief schleppend, wurde permanent unterbrochen durch ihr Verschwinden.

»Was ist eigentlich los?«, fragte ich schließlich irritiert, nachdem sie zum vierten Mal verschwunden war.

»Nichts«, sagte sie und verschränkte die Hände auf der Tischplatte.

»Und wie läuft's bei dir so?«, erkundigte ich mich, da sie schwieg.

»Gut. Sehr gut«, sagte sie, griff nach ihrem Lappen und wischte über den Tisch. Dann wandte sie den Kopf zur Seite, als lausche sie, und flüsterte: »Wir sollten etwas leiser reden, ich glaube meine Nachbarin sitzt auch auf der Terrasse.«

Ich betrachtete skeptisch die gut dreieinhalb Meter entfernte Holzpalisade, die Annas Terrasse von der ihrer Nachbarin trennte. Ich hatte sie noch nie gesehen, wusste nur, dass ihr Mann den Garten versorgte – er war Landschaftsarchitekt. Ich flüsterte zurück: »Die sitzt doch nicht direkt neben uns.« Außerdem war unser Gespräch – wenn man es denn so nennen konnte – nicht gerade brisant. Dann sagte ich etwas lauter: »Schönes Wetter heute, was, Anna?«

Sie schüttelte den Kopf und legte den Finger an die Lippen. »Silvie, bitte.«

Ich hob eine Augenbraue. »Seid ihr im Clinch?«

Anna fuhr mit dem Lappen über die Stuhllehne und sagte: »Weniger. Es ist eher so, dass sie gar nichts mit mir redet. Sie grüßt mich auch nicht.«

»Aha. Und wieso nicht?«

»Was weiß ich! Die Kinder sind zusammen im Kindergarten, aber wenn Clara und Emma draußen sind, ruft sie ihre Mädchen rein.«

»Wie ätzend.«

»Genau. Ich glaube, sie hat was gegen mich.«

»Hm.« Ich wusste nicht, was ich dazu sagen sollte. »Und sonst?«, fragte ich und deutete auf die umliegenden Häuser, »du hast doch bestimmt jede Menge Kontakte, allein durch die Kinder.«

Anna hob die Schultern. »Ich bin einfach nicht so kommunikativ wie du. Am liebsten hab ich eigentlich meine Ruhe.«

Das hatte ich schon einmal von ihr gehört. »Na, dann kann es dir doch nur recht sein«, entgegnete ich. »Sonst müsstest du bei denen auf der Terrasse sitzen, und das willst du doch auch nicht.«

Anna runzelte die Stirn. »Sie sollen mich doch nur grüßen und ansonsten in Frieden lassen.«

»Dann musst du ihnen vielleicht deine Spielregeln erklären: nur gucken, nicht anfassen.«

Sie winkte ab. »Ach, du wieder. Es ist doch nicht nur das. Die stecken immer die Köpfe zusammen, wenn ich außer Hörweite bin. Ich sehe das, Silvie – wenn ich aus der Garage fahre, glotzen sie mir hinterher und schütteln die Köpfe. Du da in deinem Mietshaus, du hast mit so was keine Probleme!«

Es stimmte. Man grüßte sich im Hausflur, und das war's.

»Na, dann zieh halt in ein Mietshaus. Aber das ist ja auch wieder nichts.«

Um das Thema zu wechseln, erkundigte ich mich nach Matthias. Mich wunderte, dass er nie zu Hause war. Angeblich hatte er oft Kundentermine, die abends stattfanden, weil die meisten Kunden tagsüber arbeiteten. Oder er war bei Parteitreffen oder Ortsvorstandssitzungen des Lions Club. Klang plausibel. Und warum hätte ich daran zweifeln sollen? Anna versäumte bei keinem unserer Treffen, Matthias' Qualitäten als Vater und Ehemann in den Himmel zu loben.

Als mir nichts mehr einfiel, worüber ich mich noch mit ihr unterhalten konnte, warf ich einen Blick auf die Uhr und sagte: »Ich muss los, Anna, ich halte dich auf dem Laufenden.«

»Weswegen?«

»Na, wegen des Babys«, sagte ich und deutete auf meinen noch flachen Bauch.

Sie legte wieder den Finger an die Lippen. »Psst! Die hören hier was von einem Baby und denken, ich bin wieder schwanger!«

Ich lachte. »Sei nicht paranoid. Meinst du, die anderen haben nichts Besseres zu tun, als dauernd über dich zu reden?«

Anna kniff die Lippen zusammen. »Dann glaubst du mir eben nicht«, sagte sie und erhob sich, machte sich auf den Weg in die blitzblanke Küche, und ich trottete hinter ihr her.

»Vielleicht solltest du wieder arbeiten gehen«, schlug ich vor. »Das würde dich bestimmt ein bisschen von dem ganzen Spießertum hier ablenken.«

Es war ein gutgemeinter Rat, weiter nichts. Doch Anna fuhr herum und kniff die Augen zusammen. »Ich sorge für meine Kinder, ist das etwa keine Arbeit? Und das hier hat nichts mit Spießertum zu tun, Silvie, das sind alles Zicken, die über mich reden. Daran würde sich auch nichts ändern, wenn ich arbeiten ginge. Ganz im Gegenteil, es wäre ein gefundenes Fressen für die! Die würden doch denken, dass Matthias nicht genug verdient!«

»Ah«, sagte ich und machte den Mund wieder zu.

Dann hielt ich eben meine Klappe.

Meine körperliche Verfassung macht mich wahnsinnig. Ich kann die Male nicht mehr zählen, die ich hingeknallt bin, auf den Boden, Sabina zu Füßen. Sie kriegt jedes Mal einen Anfall. Hebt mich auf, überprüft, ob noch alles dran ist an mir. Einmal hat sie sogar geweint. Ich brülle sie an, was das Zeug hält. Soll sie mich doch besser sichern! Ich hab noch keinen so guten Halt! Aber sie verdreht die Tatsachen. Ich sei schuld, ich bringe mich selbst in diese Situation, weil ich einfach nicht still sitzen könne. Ich kann nur fragen: Warum sollte ich? Bin ich etwa eine Puppe? Ich muss mich doch bewegen, verdammt noch mal!

Mitunter setzt sie mich vor den Fernseher, damit ich Ruhe gebe. Die dümmsten Sachen soll ich mir ansehen – nichts dabei, was mich auch nur ansatzweise interessiert. Ausschließlich ausgewähltes Programm, damit ich mich nur ja nicht aufrege. Auf dem Kinderkanal. Sie lacht, wenn ich nach kürzester Zeit anfange zu protestieren. »Genügt das nicht deinem intellektuellen Anspruch?«, fragt sie spöttisch.

Nee, denke ich und brülle so laut ich kann.

Manchmal hält sie sich die Ohren zu und sagt zu Johannes: »Man sollte nicht glauben, dass auch nur ein Funken Verstand in diesem Weib steckt! Soll sie sich doch freuen, dass sie was zu gucken hat.«

Dann lacht er und nimmt mich in den Arm, streichelt mich so lange, bis ich grinsen muss und meinen Kopf an seiner stachligen Wange reibe. Ich weiß, dass Sabina uns eifersüchtig beobachtet, und ich lege noch meine Arme um seinen Hals. Schließlich schaltet er zusammen mit mir durch die Programme, bis ich ihm ein Zeichen gebe. Ein Koala ist zu sehen, der an einem Eukalyptusblatt knabbert. Und ein Känguru. Ich werde ganz still und schaue es mir mit offenem Mund an.

Wir heirateten am Ayers Rock. Ich hieß nun Silvie Jakobi und war eine verheiratete Frau mit sich wölbendem Bauch. Sexuell lief nicht einmal in der Hochzeitsnacht etwas – Johannes trank genug, um sogleich schnarchend einzuschlafen. An den restlichen Abenden unserer Reise war es nicht anders.

Zurück in Deutschland ging er grundsätzlich später ins Bett als ich, und wenn ich ihn einmal vorsichtig anstupste und fragte, ob er nicht müde sei – sprich: mit mir ins Bett wollte –, dann warf er immer einen Blick auf die Uhr und sagte: »Ich komme gleich.« Anfangs wartete ich noch auf ihn, später nicht mehr. Ich war verletzt. War das nun die Strafe für meine Fahrlässigkeit? Oder was?

»Lass uns warten, vielleicht ist es nicht gut für das Kind«, argumentierte er.

Ich rief meinen Frauenarzt an und bat ihn, Johannes bei der nächsten Untersuchung darauf hinzuweisen, dass man keinerlei Rücksicht zu nehmen brauche. Doch der Wink mit dem Zaunpfahl nutzte nichts. Johannes' Lust auf mich war tot, das Organ zwischen seinen Beinen leblos.

Über mich brach die Hölle herein. Legte ich meine Hand in Johannes' Schritt, wischte er sie beiseite. Selbst meine Versuche, mich im Bett nur an ihn zu kuscheln, führten dazu, dass er nach einer Weile sagte: »Sorry, Silvie, aber ich muss mich mal auf die Seite drehen.« Sprach's und kehrte mir den Rücken zu. Und ständig ging er aus. Mit Sven. Mit ehemaligen Schulkameraden, von denen ich noch nie etwas gehört hatte.

»Nimm mich doch mal mit«, sagte ich, aber er schüttelte den Kopf. »Das sind alles Junggesellen, wir trinken ein Bier und reden über alte Zeiten.«

»Früher hast du nie Bier getrunken«, sagte ich.

Großspurig verschränkte er die Arme hinter dem Kopf. »Ich bin jetzt ein verheirateter Mann, da macht man so was«, erwiderte er zwinkernd.

Wir hatten nur ein Auto, ich konnte ihm nicht hinterherfahren.

»Was sind das eigentlich dauernd für Termine?«, fragte ich, als auch Geschäftsessen dazukamen.

»Es werden Investoren gesucht«, bekam ich zur Auskunft.

»Und was hast du damit zu tun? Du bist Chemiker und kein Betriebswirt.«

Er nickte. »Stimmt. Aber es muss auch einer aus der Fachabteilung dabei sein.« Dann beugte er sich zu mir herüber und streichelte meine Wange.

»Bald ist es vorbei«, versprach er. »Spätestens« – er tippte auf meinen Bauch – »wenn das Baby da ist.« Die Zweideutigkeit hinter seinem Satz blieb mir verborgen.

Hoffen und warten also, dachte ich. Dass die Junggesellen aus alten Zeiten uninteressant wurden. Dass die Investoren zu Potte kamen. Was hätte ich sonst tun sollen? Ich fühlte mich verschmäht und verstoßen. Und erneut bestraft – dabei hätte ich nicht einmal sagen können, wofür. Inzwischen schien er sich immerhin leidlich auf das Baby zu freuen. War es etwa schlimm, wenn man als Schwangere Lust auf Sex hatte? Wenn man eine Umarmung brauchte, ein gemeinsames Betrachten des wachsenden Bauches? Offensichtlich. Ich hatte Angst vor der Geburt, vor dem, was mich erwartete. Ich würde mit gespreizten Beinen vor Johannes liegen – das hatte ich seit Monaten nicht getan. Doch meine Sorge war ohnehin unbegründet. Unter der Geburt war es mir wirklich egal, ob er mich so sah oder nicht.

Johannes hat mir heute wieder einmal etwas für die Feinmotorik mitgebracht. Er hat einen Fernsehbericht darüber gesehen, und ich darf die Sache ausbaden. Es ist ein Steckspiel, und Ole zeigt mir geduldig, wie es geht. Sabina beobachtet uns beide, sie macht sogar ein Foto und zeigt es uns sofort auf ihrem Display. Manchmal hat sie gute Ideen – auch wenn ich mit mir auf diesem Foto rein gar nichts anfangen kann. Das soll ich sein? Ich starre das Bild an und schiebe ihre Hand fort – nein, ich will das nicht sehen. Die Fotos, die hier auf dem Sideboard herumstehen, zeigen mich mit Ole und Nils, wie ich früher aussah. Daneben steht ein mir bekanntes Bild, das Sabina und Johannes als Teenager zeigt. Früher stand hier ein Hochzeitsbild von Johannes und mir, das haben sie offensichtlich verbannt. Genauso wie meine Kleider übrigens – im Schrank in meinem Zimmer ist kein einziges mehr. Warum auch? Man musste mit der Vergangenheit brechen. Und passen würden sie mir inzwischen ohnehin nicht mehr.

Manchmal schiebt Sabina mich vor einen Spiegel, und ich kann mich nur anstarren. Wie sehr ich mich verändert habe. Regelrecht fett bin ich, aber das stört sie nicht, sie hängt die Fotos von uns an den Kühl-

schrank in der Küche oder in einen Rahmen über den Esszimmertisch, wo sie oft mit Lineal, Stoff und Schere hantiert. Manchmal kommt eine dicke Frau vorbei, Olga heißt sie, und knallt zwei große Säcke auf den Tisch. Zusammen halten sie die Stoffe gegen das Licht der Lampe und reiben sie zwischen ihren Fingern. Sabina greift nach einem Stapel Papier, murmelt beim Durchlesen etwas von Zertifizierung und Qualitätsanforderungen und heftet das Dokument in einem dicken Ordner ab.

Olga hat überhaupt keine Hemmungen, mit mir umzugehen, sie gibt mir sogar Küsse, und ich lasse es mir gefallen. Sie spricht lustig, aber ich glaube nicht, dass sie auch aus Amerika kommt. Bei einem ihrer Gespräche konnte ich Folgendes in Erfahrung bringen: Zu der Zeit, als das mit meinem Zusammenbruch passiert ist, wohnte Sabina in Bornheim, ganz in unserer Nähe. Doch wie lange sie schon dort wohnte, weiß ich nicht. Das heißt, ich soll es wissen, denn Sabina und Johannes sprachen darüber, als ich nur still lauschen konnte. Die Erinnerung daran kitzelt an meiner Hirnrinde, aber selbst wenn ich mit dem Kopf gegen die Wand donnere, löst sie sich nicht und purzelt in den Gedankenstrom.

Nein. Sie sitzt fest.

Dabei würde es mich brennend interessieren.

Sabina

Sabina lag auf dem Rücken in ihrem Bett und hielt das schnurlose Telefon so fest in ihrer Hand, dass es weh tat.

Johannes hatte sie vor einer Stunde angerufen, und seither verharrte sie in dieser Stellung und starrte an die Decke. Abgesehen von den Tränen, die sich einen Weg über die Wangen in ihre Ohren bahnten, regte sich nichts an ihr.

Sie wollte nicht weinen, denn besonders in der Nacht war das Haus hellhörig, und Olga und Vladimir, ihre russischen Nachbarn mit den beiden Töchtern Ekaterina und Natasha, schliefen nur eine Wand weiter. Der Kloß in Sabinas Hals schmerzte, als hätte sie eine Handvoll Nägel verschluckt.

»Ich bin vor einer Stunde Papa geworden«, hatte Johannes geflüstert, die Stimme zittrig vor Glück. Seit Tagen hatte sie mit diesem Anruf gerechnet und sich innerlich dagegen gewappnet, doch nun, da er gekommen war, traf sie die Tatsache mit voller Wucht: Johannes und Silvie hatten ein Kind zusammen. Ein kleiner Junge war es. Ein Kind, das zwei Menschen auf ewig miteinander verband. Sabina legte das Telefon auf der Bettdecke ab und wischte sich die Tränen aus den Ohrmuscheln. Gerade in der letzten Woche hatten sie und Johannes ein philosophisches Gespräch über verpasste Zeitpunkte geführt. Es ging um Millisekunden, ob es auf der Autobahn zu einem Crash kam oder nicht. Man traf Entscheidungen, ohne an mögliche Konsequenzen zu denken. Oder daran, dass der andere zum selben Zeitpunkt Entscheidungen traf, die ihn in die entgegengesetzte Richtung führten. Wäre sie doch nur vor Monaten nicht nach Deutschland aufgebrochen und in dieser Zeit für ihn unerreichbar gewesen. Hätte er doch bloß nicht so schnell aufgegeben und wäre auf die Idee gekommen, sich bei ihrer Mutter zu erkundigen, wie er sie erreichen konnte. Vielleicht hätte er die schwangere Silvie nicht geheiratet, sondern sie verlassen und wäre mit ihr zusammengezogen? Aber nein, er hatte nichts gewusst von ihren Plänen, ihn zurückzugewinnen. Und als sie schließlich in Frankfurt eine Arbeitsstelle annahm und Johannes kurz darauf wiederfand, war es zu spät. Nicht für Gefühle, aber Silvie verließ er nicht. Sie waren frisch verheiratet. Er konnte sie nicht verlassen, das Leben hatte einen anderen Weg für ihn vorgesehen.

»Oder nicht?«, hatte er gefragt.

Was hätte sie sagen sollen?

Vorhin hatte Johannes es ihr überlassen, die entscheidenden Worte zu sprechen.

»Es ist vorbei«, hatte sie geflüstert. »Bitte ruf mich nie wieder an. Ich ertrage das nicht.«

Sie war sich sicher, dass er sich daran halten würde. Dass ihm ihre Worte sogar Erleichterung verschafften, egal, wie sehr sie vielleicht schmerzten. Es gab einfach andere Dinge, um die er sich kümmern musste. Er hatte jetzt einen Sohn, den er liebte. Für sie würden nur wenige Gedanken übrig bleiben.

Sabina lauschte hinüber zur Nachbarwohnung, in der sich etwas regte. Es war erst vier Uhr morgens, und Olga müsste diese Woche Spätschicht haben – da war es um die Zeit eigentlich ruhig. Vielleicht war nur einer aufs Klo gegangen, und es kehrte gleich wieder Ruhe ein.

Langsam drehte Sabina sich zur Seite, ihr Körper in Lauschstellung. Dann hörte sie es. Das Klack-Klack-Klack von Olgas Absätzen, die sich zur Frühschicht fertig machte. Hin und her. Offenbar hatte sie die Schicht getauscht, mit einer ihrer Kolleginnen, für die sie alles tat. Kleine schnelle Schrittfolgen – klackklackklack – wechselten sich ab mit langsameren Schritten –

klack-klack-klack –, bis sie schließlich stehen blieb und ihren Schlüssel leise klirrend in ihre Tasche gleiten ließ. Vermutlich in das kleine schwarze Lacktäschchen mit der überdimensionalen silbernen Schnalle, das sie Sabina am Morgen im Hausflur präsentiert hatte.

»Habe ich geschnappt auf Zeil«, hatte Olga erklärt und mit ihrem pink lackierten Fingernagel auf die Tasche getippt. »Fuffzehn Euro!«

»Nicht geschnappt, Olga. Man macht Schnäppchen, aber man schnappt nicht.«

»Ist Unterschied?«

»Großer Unterschied!«

»Ah. Schöne Tasche ist?«

Sabina hatte einen genaueren Blick auf das Objekt geworfen und gesagt: »Für fünfzehn Euro kann man nicht meckern.« Über Olgas Geschmack ließ sich nun mal streiten.

Olga hatte eifrig genickt und war mit ihrem Finger über die leise quietschende Kunststoffbeschichtung gefahren; anschließend hatte sie über die Schnalle mit dem silberfarbenen Lack gestrichen, der bereits abzublättern begann.

»Ich liebe!«, hatte sie gehaucht und war seufzend die Treppe hochgestiegen. Und Sabina hatte sich beeilt, schnell zur Arbeit zu kommen.

Eben öffnete Olga die Wohnungstür und ließ sie mit einem leisen Klick hinter sich ins Schloss fallen. Endlich war wieder Ruhe.

Sabina nahm eine entspanntere Haltung ein und versuchte, den Gedanken an das Neugeborene in Silvies Armen zu verdrängen. Und den an Johannes, der seine Nase über den zarten Flaum eines Babyschopfes gleiten ließ.

Es dauerte lange, bis sie wieder eingeschlafen war.

Kurz vorm Einschlafen, wenn Stille eingekehrt ist, kann ich gut denken. Wenn um mich herum der Bär tobt, fällt es mir schwer, mich auf meine Erinnerungen zu konzentrieren oder auf das, was ich erreichen möchte. Ich wünschte, mir käme ein guter Einfall, wie ich Sabina und Johannes nur begreiflich machen könnte, was mit mir los ist. Ich muss ihnen doch verklickern können, dass sie Anna einmal einladen sollen – wenn sie mich schon von selbst nicht besucht. Doch auch wenn ich mir solche Dinge überlege, wie auf der Autofahrt in die Richtung zu zeigen, in die sie fahren sollen, nämlich nach Bad Homburg, habe ich es garantiert wieder vergessen, wenn es so weit ist. Ohnehin weiß ich genau: Wenn der neue Tag anbricht und ich die Aufmerksamkeit der beiden habe – erreicht mich der nächste Blackout. Sitze beim Frühstück und gucke in die Luft oder betrachte meine Hände, mit denen ich früher so verdammt viel anfangen konnte. Und denke an nichts. Es ist zum Verrücktwerden! Ich könnte ihnen ja den Autoschlüssel bringen, vorausgesetzt, ich dächte daran.

Aber ich kann mich ja noch nicht einmal fortbewegen.

Silvie

Was mich nach Nils' Geburt wirklich verwirrte, war die Tatsache, dass Johannes wie ausgewechselt war. Er schwirrte um mich herum, als sei ich eine Königin; kochte mir Stillkost und tanzte mit Nils im Arm durch die Wohnung. Obwohl ich protestierte, lud er seine Mutter und meine ganze Familie ein, um den stolzen Papa und Ehemann zu mimen. Ich war irritiert, wartete jeden Moment darauf, dass er sich umwandte und »April, April!« rief.

»Johannes«, sagte ich, »ich habe darunter gelitten, wie du mich ignoriert hast, als ich schwanger war.«

Er küsste zuerst Nils auf die Stirn und dann mich. »Das stimmt doch gar nicht, Silvie. Nein, ignoriert habe ich dich nicht. Ich hatte einfach viel zu tun.«

»Doch, das hast du. Du hast mich ignoriert!«

Er blickte mich reumütig an. »Lass uns neu anfangen.«

Als Anna kam, betrachtete sie Nils ehrfürchtig.

»Du hast einen Jungen bekommen«, sagte sie, und fast erwartete ich wieder einen Vortrag über das unverschämte Glück, das ich doch hatte. Doch sie erwähnte nichts in dieser Richtung. Im Gegenteil, sie sagte lächelnd: »Jetzt haben wir was gemeinsam.«

Matthias ließ sich nach einer kurzen Beglückwünschung auf unserem Zweisitzersofa nieder und blätterte in einer Autozeitschrift. Hin und wieder sah er auf oder warf einen Blick auf seine Armbanduhr. Einmal nur erwachte er zum Leben, hielt die Zeitung hoch und deutete auf eine schwarze Limousine.

»Die macht was her!«, sagte er anerkennend und versank dann wieder in Sprachlosigkeit. Anna unterhielt sich mit unseren Eltern über die Kinder und machte sich schließlich nützlich, räumte ein wenig auf, was in den Tagen seit der Geburt liegen geblieben war. Luna war sechs und gerade in die Schule gekommen. Sie strich Nils behutsam mit ihrem Zeigefinger über die Nase und fragte flüsternd: »War ich auch mal so klein?«

Ich nickte. »Alle Babys kommen so klein auf die Welt.«

»Ich weiß, wie die Babys gemacht werden«, sagte sie und ergriff Nils' Fingerchen. Ich nickte versonnen und wollte das Thema nicht aufgreifen, als sie fortfuhr: »Das hört sich so an, als hätte die Mama ganz schlimmes Bauchweh.«

Anna stand mit meinen Eltern ein paar Meter abseits und beobachtete Emma und Clara mit Argusaugen, die im Begriff waren, in Nils' Stubenwagen zu klettern. Wow, dachte ich.

»Die Mama schreit manchmal richtig laut, und ich frag mich, wann das Baby endlich kommt«, flüsterte Luna und sah mich fragend an.

Ich räusperte mich und warf einen unsicheren Blick auf Matthias, der sich die nächste Zeitschrift gegriffen hatte. »Luna, bestimmt hat die Mama wirklich Bauchweh und bekommt gar kein Baby, da hast du was falsch verstanden. Sie hat doch gar keinen dicken Bauch.«

»Trotzdem. Die Mama hat gesagt, Babys machen tut weh und sie zu kriegen auch. Da kann man nichts machen.«

Es ärgerte mich, dass Anna ihrer Tochter einen solchen Unfug auftischte. Unter Aufklärungsgesprächen verstand ich etwas anderes. Außerdem – konnte sie sich nicht zusammenreißen? Sie ängstigte das Kind doch mit ihrer Schreierei! Andererseits fand ich die Vorstellung zum Piepen. Anna in Ekstase, hatte man Worte? Vorstellen konnte ich mir das beim besten Willen nicht, und ich betrachtete wieder Matthias, der weiterhin wie festgewachsen auf unserem Sofa saß. Dass dieser Mann zu heftigen Hüftbewegungen überhaupt in der Lage sein sollte, war unvorstellbar. Verstohlen betrachtete ich Anna, die aus den herumliegenden

Elternzeitschriften Stapel bildete, Nils' Spuckwindeln zusammenlegte und ständig Emma und Clara zurückrief, die unablässig durch die Wohnung fegten.

In einer etwas ruhigeren Minute, in der meine Eltern und meine Schwiegermutter sich mit Luna, Emma und Clara zum Spielen an den Tisch gesetzt hatten, folgte ich ihr in unsere kleine Küche, wo sie das Geschirr in der Spülmaschine verstaute.

»Alles klar bei dir und Matthias?«, erkundigte ich mich beiläufig.

Sie warf mir einen merkwürdigen Seitenblick zu und erwiderte: »Er hat viel um die Ohren.«

»Ja, aber ich meine, mit dir und ihm, ist da alles in Ordnung?«

Stirnrunzelnd richtete sie sich auf. »Sicher. So wie es in einer Ehe eben ist. Er arbeitet, und ich kümmere mich um die Kinder. Wirst du noch sehen. Johannes wird sich auch nicht für immer vor Eifer überschlagen und um dich herumscharwenzeln, so wie im Moment.«

Ich sah sie prüfend an. Ich konnte mich an keinen Zeitpunkt erinnern, an dem Matthias um sie herumscharwenzelt wäre. Außerdem wollte ich wissen, was es mit Lunas Bemerkung auf sich hatte, und frotzelte: »Ich muss mir doch keine Sorgen machen? Ich meine, Sex hat man doch trotzdem noch, auch wenn Kinder da sind. Man hat doch seine … Bedürfnisse.«

Sie glotzte mich eine Schrecksekunde lang an und warf dann einen Blick auf die Küchentür hinter uns. »Ich bin froh, dass ich das hinter mir habe, das kannst du mir glauben«, raunte sie. »Drei Kinder reichen mir. Du musst jetzt auch nicht so tun, als hättest du Spaß daran, nur weil du meinst, dass bei dir immer alles besser läuft als bei mir. Mir kannst du nichts vormachen, das ist doch alles nur ein Mythos.«

»Ein Mythos?«, wiederholte ich verständnislos.

»Ja, Orgasmus und so. Was soll das sein? Hatte ich noch nie.

Und weißt du was? Wenn du mich fragst, je doller du stöhnst, desto schneller sind die Männer fertig.«

Mir klappte die Kinnlade runter. »Du hast kein bisschen Spaß dabei?«

Sie bekam einen roten Kopf. »Also, Silvie!«

Ich flüsterte: »Noch nicht mal am Anfang? Als ihr euch kennengelernt habt, da sprachst du davon, dass ihr Kinder wollt und so. Da müsst ihr doch auch guten Sex gehabt haben!«

»Nie im Leben! Ich war noch Jungfrau! Matthias hatte Erfahrung, wir haben miteinander geschlafen, ich hatte solche Schmerzen, er meinte, ich hätte Spaß, und dann war ich schwanger. In der Schwangerschaft war ich froh, dass ich ihm sagen konnte, es geht nicht. Und dann war ich jedes Mal gleich wieder schwanger. Und jetzt sage ich ihm eben, dass ich kein Kind mehr will. Die Pille vertrage ich nicht. Manchmal muss ich natürlich, ich weiß ja, dass die Männer das ab und zu brauchen, aber ich sag dir, nicht öfter als dreimal im Jahr. Da greift er zu mir rüber, nimmt sich ein Kondom, und dann machen wir's halt.«

»Und dann stöhnst du ihm was vor?«

»Wie gesagt, er ist dann schneller fertig.« Anna stellte den letzten Teller in die Spülmaschine und wischte sich danach die Finger an meinem Geschirrtuch ab, während ich sie weiterhin anstarrte. Verrückt, das Ganze. Das, was sie sagte, konnte auch nicht stimmen, denn was Luna erzählt hatte, klang nach etwas ganz anderem. Stöhnen, gut und schön, aber Schreien, wenn man nichts empfand?

Ich trat aus der Küche und ging ins Wohnzimmer, wo Matthias mit verschränkten Armen auf seinem Stammplatz saß. Anna folgte mir und warf ihm einen unsicheren Blick zu. Er nickte kurz und fast unmerklich, und Anna rief: »Luna, Emma, Clara, wir gehen. Papa muss noch arbeiten!«

Ganze zwanzig Minuten waren sie da gewesen.

Johannes und ich waren uns einig, dass Nils unser einziges Kind bleiben sollte. Wir waren glücklich mit diesem einen; Johannes schien im Reinen damit, dass wir Eltern geworden waren. Manchmal wirkte er ein wenig zu enthusiastisch – als wolle er mir und sich selbst etwas beweisen –, aber sein Benehmen half mir wenigstens, mein Vertrauen zurückzugewinnen. Er kümmerte sich sorgsam um mich, nahm die Bemerkungen der Hebamme ernst, die davor warnte, dass ich mir zu früh zu viel zumuten könnte.

»Frauen wie Ihre neigen dazu, sich zu übernehmen«, mahnte sie. Womit sie recht hatte, denn ich konnte es kaum erwarten, den ersten Spaziergang zu machen, und schaffte es dann nicht einmal bis zum Park.

Etwa acht Wochen nach der Geburt schliefen wir das erste Mal wieder miteinander, und es war fast wie bei unserem allerersten Mal. Johannes war so sorgsam darauf bedacht, dass ich auf meine Kosten kam, dass ich anschließend in Tränen ausbrach und der ganze Frust aus der Schwangerschaft aus mir herausbrach. Ich weinte und weinte, und er hielt mich fest. Als der Anfall vorüber war, schworen wir uns, dass wir ganz neu anfangen würden. Ich wollte es so sehr. So sehr!

Doch dann kam einige Wochen später der Nachmittag bei meiner Mutter. Ich saß in ihrer Küche und fütterte Nils mit einem Brei, da sagte sie nebenbei: »Wann wollt ihr uns eigentlich sagen, dass du wieder schwanger bist, Silvie?«

Ich lachte auf, den Löffel im Anflug auf Nils' aufgesperrten Schnabel.

»Ha ha! Was soll das denn?«

Sie setzte sich zu mir an den Tisch und blickte mich mit ernster Miene an. »Du willst doch nicht behaupten, dass du nichts davon weißt?«

»Nein!«, sagte ich mit Bestimmtheit. »Ich weiß sogar ganz genau: Ich bin nicht schwanger. Wie auch, ich stille doch noch.« Ich hatte keine Lust, mit meiner Mutter über mein Liebesleben zu diskutieren. Mein Zyklus hatte noch nicht einmal wieder eingesetzt. Sobald ich meine erste Periode hatte, würde ich wieder mit der Pille anfangen.

»Du stillst doch gar nicht mehr ausschließlich« – sie deutete auf Nils' Brei – »außerdem ist das ein Ammenmärchen, dass Stillen vor einer Schwangerschaft schützt.«

Ich blinzelte. Für wie dumm hielt sie mich eigentlich?

»Ich bin nicht schwanger, Mama. So was merkt man.«

»Wie du meinst«, sagte sie und sah mich noch einmal prüfend an.

Auf der Rückfahrt besorgte ich mir dennoch einen Schwangerschaftstest, einen mit digitalem Display. Den würde ich meiner Mutter unter die Nase halten: »Nicht schwanger« würde dort stehen, dann hatte sie es schwarz auf weiß.

Ich war nicht einmal nervös, als ich auf das Stäbchen pieselte. Zufrieden blickte ich auf das kleine Fensterchen, das für wenige Augenblicke grau blieb. Sehr wenige Augenblicke. Und dann stand dort »schwanger« in fetten Lettern. Ich gab ein Quieken von mir und klopfte aufs Display. Es konnte nicht sein! Unmöglich!

»Oh, mein Gott«, murmelte ich und lief in der Wohnung auf und ab. »Oh, mein Gott.« Unvermittelt bekam ich Bauchkrämpfe. Johannes würde mich umbringen. Nicht buchstäblich, aber er würde kotzen. Und rumschreien. Nein, rumschreien nicht, aber ausziehen. Mir vorwerfen, ich hätte das mit Absicht gemacht.

»O nein, o nein«, murmelte ich wieder. Ich hatte ihm selbst erzählt, während des Stillens könne nichts passieren, und er hatte es zur Kenntnis genommen, es geglaubt, mir vertraut. Wo hatte ich diesen Schwachsinn bloß gelesen? Es hatte geheißen, man habe während des Stillens nicht seine Tage. Und das stimmte. Und ich war davon ausgegangen, dass ich erst wieder schwanger werden konnte, wenn ich meine Tage gehabt hatte. Was auch stimmte, mit der klitzekleinen Einschränkung, dass der Periode ein Eisprung vorausging!

»Lieber Gott«, murmelte ich wieder, schnappte mir Nils, fuhr zur Apotheke und kaufte noch einen Schwangerschaftstest. Bei dem ersten war die Anzeige kaputt gewesen, das musste es sein! Erleichterung machte sich in meinem Bauch breit, ich fuhr wieder zurück, ließ Nils in seiner Babyschale in der Diele stehen und raste aufs Klo. Pieselte auf den Streifen des diesmal klassischen Tests und beobachtete fassungslos, wie in dem weißen Fensterchen ein blauer Streifen erschien, zunächst blass, dann immer dunkler. Unverschämt fett war er, dieser Streifen. Ich heulte auf, ging zu Nils, strich ihm mechanisch übers Köpfchen, wieder und wieder, und grübelte über eine Lösung nach. Ich musste Johannes verlassen. Abhauen, ihm gar nichts davon sagen. Nur weg hier! Erneut heulte ich auf. Es lief doch gerade alles wieder so gut! Wir hatten uns eingefunden in unser Leben zu dritt. Unser Kind war ein kleiner, blonder Sonnenschein – wir planten sogar schon die erste Reise. An drei Vormittagen pro Woche brachte ich ihn in einen Kinderladen, arbeitete stundenweise in der Redaktion. Wir hatten wieder regelmäßig Sex! Und nun dies.

Johannes sagte minutenlang nichts, als ich es ihm mitteilte, schüttelte den Kopf und blickte in die Ferne. Schließlich krächzte er: »Eins oder zwei, Silvie, ist doch egal.« Er lächelte. Sehr zaghaft.

»Ich finde es ja schön mit Kind«, sagte er und betrachtete Nils liebevoll. »Ich wollte keins, das stimmt. Aber jetzt … wir werden schon klarkommen.«

Er wollte es mir leichtmachen, auch wenn ihm sicher ganz anders zumute war. Verantwortungsbewusst und anpassungsfähig gab er sich, sich in sein Schicksal fügend.

Diesmal kam das Thema Umzug auf den Tisch – besonders Anna forcierte es. Matthias hatte Kontakte und würde uns ein

Traumhaus besorgen können – zu besonders günstigen Konditionen, erklärte sie mir am Telefon.

»Ich will kein Traumhaus, Anna, wenn ich jemals etwas kaufen würde, dann ein altes Fachwerkhaus«, sagte ich. Ich wollte etwas renovieren, nichts Fertiges. Mir schwebte eine Art verlottertes Holzhäuschen vor, selbstverständlich ohne Holzwurm und für einen Schnäppchenpreis. Bloß nichts Spießiges.

Anna gackerte. »Das ist doch verrückt! Ein Fachwerkhaus? Du bist doch kein Hippie! Matthias besorgt euch was Modernes mit Garten und Einbauküche. Eine Doppelhaushälfte zum Beispiel, so wie unsere! Was glaubst du, wie viel Platz du mit zwei Kindern brauchen wirst – da bist du für jeden Einbauschrank dankbar.«

Ich knirschte mit den Zähnen. »Ich will keinen Einbauschrank, Anna. Am liebsten würde ich in unserer Wohnung bleiben, aber da das auf Dauer nicht geht, suchen wir uns eine größere Wohnung oder ein altes Haus – etwas anderes will ich nicht.«

Sie ignorierte meinen Einwand. »Komm doch mal mit Johannes bei uns vorbei. Matthias kann euch ein paar Objekte zeigen – bestimmt ist was für euch dabei.«

Ich lehnte noch einmal ab. »Wenn wir Unterstützung brauchen, geb ich Bescheid. Wir suchen erst mal auf eigene Faust.«

Schnell stellte sich heraus, dass wir nicht die Einzigen auf der Suche nach einem Fachwerkhaus in der näheren Umgebung waren. Fachwerkhäuser schienen gerade der Renner zu sein unter denen, die aus der Stadt raus wollten. Lauter Individualisten. Und wir mittendrin. In Nordhessen hätten wir was finden können, zweieinhalb Stunden von unseren Arbeitsstätten entfernt.

»Also gut«, sagte Johannes, »es wird ja wohl eine größere Altbauwohnung geben, die erschwinglich ist.«

Aber dies war genauso illusorisch. Eine Vierzimmerwohnung, wie wir sie gebraucht hätten, kostete ein Vermögen.

Eines Abends klingelte es an der Tür, und Anna stand mit Matthias im Hausflur. Gutgelaunt lächelte er mich an und schüttelte mir die Hand. Ich wusste gar nicht, wie mir geschah, das hatte er noch nie getan. Mehr als überrascht bat ich die beiden herein in die Küche, wo noch das Geschirr vom Abendbrot stand. Wir setzten uns alle an den Tisch, ich räumte notdürftig ab, bot etwas zu trinken an, und Matthias erkundigte sich schließlich ohne Umschweife: »Wie viel Eigenkapital habt ihr ungefähr?«

»Wieso willst du das wissen?«, fragte ich.

»Wie ich gehört habe, wollt ihr ein Haus kaufen«, sagte er lächelnd und klickte mit seinem Kugelschreiber.

Ich lachte auf. Am liebsten hätte ich Anna einen Tritt verpasst – wie konnte sie Matthias herschleppen? Doch ihr Blick von der anderen Seite des Tisches ließ mich zögern, den ungebetenen Gast ohne Umschweife abzuwimmeln. »Zehntausend«, sagte ich daher; ich wusste genau, dass das – egal für welchen Kauf – viel zu wenig wäre. Selbst für die Finanzierung eines Fachwerkhäuschens in Nordhessen war es nicht ausreichend. Abgesehen davon – wir hatten nicht einmal diese Zehntausend, aber das stimmte mich überhaupt nicht traurig. Wir waren eben keine Sparer. Wir hatten immer unser ganzes Geld für Urlaube ausgegeben, und zuletzt war alles für Nils' Erstausstattung draufgegangen. Andere kauften sich ein großes Auto – wir fuhren einen zwölf Jahre alten Volvo. Und eigentlich wollte ich gar keine Immobilie. Bevor ich so spießig wie die beiden endete, würde ich lieber in einem Wohnwagen leben.

Zu meiner Überraschung legte Johannes plötzlich seine Hand auf meinen Arm und wandte sich Matthias zu. »Zweihunderttausend haben wir«, sagte er, als sei es das Normalste von der Welt, und Anna klappte ihren Mund wieder zu, der noch offen stand von meinen Zehntausend.

Diesmal rutschte mir die Kinnlade runter, und ich glotzte Johannes an.

Er fuhr fort: »Zeig uns einfach alles, was du in dieser Preisklasse hast, Matthias. Wenn es was gibt, gut – aber, wenn nicht, dann nicht.«

Aha! Daher wehte der Wind. Johannes bluffte nur, er wollte Matthias loswerden. Seine Art war viel schlauer als meine. Männer!

Matthias verschränkte die Arme. »Für Zweihunderttausend kriegst du nichts. Schon gar nicht in Bad Homburg.«

Ich blickte irritiert in die Runde und begegnete Annas Blick. Wer sprach denn bitte von Bad Homburg?

»Wir reden von Frankfurt«, sagte Johannes und sah Matthias weiter unverwandt an. Der stand auf und verstaute seinen Kugelschreiber im Sakko. »Anna hat mir gesagt, ihr sucht nach einer Immobilie in Bad Homburg. Bei uns im Rommelhausener Weg gibt es eine Doppelhaushälfte mit 150 Quadratmeter Garten, die wir auf 780 000 angesetzt haben. Wir geben euch fünf Prozent Nachlass. Das ist ein absoluter Schnäppchenpreis und kommt so nie wieder.«

Ich sog die Luft ein. So viel Geld für ein Haus? Anna warf ich einen fragenden Blick zu, doch sie wich ihm aus. Was war hier los? Sie wusste doch ganz genau, dass Johannes und ich nie …

Matthias war schon um den Tisch herumgewandert und packte Anna plötzlich beim Arm, zog sie vom Stuhl hoch. In ihren Augen las ich – was? Angst?

Ich sprang ebenfalls auf und sagte beschwichtigend: »Matthias, wir wollen in Frankfurt bleiben, und wenn wir uns nichts kaufen können, dann mieten wir was. Vielleicht hast du ab und zu schöne Mietobjekte, Altbau im Nordend zum Beispiel, die könnten wir uns doch zusammen ansehen.«

Ich hatte den Eindruck, als wäre Matthias drauf und dran, auf den Tisch zu spucken, so abfällig musterte er mich, noch immer Annas Arm im Griff, die wortlos zu Boden blickte.

»Ich habe keine Mietobjekte im Angebot, Silvie. Ich verkaufe.« Mit diesen Worten schob er Anna hinaus in den Flur. Johannes und ich blieben wie angewurzelt stehen, bevor wir ihnen hinterhereilten und nur noch die Wohnungstür ins Schloss fallen hörten.

Am nächsten Morgen rief ich Anna zwischen zwei Redaktionssitzungen vom Büro aus an.

»Sag mal, gab's Ärger bei euch beiden wegen dieser Sache mit dem Haus?«, erkundigte ich mich.

»Nein.«

»Hm. Wie bist du überhaupt darauf gekommen, von wegen Johannes und ich suchen ein Haus in Bad Homburg, du weißt doch ganz genau –«

»Ist schon gut! Fang du nicht auch noch an!«

»Ja, aber – was sollte das Ganze?«

»Ich hab halt gehofft, du würdest hier in die Nähe ziehen. Wäre doch schön. Und Matthias würde sich auch freuen.«

»Ach Anna, er kann uns nicht ausstehen!«

Sie schwieg und sagte schließlich leise: »Ihr ihn doch auch nicht.«

»Ich … kann nichts mit ihm anfangen.«

»Meinst du, ich kann was mit Johannes anfangen? Ihr behandelt Matthias so, als würde er sein Geld mit etwas Illegalem verdienen. Ist doch klar, dass er von der Provision lebt. Und das Haus, von dem er gestern gesprochen hat, das muss er verkaufen! Er hat diesen Monat noch kein einziges Objekt verkauft, was glaubst du, was das für uns heißt?«

»Er soll es einfach jemand anderem verkaufen, wenn es so ein tolles Objekt ist, wie du sagst. Dann hat er seine Provision. Käme mir ohnehin komisch vor, wenn ich meinem Schwager eine Provision zahlen würde.«

»Ach? Du willst es also geschenkt?«, fragte sie. »Was kriegen wir denn von dir geschenkt? Wir haben nicht mal eben fünfundzwanzigtausend zu verschenken.«

»Aber wir auch nicht! Johannes hat sowieso nur Mist erzählt, wir haben überhaupt kein Eigenkapital, Anna.«

Sie schnaubte. »Du hast wohl Tomaten auf den Augen. Guck dir das Haus seiner Mutter an. Dann ihr Haus auf Mallorca. Da könnte er locker 'ne Hypothek von einer Million drauf aufnehmen.«

Wie dreist konnte man sein? »Die Häuser gehören seiner Mutter, und die beiden sehen sich kaum!«, rief ich. Johannes' Verhältnis zu Evelyn beschränkte sich nahezu auf Weihnachts- und Geburtstagskarten. Oft genug sprach er herablassend von ihr: dass sie nur Sinn für Luxusdinge hätte, nicht für die Menschen um sie herum. Schon gar nicht für ihren eigenen Sohn. Dass sie nach Nils' Geburt gekommen war, hatte an ein Wunder gegrenzt.

»Aber irgendwann mal gehört es ihm, und damit zur Hälfte dir«, sprach Anna weiter. »Dann noch das Haus von Mama und Papa, davon gehört dir ja auch die Hälfte.«

»Anna, wir reden hier von Veränderungen, die frühestens in dreißig Jahren eintreffen – wir wollen es zumindest hoffen. Das Geld kann ich doch nicht verplanen, als hätte ich es schon auf dem Konto!«

»Jeder plant so. Meinst du, die Leute, die sich Immobilien kaufen, bezahlen in bar? Es gibt so viele Finanzierungen, die ohne Eigenkapital laufen. In unserer ganzen Nachbarschaft leben Leute, die alles finanziert haben, inklusive der Einrichtung – und das geht gut!«

Ich konnte kaum glauben, was ich da hörte. Zum ersten Mal kam ich mir in einem Gespräch mit meiner Schwester wie die Konservative vor.

»Anna«, sagte ich, »für mich ist das nichts. Ich backe lieber kleine Brötchen und weiß, was mir gehört. Ich könnte mir von meinem Ersparten noch nicht mal einen Wohnwagen kaufen, geschweige denn ein Haus. Und wenn ich dann so ein Haus habe, dann bin ich doch auch unflexibel, kann viel schwieriger umziehen und alles.«

»Wo willst du denn hinziehen? Kinder brauchen Stabilität und ein schönes Zuhause!«

»Ach ja?«, fragte ich. »Auch wenn ich mir das schöne Zuhause nicht leisten kann? Es war doch immer deine Rede, man müsse sparen. Jahrelang hast du gespart für ein eigenes Haus.«

Anna schwieg.

»Das, was du mir erzählst, entspricht doch gar nicht dem, was du denkst!«, rief ich.

»Ach Silvie«, sagte sie, »du weißt gar nichts.«

Heutzutage weiß ich noch viel weniger. Kann nicht mal mit dem Löffel umgehen – man muss mich füttern. Auf dem Löffel ist eine Micky Maus abgebildet; ich wette, Sabina hat ihn aus Amerika importiert. Und dann all das, was sie mir beibringen wollen. Allen voran Johannes, er lässt nicht locker. »Streng dich mal ein bisschen an, Mädel«, sagt er, und ich muss auf dem neuen grünen Teppich im Wohnzimmer auf dem Bauch liegen und die Beine strecken – für die Muskulatur. Und dann andersherum, auf den Rücken, Beine nach oben. Mein Gott, ist das anstrengend. Hoch, runter, hoch. Und wieder andersherum. Sogar Sabina zeigt Erbarmen und versucht, ihn zurückzuhalten. »Du tust ihr doch weh!«, wendet sie ein, und es kam schon vor, dass ich mich Schutz suchend an sie klammerte.

Manchmal versuche ich, Annas Namen zu sagen, so dass sie sie vielleicht einmal einladen. Aber die Zunge in meinem Mund ist so unbeweglich, sie gehorcht mir nicht. »A-a-a!«, sage ich immerzu. »A-a-a!« Dieses Geschnatter löst wahre Begeisterungsstürme bei meiner Umwelt aus, man klatscht in die Hände. Ich muss mir etwas einfallen lassen. Vielleicht kommt mir ein guter Gedanke, wenn ich mich ein bisschen besser bewegen kann. Falls.

Die Wohnungssuche lenkte mich ein wenig von dem Unheil ab, das sich zwischen Johannes und mir anbahnte, allerdings nicht wesentlich. Denn was unser Sexualleben betraf, so waren wir wieder dort angelangt, wo wir bei der Schwangerschaft mit Nils gewesen waren. Johannes betrachtete mich zwar hin und wieder mit einem wehmütigen Lächeln, aber sobald ich versuchte, ihm näherzukommen, hatte er jedes Mal eine andere Ausrede parat.

Und ein Verdacht erhärtete sich: Er hatte gar keine Angst davor, dass dem Kind in meinem Bauch etwas passieren könnte, wenn wir miteinander schliefen. Er konnte einfach in diesem Zustand nichts mit mir anfangen.

Ich hingegen konnte darauf verzichten, mich anzubiedern.

Der dickste Hund kam aber erst noch. Eines Samstagmorgens beim gemeinsamen Frühstück blätterte ich in einer Zeitschrift, Journal Frankfurt, und las eine Anzeige, die mich aufregte. Tierisch aufregte:

Du bist gebunden und willst es auch bleiben? Ich auch! Aber du vermisst das erotische Knistern und bist es leid, nur wie Bruder und Schwester zu leben? Ich auch! Und du hast Angst, bei diesem verrückten Vorhaben erwischt zu werden? Ich auch! Könnte passen! Attraktiver Mann (36) wartet auf deine Mail. lovegod@googlemail.com.

Spontan las ich Johannes die Anzeige vor und bekam sogleich einen roten Kopf. Die Anzeige konnte glatt von ihm sein. Lässig nahm er einen Schluck Kaffee und sagte: »Was soll daran schlimm sein? Was ich nicht weiß, macht mich nicht heiß, oder?«

»Du meinst, es würde dir nichts ausmachen, wenn ich dich betrügen würde?«, fragte ich.

»Das hab ich nicht gesagt, Silvie. Ich meinte, wenn ich nichts davon wüsste, könnte ich mich auch nicht darüber aufregen.«

Mir war das unverständlich, und ich blickte wieder auf die Kontaktanzeige vor mir. Ich fand das unmöglich, es ärgerte mich, was sich dieser Typ da rausnahm.

Johannes hob die Schultern. »Jeder soll doch machen, was er will; der Typ spielt schließlich mit offenen Karten. Die Frau, die sich darauf meldet, weiß genau, woran sie mit ihm ist.«

»Aber seine eigene Frau«, wandte ich ein, »die weiß überhaupt nicht, woran sie mit ihrem Mann ist.«

»Stimmt«, sagte er. »Aber, was sie nicht weiß, macht sie nicht heiß.« Eindringlich sah er mich an.

»Aha«, sagte ich. War er plötzlich durchgeknallt? Wie konnte man solche Ansichten haben? Wütend schlug ich die Zeitschrift zu, stand schwerfällig von meinem Stuhl auf und schob meinen Bauch an der Tischplatte vorbei.

Ich beschloss, Anna zu besuchen. Sie hatte sich seltsam benommen bei unserem letzten Telefonat. Ich beschloss zu behaupten, doch einen Blick auf die Doppelhaushälfte werfen zu wollen und daher vorbeizukommen.

Nachdem ich meinen Wagen am Straßenrand geparkt hatte, nahm ich zu Fuß die Auffahrt zu Annas Haus, auf der mir prompt Matthias in seinem Wagen entgegenkam. Ich trat einen Schritt nach links, um ihn an mir vorbeizulassen, da verlangsamte er das Tempo und ließ die getönte Beifahrerscheibe seines Mercedes SLK runter. Er warf mir einen überaus skeptischen Blick zu.

»Was willst du hier?«, fragte er.

Vor Überraschung vergaß ich den zurechtgelegten Anlass. »Äh. Ich will Anna besuchen, ich hab schon länger nichts von ihr gehört und da –«

Er schnitt mir mit einer Handbewegung das Wort ab und sagte: »Du kannst wieder abzischen, Silvie. Anna hat dir nichts mehr zu sagen. Ich habe ihr verboten, mit dir zu sprechen, und ich rate auch dir, dich daran zu halten.«

Mir blieb der Mund offen stehen.

»Verboten?«, wiederholte ich. »Bist du noch ganz gescheit?«

Er antwortete nicht, sondern machte wieder diese Handbewegung, als wolle er eine Fliege verscheuchen, bevor er versonnen auf das Armaturenbrett blickte. Dann warf er einen Blick auf seine Uhr, stieg plötzlich aus dem Auto, und ich trat unwillkürlich einen Schritt zurück. Über das Dach seines Mercedes hinweg sagte er: »Es ist besser für sie, wenn sie dich nicht sieht, kapiert?«

Hatten die Männer in meiner Umgebung sie heute eigentlich noch alle?

»Ich werd einen Teufel tun«, erklärte ich und lief los in Richtung Haus. Mir raste das Herz vor Wut. Was der Kerl sich rausnahm! Vielleicht konnte er Anna aus unserer Wohnung abführen – ich hingegen war nicht so leicht herumzukommandieren. Und überhaupt! Dieser ganze Mist, nur weil wir das doofe Haus nicht gewollt hatten!

So schnell ich konnte, lief ich weiter. Aber Matthias war schneller. Er hielt mich am Arm fest. Seine Stimme hatte nun einen beschwörenden Tonfall. »Silvie, sie hat Probleme. Lass sie in Ruhe, sie …«

»Probleme?«, fragte ich amüsiert und blieb stehen. Wenn hier einer Probleme hatte, dann doch wohl er. »Was für Probleme?«

Eine kleine Ader auf seiner Schläfe pochte, und er presste die Kiefer aufeinander.

»Ich – möchte – dass – du – jetzt – gehst.« Wieder blickte er auf die Uhr.

Ich verschränkte die Arme. »Musst du dringend los?«, fragte ich. »Zu einer Parteisitzung vielleicht oder zu einem Treffen des Lions Club?«

Seine Augen verengten sich zu Schlitzen. Mir wurde plötzlich klar, dass ich zu weit gegangen war. Ich konnte ihm nicht sein soziales Engagement vorwerfen, auch wenn ich davon ausging, er bekleide sein Ehrenamt aus politischen Gründen. Besonders in Annas Interesse musste ich nachgeben, immerhin hatte ich ihren Mann vor mir. Ich überlegte, was ich machen sollte. Matthias sah derart entschlossen aus, dass ich ein Handgemenge befürchtete, wenn ich meinen Kopf durchsetzte. Ich dachte an Annas Nachbarinnen, die möglicherweise tatsächlich unsere kleine Unterhaltung mit Interesse hinter den Gardinen verfolgten. Und ich wollte nicht, dass Anna meinetwegen noch mehr Ärger mit ihrem Mann bekam. Dass sie Ärger hatte, konnte ich mir lebhaft vorstellen. Andererseits wollte ich wissen, was hier los war. Ich schadete ihr? Das war lächerlich. Und welche Probleme sollten das sein, von denen ich nichts wissen durfte?

Ich hob herausfordernd den Kopf und sagte: »Ich komme wieder. Verlass dich drauf.«

Mit wackligen Knien fuhr ich nach Hause und machte mir bei Johannes Luft, der mir riet, meine Eltern anzurufen. Matthias könne mir nicht den Kontakt mit Anna verwehren, nur weil wir sein idiotisches Haus nicht gekauft hatten.

Wie recht er hatte! Also rief ich meine Eltern an. Sie waren erstaunt. Ihnen gegenüber sei Matthias immer freundlich und umgänglich – vorbildlich geradezu. Ich bewertete die Situation ganz sicher über. Vielleicht die Hormone? Ich nickte nachdenklich. Vorbildlich also. Und mit Anna hatten sie am Vortag telefoniert, da habe sie allenfalls etwas matt gewirkt. Bei drei Kindern kein Wunder. Von der Geschichte wegen der entgangenen Provision, für die Matthias uns vermutlich verantwortlich machte, wussten sie gar nichts.

Am Sonntag und Montag rief ich bei Anna an und hatte jedes Mal Luna am Apparat.

»Die Mama schläft«, sagte sie. Ich bat um Rückruf, aber es kam keiner. Am Dienstag, nachdem Anna am Morgen wieder nicht ans Telefon gegangen war, beschloss ich, noch einmal hinzufahren. Über Mittag war Matthias bestimmt bei diesem Giovanni essen, da würde er mich nicht zu Gesicht bekommen.

Um Punkt zwölf Uhr dreißig läutete ich, doch niemand öffnete. Das war merkwürdig, Anna holte Emma und Clara im Normalfall um zwölf aus dem Kindergarten ab, und auch Annas X3 stand in der Garage – sie sollte also zu Hause sein. Luna müsste auch jede Minute eintrudeln, wenn sie nicht schon da war. Ich läutete nochmals und meinte, aus dem Haus ein Geräusch zu hören – daher klopfte ich und läutete ein drittes Mal. Gerade als ich im Begriff war, um das Haus herumzulaufen und einen Blick auf die Terrasse zu werfen, öffnete sich die Tür der angrenzenden Doppelhaushälfte, und eine Frau mit kurzen blonden Haaren musterte mich. Neben ihr tauchten zwei braunhaarige Mädchen auf, die in Lunas und Carlas Alter sein durften. Die Frau musste Christine Brückner sein, deren Mann den Garten machte.

»Wollen Sie zu Frau Ziegler?«, fragte sie.

Ich nickte und reichte ihr die Hand. »Ich bin die Schwester. Silvie Jakobi. Wissen Sie zufällig, ob Anna da ist? Das Auto steht in der Garage, und um die Mittagszeit müsste sie doch zu Hause sein.«

Die Nachbarin verschränkte die Arme. »Sie ist da, das weiß ich, aber … Ich glaube, sie ist krank oder so. Sie hat die Kinder nicht vom Kindergarten abgeholt, und weil sie sich merkwürdig benahm, als die Kindergartenleiterin sie zu Hause anrief, da bot ich mich an. Ich war sowieso gerade dort.«

»Wieso benahm Anna sich merkwürdig?«, fragte ich.

»Sagte, sie könne nicht kommen …«

In diesem Moment öffnete sich die Haustür. Luna lugte heraus, und sie sagte mit dünner Stimme: »Die Mama will nicht mit dir sprechen, Tante Silvie, kannst du bitte wieder gehen?«

Frau Brückner und ich schauten sie überrascht an.

»Aber wieso denn nicht?«, fragte ich und beugte mich zu ihr nach unten. »Sag ihr bitte, ich möchte sie nur ganz kurz sehen. Was hat sie denn? Ist sie krank?«

Luna schüttelte den Kopf. »Der Papa hat gesagt …«

»Tante Silvie, ich denke, du kommst nicht mehr?«, fragte Emma, die nun ebenfalls ihren Kopf zur Tür herausstreckte.

Ich hatte genug gehört und schob die beiden beiseite. Ich lief zum Wohnzimmer, wo ich Anna vermutete – doch da war sie nicht. Luna und Emma folgten mir. Mit offenem Mund blickte ich auf das Chaos, das dort herrschte. Auf dem Boden herumliegende Kissen, wie nach einer Kissenschlacht, dazwischen Malbücher und Stifte … Ich lief weiter in die Küche, aber das Bild, das sich mir bot, sprach völlig gegen Annas Anwesenheit im Haus. Töpfe standen herum, Geschirr war überall verteilt, auf dem Boden Krümel über Krümel. Und keine Anna.

»Wo ist eure Mama?«, fragte ich Luna und Emma, die mich beobachtet hatten.

Doch sie schauten mich nur verschreckt an.

Ich betrachtete sie prüfend, lief dann weiter zum Schlafzimmer und riss die Tür auf.

Dort saß jemand auf dem Bett, und ich erschrak fast zu Tode. Im ersten Moment dachte ich, es handele sich um ein Skelett. Aber es war Anna. Sie war nackt. Und ihre Haare waren fort.

Hier im Haus lacht man darüber, wie ich mich seit neuestem fortbewege. Nun ja, ich finde, ich muss mich irgendwie fortbewegen, und wenn ich schon wegen des fehlenden Gleichgewichts nicht laufen kann, setze ich mich eben auf den Boden und rutsche zum Ziel. Nach ein paar Tagen Übung komme ich schon recht flott voran. Heute Morgen stand Johannes mit seiner Kaffeetasse in der Hand im Türrahmen und hat komische Geräusche von sich gegeben, die Tränen liefen ihm über die Wangen. Ich könnte schwören, dass er gelacht hat. Ich zeigte ihm die kalte Schulter und rutschte weiter. Tat, als ginge mich das gar nichts an. Was soll ich anderes tun? Was mich anspornt, ist das Ziel, ans Bücherregal zu kommen. Anna hat mir mal Liebesromane geliehen – gelesen habe ich sie nie –, an die will ich ran. Vielleicht steht ihr Name in einem davon. Und dann werde ich Sabina das Ding unter die Nase halten. Irgendwo in dem Regal wird eins sein, ganz sicher, ich muss nur danach suchen.

Sabina passt das nicht, sie hält mich kurz vor meinem Ziel auf und stellt sich mir in den Weg. »Du willst mir nur mein Regal ausräumen«, sagt sie. Da hat sie recht. Aber was heißt hier ihr *Regal? Immerhin ist es* mein *Regal! Ich rutsche an ihr vorbei, ziehe Bücher raus, eins nach dem anderen, so schnell kann sie gar nicht gucken. Es gibt ein Handgemenge, und Johannes geht dazwischen. Zieht mich zurück in die Küche und presst mich auf meinen Stuhl. Schließlich macht er auch noch den Bügel zu. So haben es ihnen die Ärzte geraten, sie sollen sich auf keinen Fall meinen Willen aufzwingen lassen. Diese Scharlatane. Vertreten die Meinung, ich hätte nicht viel Verstand.*

Ich muss mich beruhigen. Manchmal gerate ich so sehr in Rage, dass mir fast der Mund schäumt vor Wut. Aber es nutzt ja nichts – selbst wenn was zu Bruch geht, lässt Sabina sich nicht erweichen. Und den Verschluss kriege ich sowieso nicht auf. Als ich erschöpft aufhöre herumzubrüllen, setzt sie sich zu mir und tätschelt meine Hand. Wischt mir die Nase ab und streicht mir über den Kopf. Lässt sich sogar zu einem Kuss auf meine Wange herab. Ich wende mich entrüstet ab, überlege es mir dann jedoch anders. Lege den Kopf schräg. Ob sie den Verschluss wieder aufmacht?

Sie lacht. »Komm raus«, sagt sie. Direkt freundlich. Geht zu Oles Bücherecke und holt ein Buch für mich raus, zum Angucken. Dieses Bilderbuch vom kleinen Maulwurf habe ich Nils mal gekauft, es weckt Erinnerungen in mir. Dass sie es sich jetzt mit mir zusammen anguckt, beruhigt mich ungemein. Manchmal ist sie wirklich ein Engel.

Ich war nie ein Engel. Natürlich hätte ich mir in dieser Rolle gefallen, aber in Wahrheit sah ich irgendwann nur noch zu, dass ich überlebte.

Ich war unendlich frustriert, konnte nicht fassen, was aus mir geworden war: eine Fast-Hausfrau, schwanger mit dem zweiten Kind, verheiratet mit einem Mann, den ich nahezu seit Kindertagen kannte und der mich nicht mehr attraktiv fand. Ich sehnte mich so sehr nach meinem alten Leben zurück, dass es mir regelrecht die Brust zerriss. Natürlich liebte ich Nils und hätte mein Leben für ihn gegeben. Und ich liebte auch das zweite Kind in meinem Bauch. Aber ich hasste die Situation, in der ich mich befand. Ich fühlte mich ausgeliefert; einem Mann ausgeliefert, der nichts mehr mit mir anfangen konnte. Ich selbst fand mich attraktiv. Ich war eine schlanke Schwangere, eine mit Chucks an den Füßen, Hüftjeans und tailliertem T-Shirt und einem kleinen Haargummi im kinnlangen blonden Haar. Eher der Studentinnentyp, wenn ich so sagen darf. Ich war Redakteurin, mein Gott, keine Hausfrau, die ständig putzte. Und trotzdem – letzten Endes war ich doch nur eine ganz normale Frau, eine Mama geworden.

Manchmal machten wir einen Alibiausflug als nette kleine Familie. Wir saßen dann am Rand eines Sandkastens und bauten Sandburgen für ihn, die er sofort wieder zerstörte, oder setzten uns mit ihm im Schwimmbad ins Babybecken. Es hätte Spaß machen können, doch zwischen Johannes und mir war eine Stille eingekehrt, die mich taub machte. Immerzu dieser dicke Bauch zwischen uns.

Und nicht nur der.

Sabinas Foto ruhte in einer Holzkiste im Keller. Doch was auch immer ich mit dieser Kiste anstellte, um sie so weit wie möglich nach hinten ins Vergessen zu schieben – sie stand stets erneut in der ersten Reihe.

Als wir heute beim Abendbrot saßen – Ole und Nils waren schon aufgestanden, ich selbst brauche zum Essen immer etwas länger –, blickte Johannes Sabina plötzlich ganz ernst an und sagte: »Ich hab mir endlich verziehen.«

Ich kaute unbeteiligt auf einem Stück Banane und blickte den Tauben nach, die an unserem Fenster vorüberflogen. Nur mit einem Auge schielte ich zu ihnen hinüber.

»Ach?«, fragte sie und hob die Augenbrauen. »Und was genau?«

»Dass ich Silvie mit dir betrogen habe, als sie schwanger war«, sagte er und griff nach einer Scheibe Brot. »Es wird Zeit, dass ich nicht dauernd darüber nachdenke, was für ein Schwein ich war – bei ihr entschuldigen kann ich mich doch sowieso nicht mehr.« Seelenruhig schmierte er sein Brot, und ich verschluckte mich prompt, noch ehe Sabina etwas erwidern konnte. Ich spuckte große Brocken meiner Banane auf den Tisch, die Sabina mit spitzen Fingern abklaubte. Johannes schlug mir auf den Rücken, bis ich mich wieder einkriegte. Als ich mich erholt hatte, sprachen sie schon wieder über etwas anderes.

Und jetzt, während ich in meinem stillen Zimmer liege, wühlt mich das Ganze so sehr auf, dass ich einfach nicht zur Ruhe komme. Ich werfe mich hin und her, rufe wütend in die Stille, so lange, bis Sabina hereinkommt und mich tadelnd ansieht. »Was ist denn los?«, fragt sie und tritt näher. Zieht sich den Stuhl heran, auf dem sie manchmal abends sitzt, wenn mich die Ereignisse des Tages so sehr aufgerieben haben, dass nur ein paar Lieder helfen. Auch heute meint sie wohl, dass ihr »Que será, será« mich beruhigen könnte, doch ich schreie wütend. Sie verstummt und streicht mir vorsichtig über die Stirn, als befürchte sie, ich könne nach ihr schnappen. »Soll ich dir lieber eine Geschichte erzählen?«, fragt sie. Ohne eine Antwort abzuwarten, plappert sie drauflos. Zuerst höre ich gar nicht richtig hin, bin zu sehr mit meinen eigenen Gedanken beschäftigt, bis der Satz »Ich dachte all die Jahre jeden Tag an ihn, mehrmals« meine Ohren streift. Spricht sie von Johannes? Anscheinend.

Sie greift nach meiner Hand und sagt: »Ich hatte so die Nase voll von diesen Telefonaten zum Geburtstag, in denen wir uns gegenseitig beteuert haben, dass unsere neuen Beziehungen einfach toll seien, auch wenn ich gar keine hatte. Ich brach nach Frankfurt auf, um ihn wieder-

zusehen. Wollte wissen, ob ich nicht doch den Hauch einer Chance hätte«, sagt sie und sieht mich an. Fast ein wenig zerknirscht, wie es scheint.

Als wir Johannes neckende Stimme vernehmen, sehen wir auf. »Ich dachte, du bist wegen der Arbeit gekommen?«, fragt er lächelnd. »Weil du so ein gutes Angebot hattest?« Er kommt näher und legt die Arme um sie. »Ich habe doch auch ständig an dich gedacht, wenn auch nicht jeden Tag, das wäre gelogen. Aber ich hab mich immer wieder gefragt, wieso ich dich nicht vergessen kann. Ich meine, jeder sagt, die erste Liebe soll man nicht so ernst nehmen. Doch du warst immer in meinem Kopf, wie ein fieser kleiner Virus.«

Sie kichert leise. »Und ich jubelte schon, wenn ich es geschafft hatte, einen ganzen Tag lang nicht an dich zu denken!«

»Aber du warst doch auch mit anderen Typen zusammen«, wendet er ein. »Und du warst in China. In der Zeit kannst du doch nicht jeden Tag an mich gedacht haben.«

»Das hab ich nur gemacht, damit ich abgelenkt war. Aber guess what: Es hat nicht funktioniert.«

Ich sehe die beiden unverwandt an und beginne zu rechnen, auch wenn es mir verdammt schwerfällt. Hatte Sabina sich gerade auf den Weg nach Frankfurt gemacht, als ich Johannes mit meinem Kinderwunsch konfrontierte? Möglicherweise war es erst meine Frage nach Kindern gewesen, die ihn wachrüttelte. Vielleicht hatte er sich gefragt, ob es das war, was er sich für seine Zukunft wünschte: Kinder mit mir. Oder ob er sich nicht viel lieber wünschen sollte, mit Sabina noch eine Chance zu haben.

»Eigentlich ist es doch verrückt«, sagt sie. »Genau als du mir eine Mail an meine alte Adresse bei der Arbeit geschrieben hast, hab ich hier angeheuert.« Jetzt guckt sie wieder mich an und erklärt in aller Ausführlichkeit – wahrscheinlich aus Angst, ich könnte wieder anfangen zu brüllen –: »Es war meine erste Stelle als Designerin für Kinderoberbekleidung. Ich besuchte internationale Messen und verhandelte mit den Lieferanten aus Asien. Ich hätte auch bei einem der kleineren Mode-

labels anfangen können – es gibt ja genügend Läden in den Stadtteilen, die eigene Kollektionen entwerfen –, aber in erster Linie ging es darum, nach Frankfurt zu kommen und deinen Goldschatz wiederzusehen.«

Mein Goldschatz streicht ihr bei diesen Worten übers Haar. Er sagt: »Kommst du gleich?«, und sie nickt. Ich schaue ihm hinterher, dann gleitet mein Blick zurück zu Sabina. Dass ihr damals die Zeit davonlief und Johannes und ich die Hochzeit planten, weil ich schwanger geworden war, hatte sie natürlich nicht wissen können.

Als sie meine Hand loslässt, in dieser gespielt unauffälligen Art, weiß ich, was die Stunde geschlagen hat: Sie will sich aus dem Staub machen. Möglicherweise interpretiert sie meinen ausdruckslosen Blick so, als sei ich kurz vorm Wegdösen. Davon bin ich jedoch weit entfernt. Ich stoße ein langanhaltendes Protestgeheul aus, das sie wieder nach meiner Hand greifen lässt. »Also gut«, seufzt sie. »Noch fünf Minuten.« Sie setzt ihr Märchentantengesicht auf und fährt fort: »Ich hab mir in Bornheim eine Wohnung genommen, weil ich wusste, dass er dort hin und wieder in Kneipen unterwegs war.«

Die Wohnung lag in einem Mehrfamilienhaus am Sandweg, direkt über einem Waschsalon neben Olga und Vladimir. Um die Gegend und die Leute kennenzulernen, ging sie als Allererstes in einen Friseursalon. Sie dachte, mit einer Friseurin komme man schnell ins Gespräch, ohne aufdringlich zu wirken. Nach der Arbeit schaute sie dort oft vorbei, um ihren Haaren eine Intensivkur zu gönnen und noch ein Schwätzchen zu halten. Sie kannte ja niemanden in Frankfurt. Und so kam es, dass sie nach einiger Zeit mit Tanja, der blonden, langhaarigen Friseurin, auf einen Salat in den benachbarten Eissalon ging, der für besondere Stammgäste auch ein paar kalte und warme Speisen auf der Karte hatte. Ein anderes Mal gingen sie in eine Kneipe um die Ecke und wieder ein anderes Mal in noch eine Kneipe, um eine andere Ecke. Tanja lebte mit Jürgen zusammen, einem Fotografen, er arbeitete für Werbeagenturen, die zigarettenfreie Kampagnen an Zigarettenkonzerne vertickten oder Dessouswerbung für die Größe XXL entwarfen – manch-

mal jedoch kam er auch in den Genuss, Stars auf Filmfestivals abzulichten. Und während Tanja Sabina eines Abends berichtete, dass Jürgen der Mann ihrer Träume sei, da er keinerlei Ansprüche an sie stellte, und wie sehr sie es genieße, auch mit Freundinnen auszugehen, erblickte Sabina Johannes, der mit Sven am Tresen ein Bier trank.

Als ich die Augen aufschlage, stelle ich mit Entsetzen fest, dass sie fort ist. Das Licht ist aus, in der Wohnung herrscht mitternächtliche Stille. O nein. Was habe ich alles verpasst? Wie hat sie reagiert, als sie erfuhr, dass ich schwanger war? Hat sie trotzdem mit ihm ein Verhältnis angefangen? Und warum hat Johannes sich nach Nils' Geburt plötzlich so rührend um mich gekümmert? Hatte sie ihm den Laufpass gegeben? Möglich wäre es. Aber wann nahmen sie wieder Kontakt auf? Ich seufze und reibe mir die Augen. Ganz sicher werde ich sie um diese Uhrzeit mit keinem Geschrei der Welt dazu bewegen können, noch mehr zu erzählen. Also bleibe ich still liegen und denke nach.

Sabina

Du bist wie eine Süchtige«, sagte Tanja und senkte den Kopf, um an den Spaghetti Calabrese zu schnuppern, die Luigi soeben mit seinem bezaubernden italienischen Lächeln vor ihr auf den Tisch gestellt hatte. »Ich halte rein gar nichts von deinem Plan. Was versprichst du dir denn davon, ihn anzurufen? Bist du scharf darauf, von seinem perfekten Eheleben zu hören? Wie toll es ist, Windeln zu wechseln, und wie einzigartig sich das Bäuerchen seines Sohnes anhört?«

Sabina griff nach einem Stück Pizza und bemühte sich um einen selbstbewussten Tonfall. »Ich erhoffe mir gar nichts. Mir liegt etwas an ihm. Ich will einfach nur mal hören, wie es ihm geht. In aller Freundschaft.«

»In aller Freundschaft, dass ich nicht lache. Und dann? Wenn er dir gesagt hat, dass er der glücklichste Mann unter der Sonne ist, sagst du: Mensch, Johannes, das freut mich ja so für dich!« Tanjas Mund verzog sich spöttisch. »Und ich darf mir dann wieder das Gejammere anhören: Hätte ich ihn bloß nicht angerufen, Tanja. Jetzt muss ich wieder dauernd an diese Familienidylle denken …«

Sabina schnaubte und legte das Pizzastück hin. »Weißt du, du traust mir anscheinend kein bisschen Reife zu. Denkst du, ich entwickle mich nicht weiter und lerne nichts dazu? Da kennst du mich aber schlecht! Ich bin bestens darauf vorbereitet, dass er glücklich ist. Und weißt du was? Ich wünsche es ihm sogar! Ich hoffe, dass er seinen Sohn heiß und innig liebt und dass er eine gute Ehe führt. Was soll man einem Menschen, den man mal geliebt hat, sonst wünschen? Ehrlich, Tanja, ich will einfach nur wissen, wie es ihm geht. Sonst gar nichts.« Entschlossen griff sie wieder nach ihrem Pizzastück und biss hinein.

Tanja schüttelte den Kopf. »Was ist so besonders an Johannes? Was verbindet dich mit ihm?«

»Sag du mir zuerst, was dich mit Jürgen verbindet. Ich meine, er hat noch nicht mal Haare auf dem Kopf! Und das bei einer Friseurin!«

Tanja lachte. »Stell dir vor, ich müsste ihm privat die Haare schneiden, wie öde. Was uns verbindet? Die perfekte Mischung aus Anziehung und langer Leine. Ich fühle mich frei, obwohl ich mit ihm zusammenlebe. Für mich ist er ein Glücksgriff. Ich denke manchmal den ganzen Tag nicht an ihn. Wir telefonieren auch nicht, so wie andere Paare das tun. Aber wenn er abends heimkommt, freue ich mich wie verrückt.«

Sabina griff nach ihrer Serviette und rupfte kleine Fetzen davon ab. »Johannes war für mich da, als es mir sehr schlecht ging«, erklärte sie endlich. »Wir haben uns in einer Lebensphase kennengelernt, als ich vor lauter Gefühlen halb überschnappte. Mein Bruder starb, ich liebte Johannes abgöttisch, gleichzeitig trauerte ich um Bobby, dann fühlte ich mich schuldig, dass ich jemanden um mich hatte, während mein Bruder in einem kalten Grab lag. Es war eine sehr aufwühlende Zeit. Aber glaub mir, ich bin in der Lage, nach vorn zu blicken und mich für Johannes' Glück zu freuen.«

Doch natürlich war es anders, und Sabina wusste schon, bevor sie am nächsten Abend zum Hörer griff, dass es ihr nach dem Telefonat nicht unbedingt besser gehen würde. Aber jetzt einknicken und dann wieder jeden Tag darüber nachdenken, wie es Johannes wohl ging? Nein danke. Sie trank ein Glas Wein und wählte seine Nummer.

»Hallo«, hauchte sie und versuchte, das heftige Pochen in ihrer Brust zu ignorieren.

»Sabina?«, fragte Johannes, und sie glaubte, Freude in seiner Stimme zu hören.

»Wie geht es dir?«, fragte sie und schloss die Augen. Vielleicht sagte er etwas Schönes. Zum Beispiel: »O mein Gott! Endlich rufst du mich an. Ich habe mich nach dir verzehrt …«

»Es geht so«, war seine zögernde Antwort.

Ihr Herz tat einen Sprung. »Wieso?«, fragte sie leise. Hoffnungsvoll.

»Silvie ist wieder schwanger«, antwortete er.

Silvie

Meine Tage unter der Woche waren minutiös verplant: Nils fertig machen und zur Krippe bringen – in die Redaktion – Nils abholen – Krabbelgruppe oder Spielplatz – Vorsorgetermine. Abendessen allein mit Nils, danach ausgedehnte Schmusestunden, bis er einschlief – anschließend ich allein mit der Fernbedienung – Bett. Wo steckte Johannes an all diesen Abenden? Ich wusste es nicht. Womöglich war er sogar dieser Typ von der Anzeige? Wohl kaum. Aber was war das für ein Mann, der solche Anzeigen aufsetzte?

Und warum wollte ich das unbedingt wissen?

Heute denke ich, dass ich insgeheim Angst davor hatte, mir könne ein solcher Lovegod begegnen. Ich sehnte mich so sehr nach Zuneigung und Streicheleinheiten – ja, auch nach sexueller Spannung – in meinem Leben, dass allein der Mangel an emotionaler und körperlicher Nähe mich zu einer frustrierten Kuh machte. Wahrscheinlich brachte diese Anzeige mich so sehr auf, weil da jemand etwas wagte, wonach ich mich sehnte.

Warum also schickte ich ihm schließlich eine E-Mail? Ich glaube, ich wollte diesen Typen zur Rede stellen – Hauptsache, ich konnte überhaupt jemanden zur Rede stellen. Zu gern hätte ich Johannes mit der Frage konfrontiert: »Denkst du etwa immer noch an Sabina?«

Und genau hier lag der Hase im Pfeffer. Ein »Ja« hätte mich an den Rand eines Abgrunds katapultiert, wo ich zu der Zeit unmöglich stehen konnte. Das Gewicht meines Bauches hätte mich in die Tiefe gezogen.

Und dann Matthias: Ihn hätte ich ermorden können. Was er Anna angetan hatte! Mann, Mann, Mann.

Meine Mail an *lovegod@googlemail.com* lautete: *Ich hoffe, das Ding zwischen deinen Beinen ist die Sache wert.*

Ich wollte ihn in eine Falle locken. So war das.

Endlich mache ich Fortschritte! Sie wollten ja die ganze Zeit, dass ich damit aufhöre, auf dem Boden herumzurutschen, weil sie das nicht normal finden. Und was ist mir heute zum ersten Mal gelungen? Ich konnte etwa zwei Sekunden lang freihändig auf beiden Beinen stehen! Was sagt man dazu? Ich war sehr stolz auf mich, wirklich sehr stolz – auf diesen Augenblick habe ich nun so lange hingearbeitet, und endlich war es so weit. Zwar schienen sie der Sache nicht allzu sehr zu trauen, besonders Nils und Ole schauten ziemlich skeptisch und hielten Abstand, aber Johannes blickte mich nur bewundernd und sehr liebevoll an. Sabina nahm mich sogar feierlich in den Arm. Dann ließ ich mich wieder in meinen Sitz plumpsen. Ich saß keine zwei Minuten, da nahm Johannes mich wieder bei den Händen und zog mich auf die Füße. Anscheinend kann er nicht genug davon bekommen, dass ich das jetzt allein kann. »Endlich geht es voran!«, rief er und applaudierte ebenfalls. Ich klatschte auch. Es war einfach zu schön.

Manchmal kommen meine Eltern zu Besuch. Hier nennt man sie »Oma und Opa«. Die beiden wischen sich immer verstohlen die Augen, wenn sie mich sehen. Meistens halten sie Nils und Ole fest umklammert, während sie bei mir auf gebührenden Abstand achten. Das liegt daran, dass ich nicht auf Körperkontakt aus bin. Ich bin gar nicht mehr so fürs Gekuschel zu haben. Einmal wollte mein Vater mich in den Arm nehmen, aber ich ruderte wie wild mit den Armen, schlug ihm fast ein blaues Auge. Da lachten sie. Manchmal weinen sie auch um mich. Sie tun mir leid. Natürlich muss ich hier bei Sabina und Johannes bleiben, etwas anderes wäre undenkbar. Und weil das so ist, sitze ich sabbernd dabei und betrachte die Tüte Bonbons oder die Tafel Schokolade, die sie Nils und Ole mitgebracht haben. Abends, wenn ich dann still in meinem Bett liege, denke ich wieder: Du Volltrottel, warum hast du den beiden nicht begreiflich gemacht, dass sie mal was von Anna erzählen sollen? Es ist zum Verzweifeln.

Als ich Anna so nackt und mit kahlem Schädel auf dem Bett sitzen sah, glaubte ich für einen kurzen Moment, Matthias habe ihr die Haare abrasiert und halte sie als seine Sexsklavin gefangen. Was man sich eben so denkt in ein paar Millisekunden des absoluten Wahnsinns.

»O mein Gott, Anna!«, rief ich und stürzte auf sie zu, tastete ihren Kopf ab, als wollte ich mich vergewissern, dass sie nicht eine haarlose Perücke trug – aber ich fühlte nur klebrige Kopfhaut und Haarstoppel. Ihre Fingerspitzen waren mit Pflastern bedeckt – ich wagte gar nicht, sie zu fragen, was passiert war. Eilig zog ich die Bettdecke vom Bett und hüllte ihren nackten Körper darin ein. Die ganze Situation war grauenvoll. Luna und Emma weinten, Clara traute sich gar nicht ins Schlafzimmer, ich selbst jammerte wie ein kleines Kind: »Anna, o nein, o nein!« Ich kramte schließlich mit zitternden Händen nach meinem Handy, um die Polizei anzurufen.

»Was hast du vor?«, fragte Anna plötzlich mit Blick auf das Handy. Sie schien aus ihrer Starre erwacht zu sein.

»Ich rufe natürlich die Polizei!«, rief ich und wählte schlotternd die 110. Mit der freien Hand schob ich Luna und Emma aus dem Zimmer und raunte: »Ich bin gleich bei euch!«

»Warum rufst du die Polizei?«

»Warum?«, fragte ich und unterbrach die Leitung. »Guck dich doch an, was er dir angetan hat! Meinst du, das lass ich ihm einfach so durchgehen?«

Sie blinzelte irritiert und flüsterte: »Wer hat mir was angetan?«

Ich riss die Augen auf. »Matthias! Oder wer hat dir sonst die Haare abrasiert?«

Anna schnaubte leise. »Nein, Silvie, Matthias wollte warten, bis sie mir von selbst ausfallen!«

»Aber Anna!«, rief ich verständnislos, »warum sollten sie dir denn ausfallen?«

Sie schluckte und senkte den Blick. Schließlich flüsterte sie: »Weil ich wieder Krebs habe, darum.«

Der Schreck erfasste mich wie ein Stromschlag. Ich sank vor ihr zu Boden, das Handy glitt mir aus der Hand, und ich umklammerte ihre Knie. »Seit wann?«, fragte ich.

»Ich weiß es seit Freitag«, wisperte sie. »Gebärmutterhalskrebs. Sie haben es nach einem Kontrollabstrich festgestellt. Jetzt muss ein Teil des Gebärmutterhalses entfernt und eingeschickt werden, und wenn es schlimm ist, bekomme ich sofort eine Chemo. Und was das heißt …« Ihr versagte die Stimme.

»Aber Moment!«, rief ich. »Dann weißt du also noch gar nicht, ob es so kommt! Vielleicht erwischen sie alles, oder es war doch kein Krebs und du hast dir völlig umsonst die Haare abrasiert!«

Sie schüttelte den Kopf. »Ich weiß es aber. Ich bin so der Typ … für Krebs.«

Ich hatte selten solch einen Schwachsinn gehört. Ein Typ für Krebs? Eher ein Typ fürs Schwarzmalen.

»Anna«, sagte ich beschwörend, während ich mich wieder vom Boden aufrappelte, »ich glaube, es gibt verschiedene Stufen bei diesem Abstrich. Welche Stufe hattest du?«

»Die vierte.«

Soweit ich informiert war, gab es fünf, und die vierte war die Stufe, bei der man lediglich einen Verdacht auf ein sich entwickelndes Karzinom hatte. Das erklärte ich ihr und beschwor sie wieder: »Das muss noch gar nichts heißen! Jetzt warte doch erst mal ab, was die Gewebeprobe ergibt. Und bis dahin, na, da musst du dich zusammenreißen, du machst den Kindern doch Angst mit deinem Verhalten! Und wie's hier aussieht, das kenne ich gar nicht von dir.«

Sie hob die Schultern und schüttelte wieder ihren gerupften Schädel, von dem ich kaum den Blick wenden konnte.

»Es sind die Kinder, Silvie!«, rief sie plötzlich. »Emma und Clara sind wie Affen. Wenn sie sich an eine Lampe hängen könnten, würden sie auch das tun. Sie bringen alles in Unordnung, sobald ich ihnen den Rücken kehre!«

Nun, Emma und Clara hatten wohl kaum heute so viel Geschirr schmutzig gemacht und in die Spüle gestellt. Das, was dort stand, stammte von Tagen.

»Dann nimm dir eine Putzfrau«, riet ich. »Oder hol die Kinder später aus dem Kindergarten ab, damit du mehr Freiraum hast«.

Sie schnaubte gehässig. »Ich arbeite doch nicht, Silvie. In unserem Kindergarten gibt es kaum genug Mittagessensplätze für die Kinder der Berufstätigen. Ich bekomme keinen Platz über Mittag für die beiden, ohne dass ich einen Nachweis von einem Arbeitgeber habe. Und eine Putzfrau – die zahlt mir Matthias nicht. Der meint doch, ich hätte ohnehin viel zu viel Zeit! Der kommt abends heim und findet alles aufgeräumt vor, der lacht sich kaputt, wenn ich nach einer Putzfrau frage! Es war unsere Abmachung, dass ich mich um die Kinder und den Haushalt kümmere und er um das Geld …« Abrupt unterbrach sie ihren Satz. »Aber … ach, egal.«

Ich betrachtete sie neugierig. »Was?«

Sie schüttelte wieder den Kopf. »Nichts.«

Dann schluckte sie und griff sich mit beiden Händen an den kahlen Schädel. Erneut flossen die Tränen.

»Ich habe wieder Krebs«, schluchzte sie. »Was soll ich nur machen, Silvie?«

Krebs. Das vertraute Gefühl der Angst im Magen stellte sich

ein. Ich hatte keine Ahnung von Gebärmutterhalskrebs. Hatte man den im Griff, oder gehörte er zu den tödlich verlaufenden? Ich strich ihr über den Rücken und versuchte, sie zu überzeugen, dass noch nicht das letzte Wort gesprochen sei, dass sie gar nicht definitiv wisse, ob sie überhaupt krank war. Nach einer Weile konnte ich sie überreden, sich etwas anzuziehen und mit mir ins Bad zu kommen, wo noch die Reste ihrer Haare am Boden lagen und Blutspritzer auf dem Wannenrand prangten. Ich platzierte Anna auf dem Toilettendeckel und rasierte ihr zaghaft mit dem Elektrorasierer die restlichen Stoppel vom Kopf, so gut es ging. Immer wieder lugten die Mädchen zur Badezimmertür herein und flüsterten miteinander. Mir liefen Tränen über die Wangen, und ich streifte sie mit dem Oberarm vom Gesicht. Wie konnte Anna sich selbst so etwas antun? Nun sah sie wirklich wie eine Krebskranke aus, doch merkwürdigerweise betrachtete sie sich fast gefällig im Spiegel.

»Sie sind ab«, sagte sie.

Ich erklärte den Mädchen, die Mama habe eine Krankheit am Kopf, nichts Schlimmes, doch sie hätte vorsorglich ihre Haare abrasieren müssen. Dann band ich Anna ein Tuch um den Schädel und fragte sie, ob ich ihr Baldrian besorgen und das Haus aufräumen sollte. Nein, sie sei versorgt, sagte sie. Und ich solle nach Hause fahren, Matthias dürfe mich nicht sehen. Ob ich unsere Eltern benachrichtigen sollte, fragte ich noch, doch sie beschwor mich, sie könne sie noch viel weniger gebrauchen, und scheuchte mich regelrecht aus dem Haus.

Anna

Nachdem Silvie das Haus verlassen hatte, ging Anna ins Wohnzimmer und setzte die Mädchen vor den Fernseher.

»Hast du da?«, fragte Clara und deutete auf ihren Kopf.

»Ich habe keine Haare mehr, weil ich krank bin«, erklärte Anna in sachlichem Tonfall und legte Emma und Clara eine halbe Tablette in den geöffneten Mund.

Die beiden würden sie heute nicht mehr um den Verstand bringen. Luna beobachtete das Ganze aus dem Augenwinkel und bewegte sich keinen Millimeter, während Anna sich umwandte und begann, das Wohnzimmer aufzuräumen. Es war nicht nötig, dass ihre Eltern kamen und sie auch noch durcheinanderbrachten mit ihren Fragen.

»Kein Grund zur Beunruhigung«, war die Aussage des Arztes gewesen. Bei einer Konisation handele es sich um einen reinen Routineeingriff. Man entnehme einen Teil des Muttermundes, und es sei gut möglich, dass die Sache damit bereits erledigt sei. Doch sie wusste es besser. Nur zu gut erinnerte sie sich an die Anfangszeit ihrer Leukämie, als der Hausarzt zunächst auf Pfeiffersches Drüsenfieber getippt hatte und die Blutuntersuchung eine »reine Vorsichtsmaßnahme« gewesen war. Und dann die sofortige Einlieferung ins Krankenhaus, die unendlichen Blutentnahmen, die Chemotherapie, nach der sie jedes Mal hatte sterben wollen. Und die Todesangst, die sie aufs Fensterbrett getrieben hatte. Mit dem Ergebnis, dass sie auch noch zum Psychiater musste und in ein neues Zimmer kam, mit Gittern vor dem Fenster. Und Silvie hatte sie wahnsinnig gemacht mit ihrem unerschütterlichen Optimismus und ihrer Scheinheiligkeit. Immer fröhlich, lalala!

Anna lief ins Schlafzimmer und holte eine Tablette aus ihrem Nachttisch. Diesmal war Silvie das Lachen vergangen. Sie hatte sogar geweint – um ihr Haar zwar, aber immerhin. Ganz im Gegensatz zu Matthias' Reaktion auf die Arztdiagnose. Am Samstag erst war sie in der Lage gewesen, ihm davon zu erzählen, und hatte ihn gebeten, sich ausnahmsweise um die Wochenendeinkäufe zu kümmern, weil sie sich ein wenig schonen wollte. Musste.

»Ich dachte, ich hätte eine gesunde Frau geheiratet!« Er hatte sie entgeistert angesehen. »Warum hast du mir nie erzählt, dass du mal Leukämie hattest? Das ist doch eine wichtige Information, bevor man jemanden heiratet«, hatte er kopfschüttelnd hinzugefügt.

»Information?«

»Ja! Information, Auskunft, Hinweis! Aber nein, ich höre es jetzt zum ersten Mal! Und die Gefahr, dass man wieder Krebs kriegt, die ist doch hinreichend bekannt!«, hatte er gerufen.

Sie hatte sich setzen müssen. »Du hättest mich also mit dieser ›Information‹ nicht geheiratet?«

»Jetzt dreh mir doch nicht die Worte im Mund rum, verdammt noch mal!«, hatte er geschrien. »Ich hätte es einfach nur gern gewusst! Mein Gott, Anna, wenn ich gewusst hätte, dass mit so was eines Tages zu rechnen ist …« Plötzlich ächzte er: »Sag mal, verlierst du dann auch alle Haare oder was? Ich meine, wie stellst du dir das vor, Anna? Was sollen die Leute denken, wenn du kahlköpfig rumläufst, und überhaupt, wenn meine Kollegen davon hören, dass du Krebs hast, das ist … echt … die Geschäfte laufen sowieso schon beschissen.« Fassungslos hatte er den Kopf in die Hände gelegt und gestöhnt: »Das jetzt auch noch!«

In Annas Magen hatte sich während seines Ausbruchs ein Rudel Aale eingenistet. Alles, was Matthias sagte, war noch viel schlimmer als die Diagnose selbst. Kein Mut machendes Wort von ihrem eigenen Mann. Kein »ich steh dir zur Seite« oder »das wird schon wieder«, kein in-den-Arm-Nehmen. Nicht, dass sie das erwartet hätte – in-den-Arm-Nehmen gab es ohnehin schon lange nicht mehr. Die Aale in ihrem Magen hatten sich unerbittlich bohrend und zielstrebig ihren Weg zu Darm und Speiseröhre gebahnt, dazu hatte ein eiskaltes Gefühl ihren gesamten Körper erfasst, der sie erzittern ließ. Sie war allein. Auf der ganzen weiten Welt war sie vollkommen allein.

Anna verließ das Schlafzimmer und machte sich auf den Weg in die Küche, zerrte an einer Nudel, die sich im Siphon verfangen hatte, und dachte an den heutigen Morgen zurück, der ihr so weit entfernt vorkam wie der letzte Sommerurlaub. Endlich hatte sie sich ein Herz gefasst und Matthias informiert, dass sie für die Operation drei Tage ins Krankenhaus müsse – und zwar ab nächsten Montag. Da war er abermals ausgerastet. Wie sie sich das vorstelle, wie er ohne sie klarkommen solle, was mit den Kindern geschehen solle? Er habe genug um die Ohren, gerade habe er einen Interessenten für ein riesiges Objekt.

»Bring die Sache in Ordnung«, hatte er gegrollt, bevor er zur Arbeit ging. »Denk dir was aus.«

»Das geht aber nicht ohne meine Familie!«, hatte sie gerufen.

»Dann ruf deine Eltern an, meinetwegen. Sollen sie die Kinder nehmen. Aber nicht Silvie. Hörst du? Silvie bleibt mir aus dem Haus!«

Sie hatte genickt und versprochen, Silvie nicht anzurufen, was auch immer er gegen ihre Schwester hatte. Nachdem er weg war, hatte sie die Kinder unter größtem Kraftaufwand in den Kindergarten gebracht. Danach hatte sie sich auf den Badewannenrand gesetzt, Wasser einlaufen lassen und versucht, eine Rasierklinge aus Matthias' Nassrasierer zu pfriemeln, um sich die Pulsadern aufzuschneiden – was ihr nicht gelungen war, weil die Klinge festsaß. Lediglich die Fingerspitzen hatte sie sich zerschnitten.

Und plötzlich hatten ihre Hände für sie getan, woran sie selbst nicht gedacht hatte: Sie fuhren mit dem Rasierer über den Schädel. Irgendetwas musste sie tun, sonst hätte sie den Verstand verloren. Die Haare waren von ihrem Kopf auf den Boden gerieselt, und die Erinnerungen an die unbeschreibliche Übelkeit nach der Chemo, das Hinauskotzen von Galle und den Geruch des Krankenhauses hatten ihre Hände immer gewaltsamer über den Kopf fahren lassen. Als der Rasierer schließlich stumpf gewesen war, hatte sie die Küchenschere zu Hilfe genommen und damit die Büschel kurz über der Kopfhaut abgeschnitten. Der Krebs mochte Matthias' Geschäften schaden. Aber wenn er sie in dieser Situation verließ, dann war er beruflich tot. Niemals würde er das riskieren.

Anna warf einen Blick über die Schulter zum Sofa, wo nur noch Emma und Clara mit einfältigem Blick vor dem Fernseher saßen, und machte sich auf den Weg zu Lunas Zimmer. Was das Kind nur wieder trieb? Sie malte vermutlich eines ihrer merkwürdigen Muster auf ein Blatt Papier, das sie danach in kleinste Schnipsel riss, die sie jedoch fein säuberlich wegräumte. Überhaupt war Lunas Zimmer der aufgeräumteste Raum des Hauses. Anna blieb für einen Moment vor Lunas Zimmer stehen und lauschte. Luna summte. Sie konnte einen verrückt machen mit ihrer Summerei, sogar ihre Lehrerin hatte sie schon darauf angesprochen. »Es stört die anderen Kinder, Frau Ziegler, bitte sprechen sie mit ihr.« Dabei war Anna stolz darauf, dass Luna so musikalisch war und so viel Freude an der Musik hatte. Leise öffnete sie die Tür, warf einen vorsichtigen Blick hinein und betrachtete ihre Tochter, die mit dem Rücken zu ihr am Schreibtisch saß und summend malte; der Stift in ihrer Hand tanzte über das Papier. Kurz trat sie zu ihr, räumte ein paar Dinge auf dem Schreibtisch hin und her und erklärte Luna, dass man ein wenig Ordnung halten musste. Wirklich, ein wenig Ordnung musste doch sein, kein

Grund für Tränen. Danach schloss Anna die Zimmertür und machte sich auf den Weg zum Bad. Nur dort noch aufräumen, Matthias kam bald nach Hause.

In letzter Zeit bin ich super gut drauf. Das mag daran liegen, dass ich mich mittlerweile einigermaßen mit meiner Situation arrangiert habe, aber vor allem liegt es daran, dass mir mehr und mehr gelingt. Zum Beispiel kann ich jetzt vollkommen frei sitzen, ich kann mich nach vorn beugen und nach meinem Essen greifen, und wenn auch mal etwas zu Bruch geht – man ermuntert mich tapfer weiter. Auch das Stehen klappt immer besser. Doch je weiter ich körperlich vorankomme, desto stärker bin ich von meinen eigentlichen Plänen abgelenkt, die allabendlich in meinem Kopf herumgeistern. Das mit den Büchern zum Beispiel. Ich müsste nur in einem unbeobachteten Moment zum Regal hinrutschen und mich hochziehen. Aber sobald der Tag anbricht, mit all seinen neuen Herausforderungen und Ablenkungen, ist mein Plan vom Abend vorher aus meinem Gehirn wie ausradiert. In letzter Zeit bin ich daher dazu übergegangen, am Abend noch mal nach ihnen zu rufen, und anfangs kamen sie auch und fragten besorgt, was los sei. Was ich natürlich nur mit einem unkontrollierten Geschnatter beantworten konnte. Inzwischen ignorieren sie mich. »Lass sie brüllen«, heißt es. Obwohl ich mitkriege, dass Sabina immer wieder mal zur Tür hereinschielt und zögert, was sie tun soll. Johannes hält sie zurück und meint, sie dürfe nicht weich werden. Dabei bräuchten sie mich nur noch mal aus meinem Zimmer zu lassen, und dann könnte ich die Bücher holen – vorausgesetzt, ich fände eines, in dem Annas Name steht. Was nicht so leicht herauszufinden ist, wenn man bedenkt, dass die Schmierereien in den Büchern mir keinerlei Aufschluss darüber geben werden, welcher Name dort steht. Und Sabina immerzu mit ihrer Aufräumerei. Na ja, ich an ihrer Stelle hätte den Job schon längst an den Nagel gehängt, sie hat genug damit zu tun, die Jungs zu erziehen. Manchmal rechne ich fest damit, dass sie mich in ein Heim steckt, besonders wenn was zu

Bruch gegangen ist, weil ich es halt noch nicht so auf die Reihe kriege mit der Feinmotorik. Und wenn sie dann dasitzt, den Kopf auf den Tisch legt und seufzt, denke ich: Jetzt hat sie die Schnauze voll, jetzt gibt sie mich weg. Aber das ist Quatsch, es ist nur die chinesische Vase, die ich umgestoßen habe, und Sabina sieht irgendwann auf und sagt mit einem gequälten Lächeln: »Endlich ist es hin, das hässliche alte Ding.« Und wenn ich mich selbst kaum beruhigen kann von dem Schrecken, kommt sie zu mir und tröstet mich noch. Dann fühle ich mich wirklich wie ein Kind in Mamas Arm.

Silvie

Noch am selben Abend, nachdem ich Anna glatzköpfig aufgefunden hatte, erhielt ich einen Anruf von Matthias, in dem er mich fürchterlich beschimpfte. Ich hätte Annas Haare abrasiert. Wie ich so etwas hatte tun können? Ob ich meine Schwester noch unterstützen müsse in ihrem Wahn?

»Kein Wahn«, erwiderte ich seelenruhig, »es ist die pure Angst.«

Dass ich nur letzte Hand angelegt hatte, konnte ich nicht mal vorbringen, so cholerisch schrie er mich an: »Vor dir muss man ja auch Angst haben!«

Was im Zieglerschen Haushalt vor sich ging, konnte ich mir kaum ausmalen. Schließlich beruhigte er sich etwas. Anna habe ihn am Morgen informiert, sie müsse ins Krankenhaus. Wie ich mir vorstelle, wie das gehen soll? Ich sagte: »Das hat sie sich nicht ausgesucht, es muss eben sein. Ich helfe gern aus, wo ich kann, ich lass mich eben krankschreiben und komme zu euch!«

»Wage es und komm hierher«, sagte er mit Grabesstimme. »Emma und Clara gehen zu deinen Eltern, Luna bleibt bei mir.«

Ich begriff zu diesem Zeitpunkt überhaupt nicht, was er gegen mich hatte. Das ganze Theater wegen dieses doofen Hauses?

Johannes sagte: »Du tust Anna keinen Gefallen, wenn du hinfährst. Er wird ausrasten und es an ihr auslassen. Sei froh, dass deine Eltern zu ihr dürfen.« Er hatte recht, Anna besaß nicht die Kraft und auch nicht den Willen, Matthias zu verlassen. Ich hätte ihr dabei geholfen, weiß Gott, aber dafür war wohl kaum der richtige Zeitpunkt. Eigentlich war für gar nichts der richtige Zeitpunkt, auch nicht für mein Treffen mit diesem Lovegod, das ich angezettelt hatte, und erst recht nicht für unseren Umzug.

Wir hatten tatsächlich eine Wohnung im Nordend gefunden. Sie kostete zwar ein Vermögen, aber wir mieteten sie trotzdem. Eine Wohnung mit vier Zimmern und Gäste-WC; die beiden Kinder sollten in einem Zimmer schlafen, und ich bekam ein Arbeitszimmer, damit ich auch von zu Hause aus arbeiten konnte.

Genau in dieser stressigen Phase, in der ich Zimmer strich und Türen abschliff, verabredete ich mich mit diesem Lovegod, um ihm gründlich die Meinung zu geigen. Ich war richtig geladen, als ich zu unserer Verabredung fuhr; die Plackerei mit dem Umzug zerrte an meinen Nerven, mein Bedürfnis nach Zärtlichkeit, Liebe und Sex war übermächtig, dazu die große Sorge um Anna – ich wollte Dampf ablassen. Sinnigerweise lud er mich in die Bar eines Hotels ein, das ich schon lange von innen hatte sehen wollen. Das Fleming's Deluxe lag gar nicht weit von unserer neuen Wohnung entfernt, direkt in der Innenstadt. Ich freute mich diebisch auf Lovegods langes Gesicht, wenn er meinen Umfang sah!

Entschlossen betrat ich das Hotel, nahm den alten Paternoster in den vorletzten Stock, ging noch eine weitere Treppe zu Fuß und steuerte geradewegs auf die ultramoderne Bar zu. Dort bestellte ich mir beim Barkeeper eine Apfelsaftschorle und kletterte umständlich auf einen Barhocker. Eigentlich hätte man draußen auf der herrlichen Terrasse mit Blick auf den Eschenheimer Turm und den Commerzbanktower sitzen können, doch das war weit weniger verrucht als an der Bar, also blieb ich wo ich war. Der Feigling würde sich möglicherweise sowieso gleich wieder davonmachen, wenn er mich sah, überlegte ich noch, als mir jemand von hinten eine warme Hand auf die Schulter legte. Überrascht wandte ich mich um und blickte in zwei blaugesprenkelte Augen, die mich interessiert musterten. Sie gehörten zu einem lässigen dunkelhaarigen Typen, der Chucks trug, genau wie ich.

»Du bist schwanger«, stellte er amüsiert fest.

»Offensichtlich«, sagte ich und überlegte mir eine erste verbale

Ohrfeige für einen Ehebrecher wie ihn, als er fortfuhr: »Du siehst wunderschön aus mit deinem dicken Bauch. Unglaublich.«

»Wirklich?«, fragte ich fassungslos.

Er nickte und machte es sich auf dem Barhocker neben mir bequem, bestellte ein Alkoholfreies und fragte im gleichen Atemzug: »Darf ich mal anfassen?«

Ich fuhr mir mit der Zunge über die trockenen Lippen. »Äh …«, murmelte ich und reckte meinen Bauch vor.

Vorsichtig platzierte er seine Hand genau auf meiner Bauchmitte und schloss die Augen. Ich schluckte. Mir wurde verdammt heiß, es musste an seiner warmen Hand liegen oder an dieser Situation, dass …

In diesem Moment schob er seine Hand ganz langsam unter mein Shirt und legte sie mir auf die nackte Haut, direkt auf den sich bereits herausstülpenden Nabel.

»So kann ich's besser fühlen«, sagte er zwinkernd und übte sanften Druck mit seinen Fingerspitzen aus.

Ich glaube, ich guckte ziemlich dumm aus der Wäsche; er lachte plötzlich auf und hob mit der freien Hand sein Glas. »Auf unser Abenteuer«, sagte er, »ich bin Jens.«

»Silvie«, antwortete ich und knallte meine Apfelschorle gegen sein Bierglas, dass es nur so schepperte. Wir lachten und tranken, seine Hand noch immer auf meinem dicken Bauch, in dem mein Baby eine halbe Drehung machte. Als Jens schließlich die Hand fortnahm, war ich zunächst sprachlos – aber das hieß noch lange nicht, dass ich ihm die Sache durchgehen lassen würde! Unbeholfen suchte ich nach einem Auftakt für den unangenehmen Teil des Nachmittags, als er sich zu mir herüberbeugte und sagte: »Eine Sache würde ich gern klarstellen.«

»Hm?«, machte ich neugierig und blickte über den Rand meiner Apfelschorle. Danach war ich dran, mein Lieber!

»Ich frage dich nichts über deinen Mann, deinen Freund oder

deine Kinder – du nichts über meine Freundin oder Frau oder meine Kinder. Keine Nachnamen, keine Verpflichtungen. Nur Sex.« Verschwörerisch blickte er mich an und legte wieder die Hand auf meinen Bauch, die Fingerspitzen zeigten nun nach unten, streiften fast den Ansatz meines Flaums. »Ich möchte zu gern wissen, wie sich deine Brüste anfühlen«, flüsterte er und heftete seinen Blick auf meinen prallen Busen, um den Johannes einen weiten Bogen machte. »Und wenn ich mich nicht irre, würdest du auch verdammt gern wissen, wie es sich anfühlt.«

Ich schüttelte den Kopf. Jetzt oder nie!

»Also«, setzte ich an und blickte in diese blauen Augen, die durch das dunkle Haar ausgesprochen vorteilhaft zur Geltung kamen; dann schweifte mein Blick zu seiner gepflegten Hand, die noch immer das Bierglas umfasst hielt – und änderte den Kurs. »Könnten wir vielleicht mit einer Rückenmassage anfangen?«, flüsterte ich.

Seine Augen blitzten amüsiert auf. »Ist bei mir Standard«, sagte er.

Wenn ich schon mal hier war!

Ich hatte nicht vor, mit Jens etwas anzufangen, wirklich nicht. Aber wie er mir dort gegenübersaß, mit seiner Hand wie selbstverständlich auf meinem Bauch, und der Kellner sagte auch noch »für den Papa«, als er ihm das nächste Alkoholfreie hinstellte – da vergaß ich meine Schimpftiraden. Hätte der Kellner ihn gekannt, ihn schon öfter mit anderen Frauen hier gesehen, hätte er das wohl kaum gesagt. Auf die Idee, dass der Kellner neu sein könnte, kam ich nicht. Ich vergaß auch völlig, dass mein Gegenüber eine Frau hatte und ich einen Mann. Im Gegenteil: Ich fand es plötzlich ganz richtig, dass wir hier zusammensaßen. Er hatte keine Scheu vor meinem Körper – ganz im Gegensatz zu Johannes. Und dann diese unbändige hormongeladene Lust, die ich hatte. Johannes hätte täglich mit mir schlafen können, aber er wollte nie. Und hier war einer, der wollte. Nicht dass ich ihn lassen würde, nein, nein, nein. Nur eine Rückenmassage, mehr nicht! Und dann war da noch die Tatsache, dass ich ihn nicht gerade unattraktiv fand. Diese Augen! Und er war schlank, dazu muskulös. Sein Blick ließ mich die ganze Zeit nicht los.

»Erzähl was von dir«, forderte er mich schließlich auf. Was hätte ich darauf antworten sollen? Die Regeln hatte er genannt, die Aufzählung des üblichen Lebenslaufs war tabu.

Ich sagte: »Ich hatte seit sechs Monaten keinen Sex.«

Hallo? Ach du meine Güte.

»Da muss was passieren«, lächelte Jens und winkte dem Barkeeper zu.

Als wir vor der Tür des Hotelzimmers standen, gestand er: »Ich hatte ein bisschen Angst, dass du eine von denen sein könntest, die mich zur Rede stellen wollen. Das ist mir schon öfter passiert, weißt du. Du kannst dir nicht vorstellen, was für verklemmte Moralapostel da draußen rumlaufen.«

Jens haute mich einfach um. Ich habe noch nie einen Typen kennengelernt, der mich so unverhohlen gut fand, so ohne Umschweife zur Sache kam wie er. Da der Sinn unserer Verabredung auf der Hand lag, gab es keinen Smalltalk, kein »will er oder will er nicht«, kein Aufhalten. Einzig durch die gläserne Dusche mitten im Hotelzimmer wurde meine Aufmerksamkeit kurz von unserem Vorhaben abgelenkt. Hier duschte man vor den Augen seiner Mitreisenden – was sicherlich einerseits antörnen, aber auch abtörnen konnte. Mehr Gedanken daran blieben mir allerdings nicht, denn Jens bat mich, mein T-Shirt auszuziehen und mich aufs Bett zu legen, ganz so, als sei er tatsächlich ein Masseur, der nur seinen Job erledigte. Ich tat wie geheißen; meinen BH und Rock behielt ich an und legte mich in Seitenlage hin, an Bauchlage war ohnehin nicht zu denken. Er kniete sich neben mich aufs Bett und begann im Nacken mit seiner Massage, gerade dort, wo ich am verspanntesten war, knetete mich gerade richtig, nicht zu leicht und nicht zu fest. Ich bekam eine Gänsehaut. Schließlich bearbeitete er meine Schultern und bewegte seine Hände immer weiter nach unten, die ganze Wirbelsäule entlang, Wirbel für Wirbel, bis zum Steißbein. Von dort begab er sich auf direktem Weg zu meinen Schenkeln. Wie selbstverständlich öffnete er sie mit leichtem Druck und streichelte die Innenseite. Wow. Ich hatte Slip und Rock an, aber er brachte mich so weit, dass ich mir wünschte, ich hätte alles ausgezogen. Mit geschlossenen Augen lag ich da und war bewegungsunfähig. Jens schob meine Beine noch weiter auseinander, bahnte sich dann vorsichtig mit seinem Finger einen Weg zwischen meine Beine, schob den Slip zur Seite und setzte dort seine Massage fort. Ich stöhnte und öffnete meine Schenkel noch ein weiteres Stück. Als er schließlich ein Kondom herausholte und sich überstülpte, drehte ich mich auf den Rücken und zog mir den Slip aus. In seinem Blick las ich nichts anderes als Geilheit. Er konnte es kaum erwarten, in mich einzudringen. Wegen meines Bauches war er besonders vorsichtig und ließ sich sehr viel Zeit, was mich nicht störte, nicht im Geringsten. Er legte sich nicht auf mich, sondern kniete sich halb vor mich hin, so dass er nur mit seinem Penis in mich hineinfuhr. Die zarte Haut seines Glieds berührte meine empfindlichste Stelle, und ich richtete mich auf, um ihm entgegenzukommen, die Berührung zu intensivieren, die Reibung zu vervielfachen. Mit dem Finger berührte er meine Brust, streichelte meine Warze, bis sie hart wurde. Seine Bewegungen wurden schneller, aber er kam lange nicht. So lange, bis ich mir ein Kissen schnappte und hineinbiss, um nicht zu schreien.

Die anschließende Dusche nahmen wir gemeinsam.

Es dauerte zwei Tage, bis ich wieder normal laufen konnte. Die Schwellung zwischen meinen Beinen erinnerte mich beständig an ihn, und als er mir schließlich eine SMS schickte mit den

Worten »Wiederholung gefällig?«, antwortete ich »Jederzeit, Baby«.

Dass ich mit einem wildfremden Typen ins Bett ging, war nicht geplant. Aber ich hatte nun mal diese Bedürfnisse! Ich selbst fand meine prallen Brüste ziemlich gut – dass mein eigener Mann nichts damit anfangen konnte, war für mich ein Drama. Und Jens, der konnte eben etwas damit anfangen. Er hatte einen festen Mund und schlanke Hände, mit denen er meine Brüste an den richtigen Stellen berührte. Gleich bei unserem zweiten Treffen widmete er sich ihnen mit einer Hingabe, wie ich es noch nie zuvor erlebt hatte, und ich schrie fast, bis er endlich in mich eindrang. Ohne Umschweife konnte er mir sagen, was er wollte, wo ich ihn anfassen sollte, möglichst fest. Ich hatte vorher noch nie solchen Sex gehabt – Dirty Talk. Anfangs fand ich das gewöhnungsbedürftig, aber dann gab es nichts Besseres. Wir verlagerten es sogar aufs Telefon. Mir genügten seine Stimme und ein, zwei Schlüsselwörter – schon saß ich im Auto und machte mich auf den Weg zu ihm. Zwischen meinen Beinen pulsierte es. Nils konnte ich bis sechzehn Uhr in der Krippe lassen, und wann immer es seine Zeit erlaubte, traf ich mich mit Jens. Natürlich kannte er mittlerweile meinen Beruf, und auch ich wusste, womit er sein Geld verdiente.

»Wer nichts wird, wird Wirt, und wem auch das nicht gelungen, der macht in Versicherungen«, hatte er mir bald selbstironisch erzählt. Er war bei einer großen Versicherung angestellt, ganz in der Nähe meiner Redaktion. Wenn er sich mit mir traf, war er offiziell im Außendienst.

»Versicherungsvertreter?«, fragte ich lachend.

Er lachte auch. »Vertragsmanagement.«

Ich glaubte, das sei dasselbe, aber es klang so viel besser, also fragte ich nicht weiter. Seine Firma hatte im Fleming's ein Zimmer dauerhaft gemietet, für Kunden und Kollegen von anderen

Standorten, doch wann immer es frei war, trafen wir uns dort. Meist war er schon da, wenn ich den Raum betrat, und stand nackt am Fenster; unter seinem behaarten flachen Bauch prangte dieses Teil, das sich langsam aufrichtete. Die dunklen Bartstoppeln schimmerten unter seinem rasierten Kinn hindurch und bildeten einen irren Kontrast zu seinen blauen Augen. Ich konnte es nicht erwarten, ihn in mir zu spüren.

»Ich verstehe nicht, dass dein Mann auch nur eine Sekunde die Finger von dir lassen kann, Silvie«, sagte er einmal.

Wenn ich arbeitete, trafen wir uns manchmal nur zum Mittagessen für eine halbe Stunde in einem Café. Wir sprachen über die Arbeit oder über die Stadtentwicklung oder auch mal über die Schwierigkeit, einen guten Krippenplatz zu finden. Dazwischen ließ er gern kleine Anspielungen auf unser nächstes Stelldichein im Hotel fallen, aber manchmal hatte ich den Eindruck, als tue er dies nur, um sich selbst daran zu erinnern, weshalb wir eigentlich zusammensaßen. Oft brachte er mich zum Lachen mit kuriosen Versicherungsfällen oder mit Erzählungen davon, wie die Leute, die er zu Hause aufsuchte, eingerichtet waren.

»Wie bist du eingerichtet?«, fragte er einmal, und ich hob die Augenbraue. »Ist das nicht zu privat?«, neckte ich ihn, und er bekam rote Ohren. Ich gestand ihm, dass ich, seitdem ich Mutter war, hausfrauliche Qualitäten entwickelte, die mir vorher völlig fremd gewesen waren. Dass ich auf Schränken wischte und auf Türrahmen und mich über Wollmäuse unter dem Bett ärgerte.

Er lachte darüber und flüsterte: »Für mich gibt's nichts Befriedigenderes als eine blankpolierte Spüle.«

Ich grinste. »Magst du auch frische Bettwäsche?«

»Was meinst du, warum ich so gerne ins Hotel gehe? Frische Bettwäsche macht mich scharf.«

Allein seine Worte machten mich scharf, und ich betrachtete seine Hände, die ich gern zwischen meinen Beinen gehabt hätte.

Manchmal gingen wir zusammen einkaufen. Mal brauchte er einen Anzug für ein Event in seiner Firma, in dem er seriös, aber nicht spießig aussehen wollte. Ein anderes Mal eine neue Jeans. Wir zogen durch die Kaufhäuser und Boutiquen und gingen gemeinsam in die Umkleidekabine, in der er dann schwarzbesockt die Hosen wechselte, während ich mit einer Hand in seine Boxershorts griff und seine Hoden umfasste. Danach musste er immer ein paar Minuten warten, bis er sich aus der Kabine wagte, um sich im Spiegel zu begutachten.

Zwei Monate ging das so, bis der Entbindungstermin immer näher rückte. Manchmal lachte er lauthals, wenn ich auf dem Rücken lag und das Baby in meinem Bauch tobte, der Bauch von einer Seite zur anderen wogte wie eine überschwappende Welle. Ich fragte ihn einmal, ob er bei seinen eigenen Kindern auch so fasziniert von der Schwangerschaft seiner Frau gewesen sei – doch er legte mir als Antwort seinen Finger auf die Lippen.

»Keine Fragen mehr, wir wissen schon genug voneinander«, hauchte er und gab mir einen Kuss.

Hatte ich mich in ihn verliebt?

Ich glaubte nicht. Er brachte mein Herz in Wallung, ja. Ich spürte endlich mal wieder, dass ich lebte. Ich dachte, es läge am Sex. Aber meine Hoffnung war ja, dass es zwischen mir und Johannes wieder aufwärtsging – im wahrsten Sinne des Wortes –, sobald das zweite Kind da war. Dass die Gefühle wieder zurückkehrten.

Ein schlechtes Gewissen hatte ich Johannes gegenüber selten. Manchmal überkam es mich zwar, aber irgendwie war ich davon überzeugt, dass es Johannes im Grunde egal war, ob ich mit einem anderen Mann schlief. Es gab Momente, da war ich sicher, dass auch er mich betrog. Natürlich wäre ich nie im Traum darauf gekommen, mit wem. Er kam sehr häufig spät nach Hause und duschte dann gleich. Das hatte er früher nie getan. Aber neben all diesen Ereignissen und dem Umzug, den wir zwischendurch bewältigt hatten, war ich so abgelenkt durch diese Sache mit Anna, dass ich ohnehin kaum klar denken konnte.

Ich zerbrach mir den Kopf darüber, wann endlich die erlösende Nachricht käme, dass sie keinen Krebs hatte. Eine Woche mussten wir nach der OP darauf warten, dann kam die Entwarnung: Die Ärzte hatten das veränderte Gewebe vollständig entfernen können, und Anna hatte nichts weiter zu befürchten. Der Laborbefund ergab, dass es nicht einmal etwas Bösartiges gewesen war. Sie musste lediglich öfter zur Kontrolle, das war's aber auch schon.

Ich rief sie an, um ihr zu gratulieren, und wir redeten eine Weile, aber sie war nicht bei der Sache. Matthias sei noch immer sauer wegen ihres kahlen Schädels und habe ihr verboten, aus dem Haus zu gehen. Offenbar hatte sie ihn inzwischen darüber aufgeklärt, dass es ihr Werk gewesen war – und nicht meines.

Ich sagte: »Da hältst du dich doch wohl nicht dran? Mit mir darfst du nichts zu tun haben und aus dem Haus darfst du auch nicht mehr?« Ich konnte kaum glauben, was ich da hörte.

»Was soll ich denn machen?«, rief sie. »Er ist stinksauer, dass ich alle verrückt gemacht habe, und er will nicht, dass die Leute reden. Weißt du, er ist hier in Bad Homburg bekannt. Wenn ich jetzt mit Glatze draußen herumrenne, geht das Gerede los.«

Ich rieb mir die Schläfen. »Hat er dich ein einziges Mal gefragt, warum du das gemacht hast?«

Sie ging über meine Frage hinweg. »Silvie, du verstehst das nicht«, flüsterte sie weinerlich. »Ich weiß nicht genau, wie es finanziell bei uns aussieht, aber er scheint so gestresst in letzter Zeit, und ich will einfach nur, dass er mal wieder etwas verkauft. Wenn ich ihn jetzt noch aufrege, wirft er mir womöglich vor, dass ich daran schuld bin, wenn die Geschäfte nicht laufen!«

Je mehr ich hörte, desto wütender wurde ich. Sie kannte ihre Finanzen nicht?

»Guck dir doch mal ein paar Kontoauszüge an, damit du Bescheid weißt«, riet ich ihr. »Du musst ihm ja nichts davon sagen. Ich bin nur froh«, fügte ich noch hinzu, »dass du so ein sparsamer Mensch bist. Wenigstens habt ihr schon einen Großteil des Hauses abbezahlt.«

Am anderen Ende der Leitung vernahm ich ein kurzes Schnauben und dann Annas gepresste Stimme: »Ich muss auflegen, Silvie. Essen vorbereiten.«

Inzwischen kann ich mich selbständig an der Wand oder an einem Tisch aufrichten und frei stehen. Aber es passt ihnen nicht, dass ich immer eigenständiger werde. Ich soll mich gedulden, eins nach dem anderen, heißt es, und ich sei noch zu unbeholfen. Sabina ist eher daran interessiert, dass ich wieder sprechen kann. Sie tut alles dafür, spricht mir täglich vor, als hätte ich nicht alle Tassen im Schrank.

»D-a-s i-s-t e-i-n B-a-l-l!«, sagt sie und deutet auf Oles Ball, und ich denke: Das weiß ich auch, meine Liebe. »A-a-a«, sage ich und »O-o-o«. Danach schweige ich wieder, bin verblüfft, dass beides ganz anders klingt als erwartet. Ich übe lieber heimlich weiter, wenn ich im Bett liege oder wenn ich mich unbeobachtet fühle. »A-a-a« mache ich und »O-o-o«. Es wird schon noch klappen. Man darf nicht aufgeben.

Anna

Nachdem sie das Telefonat mit Silvie beendet hatte, stand Anna noch einen Moment lang reglos in der Küche und wischte sich die Tränen von den Wangen. Linke Wange – eins – rechte Wange – zwei – linke Wange – drei. Und noch einmal. Wenn Silvie wüsste. Wenn sie wüsste, dass das Haus vollfinanziert war. Neunhunderttausend Euro hatten sie aufgenommen. Achthunderttausend für das Haus und einhunderttausend für die Einrichtung. Sie hatte dreißigtausend Euro mit in die Ehe gebracht, alles, was sie in zehn Jahren zusammengespart hatte. Für Steuern und Gebühren war es draufgegangen, futsch und weg, das eisern zurückgelegte Geld. Ob sie das Haus wollte, danach war nicht gefragt worden. Obwohl es ihr sowieso gefallen hatte.

»Das kaufen wir!«, hatte Matthias feierlich verkündet, vorn im Eingangsbereich, von dem aus man auf die Galerie nach oben sehen konnte, zu den Kinderzimmern, zum großen Bad und zum Arbeitszimmer. Seine Worte hatten von den Wänden des leer stehenden Hauses widergehallt. Niemals hätte sie es für möglich gehalten, einmal in einem Haus mit Kirschparkettboden zu leben.

»Wir machen alles vom Allerfeinsten«, hatte Matthias gesagt und eine weiße Küche ausgewählt, mit einer Arbeitsplatte aus dunklem Granit und einem eingebauten Kaffeevollautomaten. Die Wohnzimmermöbel edel und funktionell, mit in die Wand eingelassenem Flachbildschirm. Im ganzen Haus gab es kein einziges Möbelstück von IKEA, noch nicht einmal in den Kinderzimmern. Das wäre für Matthias undenkbar gewesen.

Im Grunde war Anna ganz froh, dass Silvie derzeit nicht vorbeikommen durfte. Nachdem sie ihre neue Wohnung im Nordend bezogen hatte, war sie natürlich beschäftigt. Keine Rede mehr von einem eigenen Haus. Gut, vielleicht wäre Silvie vorbeigekommen, hätte Matthias ihr den Besuch nicht untersagt, aber noch traute Anna dem Frieden ohnehin nicht, dass sie angeblich doch keinen Krebs haben sollte – früher oder später kam er sicher wieder.

Anna griff nach dem Lappen über dem Wasserhahn an der Spüle, wischte über den Tisch, hin, her, hin. Man musste nicht studiert haben, um zu verstehen, warum Matthias ihr den Kontakt mit Silvie verbot. Er wollte sein Gesicht nicht verlieren, so sah es aus. Früher, da hatte er nichts gegen die Familientreffen gehabt, bei denen er im direkten Vergleich mit Johannes gut wegkam. Johannes, der noch immer aussah wie ein Student, in seinen Flanellhemden und Red Wings. Matthias dagegen stellte etwas dar. Aber dass die beiden nicht das Haus vorn an der Straße gekauft hatten, das war für ihn der Gipfel gewesen. Dabei ahnte Silvie gar nicht, wie es finanziell um sie stand. Und sie selbst wollte es gar nicht genau wissen. Dass es schlimm war, konnte sie sich denken. Warum sonst war Matthias wohl so nervös? Und wenn die Geldsorgen nicht so erdrückend wären, könnte sie mit den Kindern bestimmt besser umgehen. Viel besser. Aber so? Wenn man Sorgen hatte, besaß man keinerlei Geduld. Und auch wenn Silvie entsetzt darüber war, dass er sie nicht aus dem Haus ließ – im Grunde kam es ihr entgegen. Matthias war seit Neuestem bei den Kindern viel mehr mit im Boot als früher. Seit ihre Eltern nach ihrer OP Emma und Clara wieder zurückgebracht hatten, brachte Matthias sie morgens in den Kindergarten und holte sie in seiner Mittagspause wieder ab, statt zu Giovanni zu fahren. Zwar warf er ihr täglich einen verächtlichen Blick zu, aber der prallte an ihr ab. Endlich hatte sie mal Zeit für sich und nicht diesen Stress beim Bringen und Abholen. Konnte das Haus putzen, bis es glänzte, und wenn sie nach Hause kamen, erhielten Emma und Clara eben eine halbe Tablette. Ein Segen. Warum sollte sie rausgehen? Freunde hatte sie sowieso keine. Christine Brückner hatte ein paar Mal bei ihr geklingelt, aber sie hatte nicht geöffnet. Die konnte ihr gestohlen bleiben, wollte doch sowieso nur einen Blick auf ihren kahlen Schädel werfen, von dem sie mit Sicherheit durch die Kinder gehört hatte. Kinder redeten doch. Matthias brauchte sich gar nicht einzubilden, dass die Leute nichts mitbekamen, nur weil er sie nicht aus dem Haus ließ. Viel eher war es doch so, dass sie das Schlimmste befürchteten. Andererseits, die abrasierten Haare ließen sich nicht anders erklären, als dass sie verrückt war. Oder doch krank. Oder beides. Gegen eine Krankheit hatte sie nichts. In gewissem Sinne hatte es Vorteile, krank zu sein. Aber natürlich kein Krebs, sondern etwas, woran man nicht starb. Diabetes vielleicht. Krank genug, um sich schonen zu dürfen.

Obwohl, wenn sie an das Drama mit den Kindern dachte, als ihre Eltern sie zurückgebracht hatten … Die Eltern waren sogar wegen der Wutausbrüche am Abend mit Emma und Clara beim Arzt gewesen. Der hatte gefragt, ob sie möglicherweise sonst Medikamente bekämen, gegen Hyperaktivität. Anna hatte verneint. Es war doch nur eine halbe Tablette, die sie ihnen gab. Andere gaben ihren Kindern Ritalin, das hatte in etwa den gleichen Effekt, und sie ersparte ihnen lange nichtsnutzige Untersuchungen und Tests. Es wusste doch ohnehin jeder, dass mit den beiden etwas nicht stimmte. Und da sie sich zwei Hausärzte besorgt hatte, einen regulären in Bad Homburg, der ihr ein Kassenrezept ausstellte, und einen in Oberursel, von dem sie Privatrezepte erhielt, kam sie leicht an Nachschub. So trat sie alle vier Wochen mit einem Rezept aus jeder Praxis – je höher die Dosis, desto weniger quälende Gedanken. Und sie zählte weniger. Nicht, dass sie grundsätzlich etwas gegen das Zählen hatte, es brachte ihr innere Ruhe, die sie bitter nötig hatte. Manchmal hielt es sie aber auch vom Denken ab. Und denken musste sie ja! Besonders darüber nachdenken, wie sie an die Rezepte kommen sollte, wenn sie nicht aus dem Haus durfte. Mittlerweile reichte ein Päckchen keine zwei Wochen, was dumm war. Und gerade heute hatte sie bemerkt, dass auch ihr Reservepäckchen fast leer war. Nachdenkend lief Anna umher, stapelte die Wäsche, polierte Pflanzenblätter und rief schließlich, als sie sich ruhig genug fühlte, in den Praxen an und bat um eine Rezeptzustellung per Post. Wenn sie morgen ein neues Rezept hatte, war alles gut.

»Das geht nicht«, bekam sie in Bad Homburg zu hören. »Der Doktor möchte Sie gern mal wieder persönlich sprechen. Ich habe Sie schon mehrmals darauf angesprochen, Frau Ziegler, ich darf Ihnen kein weiteres Rezept ausstellen, ohne dass er Sie gesehen hat. Sie haben offensichtlich die Dosis erhöht, ohne das mit ihm abzusprechen.«

Dasselbe in Oberursel. Dabei wusste kein Arzt vom anderen.

»Bitte schicken Sie es mir zu, ich bin krank und kann nicht weg!«, flehte sie.

»Umso wichtiger, dass Sie vorbeikommen – wenn Sie krank sind, sollten Sie sowieso keine Medikamente mixen.«

Sie rief bei der Zentrumsapotheke an. »Können Sie mir bitte eine 50er-Packung Morex schicken, zwanzig Milligramm, das Rezept liefere ich nach«, bat sie und zupfte nervös an ihren kurzen Haarstoppeln.

»Nein, das tut mir leid, ohne Rezept darf ich nichts schicken«, bekam sie Auskunft.

»Aber Sie kennen mich doch! Anna Ziegler. Ich hole doch oft meine Tabletten bei Ihnen!«, rief sie und riss stärker an ihren Stoppeln.

»Bitte beruhigen Sie sich, Frau Ziegler, es geht wirklich nicht. Nicht bei diesem Medikament. Wenn Sie Ihren Arzt bitten, uns das Rezept zu faxen, kann ich Ihnen das Medikament zuschicken. Wollen wir es so machen?«

Sie knallte den Hörer auf und rief Matthias an. Unmöglich konnte sie sich in ihrem jetzigen Zustand einen neuen Arzt suchen.

»Matthias, ich brauche Tabletten aus der Apotheke. Kannst du die für mich holen?«, bat sie.

»Was für Tabletten?«

»Mensch!«, rief sie ungehalten. Dann sagte sie ruhiger: »Tabletten eben. Fünfzig Morex, zwanzig Milligramm. Du kennst doch die alte Frau Wein in der Zentrumsapotheke. Dir gibt sie sie bestimmt.«

»Was meinst du damit? Sind die auf Rezept?«

»Mensch!«, schrie sie wieder und knallte den Hörer auf. Da entdeckte sie rote Schlieren auf dem Apparat und ihre feuchten Finger. Blut?

Erschrocken lief sie zum Spiegel im Flur und inspizierte ihren Kopf. Hatte sie sich die Kopfhaut aufgekratzt? Erst jetzt spürte sie den stumpfen Schmerz. Erschöpft ließ sie sich auf den Boden sinken und heulte auf. Sie musste zu einem Arzt, ob sie wollte oder nicht! Kurzerhand entschied sie sich für die Praxis in Oberursel. Sie galt dort als Privatpatientin und sie hatte die Hoffnung, dass es die Sache vereinfachte. Nicht, dass sie glaubte, es könne tatsächlich problematisch werden – aber man konnte nie wissen. Notdürftig wusch sie sich den Kopf und band sich ein Tuch darum. Danach schlüpfte sie eilig in Jeans und T-Shirt, verließ das Haus und schickte ein Stoßgebet zum Himmel, dass ihr nicht ausgerechnet jetzt Christine Brückner über den Weg lief – doch alles blieb ruhig. Die sich bewegende Gardine im ersten Stock nebenan bemerkte sie nicht, als sie in den Wagen sprang und versehentlich den Motor aufheulen ließ. Eilig schoss sie von der Auffahrt auf die Straße, nur knapp an einer auf dem

Bürgersteig abgestellten Mülltonne vorbei. Es war ein Wunder, dass sie keinen Unfall verursachte, so wenig achtete sie auf den Verkehr.

Als sie schließlich mit dem Wagen vor der Arztpraxis in Oberursel vorfuhr, war es bereits kurz vor der Mittagspause, und sie hoffte inständig, dass sie um ein langatmiges Gespräch herumkam. Es wäre von Vorteil gewesen, hätte sie vor ihrem Besuch noch eine Tablette nehmen können, doch sie hatte es lieber nicht getan, da sie ja fahren musste. Einerseits stand in der Packungsbeilage, man solle nach Einnahme nicht am Straßenverkehr teilnehmen, andererseits kam sie ohne kaum noch durch den Verkehr, ein Witz war das!

Die Oberurseler Altstadt war wie immer hoffnungslos zugeparkt, und an ein Parken ein paar Straßen weiter war aufgrund der wenigen Zeit, die ihr noch zur Verfügung stand, nicht zu denken. Kurzerhand stellte sie den Wagen direkt vor der Praxis ab und eilte ins Gebäude.

Dr. Hammerl, der gerade vorm Empfang stand, betrachtete erschrocken Annas Kopfbedeckung und die Hausschuhe an ihren Füßen.

»Ach du meine Güte, Frau Ziegler. Wie geht es Ihnen denn?«, fragte er und griff sorgsam nach ihrem Arm.

Sie schnaubte. »Wenn man davon absieht, dass Ihre Sprechstundenhilfe auf meinen Besuch bestanden hat, damit ich mir mein Rezept persönlich abhole, den Umständen entsprechend.«

Dr. Hammerl warf der Sprechstundenhilfe einen Blick zu, den Anna nicht deuten konnte, und führte sie direkt in sein Behandlungszimmer. »Kommen Sie bitte mit, ich habe sowieso nur noch einen Patienten«, bat er.

Gleich schreie ich, dachte Anna. Sie war vollkommen aus dem Rhythmus geraten, weil sie sich so sehr hatte beeilen müssen. Er bat sie ins Zimmer, sie begann wieder zu zählen – eins –, dann deutete er auf den Behandlungsstuhl – zwei –, sie ging hin – drei –, setzte sich – eins – und saß dann da. Keine Gelegenheit, die Zahlenreihe zu beenden. Oder doch, sie strich sich rechts und links übers Gesicht – zwei – drei. Geschafft.

»Was ist mit Ihnen passiert?« Er wies auf ihren Kopf. »Erzählen Sie.«

»Nichts. Ich habe mir die Haare abrasiert, das ist doch nicht verboten, oder?«

Er hob eine Augenbraue. »Aha.« Dann warf er einen Blick auf ihre Hausschuhe. »Sie wirken etwas … aufgelöst.«

»Das ist, weil ich die Tabletten brauche, die mir Ihre Sprechstundenhilfe nicht geben wollte. Beziehungsweise sollte sie ein Rezept schicken, weil es mir nicht gut geht.«

»Das sehe ich.«

Dieses Psychogelaber konnte er sich sparen! »Alles, was ich brauche, ist ein Rezept«, erklärte sie sachlich.

Er betrachtete sie besorgt. »Wir haben ein Problem, Frau Ziegler. Ihr ganzes Auftreten …«

»Herr Dr. Hammerl«, sagte sie, um Fassung ringend, »sobald es mir wieder besser geht, nehme ich keine Tabletten mehr, wirklich.«

»Aha. Und wovon hängt das genau ab?«

»Von meinen Kindern natürlich! Von meinem Mann!« Als ob das nicht vollkommen klar wäre.

»Verstehe.« Dr. Hammerl betrachtete sie eindringlich. »Hören Sie, Frau Ziegler«, begann er erneut, »ich würde Sie gern an eine Suchtklinik überweisen. Nur wenn Sie wollen, selbstverständlich – das ist eine freiwillige Geschichte. Aber da bekommen Sie auch Hilfe wegen Ihres Mannes und Ihrer Kinder.«

Ihr entfuhr ein spöttisches Schnauben, und sie erhob sich. »Bekomme ich nun das Rezept? Ich muss nach Hause, meine Tochter kommt aus der Schule.«

Er stellte ihr eins aus, zusammen mit dem Überweisungsschein. »Rufen Sie mich an, Frau Ziegler, gleich nächste Woche – wir sollten uns noch einmal in aller Ruhe unterhalten.«

Von wegen. Frau Ziegler würde nie mehr herkommen, sie würde sich einen anderen Arzt suchen. Wortlos nahm sie die Papiere entgegen – eins –, eilte die Treppe hinunter – zwei –, kramte nach dem Autoschlüssel in ihrer Handtasche – drei –, und als sie ihn in Händen hielt – eins – und den Knopf der Fernsteuerung drückte – zwei –, da war das Auto weg. Sie starrte auf die Stelle, an der es gestanden hatte, und blickte die Straße hinauf und hinunter. Am Ende der Straße fuhr ein Abschleppwagen. An Bord ihr Auto.

Matthias tobte, als er sie vor der Arztpraxis abholte. Er informierte Christine Brückner und bat, sie möge auf Luna achten, wenn sie aus der Schule kam, informierte den Kindergarten, dass er die Kinder später abholte, und raste mit Anna zum Autohof.

»Bleib sitzen«, zischte er mit Blick auf ihre Hausschuhe, sprang aus dem Wagen und verhandelte mit dem Abschlepper. Man tauschte Geld aus, lachte, und Anna krallte sich in ihrem Sitz fest, hatte das Gefühl, sie sinke ein. Treibsand. Ihr Mund war trocken wie ein Haufen Blätter im Sommer, sie schwitzte.

»Hast du etwas zu trinken?«, flüsterte sie, als Matthias wieder in den Wagen stieg.

Er schien sie nicht zu verstehen. »Was?«

»Trinken«, flüsterte sie wieder, »ich muss etwas trinken.«

»Sonst hast du keine Probleme? Du musst fahren, Anna! Da drüben steht dein Auto. Steig jetzt ein und fahr heim. Ich hole die Kinder.«

Sie taumelte aus seinem Wagen, das Rezept in der Handtasche. Trinken würde sie später. Endlich konnte sie zur Apotheke fahren. Matthias fuhr los, sie hinterher. Dann der Blick auf den

Beifahrersitz. Ihre Tasche lag im Wagen vor ihr, neben Matthias. Er bog eben ab in Richtung Kindergarten.

Anna fuhr rechts ran, öffnete die Autotür und übergab sich.

Einige Autofahrer hupten, keiner hielt an.

Wie sie nach Hause gekommen war, wusste sie später nicht mehr zu sagen. Sie lag im Bett, ihre Tabletten neben sich auf dem Nachttisch – zwei fehlten, sie hatte sie offenbar schon intus –, und fühlte eine behagliche Schwerelosigkeit.

Luna saß am Fußende und summte.

Zwei Wochen später hatte sie sich wieder einigermaßen im Griff, und Matthias hatte die Nase voll, meinte, sie solle die Kinder wieder selbst zum Kindergarten bringen.

»Abholen auch?«, fragte sie bestürzt.

»Sicher! Ich habe keine Lust mehr, ewig den Chauffeur zu spielen. Dazu kommt, dass deine Haare viel zu langsam wachsen. Da müsste ich noch drei Monate die Kinder bringen, bis du wieder einigermaßen erträglich aussiehst. Ich will außerdem mittags wieder länger zu Giovanni, man trifft dann mehr Leute. Ich muss mal wieder was verkaufen, Anna!«

Du hast schon lange vorher nichts verkauft, lag ihr auf der Zunge, doch sie verkniff es sich lieber. Offensichtlich war aus dem sogenannten großen Deal doch nichts geworden. Anna dachte voller Grauen an das Bringen und Abholen der beiden Mädchen.

»Steh früher auf«, sagte Matthias, nachdem sie versucht hatte, ihm ihre Situation zu erklären, und band sich weiter seine Krawatte.

»Vielleicht könnten wir uns das morgens teilen? Du kümmerst dich um Clara und ich mich um Luna und Emma?«, flehte sie.

Er tippte sich an die Stirn. »Worum muss man sich bei Luna bitte schön kümmern? Sie macht doch sowieso alles selbständig.«

Ja, das tat sie. Aber mal ein liebes Wort zwischendurch, eine

Umarmung für das Kind. Dafür blieb nie Zeit. »Sie braucht mich noch, Matthias«, sagte sie erschöpft.

Er lächelte ihr aufmunternd zu und richtete seine Manschettenknöpfe. »Du schaffst das schon, Anna«, sagte er und hob den Zeigefinger. »Du bist ja nicht krank. Andere Mütter schaffen das mit Leichtigkeit – so viel ist es nun auch wieder nicht. Es wird Zeit, dass du wieder ein paar Aufgaben übernimmst.«

Ich kann nicht, dachte sie.

Und sie konnte wirklich nicht. Am nächsten Morgen lag sie reglos auf dem Rücken im Bett, der Radiosprecher verlas die Staumeldungen nach einem schweren Unfall auf der A5, und sie war nicht einmal in der Lage, ihren Arm aus dem Bett zu schieben und den Radiowecker auszustellen. Sie wollte liegen bleiben und schlafen. Keine Kinder wecken, keine Kleider heraussuchen, keinen Tisch decken, keine Brote schmieren, sich nicht fertig machen. Sie wollte nicht aus dem Haus.

»Anna, der Wecker«, murmelte Matthias neben ihr und stieß sie mit dem Finger an.

Es ist mir zu viel, dachte sie wieder und kämpfte gegen Tränen an. Ich kann nicht. Dass sie laut gesprochen hatte, hatte sie gar nicht bemerkt.

»Was heißt hier, ich kann nicht?«, fragte Matthias empört von seiner Seite des Bettes und richtete sich auf. »Natürlich kannst du! Soll ich etwa allein aufstehen und alles erledigen, und du machst gar nichts mehr?«

»Bitte fahr sie in den Kindergarten, Matthias, bitte«, flehte sie. »Dann steh ich auf.«

Doch Matthias hatte kein Verständnis. Wie bei einem ungehorsamen Kind zog er ihr die Bettdecke weg und entblößte ihre nackten Beine, die sie reflexartig anwinkelte. Innerlich schrie sie auf. Ich hasse dich!, schrie sie. Ich hasse dich.

»Frau Ziegler, ich rate Ihnen dringend zu einer Therapie«, sagte Dr. Kreiling, ihr Hausarzt in Bad Homburg, zu dem sie sich direkt nach dem Kindergarten auf den Weg gemacht hatte. Sie brauchte einen Vorrat an Pillen; wer konnte denn wissen, was noch alles passierte? Und die Situation, ohne Tabletten zu Hause zu sitzen, wollte sie nicht noch einmal erleben. Die Kraft, sich einen neuen Arzt zu suchen, hatte sie nicht aufgebracht.

»Das, was Sie beschreiben, deutet auf Burn-out hin. Sie brauchen eine Therapie und eine Kur.« Er musterte sie, stieß sich offenbar an ihrem Hausanzug und an ihrer Kopfbedeckung. »Ich brauche nur die Tabletten, Herr Dr. Kreiling«, wehrte sie ab, »dann geht es mir wieder gut.«

»Sie nehmen zu viele davon, Frau Ziegler. Es wäre verantwortungslos, wenn ich Ihnen ein Rezept gäbe.«

»Sie können mich nicht zu einer Therapie zwingen!«, rief sie. »Und zu einer Kur auch nicht.« Hatten sich denn alle gegen sie verschworen?

»Aber ich muss Ihnen auch kein Rezept ausstellen.«

Trotzig erhob sie sich. »Dann besorge ich es mir woanders.«

Langsam und mit hochrotem Kopf stieg sie die Treppe von der Praxis hinunter. Verdammt noch mal, begriff eigentlich keiner, dass ihr die Tabletten halfen, dass sie ein Segen waren? Auch für die Kinder? Ratlos blieb sie auf dem Bürgersteig stehen. Zu einem anderen Arzt zu gehen, dafür blieb jetzt keine Zeit mehr, sie musste nach Hause. Doch sie wollte nicht. Sie wollte das Rezept, und zwar ohne weiteren Kraftakt! Plötzlich hatte sie die rettende Idee. Sie würde Silvie fragen! Silvie bekam doch immer alles, was sie wollte, sie konnte ihr sicherlich ein Rezept besorgen. Erleichtert zog Anna ihr Handy aus der Handtasche – eins –, tippte die Zahlen ein – zwei – und drückte die Wahltaste – drei.

»Silvie, ich brauche deine Hilfe«, keuchte sie, als ihre Schwester sich meldete.

»Ach du meine Güte, was ist denn passiert?«

»Ich schaffe das alles nicht«, sagte sie. »Matthias lässt mich wieder alles allein machen; ihm ist es egal, ob man mich mit Kahlkopf sieht oder nicht, dabei war es ihm am Anfang so wichtig. Und Clara und Emma, die machen mich wahnsinnig!«

»Was soll ich tun, Anna? Vorbeikommen?«

»Nein, du brauchst nicht zu kommen«, antwortete sie ruhiger, »ich brauche ein Medikament aus der Apotheke. Morex. Meinst du, du könntest mir das besorgen?«

»Gibt es da unterschiedliche Dosierungen?«, fragte Silvie nur.

Anna atmete auf. »Fünfzig Milligramm.« Besser eine höhere Dosierung – für alle Fälle.

»Ich besorge es dir«, sagte Silvie und legte auf.

Anna blickte erstaunt auf den Apparat und ging langsam zu ihrem Wagen. Zum ersten Mal hatte Silvie keine Fragen gestellt, sondern einfach ihre Hilfe zugesagt. Anna verspürte Erleichterung und Müdigkeit. Unendliche Müdigkeit.

Zu Hause angekommen, parkte sie ihren Wagen in der Garage, leerte mit letzter Kraft den Briefkasten und betrat das Haus. Noch im Flur öffnete sie die Post.

Umschlag in die Hand – eins –, öffnen – zwei –, Brief herausnehmen – drei. Seit drei Wochen hatte sie dies nicht getan, Matthias hatte den Briefkasten geleert.

Zitternd las sie den Text des Schreibens ihrer Bank.

... haben wir mit Bedauern festgestellt, dass Sie unseren Zahlungsaufforderungen wiederholt nicht nachgekommen sind ... Setzen wir Sie ein letztes Mal in Verzug ... zahlen Sie bis zum ... Und dann die Zahl, um die es sich handelte: 6750 Euro.

Säumige Darlehensraten: drei.

Matthias hatte seit drei Monaten keine Hypothekenraten bezahlt.

Und wieder hatte sie Blut an den Fingern, von ihrem Kopf.

Ich liege in meinem Bett, übe fleißig »A-a-a« und »O-o-o« und betrachte dabei verträumt die Billy-Regale an der Wand gegenüber. Plötzlich bleibt mein Blick an einem großen Buch hängen, das mir bekannt vorkommt – ich habe früher öfter darin geblättert. Erstaunt setze ich mich auf.

Meine Güte, dass ich darauf nicht schon früher gekommen bin!

Mein Einfall und die Vorfreude auf den nächsten Tag lassen mich die halbe Nacht nicht zur Ruhe kommen. Mehrmals versuche ich, Annas Namen zu sagen, übe die ganze Nacht, doch es kommt mir nichts anderes über die Lippen als »A-a-a«. Sabina sieht mehrmals nach mir, will mich in den Arm nehmen und beruhigen, doch ich schlage es ihr ab. Sicher, die Versuchung ist groß, aber in letzter Zeit, tagsüber, wenn ich nicht achtgab, habe ich ihr zu viele Zärtlichkeiten durchgehen lassen. Sie singt mir ja ganz gerne ihre amerikanischen Lieder vor, die mich auch immer öfter dazu verführen, andächtig zu lauschen und mich an sie zu lehnen. Aber heute Nacht soll einmal gemacht werden, was ich will! »A-a-a!«, rufe ich zornig und weiß selbst, dass es zu nichts führt. Sie wird schließlich ungehalten – knallt sogar mit einem Rumms die Tür von meinem Zimmer zu. Vor Schreck verstumme ich. Und kann endlich einschlafen.

Silvie

Als Anna mich wegen der Tabletten anrief, lag ich gerade auf dem Sofa, kämpfte mit Ischiasschmerzen und den Gedanken an Jens. Mir war sofort klar, dass es ein Beruhigungsmittel war, um das sie mich bat. Sie brauchte mir nichts weiter zu erklären, ich hatte sofort begriffen, dass sie alles versucht haben musste, das Zeug zu beschaffen – ohne Erfolg. Niemals hätte sie mich sonst angerufen. Anscheinend stand es schlimm um sie, wenn sie sich dazu herabließ, mich um etwas zu bitten – eine schreckliche Blöße für sie.

Nachdem ich aufgelegt hatte, warf ich einen Blick auf meinen dicken Bauch, spürte den Tritten des Babys nach und fragte mich, wie ich in meinem Zustand an das Rezept eines verschreibungspflichtigen Beruhigungsmittels kommen sollte. Gleichzeitig war ich stolz und dankbar, dass meine Schwester mich um etwas gebeten hatte.

Auf keinen Fall würde ich sie enttäuschen – und wenn ich eine Apotheke ausrauben musste.

Nachmittags stand ich hinter dem Vorhang im Sprechzimmer meines Frauenarztes und zog mir nach der Untersuchung umständlich die Schwangerschaftshose über den Bauch.

»Ich bräuchte übrigens ein Rezept für Morex, fünfzig Milligramm, für die Zeit nach der Geburt – für alle Fälle«, gab ich beiläufig von mir, als sei es das Normalste von der Welt. Dann lugte ich hinter dem Vorhang hervor und blickte in das überraschte Gesicht meines Arztes. »Bekam ich bei der letzten Schwangerschaft auch«, plapperte ich weiter. »Ich hatte damals Probleme mit den Nerven, und die Tabletten haben mir geholfen. Wissen Sie nicht mehr?«, fragte ich unschuldig. »Der Rest, den ich noch hatte, ist abgelaufen.«

Er blätterte irritiert in der Krankenakte. »Daran kann ich mich gar nicht erinnern. Außerdem wollten Sie doch stillen.«

Mit diesem Einwand hatte ich gerechnet. »Ich habe damals vorsorglich abgepumpt. Ist auch wirklich nur für den Notfall. Und das Rezept hatte ich dann wohl von einem anderen Arzt, meinem Hausarzt wahrscheinlich.«

Er nickte versonnen. »Ich kann es Ihnen ja aufschreiben, wenn es so weit ist. Sonst verfällt das Medikament wieder, wenn Sie es gar nicht brauchen.«

Ich seufzte. »Wenn es dann so weit ist, müsste ich aber meinen Mann schicken – und der wird sich freuen.«

Endlich zückte er den Kugelschreiber. »Zwanzig Milligramm sollten aber genügen, Frau Jakobi. Nicht mit Kanonen auf Spatzen schießen. Und nur für den Notfall. Reden Sie mit Ihrer Nachsorgehebamme, die hat garantiert ein paar Globuli für hormonelle Verstimmungen parat.«

Ich versprach, mich an seinen Rat zu halten, und zog glücklich mit dem Rezept in der Tasche von dannen.

Vom Arzt aus fuhr ich direkt zu Anna. Unterwegs bekam ich einen Anruf von Jens, der mich fragte, wie es beim Frauenarzt gewesen sei. Witzig war das, Johannes fragte mich nie danach. Nun ja, in Wahrheit wollte Jens mich sehen, aber an diesem Tag konnte ich nun mal nicht. Ich fuhr zu Anna, und es machte wieder keiner auf. War ich zu spät dran mit meinem Rezept? Hatte sie erwartet, ich käme gleich am Vormittag vorbei, direkt nach ihrem Anruf?

Während ich noch überlegte, lugte plötzlich wieder diese Christine Brückner aus der Tür. Hatte die eigentlich noch etwas anderes zu tun?, fragte ich mich. Langsam verstand ich Annas Paranoia.

»Frau Ziegler ist weggefahren«, erklärte sie mir und musterte mich merkwürdig von oben bis unten, als ob mein Bauch etwas Unanständiges an sich hätte.

»Wissen Sie auch, wann sie wieder zurückkommt?«, erwiderte ich. »Sie scheinen ja bestens informiert zu sein.«

»Wissen Sie«, begann sie in gekränktem Tonfall, »fast drei Monate hat sie kein Wort mit mir gewechselt, ich bin somit über gar nichts informiert. Aber man hat ja Augen im Kopf. Und heute holen weder ihr Mann noch sie die Kinder vom Kindergarten ab, und man fragt dort wieder mich, ob ich sie mitnehmen kann. Ich tue immer so, als hätte ich das verbaselt. Die hetzen ihr sonst noch das Jugendamt auf den Hals. Als ich mit allen nach Hause komme, sitzt Luna summend auf der Außentreppe – kein Mensch da, der ihr aufgemacht hätte.« Prüfend betrachtete sie mich. »Wenn Sie mich fragen, das Kind hat schon einen Knacks.«

Das war mir neu. Luna schien mir persönlich die Normalste in der Ziegler-Familie zu sein. Ich hob eine Augenbraue und überging diese Aussage.

»Wo könnte meine Schwester denn sein?«, erkundigte ich mich stattdessen.

»Ich habe nicht die geringste Ahnung. Sie hat seit Wochen kaum das Haus verlassen, sieht aus wie der Tod, wenn Sie mich fragen. Wenn ich an die Kinder denke, wird mir angst und bange.«

Ich trommelte mit den Fingern auf meine Handtasche, unschlüssig, was ich als Nächstes tun sollte. Ich musste mich bald auf den Weg machen, denn Nils' Kinderkrippe schloss in einer Stunde. Schließlich fiel mir das Naheliegendste ein, ich versuchte es auf Annas Handy – aber sie ging nicht ran. Anscheinend blieb mir nichts anderes übrig, als das Rezept in den Briefkasten zu werfen. Leider hatte ich nicht daran gedacht, ihr die Tabletten aus der Apotheke zu besorgen.

Doch ehe ich dazu kam, erregte etwas meine Aufmerksamkeit.

Matthias' Wagen kam plötzlich die Auffahrt nach oben gebraust, auf dem Beifahrersitz Anna. Es musste Anna sein, ich erkannte sie an ihren Augen. Ansonsten erinnerte sie jedoch eher an Gollum aus *Herr der Ringe.* Sie sah noch schlimmer aus als damals auf ihrem Bett, als ich sie kahlköpfig vorgefunden hatte. Völlig zerbrochen wirkte sie. Sie trug eine rosafarbene Wollmütze, wahrscheinlich eine von Luna, die ihren Kopf gerade eben bedeckte. Ich warf einen Blick auf Matthias, der etwas brüllte – aber da der Wagen geschlossen war, konnte ich nichts verstehen. Ich sah nur die Lippenbewegungen und die Wut in seinen Augen. Er sprang aus dem Wagen und lief direkt auf mich zu.

»Hier ist sie!«, schrie er mich an und deutete mit dem Finger auf Anna. »Du kannst sie gleich mitnehmen und einliefern!« Dann blieb er keuchend vor mir und Christine Brückner stehen, die entgeistert flüsterte: »Was ist denn passiert?«

Er lachte böse und tippte sich heftig auf die Brust. »Ich sitze nichtsahnend mit Kunden bei Giovanni zum Mittagessen, stehe kurz vor Abschluss eines Riesendeals, als meine Frau auf einmal ins Lokal getaumelt kommt und sich neben mich an den Tisch stellt. Mir ist fast das Blut in den Adern gefroren! Guckt sie euch an, sie trägt Hausschuhe und eine Kindermütze!« Wir alle wendeten den Kopf in Richtung Anna, die noch immer zusammengesunken im Auto saß. Matthias fuhr fort: »Wie es aussieht, rennt sie schon den ganzen Tag in diesen Klamotten rum! Und was sagt sie zu allem Überfluss, was sagt sie zu mir, an diesem Tisch, bei meinen Kunden?« Er äffte sie nach: »Matthias, die nehmen uns das Haus weg! Du musst sofort zur Bank gehen und das Geld bezahlen, die nehmen uns das Haus weg! Wo sollen wir denn hin mit den Kindern?« Er fuhr mit normaler Stimme fort: »Meine Kunden kriegten ihre Klappe nicht mehr zu vor Entsetzen! Und ich konnte gar nicht so schnell reagieren und sie da hinausbugsieren, sie plapperte und flennte immer weiter!« Nun schrie er wieder: »Das spricht sich doch rum, verdammt noch mal!« Plötzlich hielt er inne und deutete auf Frau Brückner. »Ich beschwöre dich, Christine, halt über diese Vorfälle den Mund. Ich vergesse mich sonst!«

Frau Brückner stammelte: »Ja, ja, ich würde nie im Leben …« Da eilte Matthias wieder zurück zum Wagen und zerrte an Anna.

»Raus mit dir«, zischte er, als sei sie eine Atomkraftgegnerin und er Polizist im Dienst. Sie ließ sich ohne Gegenwehr abführen, den Blick stur auf den Boden gerichtet, ins Haus hinein. Die Tür knallte hinter ihnen ins Schloss.

Christine Brückner und ich sahen uns mit großen Augen an. Dann sagte sie: »Sie haben sie wohl länger nicht gesehen?«

Ich schüttelte den Kopf und erwachte endlich aus meiner Starre. Ich klingelte Sturm bei Matthias, gab jedoch schnell wieder auf, weil kein Laut aus dem Haus drang. Ich musste meine Eltern anrufen. Und die Tabletten besorgen. Und Johannes anrufen, er musste Nils aus der Krippe holen. Und Jens erreichen. Ich musste mit jemandem reden.

»Wollen Sie kurz reinkommen?«, fragte mich Frau Brückner mit Blick auf meinen Bauch. Offenbar hatte sie geschnallt, dass ich einen Stuhl gebrauchen konnte. Ich nickte und warf einen Blick auf meine Armbanduhr. Wenn Johannes sich beeilte, konnte er es noch rechtzeitig in die Krippe schaffen. Ich rief ihn an und erklärte ihm kurz die Situation, dass ich bei Anna war und ich dort kurzfristig nicht weg konnte. Er wollte sich sofort auf den Weg machen, wenn auch zähneknirschend. Als Nächstes rief ich meine Eltern an. Die Information, dass Anna fürchtete, sie müssten aus dem Haus raus, behielt ich für mich – ich konnte mit dem, was Matthias erzählt hatte, auch gar nicht viel anfangen. So erklärte ich ihnen lediglich, dass die Kinder sie bräuchten, Anna sei nervlich am Boden. Sie versprachen, sofort zu kommen.

»Wo sind eigentlich die Kinder?«, fragte ich Frau Brückner

schließlich, nachdem ich aufgelegt hatte und in die Stille des Hauses horchte.

»Im Keller«, antwortete sie und begegnete meinem fragenden Blick. »Im Hobbykeller. Dort können sie nichts kaputt machen.« Dann fragte sie: »Was ist eigentlich mit Ihrer Schwester los? Die Kinder sagen, sie sei nicht krank. Aber irgendetwas hat sie doch.«

Ich rieb mir die Schläfen. »Sie hat ein paar Probleme. Sie dachte, sie hätte Krebs, hat sie aber gar nicht. Ehrlich gesagt, ich weiß auch nicht, was hier los ist. Ich hab Hausverbot.«

Sie schüttelte den Kopf. »Ich will das gar nicht alles wissen«, sagte sie dann. Ich auch nicht, dachte ich, und mir fielen die Tabletten wieder ein. Aber auch noch etwas anderes. »Anna hat mir mal erzählt, sie holen Ihre Kinder rein, sobald sie ihre in den Garten lässt. Wieso machen Sie das?«

Sie blickte mir geradeheraus ins Gesicht. »Haben Sie Emma und Clara schon mal längere Zeit erlebt, also so richtig?«

Ich zuckte mit den Schultern.

»Wenn sie im Garten sind, geht es noch. Aber wenn sie meine beiden Töchter erblicken, wollen sie sofort mit ins Haus. Sie gehen an alle Schränke, räumen alle Spielsachen raus, und – ob Sie es glauben oder nicht – einmal haben sie ein Regal umgeworfen. Das geht doch nicht! Von daher habe ich meine beiden reingeholt, wenn Emma und Clara in den Garten kamen, um zu verhindern, dass …« Sie seufzte. »Mir war nicht bewusst, dass es so auffällig ist. Aber in letzter Zeit hat Frau Ziegler sie sowieso nicht rausgelassen.«

Mir fiel etwas ein. »Wie ist es mit Luna? Sie meinten, sie habe einen ›Knacks‹.«

Wieder dieser Blick. Dann sagte sie: »Sie summt immer.«

»Das ist doch was Schönes.«

»Sollte man meinen, aber sie ist dabei immer so … weggetreten. Besonders, wenn ihre Mutter sie angeschrien hat, und das kommt nicht gerade selten vor.«

Ich konnte kaum glauben, was ich da hörte. »Anna schreit sie an?«

»Ständig.« Sie nickte. »Man sollte meinen, dass sie Emma und Clara anschreit. Aber nein, sie schreit Luna an.«

Merkwürdig dachte ich, und zum x-ten Mal fielen mir die Tabletten ein. Ich erhob mich. »Meine Eltern werden bald kommen, ich nehme an, sie nehmen die Mädchen mit, zumindest Emma und Clara. Falls Ihnen etwas Außergewöhnliches auffällt, Frau Brückner, wäre ich Ihnen dankbar, wenn Sie mich anrufen.« Ich kramte eine Visitenkarte aus meiner Handtasche und gab sie ihr. Sie nickte und erhob sich ebenfalls. »Ich melde mich«, sagte sie und brachte mich zur Tür. »Und« – sie deutete auf meinen Bauch – »alles Gute für Sie.«

In Bad Homburg eine Apotheke zu erreichen war keine leichte Aufgabe. Es gab zwar einige, aber keinen Parkplatz weit und breit. Schließlich parkte ich im absoluten Halteverbot, eilte in eine Apotheke und betete, dass sie die Tabletten vorrätig hatten – was glücklicherweise der Fall war. Das Medikament verschwand in einer Tüte, dazu bekam ich eine Handvoll Traubenzucker.

Als ich wieder bei Anna ankam, öffnete meine Mutter und nahm das Tütchen entgegen.

»Anna hat schon danach gefragt«, sagte sie, lief wieder ins Haus und winkte mich hinter sich her. Ich blieb stehen und rief leise: »Ich geh wieder, Mama, ich darf nicht rein.« Meine Mutter blickte vom Wohnzimmer um die Ecke. »Komm schon! Matthias ist wieder weggefahren, er wollte sich noch mit diesen Kunden treffen, die er heute Mittag Knall auf Fall im Restaurant sitzen lassen musste. Wir kümmern uns jetzt um Anna, und dann nehmen wir die beiden Kleinen mit. Sie will hier absolut nicht fort, bildet sich ein, die Bank würde ihr von heute auf morgen das Haus wegnehmen. Matthias hat anscheinend ein paar Raten nicht bezahlt, aber er sagt, der Brief von der Bank sei ein Missverständnis. Da muss jemand Mist gebaut haben, sagt er. Er steht kurz vor Abschluss eines größeren Geschäfts, und es war abgesprochen, dass er die Raten dann bezahlt. Vermutlich war es ein Computerfehler.«

Ich glaubte kein Wort. Und dass meine Eltern so blöd waren, ihm diese Story abzunehmen, konnte ich auch kaum glauben. Doch ich sagte nichts dazu. Was hätte es auch genutzt? Zwar hätte es meine Eltern dazu bringen können, etwas Geld beizusteuern und Anna damit Erleichterung zu verschaffen, aber ich dachte nicht so weit. Ich wollte nicht diskutieren – ich wollte nach Hause. Vorher nahm ich meiner Mutter die Tüte wieder ab und ging selbst zu Anna ins Schlafzimmer.

Sie sah völlig zerbrechlich aus. Sie streckte die Hand nach den Tabletten aus, und ich setzte mich zu ihr ans Bett, drückte ihr eine Pille aus der Packung und sagte: »Du musst in Behandlung, Anna.«

Sie nickte und schluckte die Pille ohne einen Schluck Wasser. »Ich bin in Behandlung«, erwiderte sie. »Mein Arzt war heute nicht da, die Tabletten gehören zum Behandlungsplan.«

»Ach so«, sagte ich und blinzelte. »Na dann!« Erleichterung durchfuhr mich: Alles hatte eine Erklärung! Sie war in Therapie und hatte nur einen kleinen Aussetzer gehabt. Gott sei Dank.

Dass Anna aussah wie der blanke Tod, dass sie in Hausanzug und Pantoffeln mit Kindermütze durch die Gegend gerannt war, das alles war in meinem Gehirn wie ausgelöscht. In ihrer nächsten Therapiestunde konnte sie über den Vorfall reden, und alles würde wieder ins Lot kommen. Klar, Matthias war ein Arschloch, und dass er so ausgerastet war, sprach nicht für seinen Charakter, aber da Anna ihm fast einen Deal vermasselt hatte, weil die Praxis geschlossen hatte, war doch wiederum verständlich. Und sicher stimmte auch die Geschichte mit dem falschen Schreiben der Bank.

Ich stieg in meinen Wagen und blendete alle negativen Gedanken aus. Verbannte das nervöse Kitzeln in meinem Magen, das mich vor dem heraufziehenden Unheil warnen wollte, und drehte die Musik laut. Ich wollte nicht mehr über Probleme nachdenken und mich sorgen. Anna hatte ihr Leben im Griff, garantiert. Und ich? Bis zum Entbindungstermin waren es nur noch drei Wochen, es konnte jederzeit losgehen, und ich hielt es für den geeigneten Zeitpunkt, mit Jens die Zukunft zu besprechen. Ich würde ihn heute nicht anrufen. Ich würde Johannes ein Essen kochen und mit ihm auf das neue Baby anstoßen.

Am nächsten Tag sagte ich zu Jens: »Diese Sache zwischen uns wird bald vorbei sein.«

Wir lagen im Hotelbett. Er richtete sich auf und hob die Augenbrauen. »Wieso?«, wollte er wissen.

»Jens«, seufzte ich, »ich werde keine Zeit mehr haben, mich mit dir zu treffen. Ich werde zu Hause sitzen, stillen, Windeln wechseln und höchstwahrscheinlich bei jeder Kleinigkeit heulen. Abgesehen davon, dass ich keine Lust auf Sex haben werde. Und bis ich wieder Lust darauf habe, wird sich hoffentlich mein Mann wieder eingekriegt haben.«

»Aha.« Er fixierte mich und leckte sich mit der Zungenspitze über die Lippen. »Du glaubst also, dass dein Mann wieder für die Sache zuständig sein wird?«, erkundigte er sich.

Ich nickte. »Das wäre mein Wunsch, ja. Immerhin sind wir verheiratet, und ich bekomme unser zweites Kind.«

»So, so.« Er nickte bedächtig und blickte kurz ins Leere. Er schien nicht ganz zu glauben, was ich da von mir gab. »Wir werden sehen, Silvie. Auf jeden Fall wäre es nett, wir blieben – wie sagt man – in Kontakt.« Entschlossen schwang er die Beine aus dem Bett und zog sich seine Boxershorts an, den Blick stur auf den Boden gerichtet.

Ich wuchtete meinen Bauch herum und sah ihn an. »Hattest du etwa eine Langzeitbeziehung im Sinn, Jens?«, fragte ich betont locker.

Er musterte mich wütend. »Mir leuchtet nicht ganz ein, Silvie, warum man etwas Gutes einfach beenden sollte. Sicherlich werden die Umstände andere sein, du wirst weniger Zeit haben, aber wieso muss es denn vorbei sein?«

»Na ja«, sagte ich verunsichert, »ich bin doch dann auch nicht mehr schwanger. Du hättest eine schlabbernde Bauchhülle und zwei tropfende Brüste vor dir – du solltest froh sein, dass du um diesen Anblick herumkommst.«

Seine Augen verengten sich zu Schlitzen. »Hörst du dich eigentlich selbst reden? Du meinst also, für mich bist du reduziert auf diejenige mit dem dicken Bauch, den vollen Titten und den geschwollenen Schamlippen?«

»Äh, nein«, antwortete ich, »ich dachte …« Doch Jens drehte sich weg, zog Jeans und T-Shirt über und griff nach Portemonnaie und Schlüssel auf dem Nachttisch. Er lief an der Dusche vorbei und warf mir einen letzten Blick zu. Dann war er weg.

Ich blickte noch lange auf die Tür, durch die er verschwunden war. Als hätte ich ihn davongejagt.

Eine Viertelstunde später verließ auch ich das Hotel, trat auf den Bürgersteig und blickte an der Fassade nach oben, bis zur Balustrade im letzten Stock, wo sich die Bar befand. Hier würde ich nicht mehr herkommen, so wie es aussah. Der Gedanke schmerzte, aber andererseits war es doch das, was ich wollte. Trotzdem war ich über Jens' Reaktion schockiert. Wieso reagierte er so? War etwa nicht von Anfang an klar gewesen, dass nach der Geburt zwischen uns nichts mehr laufen würde? Hatte ich vergessen, dies zu erwähnen?

Schließlich gab ich mir einen Ruck, zog mein Handy aus der Tasche und versuchte, Anna zu erreichen. Ich wollte hören, wie es ihr ging, und wäre für ein wenig Ablenkung dankbar gewesen. Es klingelte lange ins Leere, der Anrufbeantworter sprang nicht an. Schließlich versuchte ich es bei meinen Eltern, die Emma und Clara bei sich hatten. Meine Mutter erzählte mir schmunzelnd davon, dass sie am Vortag beim Aufräumen in Annas Haus in Lunas Kinderzimmerschrank einen Vorrat an teilweise halb vollen Joghurtbechern vorgefunden hatte und dass Luna nicht davon abzubringen gewesen sei, ihre Mama habe sie dort hineingestellt. Halb verschimmelter Joghurt! Wir lachten. Kinder! Außerdem versicherte sie mir, mit Anna sei alles in bester Ordnung, sie habe mit ihr telefoniert, und Anna habe ihr berichtet, dass sie einen Ausflug mit Luna plane. Das Kind sei in letzter Zeit viel zu kurz gekommen. Das hörte sich gut an. Also konnte ich mich jetzt voll auf meine Ehe konzentrieren, auf Johannes und Nils. Und ich konnte mich auf das neue Baby einstimmen. Die Sache mit Anna war erledigt. Und die mit Jens auch. Ich verstaute mein Handy in der Tasche und machte mich auf den Heimweg.

Jens war eine Art Zwischenlösung gewesen, dachte ich, als ich zu Hause eintraf und die Wohnungstür aufschloss. Dass ich einen Kloß im Hals hatte und verstohlen an meinen Fingern roch, die noch nach ihm dufteten, war reine Sentimentalität.

Ach, ich vermisse ihn unendlich. Ob er wohl manchmal an mich denkt? Dass er *mich besuchen käme, ist noch viel unwahrscheinlicher als eine Stippvisite von Anna. Natürlich kümmern sich alle rührend um mich und versuchen, es mir in meiner Situation so erträglich wie möglich zu machen – aber es ist verdammt schwer. So viele Einschränkungen.*

Gestern zum Beispiel, da lehnte ich mich etwas zu weit aus einem offenen Fenster. Wollte sehen, was unten auf der Straße los war, wo Nils und Ole mit Sabina auf Oma und Opa warteten. Nichts weiter dabei –

man wird doch mal aus dem Fenster gucken dürfen! Aber nein, Sabina rastete da unten auf der Straße völlig aus und wedelte mit den Armen. Dann kam Johannes ins Zimmer gelaufen und veranstaltete ein riesiges Theater, schmiss sich förmlich auf mich und schluchzte und streichelte mich, als hätte ich mir das Leben nehmen wollen. »Meine Dicke«, murmelte er immer wieder, und »mein Engel«. Sabina zerrte mich schließlich auch noch an ihre Brust, so dass ich kaum Luft bekam. Ich mag das ja nicht so gern, aber in dem Moment war es schön. Ich spürte, dass ihnen etwas an mir liegt. Manchmal lasse ich mich sogar von Sabina liebkosen, schnurre fast wie ein Kätzchen, wenn sie mir über die Wangen streicht oder mir den Scheitel küsst, weil ich völlig vergesse, dass sie meine Feindin ist.

Anna

Emma und Clara verweilten in Hammersbach, und allein die Gewissheit, dass sie sich nur um Luna kümmern musste, verhalf Anna zu mehr Stabilität. Matthias jedoch tat alles, sie zu verunsichern. Als sie eines Morgens in die Küche trat, um sich einen starken Kaffee zu brühen, betrachtete er sie angewidert und zerrte sie schließlich am Arm ins Bad.

»Du stinkst!«, sagte er. »Nimm mal ein Bad, das ist ja nicht zum Aushalten!«

»Aber Luna …«, begann sie, doch er winkte ab.

»Ich kümmere mich um sie, das gelingt mir vermutlich besser als dir! Du bist eine Zumutung, Anna, wirklich. Du siehst aus wie eine Pennerin – und du stinkst wie eine. Du musst doch auch mal die Klamotten wechseln! Wenn du nicht schleunigst was unternimmst, werde ich dafür sorgen, dass sie dich wegsperren!«

Welcher Mensch wäre nach einer solchen Ankündigung in der Lage gewesen, in aller Ruhe ein Entspannungsbad zu nehmen? Anna zumindest nicht. Sie setzte sich auf den Wannenrand und weinte. Lautlos. Lediglich ein Quietschen wie von einem rostigen Scharnier war zu hören, wenn der gepresste Atem die Lunge verließ. Ihre Schultern zuckten, das Kinn zitterte, und aus den Mundwinkeln lief der Speichel. Als sie schließlich hörte, dass Matthias mit Luna aus dem Haus war, schlich sie aus dem Bad und wankte zurück in die Küche, um sich Kaffee zu machen. Dabei zählte sie mechanisch, um die Stimmen in ihrem Kopf zu unterdrücken, aber es gelang ihr nur schlecht. Sie brauchte wieder Pillennachschub, für den Notfall. Aber sich aufzuraffen, einen neuen Arzt zu suchen, der ihr ein Rezept ausschrieb – allein der

Gedanke war zu viel. Sicher hatte sie noch ein paar von den Pillen übrig, die Silvie ihr besorgt hatte. Übers Wochenende kam sie bestimmt damit aus – an mehr war nicht zu denken.

Noch immer vom Weinen erschöpft, setzte sie sich mit ihrer Tasse ans Fenster im Wohnzimmer und blieb dort so lange, bis Luna aus der Schule kam. Vier Stunden saß sie dort, unbeweglich wie eine Mumie. Betrachtete die Beete, die dringend ein wenig Pflege nötig hatten, die Wiese, auf der bald die ersten Herbstzeitlosen blühen würden, im Frühjahr die Schneeglöckchen und Krokusse. Lauschte den Stimmen in ihrem Kopf, die ihr zuredeten, heute geduldig mit Luna zu sein. Luna hatte es so sehr verdient, dass man gut mit ihr umging; sie war ein so liebes, fürsorgliches Mädchen, half ihr, wo sie nur konnte, sorgte sich um sie wie kein anderer Mensch auf der Welt. Und wieder kamen ihr die Tränen bei dem Gedanken daran, dass das Kind dumm war. Alle ihre Kinder waren dumm. Dumm wie sie selbst.

Als Luna schließlich aus der Schule kam, hatte Anna nichts zu essen vorbereitet. Sie schlug ein paar Eier in die Pfanne, nahm Luna auf den Schoß und fütterte sie. Aber Luna wollte nicht gefüttert werden, sie sagte: »Ich bin doch schon groß, Mama.« Doch Anna bestand darauf; sie wollte ihr etwas Gutes tun.

Nach dem Essen ging es an die Hausaufgaben, und Anna freute sich sogar ein bisschen, dass sie einmal die Zeit hatte, Luna zu helfen. Dabei wäre es nötig gewesen, das Haus aufzuräumen, denn ihre Mutter hatte die ganzen Stapel durcheinandergebracht, die sie mühevoll gebildet hatte. »Hier sieht es schlimmer aus als bei den Hottentotten«, hatte ihre Mutter gestöhnt und aufgeräumt, während sie im Bett gelegen hatte, sich der wohligen Wirkung der Tabletten hingebend. Sie erinnerte sich noch an das Geräusch des Staubsaugers und wie ihr Vater sich die Kinderzimmer vorgenommen hatte, immer wieder »Ach, herrje!« ausrufend. Vermutlich hatte er die halbleeren Joghurtbecher gefunden, die sie in einer Ecke von Lunas Schrank aufbewahrte. In der Küche war dafür kein Platz, und bei Gelegenheit hatte sie daraus einen leckeren Nachtisch zubereiten wollen.

Vielleicht sollte sie doch etwas aufräumen, nur kurz. Sie schob Luna von ihrem Schoß und begab sich an die Arbeit. Mal sehen, wo er die Joghurtbecher hingetan hatte. Nur ein bisschen aufräumen, dann nahm sie sich wieder Zeit für Luna.

Luna beobachtete Anna aus den Augenwinkeln und packte ihre Schulsachen aus. Sie hatte nur etwas für Deutsch auf, und sie wollte heute alles tun, damit ihre Mama sich nicht über sie ärgerte und mit ihr schimpfte. Wenn sie ein bisschen summte, ging es besser, dann hatte sie nicht so viel Angst vor der Schimpfe. Wie neulich, als sie im Zimmer gemalt hatte und die Mama gekommen war. Erst hatte sie sich gefreut, dass Luna so schön malte, aber dann hatte Mama leider entdeckt, dass Luna gekleckst hatte. Kleckse mochte Mama nicht, sie musste dann immer den Lappen holen. Obwohl sie in letzter Zeit gar nicht mehr so oft wischte. Oft saß sie einfach nur da. Oder sie schrie Luna so laut ins Ohr, dass es weh tat.

Plötzlich bemerkte sie Mama hinter sich und zuckte zusammen.

»Was schreibst du denn da wieder, Luna?«, fragte sie mit dieser Stimme, die Luna Angst machte.

»Ich muss das hier abschreiben, Mama, siehst du.« Luna deutete auf einen Text zum kleinen B.

Mama atmete tief durch. »Das ist aber kein b, das du da geschrieben hast, Luna, das ist ein d. Genau andersherum!«

Doch Luna sah nicht, was ihre Mutter meinte. Sie erkannte den Unterschied nicht, für sie sahen die beiden Buchstaben haargenau gleich aus. Es gab auch noch andere, die sich aufs Haar glichen. Und manche Buchstaben versteckten sich in den Wörtern, sie entdeckte sie einfach nicht. Und dann wurde die Mama immer ganz besonders böse.

»Ich schreibe es dir nochmal auf, Luna, guck genau her: b und d. b und d. Siehst du den Unterschied?«, fragte Mama.

Luna nickte, obwohl sie nicht den geringsten Unterschied erkennen konnte. Nervös radierte sie den bereits geschriebenen Text aus ihrem Heft und begann von neuem.

Anna betrachtete wortlos das kindliche Gekritzel, zupfte sich wieder an den Haarstoppeln und entriss ihrer Tochter schließlich das Heft.

»B! Luna, sag mal, kriegst du das nicht in deinen dummen Kopf? B!«, schrie sie und knallte das Heft wieder auf die Tischplatte.

Der Rest des Tages verschwamm wie im Nebel. Anna dachte an Matthias' Worte vom Morgen, dass er sie wegsperren wollte, und an Silvies und Christine Brückners Blicke, als sie neben Matthias im Wagen vorgefahren war: Mitleid und Abscheu. Und noch immer trug sie den gleichen Hausanzug. Doch sie konnte sich nichts Aufwendigeres vorstellen, als sich frische Kleider zu nehmen, ins Bad zu gehen und den Hausanzug auszuziehen. An die Nadelstiche des Wassers wollte sie gar nicht erst denken. Lieber wollte sie sich um Luna kümmern, die geweint hatte. Und geduldig sein, diesmal. Ganz bestimmt.

Aber vorher wollte sie noch eine Weile hier sitzen bleiben am Wohnzimmerfenster und den Spatzen an der Tränke zusehen. Sie hüpften dabei. Eins – zwei – drei.

Als Matthias sie viele Stunden später so vorfand, lag Luna bereits im Bett. Sie war es gewohnt, sich allein fertig zu machen und ins Bett zu gehen. Normalerweise hatte Anna ohnehin keine Zeit, sich am Abend um sie zu kümmern, weil Emma und Clara ihre ganze Aufmerksamkeit in Anspruch nahmen. Noch immer hatte Anna nicht geduscht; das langsam nachwachsende Haar stand ihr in kurzen Büscheln vom Kopf ab. So saß sie am Fenster, roch nach Schweiß und ranzigem Essen. Er sprach sie an, zuerst leise, doch offenbar rumorte die Wut in seinem Bauch. Selbst als er sie lauter ansprach, reagierte sie nicht.

Matthias war nicht geübt im Schlagen. Er traf ihre Wange zunächst halbherzig, ihr Kopf berührte nur leicht die Scheibe des Wohnzimmerfensters, doch es führte zumindest dazu, dass sie aufsprang und ihn entgeistert ansah. Er schlug ein zweites Mal zu, diesmal mit einem perfekten Klatschen, das fünf rote Fingerabdrücke hinterließ. Ein Schlag, der ihr Gehirn zum Schwingen brachte. Schreiend lief sie ins Bad und verschanzte sich in der Duschwanne, hielt sich nicht damit auf, sich auszuziehen, sondern ließ das heiße Wasser über ihren Körper strömen, fast eine Stunde lang, bis sie die klatschnassen Kleider mühselig vom Körper schälte und ein wenig Seife unter den Achseln auftrug. Sie zählte und zählte ohne Unterlass, bis er heftig klopfte, wahrscheinlich weil er glaubte, sie läge tot in der Duschwanne. Was genau genommen gar keine schlechte Idee war.

Damit Anna zu Kräften kommen konnte, blieben Emma und Clara weiter in Hammersbach. Anna vermisste sie nicht, war nur erleichtert, dass Ruhe eingekehrt war, Ruhe, die sie dringend nötig hatte. Sie litten unter Durchfall, den ihre Großeltern mit Cola und Salzstangen zu behandeln versuchten. Darüber hinaus bereitete ihnen die starke Lebhaftigkeit der beiden Sorgen – und nicht nur das: Es machte sie mürbe. Doch Anna konnte unmöglich die Wahrheit einräumen. Sie empfahl ihnen Globuli – Zappelin –, das für lebhafte Kinder angeblich gut geeignet war. Nutzen brachte es nicht, aber was konnte sie dafür? So gut es ging kümmerte sie sich um den Haushalt und um Luna.

Mit Matthias sprach Anna kein Wort mehr – er ignorierte sie gleichermaßen –, bis sie wenige Tage später, zum ersten Mal seit Eintreffen des Mahnbriefs von der Bank, wieder einmal an den

Briefkasten ging. Dabei stieß sie auf das Schreiben einer Rechtsanwaltskanzlei. Sie verstand nicht, worum es darin ging: von Betrug war die Rede, und von einem Gerichtstermin.

Schwach vor Angst taumelte sie Matthias entgegen, als er nach Hause kam. »Was hast du gemacht?«, rief sie – ungeachtet dessen, dass die Haustür noch weit offen stand.

Matthias knallte die Tür mit einem Schlag zu.

»Ich verbiete dir, meine Post zu öffnen!«, schrie er so laut, dass der Speichel flog. Danach schubste er sie in die Küche und mit der Hüfte gegen den Tisch, so dass sie erschrocken aufschrie.

»Gib endlich Ruhe!«, brüllte er und drohte: »Nie wieder gehst du an die Post, hörst du?«

Dabei lagen im Arbeitszimmer etliche ungeöffnete Briefe, die er in den letzten Wochen direkt aus dem Briefkasten dort hingelegt hatte. Wann wollte er sie denn öffnen, fragte sich Anna und beäugte unsicher die Tür zum Arbeitszimmer, in das er sich nach dem Vorfall in der Küche zurückgezogen hatte. Wieder und wieder kontrollierte sie die Anzahl ihrer verbleibenden Tabletten, zählte die Päckchen in ihrem Nachttisch, leere und volle. Dass sie noch bis nach dem Wochenende reichen würden, bezweifelte sie mittlerweile. Dieser Brief änderte alles.

Am nächsten Morgen fuhr sie zu einem Friseur nach Friedrichsdorf, ließ sich die Haare auf eine einheitliche Länge anpassen und erkundigte sich beiläufig nach einem Arzt vor Ort, den sie wegen einer akuten Sache aufsuchen könne. Man verwies sie an Dr. Pfleger, einen fähigen Arzt, der wie alle guten Ärzte überlastet war – Gott sei Dank. Anna erklärte ihm unter Tränen, sie habe ihre Mutter verloren und befände sich nun im Erbstreit – da bräuchte sie etwas Starkes für die Nerven. Keine Stunde später kam sie mit einem Rezept für Ramosan aus der Praxis. Ein Mittel, das sie noch nie genommen hatte, und sie ärgerte sich, dass sie nicht den Mut gefunden hatte, ihm »ihr« Mittel zu nennen. Sie würde es ausprobieren und schauen, ob es etwas taugte. Und wenn nicht: Ärzte gab es wie Sand am Meer. Privatpatienten waren gern gesehen, und wenn man die Rezepte nicht bei der Kasse einreichte, bekam kein Mensch sie je wieder zu Gesicht.

Am Abend, als Matthias nach Hause kam, warf er einen Blick auf ihren Schädel und fragte: »Warst du beim Friseur oder hast du das selbst gemacht?«

»Ich war beim Friseur«, erwiderte sie leise.

Und da riss er ihr an den Haaren, so kurz sie auch waren. Riss daran und lachte. »Für so was gibst du Geld aus? Du bist wirklich verrückt.«

Meinen Plan mit dem Fotoalbum aus dem Billy-Regal konnte ich bis jetzt noch nicht in die Tat umsetzen. Tagsüber stellen sie alles Mögliche mit mir an, um mich abzulenken, und ich vergesse es immer wieder – zumal ich mein Zimmer nur zum Schlafen betrete. Ständig zwingen sie mich, Gymnastik zu machen, vor der ich einen Horror habe, weil sie so anstrengend ist. Selbst Sabina, die früher rücksichtsvoll war, wenn ich jammerte, meint jetzt, ich sei faul.

Und dann, um die Zerstreuung perfekt zu machen, sind wir oft mit Nils und Ole auf dem Spielplatz. Ich genieße es so sehr, wenn ich den beiden nahe bin. Ole backt Sandkuchen für mich, und ich soll ihn probieren. Sabina lacht, wenn ich es tatsächlich tue, und Ole sagt: »Bäh, das macht man doch nicht!«

Wenn ich dann abends im Bett liege und das Album im Regal erblicke, könnte ich ausflippen! Ich will erreichen, dass sie mir einmal zuhören. Aber für sie steht ja ohnehin fest, dass ich nicht gut denken kann – also wozu mir Gehör schenken?

Trotzdem nehme ich mir jeden Abend aufs Neue vor, ihnen am nächsten Morgen zu verklickern, dass ich ihnen etwas zu sagen habe. Doch dann, wenn sie mich wecken, denke ich an alles andere, nur nicht an das Album! Es ist zum Verzweifeln.

Silvie

Eines Abends, kurz vor Oles Geburt, rief Christine Brückner bei mir an. Ich lag bereits im Bett, hatte unsägliche Ischiasschmerzen und glaubte schon, sie seien die Strafe, die der liebe Gott mir für meinen Betrug an Johannes angedacht hatte. Ich tat also Buße, und Johannes versorgte Nils. Das Telefon lag neben mir am Bett, und zuerst wusste ich mit dem Namen gar nichts anzufangen.

»Christine Brückner hier«, meldete sie sich. Für einen kurzen Schockmoment dachte ich, es handele sich um Jens' Frau, aber er hieß ja Reimer.

»Ja?«

»Ich bin die Nachbarin Ihrer Schwester. Sie haben mir Ihre Karte dagelassen, erinnern Sie sich?«

Mit schmerzverzerrtem Gesicht richtete ich mich auf. Was war denn nun schon wieder los?

»Ja?«, fragte ich wieder und machte bestimmt keinen besonders schlauen Eindruck. »Ist was mit Anna?«, fiel mir noch ein.

»Drüben ist die Hölle los«, sagte sie. »Anna schreit mit Luna, Matthias schreit mit Anna. Und mir scheint, er schlägt sie. Anna, meine ich. Es hört sich furchtbar an.«

»Ich glaube kaum, dass mein Schwager Anna schlägt, da müssen Sie sich irren«, sagte ich. Doch innerlich horchte ich auf. Natürlich war ich schon oft genug Zeuge gewesen, wie ruppig er sie behandelte. Doch dass Anna Luna anschrie, hatte ich noch nie erlebt, auch wenn diese Frau Brückner es ständig behauptete. Ich hörte ein Schnauben am anderen Ende der Leitung.

»Frau Jakobi, ich wollte es Ihnen nur sagen. Ob Sie es glauben oder nicht, überlasse ich Ihnen. Aber wenn das dort drüben so weitergeht, informiere ich die Polizei. Oder das Jugendamt. Oder beide.«

Ich dankte ihr für den Anruf, versprach, mich um die Sache zu kümmern, und wartete den nächsten Tag ab. Meinem Rücken ging es etwas besser, aber nicht gut genug, als dass ich selbst mit dem Auto nach Bad Homburg hätte fahren können – zumal Johannes mich gebeten hatte, längere Fahrten allein so kurz vor der Geburt zu unterlassen. Meine Eltern wollte ich auch nicht beunruhigen. Ich rief also wieder bei Anna an, am Morgen, wenn ich sicher sein konnte, dass Matthias nicht da war.

»Schön, dass du dich meldest«, sagte sie, und die Freude klang echt.

»Wie geht es dir?«, fragte ich, eine bescheuerte Frage an jemanden, von dem man weiß: Im Grunde genommen geht es beschissen.

»Gut, gut, ehrlich«, sagte sie. »Ich sitze gerade hier und trinke einen Tee.«

Im Hintergrund lief der Fernseher. Recht laut sogar.

»Ist Luna zu Hause?«, erkundigte ich mich.

»Nein, wie kommst du darauf, keiner ist hier.«

»Wie klappt's denn momentan so? Läuft die Therapie?«

Schweigen. Dann: »Silvie, es geht mir wieder gut. Neulich war ich fertig, ich hab mir Sorgen gemacht und so. Aber jetzt ist alles wieder gut.«

»Und Matthias?«

»Immer fragst du nach Matthias!«

»Na ja, beim letzten Mal schien er verdammt sauer auf dich zu sein; ich hoffe, das hat sich wieder gelegt.«

»Es geht uns gut, wirklich. Das mit dem Schreiben der Bank hat sich inzwischen geklärt. Mach dir keine Sorgen.«

Die Lüge kam mir durch die Leitung entgegengekrochen, und

ich nahm sie in Empfang wie einen lang ersehnten Gast. Christine Brückner hatte nur den lauten Fernseher gehört. Anna trank Tee. Kein Geschrei mit Luna, Matthias hatte sich wieder beruhigt.

Hätte ich in diesen Tagen gewusst, was wirklich los war, ich hätte in den verbleibenden zwei Wochen bis zur Geburt alles darangesetzt, eine Behandlung für Anna in die Wege zu leiten, die Heilung versprach. Doch ich kannte mich mit der Psyche nicht aus. Ich wusste nichts über Stimmen im Kopf und Zwangshandlungen oder Depressionen. Ich dachte, Anna sei lediglich überlastet wegen der Kinder. Ich dachte nicht an eine Krankheit. Matthias schon. Aber ganz anders.

Neuerdings machen wir Gehversuche, einer nimmt mich links, einer rechts, und los geht's. Es wirkt noch ein wenig robotermäßig, meine Beine sind noch sehr steif, was auch an meiner Körperfülle liegen könnte. Deshalb nennen sie mich wohl häufig »Dicke«, statt mich bei meinem richtigen Namen zu nennen. Oder sie sagen Engel. Was komisch ist, wenn man bedenkt, welches Verhältnis Sabina und ich früher hatten. Früher, denn mittlerweile weiß ich es ein bisschen zu schätzen, dass sie da ist. Ich meine, sie gibt sich redlich Mühe, alles richtig zu machen. Auch mit dem Essen richtet sie sich ständig nach mir. »Na, Engelchen, was essen wir heute?«, fragt sie. Natürlich ohne eine Antwort zu erwarten; sie weiß ohnehin schon, was ich am liebsten mag: Nudeln. In allen Variationen. Manchmal gibt's danach sogar einen Pudding. Den essen wir dann gemeinsam und lächeln uns zu.

Die Sache mit dem Sprechen scheint sie auf Eis gelegt zu haben, sie konzentriert sich jetzt voll auf die Motorik. Mir soll es recht sein, ich kann auch allein sprechen üben. Stillstand war mir schon immer ein Gräuel.

Jens und ich hörten nichts voneinander, bis ich ihn mit einer anderen Frau traf. Himmel! Und dies ausgerechnet, als ich mit Johannes und Nils unterwegs war. Seitdem ich mein Verhältnis mit Jens beendet hatte, hatte ich krampfhaft versucht, eine Art Familienleben zu organisieren – was mir mehr schlecht als recht gelang. Ständig war Johannes unterwegs und wich meinen Annäherungsversuchen aus. Den Grund dafür kannte ich freilich nicht.

Ich bekam fast einen Schlag bei dem kurzen Blick in Jens' Augen, als ich das Ginkgo betrat. Alles, was ich mir in den vergangenen Wochen einzureden versucht hatte, war hinfällig, löste sich auf einmal in Luft auf.

Johannes steuerte einen Tisch in der Ecke an, und ich lief ihm wie ferngesteuert hinterher, wendete langsam meinen Kopf, um einen Blick auf die Frau werfen zu können, mit der Jens am Tisch saß. Gleichzeitig sah er sich nach uns um und durchbohrte mich fast mit seinem Blick. Schnell schaute ich wieder weg und platzierte mich so, dass ich Jens' Rücken und seine Frau in ihrer vollen Pracht vor mir hatte. Ja, das Wort Pracht war schon angebracht. Ich bin nie ein Fan künstlicher Fingernägel gewesen, es gibt nur wenige, die mir gefallen. Auch ihre waren eindeutig zu eckig und zu lang. Was sollte man mit solchen Krallen anfangen? Außer um einem Mann den Rücken zu zerkratzen, sind sie nicht zu besonders viel zu gebrauchen. Mit diesen Dingern hätte ich weder auf meinem Notebook tippen noch Kartoffeln schälen können. Außerdem war die Frau zu perfekt geschminkt. Das dunkle Haar streng zurückgekämmt, blitzten braune Augen aus einem braungebrannten Gesicht. Keine natürliche Bräune, wenn man mich fragte. Was wollte er mit so einer Tussi? Nach der Anzeige zu urteilen, hätte ich mit einem Hausmütterchen an seiner Seite gerechnet. Dass es sich bei ihr um seine Frau handeln musste, stellte ich spätestens beim zweiten Blick fest: Sie streifte ein

Haar von seiner Schulter, und diese mütterliche Geste, die alle Männer hassen, macht keine andere als die Ehefrau.

Sie schienen eine schleppende Unterhaltung zu führen, Jens hob hin und wieder die Schultern, als langweile er sich, und ich denke, genau so ging es Johannes mit mir.

»Was starrst du eigentlich diese Frau so an?«, fragte er plötzlich.

»Oh, nur so.« Ich lächelte ihm zu. Dann flüsterte ich: »Die Fingernägel sind grauenvoll.«

Johannes schüttelte den Kopf. »O Mann, Silvie, kannst du eigentlich noch was anderes, als meckern und lästern?«

Ich war perplex. »Lästern? Ich? Du fragst mich, warum ich die Frau anstarre und …«

»Es ist ganz egal, was, Silvie. Du lästerst über den Hasenstall, den unsere Nachbarn auf dem Balkon haben, über die Couchgarnitur meiner Mutter …«

Jetzt geriet ich in Rage. »Unsere Nachbarn haben keinen Hasenstall auf dem Balkon, sondern ihr Balkon ist ein Hasenstall, das ist ein Unterschied«, zischte ich, »und dass die Couch deiner Mutter hässlich ist, hast du zuerst gesagt; ich hab lediglich zugestimmt.«

»Ich sagte, sie sei altmodisch, und du sagtest …«

»Mama«, sagte Nils dazwischen, »Kacka Nini.«

Das jetzt auch noch!

In diesem Moment ging Jens an unserem Tisch vorbei in Richtung Toilette, die Treppe hinunter. Ich erhob mich so schnell es ging und nahm Nils bei der Hand.

»Komm Schatz, wir gucken mal, ob ich dich hier irgendwo sauber machen kann«, sagte ich, schnappte mir den Wickelrucksack und zog Nils vorsichtig Schritt für Schritt mit mir die Treppe hinunter.

Dort unten stand Jens mit dem Rücken an die Wand gelehnt

und sah mir entgegen. Seine Stimme zitterte, als er sagte: »Ich muss dich sehen, Silvie. Bitte.« Er nahm meinen Kopf zwischen seine Hände und sah mich flehend an.

»Kein Problem«, entgegnete ich und hielt Nils' Hand fest umklammert. »Wann?«

Jens schluckte und blinzelte. Dann flüsterte er: »Ich liebe dich.«

Ich war wie von Sinnen, als ich mit Nils wieder an unseren Tisch zurückkehrte. Jens' Worte hallten in meinem Kopf nach wie ein Donnerschlag, und ich ließ mich matt in den Stuhl plumpsen.

Johannes blickte mich beschwörend an. »Silvie, jetzt mach keine Szene. Ich entschuldige mich, okay? Unsere Nachbarn haben einen mit Hasenkötteln vollgeschissenen Austritt, auf dem sich zehn Tiere tummeln, du hast völlig recht. Und das Sofa meiner Mutter …«

Ich winkte ab und hielt mir den Bauch. »Lass gut sein Johannes, ich hab Schmerzen.« In der Tat hatte ich plötzlich starke Kontraktionen und befürchtete, dass sich unser Kind gerade auf den Weg machte.

»Oh«, sagte er und winkte hektisch dem Kellner, der herbeieilte und mich besorgt musterte.

»Alles in Ordnung bei Ihnen?« Er warf einen misstrauischen Blick auf meinen Bauch. »Soll ich einen Krankenwagen rufen?«

Doch Johannes hatte alles im Griff. Er zahlte und bugsierte mich und Nils zum Auto. Im Rücken spürte ich Jens' Blicke.

Sabina und Olga brüteten heute wieder mal den ganzen Tag über Stoffen, Knöpfen und Bändern – so lange, bis Johannes nach Hause kam. Er rief: »Sieh an, da ist ja unsere Seherin!« Sie bekam einen roten Kopf, murmelte etwas von »über Fähigkeiten lustig machen« und drückte ihm dann trotzdem einen Kuss auf. Nannte ihn »meine Traummann«.

Danach gackerten sie. Bestimmt ging es damals bei Sabina lustig zu. Obwohl, in Wahrheit scheint sie sich nicht besonders wohl gefühlt zu haben, so auf engem Raum mit den Nachbarn.

»Deinetwegen bin ich aus dieser winzigen Wohnung nicht rausgekommen«, sagte sie zu Johannes, als es dunkel um mich war.

Er lachte. »Du hättest doch umziehen können! Ich hätte dich in jeder anderen Wohnung auch besucht.«

Selbst ich in meiner unmöglichen Lage begriff, dass sie etwas ganz anderes gemeint hatte. Sie wäre gern mit ihm zusammengezogen. Männer sind manchmal so was von begriffsstutzig.

Wie es aussieht, ist sie inzwischen jedenfalls am Ziel ihrer Träume angelangt. Es vergeht kein Tag, an dem er ihr nicht in meinem Beisein sagt, dass er sie liebt und begehrt. Es sollte mir das Herz zerreißen, doch das tut es nicht. Aber das hat andere Gründe, über die nachzudenken ich noch nicht einmal in aller Stille bereit bin. Das, was ich zu ertragen habe, und die Gedanken an Anna reichen mir vollkommen. Was Sabinas Träume betrifft: Sie hat nun auch Kinder – mich eingeschlossen. Ich hätte das nie getan. Die Kinder einer anderen großzuziehen, meine ich. Für sie schon gar nicht! Dazu kommt noch, dass ich kein leichter Fall bin. Zu jeder Tages- und Nachtzeit kann ich nach ihr rufen, sie kommt immer und ist geduldig. Meistens jedenfalls. Inzwischen, ich muss es leider zugeben, bin ich manchmal froh, dass sie da ist. Da macht mein Herz einen Sprung, wenn sie mich nach meinem Mittagsschlaf aus dem Zimmer holt, und ich könnte ihr um den Hals fallen. Sie hat oft gute Ideen, wie sie mich beschäftigen kann. Malen kann sie auch gut, dabei könnte ich ihr stundenlang zusehen. Und wirklich, sie kocht hervorragend.

Vielleicht denkt sie in schwachen Momenten an die Jahre, in denen sie sich Kinder gewünscht hat. An die Zeit, in der ich das zweite Kind bekam. Wie erleichtert sie sein muss, das alles hinter sich gelassen zu haben.

Sabina

Setz dich hin, Tanja, es gibt Neuigkeiten«, flüsterte Sabina niedergeschlagen ins Telefon.

»Ich liege, es ist mitten in der Nacht.«

»Johannes ist wieder Vater geworden.«

Tanja seufzte. »Damit war zu rechnen. Irgendwann müssen sie raus, die Würmchen.«

»Der Gedanke macht mich rasend, Tanja! Er war bei der Geburt dabei, stundenlang hielt er ihre Hand!«

»Das weißt du doch gar nicht.«

Sabina krächzte. »Es ist vorbei, Tanja, endgültig. Ich halt das nicht mehr aus.«

Tanja seufzte noch einmal. »Du musst dich erst an den Gedanken gewöhnen, ist doch klar.«

»Diesmal ist es endgültig vorbei, Tanja, ich habe seine Nummer aus meinem Handy gelöscht und seine E-Mail-Adresse auch.«

»Verstehe. Was ist es denn eigentlich?«

»Was?«

»Das Kind. Was es ist?«

»Wieder ein Junge. Ein Ole.« Sie schluchzte nun. »Es macht mich verrückt. Einfach verrückt!«

Johannes hatte sie nach der Geburt angerufen. Sie wusste genau, nach welcher Reihenfolge er vorgegangen war: erst Silvies Eltern, dann seine Mutter. Das neue Enkelkind war da. Gesund und munter, 3200 Gramm und 51 Zentimeter – man gab die Koordinaten durch, vermutlich auch die Stundenzahl, die Silvie in den Wehen gelegen hatte. Ob es Silvie gut ging, hatten die anderen bestimmt wissen wollen. Sie nicht. »Ich bin wieder Papa geworden«, hatte er geflüstert, und sie hatte nach einem »Ich wünsch dir alles Gute, wirklich« einfach aufgelegt.

In den darauffolgenden Tagen ging sie arbeiten, obwohl sie sich am liebsten hätte krankschreiben lassen. Die Neuigkeit über Johannes' Nachwuchs verdarben ihr jeglichen Appetit und verhinderten jede Kreativität bei der Arbeit. Ihre Mundwinkel zeigten nach unten, wenn sie an der Kasse im Supermarkt stand oder auf dem Wochenmarkt – wo sie sonst immer zu einem Schwätzchen bereit war. Sobald sie in ihrem Auto auf dem Weg zur Arbeit saß, rannen die Tränen. In ihrer Wohnung war es dasselbe: Sobald sie die Tür hinter sich schloss, öffneten sich die Schleusen.

Fast täglich schaute sie nach der Arbeit im Friseursalon bei Tanja vorbei.

»Er hat immer noch nicht angerufen«, verkündete sie bereits nach wenigen Minuten.

»Ach nein?«

»Er wird vermutlich nie mehr anrufen.«

»Vermutlich nicht.«

»Vielleicht traut er sich nur nicht.«

»Das wird es sein.« Tanja warf ihr einen bedenklichen Blick zu, während sie Strähnchen setzte und Ponys trimmte und sich vermutlich fragte, wann Sabina endlich mit dieser Litanei aufhören würde und warum sie kein bisschen Selbstachtung besaß.

»Hast du dich inzwischen bei Parship angemeldet?«, fragte sie später, als sie in Luigis Eiscafé saßen.

»Ich bin noch nicht dazu gekommen. Hab so viel um die Ohren.« Bei dieser Notlüge musste Sabina selbst grinsen. Sie hatte es wieder nicht über sich gebracht, sich dort anzumelden; nur geguckt hatte sie. Was erwarteten die Leute, die sich dort anmeldeten? Dass man die große Liebe fand? Jeder zeigte sich doch nur in seinem besten Licht, hatte tolle Hobbys, einen interessanten Beruf, war sportlich, konnte mehrere Sprachen fließend. Dort schrieb doch keiner »ich bin ein hässlicher Vogel und krieg mein Leben nicht auf die Reihe«. Und sie, was sollte sie schreiben? »Bin seit fünfzehn Jahren unglücklich verliebt, sehe in diesem Mist hier keinen Sinn, aber meine Freundin meint, ich soll mich hier anmelden, sonst krieg ich nie mehr einen ab?«

»Pass auf, Sabina«, sagte Tanja, die natürlich sofort merkte, dass es sich nur um eine Ausrede handelte, »ich mach das für dich, ich melde dich dort an, übernehme eine Vorauswahl, und dann triffst du dich mit drei Typen. Mehr nicht. Wenn keiner dabei ist, der dir gefällt, dann trauere weiter Johannes hinterher. Aber bis dahin wäre das zumindest eine gute Abwechslung, das musst du zugeben.«

»Ich treffe mich nicht mit wildfremden Typen, vergiss es«, antwortete Sabina und schob sich eine Gabel Salat in den Mund. Tanja schüttelte den Kopf. »Sieh dir Luigi an, der verzehrt sich nach dir. Jeden Wunsch würde er dir von den Augen ablesen. Aber nein, du willst Johannes. Obwohl er Kinder hat. Grund genug, die Finger von ihm zu lassen!«

Sabina hing kommentarlos ihren Gedanken nach. Tanja hatte ja recht. Wenn sie selbst Familie wollte, war es höchste Zeit, endlich die Initiative zu ergreifen und nach einem Mann zu suchen, der frei war. Sie hatte zwischendurch auch helle Momente, in denen sie Tanja zustimmte, dass sich Johannes vermutlich niemals von Silvie trennen würde – dass sie allenfalls seine Affäre sein konnte, aber nie Kinder mit ihm haben würde. In diesen Momenten nahm sie sich fest vor, nie mehr an Johannes zu denken, nie wieder sein Gesicht vor Augen zu haben, wenn sie abends einschlief oder morgens aufwachte.

Entschlossen legte sie das Besteck auf dem Teller ab, erhob sich und sagte zu Tanja: »Ich mach mich auf die Socken. Ich geb mal was ein bei Parship. Okay?«

Tanja betrachtete sie skeptisch. »Versprochen?«

»Versprochen.«

Ich weiß nicht, wie lange es dauerte, bis Sabina nach Oles Geburt wieder bei Johannes auf der Matte stand. Hat sie zu ihm Kontakt aufgenommen, nachdem der erste Schmerz verklungen war? Oder herrschte zwischen den beiden tatsächlich bis zu meinem Zusammenbruch Funkstille? Ich sollte es wissen, sie haben ja während meiner Dunkelheit darüber gesprochen. Es hat irgendwas mit einer Prophezeiung zu tun. Und mit Olga. Aber ich krieg's nicht mehr zusammen. Ist schon so lange her.

Silvie

Das, was Jens vor der Damentoilette im Ginkgo zu mir gesagt hatte, hallte auf dem Weg ins Krankenhaus in mir nach, bis es dann doch in den Hintergrund trat – während einer Geburt denkt man an andere Dinge. Eine Schwesterschülerin betreute Nils, bis meine Eltern kamen; Johannes hielt meine Hand, ich atmete laut und tief, dann kurz und schnell, versuchte, den Atem zu kontrollieren, was aber unmöglich war. Der gewaltige Druck des riesigen Korkens zwischen meinen Beinen nahm mir endgültig die Luft. Ich halte es nicht aus, dachte ich. Ich werde wahnsinnig.

Als ich endlich in Oles winziges, rotes Gesichtchen blicken durfte, erschöpft und erleichtert, und Johannes mit seinem Handy hinausging, um meine Eltern und seine Mutter zu informieren, dachte ich wieder an Jens. Zu gern hätte ich ihm mein Kind gezeigt, das uns in gewisser Weise zusammengebracht hatte.

Ich weiß nicht, ob ich mir vorgestellt hatte, einfach einen Schalter umlegen zu können, womit ich Jens und das, was ich getan hatte, ausblendete. Anscheinend war ich der Meinung gewesen, Johannes werde es schon richten, indem er mich plötzlich wieder attraktiv fand und seine Gefühle für mich entdeckte. Hatte das nach Nils' Geburt tatsächlich so funktioniert? Offenbar.

Nach Oles Geburt funktionierte es jedenfalls nicht.

Ich bekam Blumen ins Krankenhaus geliefert, und Johannes fragte: »Von wem sind die?«

»Von den Kollegen«, log ich.

Johannes sah mich prüfend an. »Es sind auch Blumen von deinen Kollegen nach Hause geliefert worden. Schicken die dir zwei Sträuße?«

Ich hob die Schultern. »Keine Ahnung. Schlechte Abstimmung vermutlich. Du kennst doch Natalie.«

Johannes nickte und betrachtete Ole, der in seinem Bettchen lag und leise knarrende Geräusche von sich gab.

»Es hat jemand zu Hause angerufen, Silvie«, sagte er.

Ich verzog keine Miene, aber mein Herz raste. »Wer?«

Wieder dieser prüfende Blick. »Ein Mann. Mehrmals. Hat nach dir gefragt und wann du nach Hause kommst.«

»Wahrscheinlich ein Arbeitskollege«, tat ich unbeteiligt.

Johannes blickte wieder Ole an und rieb sich dann die Augen. »Vermutlich.«

»Bist du müde?«, fragte ich.

Er schüttelte den Kopf und stand auf. »Ich bin nur nicht gut drauf.«

»Warum denn nicht? Freust du dich nicht über den Kleinen?« Ich hatte einen Kloß im Hals. Unser Baby hatte ein bisschen mehr Euphorie verdient. Ich jedenfalls konnte meinen Blick nicht von ihm wenden. Er war das hübscheste Kind unter dem Himmel. Die kleinen Nasenlöcher gerade mal so groß wie Stecknadelköpfe. Nils kam mir auf einmal wie ein Riese vor. Der Gedanke, zweifache Mutter zu sein, war noch fremd, aber er erfüllte mich mit Glück. Bald würden wir zu Hause in den Betten kuscheln und am Sonntagmorgen Geschichten vorlesen. Ich sah Johannes traurig an. Täuschte ich mich, oder hatte auch er Tränen in den Augen?

Zögernd beugte er sich über das kleine Bettchen und küsste Oles Stirn. »Doch, doch, ich freu mich.« Dann gab er mir einen raschen Kuss und ging zur Tür. »Ich muss Nils abholen. Bis morgen.«

Ich war stinksauer auf Jens. Wie konnte er es wagen, bei uns zu Hause anzurufen? Unter allen Regeln, die er selbst aufgestellt hatte, war diese seine allerheiligste gewesen! Natürlich hatte ich ihn vermisst, und ich wollte mich auch mit ihm treffen, aber andererseits konnte ich ihn nur enttäuschen, denn das, was ich vorhergesagt hatte, war bereits eingetreten: Meine Libido hatte sich verabschiedet. Erstens hatte ich einen Dammriss, und zweitens kündigte sich bereits der Milcheinschuss an, so dass meine Brüste sich bald nach nichts anderem als nach kalten Umschlägen sehnen würden.

Nachdem meine erste Wut verraucht war, brachte ich sogar Verständnis für Jens auf. Warum er bei mir daheim angerufen hatte, lag auf der Hand: Wenn es stimmte, dass er mich liebte, hatte er sich bestimmt Sorgen gemacht. Er hatte schließlich mitbekommen, dass ich unter Schmerzen das Lokal verließ. Ich rief ihn an und sagte: »Jens, bitte rufe nie wieder bei mir zu Hause an – egal, was passiert. Du selbst hast diese Regel aufgestellt! Es geht mir gut, die Geburt habe ich gut überstanden. Ich melde mich bei dir. Okay?«

»Wann?«, wollte er wissen.

»Spätestens in vierzehn Tagen, wenn ein bisschen Routine eingetreten ist.«

»Das ist noch ziemlich lange«, sagte er.

Ich musste lächeln, so kannte ich ihn gar nicht. »Für gute Dinge lohnt sich das Warten«, neckte ich.

Wenige Tage später entließ man mich aus dem Krankenhaus, und ich freute mich sogar auf daheim. Ich sehnte mich nach Normalität und Ruhe, nach meinem Bett und nach Nils – den Gedanken an Jens blendete ich weitestgehend aus. Johannes hatte mit Nils eine Karte gemalt und umarmte mich.

In der Nacht darauf hatte ich einen Traum. In diesem Traum saßen Johannes und ich wie zwei Kinder in Oles Stubenwagen und fuhren in freier Natur auf einem hügeligen Schotterweg entlang. Wir waren von Bergen umgeben. Der Stubenwagen beschleunigte, wir fuhren talabwärts, der Weg wurde holpriger und holpriger, doch Johannes lachte nur. Ihm schien nicht daran gelegen zu sein, den Stubenwagen so zu lenken, dass wir nicht stürzten und uns alle Knochen brachen – nein, er grölte vor Lachen. Gegenüber unserer holprigen Rennstrecke, quasi auf der anderen Seite des Tals, tummelten sich zahlreiche wilde Tiere wie Bären, Tiger und Löwen, die dort hin und her liefen. Es waren schöne, majestätische Tiere, und ich verrenkte mir den Hals bei dem Versuch, sie mir näher anzusehen. Ich schrie: »Fahr langsamer, Johannes, ich will mir die Tiere ansehen!« Doch Johannes raste weiter mit mir durch die Landschaft, es ging steil bergab, und schließlich geschah, was ich die ganze Zeit befürchtet hatte: Wir kippten um. Johannes blieb mit dem Gesicht auf dem steinigen Erdboden liegen und stöhnte. Ich selbst war unversehrt, beugte mich über ihn und griff nach seiner Schulter. Jammernd wandte er den Kopf, hielt sich mit einer Hand das Gesicht. Schließlich gab er den Blick auf seine Nase frei, und mich packte das blanke Entsetzen: Die Nase war ab! Stattdessen klaffte dort ein riesiges Loch. Und obwohl ich mir selbst in meinem Traum dessen bewusst war, dass man abgefallene Nasen nicht wieder annähen konnte, sagte ich: »Johannes, das wird schon wieder.«

Dann wachte ich schweißgebadet auf.

Der Traum hallte tagelang in mir nach. Ich hatte bisher nicht viel von Traumdeutung gehalten, aber dieser Traum, der hatte was. Ich schilderte meinen Traum in einem Traumdeutungsforum im Internet und bekam hilfreiche Antworten von DarkLady. Sie schrieb:

Stubenwagen = Neugeborenes

Schnelle Fahrt im Stubenwagen = Unsicherheit durch Neugeborenes

Mann grölt und lacht = verantwortungsloses Arschloch

Wilde Tiere auf der anderen Seite des Tals = Sex (weit, weit weg)

Ich antwortete: *Himmel!*

DarkLady: *Warte ab: Stubenwagen fällt um, weil du nach den wilden Tieren guckst und dein Mann grölt = Beziehung im Arsch, du willst Sex mit anderen.*

Ich: *Oh.*

Aber jetzt kam erst der Hammer.

DarkLady: *Nase = Pimmel*

Pimmel? Hallo?

Auskunft von DarkLady: *Kennst du nicht den Spruch: Die Nase eines Mannes ist wie sein Johannes?*

Ich: *Johannes? Mein Mann heißt Johannes.*

DarkLady: *LOL!*

Ich: *Eine Nase wächst nicht wieder an. Ein Pimmel auch nicht.*

DarkLady: *Genau so ist es.*

Am Tag nach dieser Offenbarung durch DarkLady meldete ich mich bei Jens.

»Ich vermisse dich«, sagte ich.

»Mein Teil oder mich?«

»Dein Teil kann mir gestohlen bleiben. Ich habe einen Dammriss so lang wie ein Fußballstadion und zwei Brüste so groß und hart wie Kanonenkugeln – Sex gibt es erst wieder in meinem nächsten Leben.«

»Wann darf ich mir denn die Kanonenkugeln mal ansehen?«

Ich lächelte. »Wage es bloß nicht! Explosionsgefahr bei der geringsten Berührung.«

»Du weißt doch«, neckte er, »ansehen reicht mir.«

»Wir könnten uns im Günthersburgpark treffen«, schlug ich vor. »Ist nicht weit für mich, und dort kennt uns keiner.« Meine Nordendbekanntschaften – viele waren es ohnehin noch nicht – trafen sich im Holzhausenpark.

»Ist auch nicht meine Gegend«, sagte er.

Ja, dachte ich, wüsste zu gern, wo deine Gegend ist.

»Wo ist deine Gegend?«, fragte ich also und hielt die Luft an.

Er schwieg für wenige Sekunden und sagte: »Ich erzähl's dir im Park, Silvie. Ich erzähl dir alles, was du wissen willst.«

Das waren ja Neuigkeiten! Dann sagte er: »Ich schätze, es ist an der Zeit, mit ein paar Tabus zu brechen. Wenn man bedenkt, dass ich selbst damit angefangen habe, kann ich dir wohl ein paar Fragen zugestehen, was?«

Ich hatte doch alles. Alles, was ich mir nur wünschen konnte. Ich hatte einen Mann, den ich fast seit Kindertagen kannte und der ein herzensguter Mensch war (soweit mir bekannt war, zumindest), zwei gesunde Kinder, eine tolle Wohnung, einen Job, der mir Spaß machte. Keine Geldsorgen. Immer wenn ich mich dabei ertappte, wie ich mich auf das Treffen mit Jens freute, bummerte das schlechte Gewissen in meiner Brust. Allerdings war ich kaum in der Lage, zu unterscheiden, ob es das schlechte Gewissen war oder die Vorfreude auf Jens.

Ich hätte Johannes und mir eine Chance geben müssen, indem ich abwartete. Ich hätte den Alltag in unser Leben zu viert einziehen lassen sollen, aber ich tat es nicht. Ich nahm Fahrt auf, hinaus in die Welt außerhalb meiner Ehe – und zwar direkt nach Oles Geburt. Dass Johannes auch nicht gerade auf dem Sprung zu mir zurück war, durchschaute ich nicht. Ich ahnte ja nicht einmal, dass Sabina seit mindestens zwei Jahren in Frankfurt lebte.

Sabina

Nachdem Sabina sich auf Tanjas erneutes Drängen hin endlich bei Parship angemeldet hatte, dachte sie tatsächlich etwas seltener an Johannes. Man konnte zwar nicht davon sprechen, dass sie ihn vergessen hatte. Das – davon war sie überzeugt – würde nie passieren. Trotzdem veränderte sich wieder etwas in der Erinnerung an ihn. So war es immer gewesen in den Phasen, in denen sie sich nicht gesehen hatten: Sein Aussehen verschwamm, er verwandelte sich wieder in den Jungen, in den Austauschschüler, in den sie sich vor Ewigkeiten verliebt hatte. Sie erinnerte sich nicht an die letzten Küsse und Zärtlichkeiten, die sie ausgetauscht hatten, sondern an die ersten, als sie geglaubt hatte, ihr werde der Bauch platzen vor Glück. An seine verliebten Blicke in der Schule und an die anschließenden Nachmittage im Bett, als sie ständig auf die Uhr gesehen hatte in der Angst, ihre Mutter könnte jede Minute vom Einkauf nach Hause kommen. Stunden, die wie nichts verronnen waren, zwischen Küssen, Streicheln und Sex. Der Geruch ihrer Hände danach, an denen sie stundenlang geschnuppert hatte, und die Blicke, die sie sich zu den Mahlzeiten über den Tisch hinweg zugeworfen hatten.

Nach Bobs Tod war er anders für sie da gewesen, fast väterlich hatte er sich um sie gekümmert, bis sie wieder bereit für mehr war. Und dann war mit einem Mal ihre wunderbare Zeit vorbei, das Schuljahr vorüber. Danach schickten sie sich Briefe, jede Woche, und wenn sie telefonierten, was sie sich damals kaum leisten konnten, weinte er.

Bis er Silvie kennenlernte. Silvie, die Gitarrenspielerin. Das Mädchen, das einfach da war, ihm zuhörte, mit ihm zusammen

Fotos von Sabina ansah und verstand, was er für sie empfand. Die sagte: »In die hätte ich mich auch verliebt, wenn ich ein Junge wäre.«

Sabina hatte sofort gewusst, was passieren würde; sie schrieb ihm in ihren Briefen, was Silvie beabsichtigte, nämlich sie und ihn auseinanderzubringen, doch Johannes hatte es nicht glauben wollen.

»Sie ist nicht mein Typ, Sabina«, antwortete er immer wieder. »Sie trägt Camelboots und selbstgestrickte Pullis. Sie ist ein Kumpel, weiter nichts.« Und dann die wundersame Verwandlung: »Stell dir vor, Silvie macht sich schick!« Die Angst, die in ihrer Brust Einzug gehalten hatte und immer größer geworden war, würde sie nie vergessen.

Um sich den Schmerz zu ersparen, den Schmerz, wenn er ihr mitteilen würde, er habe sich in die Gitarrenspielerin verliebt, schrieb sie ihm: »Das mit uns hat keine Zukunft, ich bin mit Ben zusammen.« Ausgerechnet mit Ben! Mit diesem Lackaffen, der jede haben konnte, den Johannes nie hatte leiden können, über den sie gemeinsam gelästert und gelacht hatten. Trotzdem. Sie war diejenige gewesen, die Schluss gemacht hatte, nicht er. Genau wie nach Nils' Geburt. Und genau wie diesmal.

»Ich finde es eigentlich ganz cool, auf diesen Parship-Seiten rumzustöbern und zu schauen, was die Leute so von sich schreiben«, log sie, als sie wieder einmal bei Tanja im Salon saß.

»Wie viele Kontakte hast du denn konkret?«, fragte Tanja über den Kopf einer weißhaarigen Dame hinweg.

Sabina druckste herum. »Ich gucke, Tanja. Schaue mir eben alle möglichen Profile an und so …«

Tanja warf ihr einen scharfen Blick zu. »Vom Gucken lernst du keinen kennen, das kann ich dir jetzt schon sagen.«

»Du hast gut reden. Wenn mich eben keiner interessiert?! Und selbst wenn, als Erstes werde ich klären, ob er liiert ist oder nicht. Noch ein Verheirateter kommt mir nicht ins Haus!«

Die alte Dame schnalzte mit der Zunge und verzog missbilligend die Augenbrauen.

Tanja sagte: »Bei dir piept's wohl! Das schreckt doch jeden ab: Sind Sie liiert?«, äffte sie Sabina nach. »Da kriegen die Typen doch einen Schock.«

Sabina hob hilflos die Hände. »Ich will einen Mann, der eine Familie gründen möchte!«

Tanja gackerte. »Glaub mir, die, die eine Familie gründen wollen, sind alle vergeben. Meinst du, von denen läuft noch einer frei rum? Die geben alle an, dass sie Kindern nicht abgeneigt sind, aber wenn's dann darum geht, dann brauchen sie noch ein bisschen Zeit.«

»Wenn das deine Einstellung ist, kann ich mir die Suche sparen.«

»Ich will nur deine Erwartungen runterschrauben! Geh das mal ein bisschen lockerer an. Sag dir, okay, ich treffe mich erst mal mit ein paar Männern, damit ich Routine kriege …«

Sabina ließ die Schultern sinken. Auf gar keinen Fall wollte sie mit Typen zusammensitzen, bei denen von vornherein klar war, dass sie nicht in Frage kamen. Sie würde sterben, wenn die Unterhaltung nicht in Gang kam, wenn ihr Gegenüber nur Schwachsinn erzählte oder – noch schlimmer: gar nichts.

Am Abend fand sie Olga mit Ekaterina am Boden vor ihrer Wohnungstür vor. Olga erhob sich erstaunlich schnell für ihre Körperfülle und rief: »Gott sei's Dank, Sabina, bist du da! Hab schon dreimal angerufen bei der Hausmeister, aber will er nicht kommen früher von Kegelabend. Habe ich Schlüssel in Wohnung gelassen! Kannst du Ekaterina geben einen Schluck Wasser, hat Durst. Und ich muss gehen auf die Toilette! Platze ich fast!«

Sabina schloss schnell ihre Wohnungstür auf und wies Olga die Tür zur Toilette; Ekaterina nahm sie mit in die Küche und reichte ihr ein Glas Wasser.

»Hast du auch Cola?«, fragte das neunjährige Mädchen.

»Nein, Cola hab ich nicht, leider. Nur Wasser.«

Ekaterina trank in hastigen Schlucken und sagte dann: »Natasha trinkt auch immer Wasser, wegen der Figur.«

Sabina nickte. »Na, das scheint sich doch zu lohnen, sie hat eine super Figur, deine Schwester.« Ekaterina blickte betreten zu Boden, und Sabina schluckte.

»Du«, wollte sie gerade ansetzen, als Olga die Küche betrat. Sabina betrachtete sie verwundert. »Was ist denn mit deiner Nase passiert?«, fragte sie. Olgas Nase sah aus, als habe sie sie in eine Packung Mehl eingetaucht.

»Wieso?« Olga rieb sich darüber.

»Hast du dir von meinem Puder draufgetan?«

»Nur kleines bisschen!«, rief Olga und wischte in ihrem Gesicht herum.

Sabina lachte. »Das Licht in meinem Bad ist zu schlecht, man kann sich nicht anständig schminken. Ich gehe jeden Morgen ans Küchenfenster und schau nach, ob ich nicht aussehe wie eine russische ...« Sabina stockte der Atem. Putzfrau hatte ihr auf der Zunge gelegen.

»Ja?«, fragte Olga interessiert. »Eine russische was?«

»Eine Trapezkünstlerin!«, rief Sabina. »Du weißt schon: hellblauer Lidschatten bis unter die Augenbrauen, rote Bäckchen, knallroter Lippenstift und so.«

Olga betrachte sie staunend. »Hast du schon mal gesehen richtige russische Trapezkünstlerin? Warst schon in Moskwa oder Jaroslavl?«

Wo auch immer das lag ... »Nein! Manchmal gastiert der Spiegelpalast in Frankfurt. Das ist so was wie ein Zirkus, mit ganz tollen Künstlern, unter anderem eben russische Künstler, und leckeres Essen gibt es auch.« Gerade noch mal die Kurve gekriegt.

Olga ergriff Ekaterinas Hand und hauchte: »Ich träume. Würde ich auch sehr gern mal besuchen so einen Zirkus. Teuer ist?«

Sabina wand sich. Für eine russische Krankenschwester und einen Lagerarbeiter wohl kaum erschwinglich. »Es ist nicht ganz billig«, stotterte sie und blickte verlegen zu Boden.

Olga ließ die Schultern sinken und wanderte weiter zum Wohnzimmer, wo sie sich aufs Sofa plumpsen ließ. »Aber Palaaast! Hach, Sabina, würde ich mich so freuen, einmal im Leben gehen in Palast!«

»Nein, nein, es ist nicht wirklich ein Palast, Olga. Es heißt nur so.«

Doch Olga blickte auf ihre Hände. »Teuer ist, schade«, sagte sie bekümmert.

Sabina blickte Ekaterina an, die sich das Ganze stumm angehört hatte, und fragte: »Soll ich den Fernseher anmachen? Möchtest du was schauen?«

Ekaterinas Gesichtszüge erhellten sich wieder. »O ja. Gerade läuft Hannah Montana.«

»Hannah Montana?«

»Auf Super RTL. Das ist Miley Cyrus.«

»Miley Cyrus?«

»O Mann, Sabina, und du willst ’ne Amerikanerin sein? Du bist zwar schon alt, aber die müsstest du doch kennen!«

»Äh. Naja …«

Glücklicherweise klingelte es in diesem Moment an Sabinas Tür.

»Endlich, der Hausmeister!«, rief Olga und sprang vom Sofa auf. »Danke Sabina für Gastfreundschaft. Wochenende lade ich dich ein zu Stück Kuchen auf meine Balkon, ja? Brauchst du bisschen Unterstützung.« Olga ergriff Sabinas Arm und raunte: »Habe ich gemerkt, dass kommt nicht mehr der junge Mann. Außerdem du hast keinen Balkon und keine gute Schminksachen, und kein Geld für die Palast. Dafür werde ich dir eine Freude machen – ja? Werde ich backen eine sehr gute Kuchen, versprochen! Und spende ich dir einen Kaffee. Ja?«

Sabina blinzelte und nickte. »Okay.«

»Und mach dir keine Gedanken wegen deiner Figur«, erklärte Ekaterina. »Für dein Alter siehst du noch ganz gut aus.«

Sabina schloss die Tür hinter den beiden, lehnte sich mit dem Rücken an die Wand und atmete tief durch.

Kurz darauf vernahm sie erneut Schritte im Hausflur, die sich ihrer Tür näherten, und dann klingelte es. Sabina öffnete die Tür einen Spalt breit und blickte in Olgas rundes Gesicht. Die Nachbarin hielt ihr feierlich eine kleine Topfpflanze entgegen.

»Werde ich mich um dich kümmern, Sabina, weil kommt nicht mehr der junge Mann. Schenke ich dir eine Blume, kannst du immer dich erinnern, dass ich bin da. Wenn was ist – klingelst du jederzeit!«

»Danke, Olga, das ist sehr lieb von dir«, hauchte Sabina schwach, nahm die Pflanze entgegen und betrachtete sie stumm. Ein rosafarbenes Alpenveilchen in einem gelben Übertopf. Sie hasste Alpenveilchen. Der Inbegriff einer Omapflanze, kam gleich nach Nelken. Und sie hasste rosa. Mit spitzen Fingern stellte sie die Pflanze im Flur ab. Somit hatte sie also auch noch eine Pflanze vor Augen, die ihr vergegenwärtigte, dass mit Johannes Schluss war. Einfach großartig.

Am nächsten Morgen im Büro, nach dem Morgenmeeting, in dem es wie seit Wochen schon um Einsparungen gegangen war und sich Sabina überhaupt nicht auf die Kommentare der anderen konzentrieren konnte, ging sie zu ihrem Schreibtisch und checkte die E-Mails. Nichts von Bedeutung darunter. Eilig warf sie einen Blick auf ihre geschlossene Bürotür und loggte sich bei Parship ein. Sie wollte nur mal sehen, ob sich schon jemand auf ihren Eintrag gemeldet hatte. Aha. Ein Alex. Angestellter bei einer Unternehmensberatung. BWL-Studium mit Schwerpunkt Finanzen. Sechsunddreißig. Sah ganz passabel aus. Und sein Lächeln war … wirklich attraktiv.

Sabina schrak zusammen, als sich die Tür zu ihrem Büro öffnete und Matthei, ihr Chef, seinen Kopf hereinstreckte. Sabina klickte schnell die Seite weg und räumte geschäftig ihren Taschenrechner in die Schublade.

»Was war denn eben mit Ihnen im Meeting los, Frau Forbes? Warum haben Sie dauernd aus dem Fenster gelunzt?«, fragte er und trat näher an ihren Schreibtisch.

»Gelunzt?«

»Geschaut, Frau Forbes, geschaut.«

»Ach so. Ich habe trotzdem zugehört.«

»An den richtigen Stellen hätten Sie einen Beitrag leisten können, Frau Forbes. Zum Beispiel an der Stelle, an der es um den Etat für die nächste Frühjahrskollektion für Ihren Bereich ging. Sie werden mit den Lieferanten verhandeln müssen.«

Sie seufzte. »Herr Matthei, die Chinesen sind momentan in einer guten Verhandlungsposition, die können sich vor Aufträgen nicht retten. Und die Konditionen sind gut – ich weiß nicht, wo ich da noch drücken soll.«

»Wo Sie da noch drücken sollen, überlasse ich Ihnen.«

»Man wird es an der Qualität merken«, antwortete sie – was tatsächlich stimmte.

Matthei wandte sich zum Gehen. »Ich wünsche mir etwas mehr Anteilnahme und Esprit, Frau Forbes. Genau deswegen hatte ich Sie seinerzeit eingestellt, wegen Ihrer Kontakte nach China und wegen Ihrer spritzigen Art. Die lässt in letzter Zeit allerdings etwas zu wünschen übrig, wenn ich das so sagen darf.«

Sabina atmete tief durch und sah ihm hinterher. Alles in ihrem Leben ließ zurzeit zu wünschen übrig, kein Zweifel.

Ungehalten zog sie alle Schubladen ihres Schreibtisches auf und holte heraus, was sich dort über die Jahre angesammelt hatte. Einige vergessene, steinharte Gummibärchen, ein Notfall-Tampon, unzählige Visitenkarten von Lieferanten, ein benutztes Taschentuch und ein Foto aus vergangenen Zeiten. Johannes, gerade mal siebzehn und sommersprossig, gab ihr einen Kuss auf die Nasenspitze. Sie legte das Foto beiseite und schluckte die Tränen hinunter. Schaute aus dem Fenster auf den großen Parkplatz vor dem Gebäude. Was sollte sie tun? Einfach kündigen? Etwas ganz Neues anfangen? Oder weitermachen im gleichen Trott? Sabina erhob sich, schob mit dem Unterarm allen Müll von der Schreibtischplatte in den Papierkorb und kontaktierte kurzentschlossen den Typ mit dem einnehmenden Lächeln.

Wir haben endlich das Fotoalbum angesehen! Immer wieder habe ich das dumme Ding vergessen. Doch vorhin, nachdem sie mich ins Bett verfrachtet hatten, habe ich einen solchen Aufstand veranstaltet, dass Sabina mir entnervt erlaubte, noch mal aufzustehen – »Good Lord in heaven« hat sie gemurmelt. Ich wankte zum Bücherregal und zerrte an dem Fotoalbum, bis es mir auf die Füße fiel. Den Schmerz ignorierend, blätterte ich hastig darin, denn ich spürte genau, dass Sabina kurz davor war, es mir wieder aus der Hand zu reißen. »Das willst du dir ansehen? Jetzt?«, fragte sie und rief Johannes. »Schau dir das an, sie will sich ein Fotoalbum angucken – als hätten wir nichts Besseres zu tun!« Gleichzeitig schien sie Hoffnung zu schöpfen, dass ich danach Ruhe gäbe; sie streichelte mir über den Arm, setzte sich zu mir, und seitdem blättern wir gemeinsam darin. Ich bin etwas irritiert, denn ich meinte, das Album gut zu kennen – aber von den Leuten hier kommt mir kein Einziger bekannt vor. Fremde Gesichter starren mich an, keine Anna darunter. Wie kann das sein? Hektisch fange ich wieder von vorn an, Sabina schnaubt schon ungeduldig neben mir. Ich merke, sie will das Ganze so schnell wie möglich beenden. Johannes lehnt im Türrahmen und meint: »Sieht fast so aus, als ob sie jemanden sucht.«

Ich lache ihn an. Endlich mal einer, der mich versteht! Als ich schließlich alle Seiten durchhabe, klappt Sabina das Album energisch zu, und ich reibe mir enttäuscht die Augen. Keine Anna. Nicht eine vertraute Person!

Johannes sagt: »Wenn sie da Spaß daran hat – wir haben noch andere Alben im Keller, jede Menge von Silvies Familie und von Nils und Ole, als sie klein waren. Kannst du dir ja in den nächsten Tagen mal mit ihr ansehen.«

Ich will direkt zur Wohnungstür laufen, um in den Keller zu kommen, doch sie halten mich auf. »Sie versteht jedes Wort«, sagt Johannes kopfschüttelnd und hilft mir ins Bett zurück. »Morgen holen wir die Alben hoch«, verspricht Sabina, macht das Licht aus und die Tür zu und lässt mich allein zurück. Heute ist es mir egal, dass sie mich allein lassen, ich denke nur an Johannes' Worte. Im Keller! Bestimmt haben sie noch viele andere Sachen von mir nach dort unten verbannt. Hoffentlich denkt Sabina wirklich daran, die Alben zu holen, denn in den Keller komme ich nie. Warum auch? Ich bin zu nichts mehr zu gebrauchen, nicht mal zum Wäscheaufhängen. Allerdings gehört Wäscheaufhängen zu den Dingen, die ich am wenigsten vermisse. Am meisten vermisse ich Anna – wobei das nicht ganz stimmt. Die Gedanken an eine andere Person sind noch schmerzhafter.

Silvie

Als meine Eltern Emma und Clara mit dem festen Vorsatz zurück nach Bad Homburg brachten, mit Anna die Verhaltensauffälligkeiten der beiden zu besprechen, bissen sie auf Granit. Anna stellte sich taub. Nicht Emma und Clara seien das Problem, vielmehr Luna, argumentierte sie. Sie müsse zu viel Zeit für die Hausaufgaben mit ihr verwenden, weshalb sie die beiden Jüngeren nicht gut beaufsichtigen könne. Die beiden seien nun einmal lebhaft, aber das könne sie »eindämmen«. Ganz im Gegensatz zu Lunas Dummheit.

Meine Eltern waren entsetzt, meine Mutter rief empört: »Aber Kind, Luna ist doch nicht dumm!« Mein Vater fragte wieder, ob sie etwa den Kindern sonst etwas gäbe, es sei doch merkwürdig, dass sie wie aufgezogen waren, sobald sie nach Hammersbach kamen. Das empfohlene Zappelin wirke keine Sekunde. Und die Mädchen hätten bestätigt, dass sie ihnen manchmal so kleine Dinger auf die Zunge legen würde.

»Das ist Vitamin D«, antwortete Anna, »ich gebe ihnen sonst nichts.« Damit war das Thema für sie erledigt.

Nach diesen Berichten fragte ich mich, warum meine Eltern nichts unternahmen – es lag doch auf der Hand, dass bei Anna etwas gründlich schieflief. Andererseits – ich tat ja auch nichts. Hatte genug mit mir selbst zu tun. Und was genau hätten meine Eltern tun können? Sollten sie ihr vielleicht die Kinder wegnehmen? Das Jugendamt auf den Hals hetzen, der eigenen Tochter?

Mich fragten sie: »Was sollen wir machen, Silvie? Matthias ist nicht gesprächsbereit.«

Ich wusste keinen Rat. Auch wenn sie mir gegenüber am Telefon behauptet hatte, mit Matthias sei alles in Ordnung – ganz offensichtlich hatte die Beziehung der beiden einen Knacks. Man musste nur daran denken, dass Matthias Anna während ihres Eingriffs nicht einmal im Krankenhaus besucht hatte. Die Schläge, von denen mir Christine Brückner berichtet hatte, erwähnte ich meinen Eltern gegenüber nicht – ich glaubte ihr nicht. Redete mir ein, sie habe den Fernseher gehört und Anna auf dem Kieker. Meine Kinder waren noch klein. Ich hatte keine Vorstellung davon, wie es ist, wenn die Kinder erwachsen sind. Ab wann bemerkt man: Ich habe keinen Einfluss mehr auf das Leben meiner Kinder, sie bestimmen selbst darüber? Und wie lange ist man als Vater oder Mutter gewillt, zuzusehen, wenn das Leben der erwachsenen Kinder schiefläuft? Ich fragte mich das häufig, aber ich kam zu keinem Ergebnis. Tatsache war, Anna blockte jede Hilfe von außen ab. Hätten meine Eltern oder ich ihr helfen wollen, wir hätten mit Gewalt vorgehen müssen. Stattdessen aber hofften wir, alles werde sich wie durch Zauberei von selbst lösen. Oder sie werde schon auf uns zukommen und um Hilfe bitten. Doch das Gegenteil war der Fall.

Anna

Anna ruderte mit den Armen, um den Halt nicht zu verlieren, doch der Sturz in den Dschungel unter ihr war nicht aufzuhalten. Sie hatte nach einem Päckchen Rasierklingen greifen wollen, ganz oben auf einer Felsplattform hatte es gelegen, und nun fiel sie hinab in die Tiefe, rückwärts, dem Urwalddschungel entgegen. Ihr Fall beschleunigte sich, sie stieß ein gellendes Schreien aus, und plötzlich packten sie zwei Hände, die sie auffingen, ihr kurz Erlösung verschafften, bis sie ihr hart in die Oberarme kniffen, sie schüttelten und damit zur Besinnung brachten.

»Anna, reiß dich zusammen!«, zischte Matthias und schaltete die Nachttischlampe an. Ihm stand der Schweiß auf der Stirn.

»Mama!«, kam es von der Schlafzimmertür, und Matthias raunte: »Mama hat schlecht geträumt, Luna, leg dich wieder hin.«

»Mach die Mama nicht kaputt«, flüsterte Luna und flüchtete zurück in ihr Bett. Anna griff fieberhaft nach ihren Pillen und der Wasserflasche, um den Durst hinunterzuspülen, und die Angst vorm Fall, die Angst vorm Tod.

Kurz darauf hatte der Traum sie erneut in seinen Fängen: Sie irrte durch den Dschungel, auf der Suche. Doch die Rasierklingen erreichte sie nicht mehr.

Am nächsten Morgen stand sie neben Matthias in der Küche, und in ihrem Kopf pochten wieder die Fragen, die sie seit Tagen beschäftigten. Die Frage nach dem Schreiben der Rechtsanwaltskanzlei, in dem es um Betrug und eine Vorladung vor Gericht gegangen war, ebenso die Frage danach, ob inzwischen die Raten an die Bank bezahlt waren. Sie hatte Silvie erzählt, es sei alles erledigt, aber nichts war erledigt. Die Fragen schwirrten in ihrem

Kopf herum, sie tanzten ihr auf der Zunge, wollten herausfallen, doch mittlerweile hatte sie gelernt: Jegliche Art von Fragen konnte ihn gegen sie aufbringen. Es gab natürlich auch harmlose Fragen wie die, was bei Lunas Elternabend am Vorabend besprochen worden war. Doch selbst die brachte ihn auf.

»Ich musste zwanzig Euro in die Klassenkasse einzahlen, Anna, ist das zu glauben? Kopiergeld. Arbeitshefte. Ich muss zwanzig Euro zahlen, dafür, dass ich noch nicht mal mitreden darf, welches Arbeitsheft genommen wird. Offenbar kein gutes, wenn man bedenkt, wie schlecht Luna schreibt!«

Die Art und Weise, wie er sich über die zwanzig Euro aufregte, ließ Anna vermuten, dass die Raten fürs Haus nicht bezahlt worden waren, oder – so überlegte sie – bedeutete es umgekehrt, dass er die Raten sehr wohl bezahlt hatte und sich nun über die zusätzlichen Kosten aufregte? Ein Kleckerbetrag, der ihr nunmehr erneut den Boden unter den Füßen wegzuziehen drohte. Eins – Tasse aus dem Schrank nehmen, – zwei – unter den Kaffeeautomaten stellen, – drei – Knopf drücken. Sie spürte Matthias' Blick, der sie aus den Augenwinkeln beobachtete.

Wahrscheinlich überkam ihn wieder der Ekel, so wie neulich, als er sie ins Bad geprügelt hatte. Dass er sie boxte oder an ihr zerrte, war mittlerweile an der Tagesordnung. Dabei konnte sie nichts für die Langsamkeit, mit der sie sich ihren Kaffee zubereiten musste – es sollte doch nichts verschüttet werden.

Matthias trat ganz nah an sie ran und fragte: »Hast du gehört, was ich gesagt habe? Zwanzig Euro in die Klassenkasse – wir haben früher zwei Mark eingezahlt, das war für Ausflüge, heute zahle ich für Kopien das Zehnfache, die sind doch nicht mehr ganz dicht.«

Anna stand unbeweglich da. Was sollte sie sagen? Zwanzig Euro waren zwanzig Euro, oder? Sie hatte ganz andere Fragen im Kopf, aber sie hielt lieber den Mund. Wenn er sie wieder traktierte, musste sie schreien, und dann bekam Luna Angst und …

Matthias hielt sie unsanft am Arm fest, und ihre Zähne begannen unvermittelt zu klappern; sie hatte ihren Kiefer nicht unter Kontrolle.

»Hat es dir die Sprache verschlagen? Ich denke, du nimmst was ein?«, raunte er.

Sie nickte und taumelte an ihm vorbei, nur schnell, bevor er sie härter anfassen konnte. Sie musste sich endlich Rasierklingen besorgen, das war die schnellste Methode. Doch sie musste vorsichtig sein. Wenn er etwas davon mitbekam, würde er sie totschlagen.

Inzwischen kann ich vollkommen ohne fremde Hilfe durch die Wohnung laufen! Zwar komme ich extrem langsam voran, es geht nur Schritt für Schritt, ein bisschen abgehackt wie ein Roboter, und ab und zu muss ich mich kurz an der Wand festhalten, aber im Großen und Ganzen fühle ich mich enorm mobil. Und was das Sprechen angeht: Ich führe sehr interessante Selbstgespräche – nicht nur in meinem Kopf. Die Ärzte sind trotzdem nicht zufrieden. Gerade wieder waren wir bei einem, der meine Fortschritte überprüfte. Angeblich lassen meine sprachlichen Fähigkeiten sehr zu wünschen übrig, und man wollte checken, ob ich vielleicht einen Gehörschaden habe. Da hätten sie auch früher draufkommen können! Allerdings, mit Sicherheit habe ich keinen, ich höre hervorragend. Meine Reaktionen ließen dennoch zu wünschen übrig, ich war auch recht unruhig – man brach die Untersuchung ab. Sabina hatte einen hochroten Kopf, als wir aus der Praxis kamen. »Mit dir kann man sich nur schämen!«, schimpfte sie und rammte mit mir an einen Pfosten. Mir dröhnt jetzt noch der Schädel. Zur Strafe hat sie mich gleich ins Bett gesteckt, als wir wieder zu Hause waren. Ohne Mittagessen! Und nur, weil ich im Auto kurz eingenickt bin. Es macht mir nichts aus, ich kann Pläne schmieden. Wie ich in den Keller kommen könnte, zum Beispiel, denn natürlich haben sie sich nicht an ihr Versprechen gehalten.

Ich muss nur aus der Wohnungstür gelangen.

Silvie

Man kann sich wirklich viel vornehmen, so als Mutter. Zum Beispiel, sich mit Lovegod in einem Park zu treffen, um ein paar Details aus dem Privatleben auszutauschen, die man bisher für tabu erklärt hatte. Unter anderem, wie seine Frau hieß und wie viele Kinder er hatte.

Ausgemalt hatte ich mir, dass ich mit Ole zum Park fuhr, einen Parkplatz in der Nähe des Haupteingangs belegte und gemütlich mit ihm bis zu dem kleinen Café in der Nähe der Spielplätze schlenderte. Dort würde Jens stehen, lässig an einen Baum gelehnt, und mich schon von weitem anlächeln. Wir würden aufeinander zugehen, den Blick nicht voneinander wenden, die letzten Schritte etwas eiliger, bis wir uns in den Armen lägen. Am meisten freute ich mich auf seinen Geruch – den würde ich aus seiner Halskuhle in mich einsaugen und ihm dann einen zärtlichen, atemlosen Kuss auf seine festen Lippen drücken, ganz so, als wären wir ein normales Paar, das sich im Park trifft. Immerhin hatte er »Ich liebe dich« zu mir gesagt.

Stattdessen … nun, kam alles ein wenig anders.

Nils erwachte gegen fünf Uhr morgens mit einem Husten, der mehr an das Bellen eines heiseren alten Hofhundes erinnerte als an ein knapp anderthalbjähriges Kind. Ich raunte ein verschlafenes »Du bist dran« zur anderen Seite des Bettes, was Johannes dazu veranlasste, sich stöhnend aus der Decke zu schälen und Nils zu uns zu holen. Auf meiner Seite, im Stubenwagen, schlief Ole, der jedoch schon seine knarrenden Geräusche von sich gab – er war kurz vorm Aufwachen. Nachdem Nils zwischen uns lag, hustete er in einer Art und Weise weiter, dass einem angst und bange werden konnte. Johannes und ich rissen ihn schließlich hoch, und im nächsten Moment erbrach er sich in hohem Bogen in unser Bett. Dabei erwischte er buchstäblich alles in seinem Radius: meine Bettdecke, die von Johannes, das Betttuch unter uns, einen Zipfel meines Kopfkissens – ganz zu schweigen von meinem Stillhemd, das sofort an meinem Busen festklebte.

Ich war bedient. In der einen Minute hatte ich noch im Halbschlaf die Vorfreude auf mein Treffen mit Jens genossen, in der nächsten saß ich in einem vollgekotzten Bett, wusste nicht, wohin ich zuerst greifen sollte – egal, was ich anpackte, es versprach, unappetitlich zu werden. Gleichzeitig hustete Nils in dieser besorgniserregenden Tonlage weiter, die Ole aufweckte, Hunger und Unbehagen anmeldend. Johannes und ich sahen uns sprachlos an.

Er fand zuerst aus seiner Starre und griff mit spitzen Fingern nach dem hustenden Kind, zischte »Scheiße, Scheiße, Scheiße« und beförderte es ins Bad. Ich wischte meine Hände an den noch sauberen Stellen meiner Bettwäsche ab, rollte die stinkende Wäsche zu einem dicken Bündel und trug es hinter ihnen her – im Ohr Oles lauter werdendes Quengeln.

Ich schimpfte still vor mich hin und fragte mich, wieso erwachsene und klar denkende Menschen eigentlich jemals Kinder bekamen. Man stellt sich zufrieden glucksende Babys auf rosafarbenen Decken vor und wird plötzlich von der Realität eingeholt, die da heißt, Kotzbröckchen von Bettwäsche zu klauben, bevor man sie in die Maschine stopft. Und vollgekotzte Schlafanzugoberteile mit viel zu engem Halsausschnitt möglichst erfindungsreich über duftende Kinderköpfe zu ziehen.

Kurz und gut: Der Morgen verlief beschissen. Alles kostete mich Unmengen Zeit und Energie, mir dröhnte der Schädel. Ich lieferte Nils trotzdem in der Kita ab und hoffte inständig, dass es ihm besser ging; zumindest machte er inzwischen einen zufriedenen Eindruck, hielt wie immer seinen Schmusehundi an sich gedrückt und nuckelte an dessen Plüschohr.

»Ist alles okay?«, fragte ich auf der Fahrt mehrmals nach hinten und er nickte. »Will pielen!«

Dass mein Sohn sich übergeben hatte, erwähnte ich gegenüber der Erzieherin mit keinem Wort, nur einen »leichten Husten« brachte ich zur Sprache. Dann fuhr ich weiter. Ole saß schreiend in seiner Babyschale auf dem Beifahrersitz, als ich in die Straße zum Park einfuhr – knapp eine Stunde nach dem mit Jens verabredeten Zeitpunkt. Natürlich hatte ich ihn informiert, dass ich mich verspätete, aber so oder so: Ich war nicht bei der Sache. Mit der einen Hand versuchte ich immer wieder, Ole einen Schnuller in den Mund zu stopfen, mit der anderen manövrierte ich durch die Straße. Einen Parkplatz fand ich nicht. Die ganze autofahrende Welt schien sich an diesem Morgen am Güntherburgpark verabredet zu haben. Ich umrundete den Park, bis ich Jens anrief. »Ich kann nicht kommen, ich finde keinen Parkplatz!«, rief ich in den Apparat.

»Komm zum Haupteingang, wir fahren woanders hin. Mach dich nicht verrückt«, sagte er.

Mach dich nicht verrückt, ha, ha. Das besorgte schon mein armer Ole neben mir mit hochrotem Kopf. Gerade als ich vorm Haupteingang hielt, kam Jens angejoggt und legte an meiner Beifahrertür eine Vollbremsung hin. Mit dem Daumen nach hinten deutend, mimte ich den Taxifahrer – vorn war besetzt. Er stieg ein, langte zwischen den Vordersitzen hindurch und streichelte kurz meine Wange, während ich hektisch anfuhr – um mich herum hupten bereits die ersten genervten Autofahrer. Ich fragte mich, wo wir hinsollten. Ole hatte anscheinend wieder Hunger, hielt sich nicht an seine Zeiten. Gleichzeitig vernahm ich von Ferne ein »Hel-lo-Mo-to«-Gedudel, das mich gewaltig an mein Handy erinnerte.

»Jens«, sagte ich lachend, und versuchte, Ole zu übertönen,

»ich glaube, wir müssen unser Treffen verschieben!« Das Gedudel aus meiner Handtasche ertönte immer lauter, Oles Schreien auch. »Das wird die Kita sein«, äußerte ich meine Vorahnung und wedelte nervös zu meiner Handtasche, »kannst du mir mal mein Handy geben?«

»Was wollen die denn? Ist Nils immer noch krank?«

Ich nickte und fuhr rechts ran. Inzwischen hatte das Klingeln aufgehört, und ich blickte aufs Display. Die Kita, also doch. Es war nicht der richtige Tag für ein Treffen mit Jens, nicht der richtige Zeitpunkt, um mit Tabus aufzuräumen.

»Er kotzt bestimmt wieder«, sagte ich. »Vom Husten.«

»Dann holen wir ihn eben ab«, sagte er, als ob es das Einfachste von der Welt wäre.

Ich sträubte mich. »Ich kann ihn doch nicht einfach mit dir zusammen abholen, wie sieht denn das aus?«

»So als ob du mit einem Freund der Familie deinen Sohn abholst. Und der Freund der Familie wartet mit deinem schreienden Baby im Auto, sie werden mich also noch nicht mal zu Gesicht bekommen.«

Klang easy. »Okay«, sagte ich und überlegte weiter. »Und danach, wo fahren wir dann hin?« Zu mir nach Hause konnten wir unmöglich gehen, garantiert begegneten wir jemandem im Treppenhaus, das wollte ich auf keinen Fall riskieren. Aber woanders konnten wir auch nicht hin, Nils war krank und gehörte in seine vertraute Umgebung. Ich musste zu meinem Sohn, er brauchte mich jetzt.

Jens hatte darüber offensichtlich auch nachgedacht. »Wenn wir Nils abgeholt haben, fährst du mich zurück zu meinem Auto und gibst mir deine Adresse. Ich komme nach. Ich bringe meinen Aktenkoffer und besuche dich als Versicherungsvertreter. Das kann keiner verdächtig finden. Falls mich überhaupt jemand sieht. Im dritten Stock wohnst du, oder?«

Ich meine, er war ja wirklich Versicherungsvertreter. Selbst wenn Johannes von der Sache hörte und Verdacht schöpfte, ich konnte beweisen, dass er Versicherungsvertreter war. Es gab keinen Grund für uns, in Parks herumzulungern oder uns im Hotel zu verstecken. Außerdem lief ja nichts. Ich hatte gerade entbunden.

Kaum hatte ich Ole gestillt und Nils ins Bett gebracht, wo er vor Erschöpfung sofort einschlief, klingelte Jens. Ich war zurückhaltend mit meiner Begrüßung, schlüpfte aus seiner Umarmung. Wir befanden uns in meiner Wohnung, du lieber Himmel. Wir setzten uns in die Küche, ganz so, als wollte er mir tatsächlich eine Versicherung verkaufen – wir gingen sogar so weit, dass wir einen Antrag mit meinen und einen mit Johannes' Daten ausfüllten, die wir auf dem Tisch platzierten, für den unwahrscheinlichen Fall, dass Johannes plötzlich auftauchen würde.

»Ihr seid beide in Hanau geboren«, stellte er fest.

Ich nickte. »Im Sankt-Vincent-Krankenhaus. Wo bist du geboren?«

»In Hannover.«

Wir schwiegen und lächelten. Es war seltsam, dass wir plötzlich alles voneinander wissen durften. Jens blickte wieder auf die Anträge vor uns auf dem Tisch. »Versicherungssummen?« Er zwinkerte.

»Fünfhunderttausend«, sagte ich schelmisch, vergessend, dass es sich nicht um einen Lottogewinn handelte. Er füllte alles aus und erfuhr so meinen Geburtsnamen, ob ich schon mal ein Nierenleiden gehabt hatte oder Probleme mit dem Rücken, den Augen, dem Herz. Johannes war ebenso kerngesund wie ich. »Jetzt hätte ich aber auch ein paar Fragen, Herr Reimer«, sagte ich schließlich scherzhaft und schob die Unterlagen beiseite.

Jens lehnte sich auf dem Küchenstuhl zurück und erwiderte: »Nur zu.« Dann zwinkerte er und trommelte mit den Fingern auf die Tischplatte. »Ich bin froh, wenn wir die Formalitäten hinter uns haben, denn ich wäre dem einen oder anderen Kuss nicht abgeneigt. Ich musste lange genug darauf warten.«

Er konnte sich manchmal recht gestelzt ausdrücken.

»Deine Frau hätte ich mir vollkommen anders vorgestellt«, begann ich ohne Umschweife, »so vom Typ her.«

Jens beugte sich wieder nach vorn und blickte mich irritiert an. »Meine Frau?«

»Na, die aus dem Ginkgo. Das war doch deine Frau.«

Er lächelte amüsiert. »Ach, die. Nein. Das war meine Schwester. Claudia. Sie wäre nicht mein Typ, da hast du recht. Mir war nicht klar, dass du sie für meine Frau gehalten hast.« Er lachte kopfschüttelnd auf.

Schwester. So, so. Ich war mir nicht sicher, ob ich das glauben sollte. Andererseits, die vertraute Geste konnte auch für eine Schwester sprechen.

»Dann weiß ich also gar nicht, wie deine Frau aussieht, du aber, wie mein Mann aussieht«, erwiderte ich vorwurfsvoll. »Und über meine Kinder weißt du auch ganz viel, kennst sie sogar. Über deine Kinder weiß ich rein gar nichts – noch nicht einmal das Geschlecht!«

Ein amüsiertes Grinsen zog über sein Gesicht. »Es ist erstaunlich, dass dir das jetzt erst auffällt. Ich weiß auch jede Menge von deiner Schwester, sogar, was ihr Mann beruflich macht. Ich kenne alle, die dir nahestehen.«

Was wollte er damit andeuten? Dass ich immer nur von mir sprach?

»Das ist unfair!«, rief ich. »Du hast selbst gesagt, ich soll dir keine Fragen stellen. Daran habe ich mich bloß gehalten.«

»Stimmt!«, gab er zu. »So meine ich's ja auch. Du hast mich nie etwas gefragt, aber sicher nicht aus Desinteresse, das ist mir schon klar.«

»Also dann«, sagte ich, »schieß los.« Erwartungsvoll legte ich die Hände auf den Tisch.

Er grinste verlegen. »O Mann, ich hab echt Bammel davor, dir das zu beichten. Wenn ich jetzt damit rausrücke, haust du mir bestimmt die ganzen letzten Wochen um die Ohren, nennst mich einen Lügner und Betrüger und willst nichts mehr mit mir zu tun haben.«

Dass er ein Lügner und Betrüger war, wusste ich bereits. Ich war ja selbst eine Lügnerin und Betrügerin.

»Ich bin gar nicht verheiratet«, sagte er, und ich sah, dass seine Hände zitterten.

Bevor ich meiner Verblüffung Luft machen konnte, fuhr er fort: »Und liiert bin ich auch nicht. Und ich habe auch keine Kinder.«

»Wie bitte?«, fragte ich dumm.

Er blickte mich beschwörend an. »Silvie«, sagte er, »ich habe mit meiner Anzeige eine ganz bestimmte Masche verfolgt. Ich konnte auf diese Art Frauen kennenlernen, die keine Erwartungen an mich hatten. Frauen, die mich nicht erleuchten wollten, keine, die mich von den Vorzügen einer Ehe überzeugen wollte oder davon, wie schön es ist, Kinder in die Welt zu setzen. Ich fand Frauen, die all das schon hatten, die sich nicht von ihrem Mann trennen wollten, sondern nur ein bisschen Abwechslung und Spaß suchten, genau wie ich. Ich wollte mich nicht binden, ich wollte weiter mein Leben als Single genießen, mit allen Vorzügen – keine Frau, die mich einfangen wollte.« Er holte Atem und blickte mich unsicher an.

Mir blieb der Mund offen stehen. In meinem Kopf fuhren die Gedanken Achterbahn, und ich fragte mich, ob das eine gute oder eine schlechte Nachricht war. Eine schlechte natürlich. Denn mit einem Mal hatte ich das Gefühl, dass es genau das war, was er wollte: mich einfangen.

Ich erhob mich. »Mit mir nicht«, sagte ich und wusste selbst nicht genau, was ich damit meinte.

Wie zur Verteidigung hob er beide Hände. »Ich habe mich vorher noch nie dabei verliebt! Das war auch gar nicht mein Plan. Wenn wir genug voneinander hatten, und das geschah meistens ziemlich schnell, dann trennten sich unsere Wege.«

»Und genau das war es, was mich an deiner Anzeige so angekotzt hat!«, brüllte ich. »Du hast mich da hingelockt, ich wollte dir die Meinung geigen, weil ich dachte, da hockt einer und will seine Frau betrügen, das fand ich furchtbar. Ich bildete mir sogar ein, Johannes könnte die Anzeige geschrieben haben. Und dann hast du mir einen Strich durch die Rechnung gemacht, hast mir gesagt, dass du meinen dicken Bauch toll findest und meinen Busen, und ich konnte dich nicht mehr zur Rede stellen, weil mir das gutgetan hat, du Blödmann! Und jetzt hast du dich in mich verliebt, und ich hatte die Vorstellung, na gut, wir machen eben so weiter, treffen uns, keiner erfährt etwas davon, Johannes nicht und deine Frau nicht, und jetzt ist alles anders, und du willst mich richtig!« Ich ließ mich wieder auf den Stuhl fallen und hielt mir die Hände vors Gesicht. »So läuft das nicht, Jens«, flüsterte ich, »so läuft das einfach nicht.«

Er nickte. Schluckte schwerfällig und nickte noch einmal. Schließlich sagte er: »Meinst du nicht auch, ich fände es besser, wenn das nicht passiert wäre? Ich könnte schon mit der Nächsten im Appartement liegen und in der Mittagspause vögeln. Ich müsste nicht darüber nachdenken, wie ich meinem Leiter Außendienst erklären soll, wieso ich vier Stunden draußen unterwegs bin und nicht einen einzigen Auftrag zurückbringe. Am liebsten würde ich dich jeden Tag sehen, dich und deine Kinder. Ich hatte noch nie eine so lange Affäre mit einer Frau, es kam nie die Sprache auf den Mann oder die Kinder, und es hat mich auch nicht die Bohne interessiert – aber du, du hast mich einfach in dein Leben involviert. Hast mir von deinen Terminen erzählt und von dem ganzen Ärger mit deiner Schwester, und du hast mich um meine Meinung gebeten, als wäre es das Normalste von der Welt!«

Anscheinend war das nicht das Normalste von der Welt, und ich fragte mich, worüber er sich mit den anderen Frauen unterhalten hatte.

»Dank dir kann ich mir auf einmal vorstellen, in einer Beziehung zu leben, auch mit Kindern. Bei dir scheint alles so alltäglich – und wie schwer es auch in den Einzelheiten ist, du schilderst immer alles mit Humor …«

»Galgenhumor!«, rief ich.

»Und du nimmst kein Blatt vor den Mund. Wenn dir was in den Sinn kommt, platzt du damit heraus, ohne Rücksicht auf Verluste.«

Dieses Kompliment hatte ich mir bisher immer als Vorwurf anhören dürfen – offenbar hätte ich keine Diplomatin werden können.

»Jens«, sagte ich schließlich, »ich werde Johannes nicht verlassen.«

Warum um den heißen Brei herumreden? Und damit, dass ich nichts mehr mit ihm zu tun haben wollte, lag er verdammt richtig.

Ich hörte noch Jens' Schritte auf der alten Holztreppe im Flur unseres Mehrfamilienhauses, da loggte ich mich schon ins Internet ein und bestellte mir bei Amazon per Overnight-Courier eine Staffel *Die Waltons*. Ich musste mich dringend ablenken von dem Desaster, das mein Leben war. Ich nahm mir vor, mich in den nächsten Tagen aufs Wochenbett zu beschränken, so wie es sich für eine gehörte, die gerade entbunden hatte. Ich wollte fernsehen und in Erinnerungen an die guten Zeiten meines Lebens schwelgen. Ich wollte nicht an Jens denken, sondern endgültig der Beziehung zwischen Johannes und mir eine Chance geben.

Hatte ich das schon mal gewollt, und es war erst wenige Tage her? Konnte sein. Diesmal sollte es aber wirklich sein!

Als ich am Küchentisch vor meinem Laptop saß, überkam mich plötzlich die unbändige Lust nach einer Zigarette, und hätte ich noch von einem Vorrat gewusst, ich hätte sofort eine geraucht, stillen hin oder her. Aber ich hatte keine. Also holte ich eine nicht mehr ganz taufrische Packung Kekse aus dem Schrank und setzte mich ans Fenster. Lauschte, ob Nils hustete oder Ole krähte, aber beide waren still.

Am Nachmittag, als Nils mit roten Bäckchen und verschwitztem Kopf erwachte, holte ich ihn zu mir ins Wohnzimmer und flößte ihm Löffelchen für Löffelchen Kamillentee ein und gab ihm eine Banane, die er ohne Hustenanfall verschlang. Als er von meinem Schoß rutschte und auch Ole sich meldete, verabreichte ich Nils ein Fieberzäpfchen und einen Löffel Hustensaft und schlich mit ihm und Ole eine Runde durch den Holzhausenpark. Die Sonne flimmerte durchs Geäst, und die Luft roch frisch an diesem Spätsommertag. Zum ersten Mal seit Monaten sah ich klar, fühlte mich, als sei ich von einer hartnäckigen Krankheit genesen und könne nun wieder nach vorn schauen und Zukunftspläne schmieden. Ich wollte die Küche renovieren und neue Badvorleger kaufen, auch mal hinter dem Fernseher wischen. Ich wollte mindestens sechs Monate lang stillen, egal, ob es meine Brüste ruinierte oder nicht, denn wofür brauchte ich noch knackige Brüste? Ich blieb mit Johannes zusammen, der auch nie Sport trieb.

Plötzlich verharrte ich wie angewurzelt, getroffen von einer Frage, die ich mir bisher nie gestellt hatte: Musste ich Johannes meine Affäre eigentlich beichten?

Langsam ging ich wieder ein paar Schritte vorwärts. Um Gottes willen, nein. Bloß nicht. Ich würde nur unnötig Porzellan zerschlagen, einen Neuanfang vereiteln. Sicher, eine Beichte würde mein Gewissen beruhigen, aber bei Johannes viel zu viel kaputt machen. Das war die Sache kaum wert. Nein, auf gar keinen Fall.

Als ich die Tür zu unserer Wohnung öffnete, war Johannes bereits zu Hause und sah mir aus der Küche entgegen.

»Oh«, sagte ich freudig, legte Ole auf dem Boden ab und gab Nils einen Stubser in Richtung Johannes, »du bist aber früh dran heute.«

Er lehnte sich an den Türrahmen und verschränkte die Arme. »Sag mal, Silvie«, begann er, »wer ist eigentlich Jens Reimer?«

Was für ein herrlicher Tag. Wir sind im Zoo – obwohl ich schon ganz gut laufen kann, schiebt Sabina mich, dabei würde ich mir nichts sehnlicher wünschen, als mit Ole und Nils an der Hand ganz nah ans Seehundgehege zu spazieren und mir die Tiere genauer anzusehen. Immerhin habe ich meinen letzten Besuch mit den beiden im Zoo in nicht allzu guter Erinnerung.

Damals war ich noch die Alte.

Als Sabina schließlich doch Erbarmen hat und mich aufstehen lässt, ist das einer dieser Glücksmomente im Leben, die man festhalten möchte. Ich glaube, ich strahle übers ganze Gesicht, Ole und Nils streicheln mich und freuen sich mit mir, zeigen mir ihre geliebten Seehunde. Ich würde am liebsten singen und tanzen. Die Leute gucken schon, einige lächeln Sabina aufmunternd zu, die schon zu bereuen scheint, dass sie mich hat aufstehen lassen. Sie nimmt mich bei den Schultern und führt mich langsam zu einer anderen Stelle – von dort aus sieht man noch besser. Ach Leute, das Leben ist schön!

Sabina

Was ziehst du denn zu deinem Date an?«, erkundigte Tanja sich am Telefon. Sie war noch immer völlig aus dem Häuschen, dass Sabina tatsächlich diesen Alex kontaktiert hatte, ohne ihr ein Sterbenswörtchen davon zu verraten.

»Jeans. Ein langärmeliges Shirt vielleicht. Wieso?«

»Du wirst dich doch wohl schick machen!«

»Ich bin immer schick.«

»Okay. Ich meinte sexy.«

»Tanja. Ich habe keine Ahnung, wie der Typ aussieht. Wenn er in Flanellhemd und Cordhose dasitzt und ich im Trägerkleidchen aufkreuze – fühle ich mich gleich super unwohl. Mit Jeans und Shirt mache ich keinen Fehler.«

»Und wenn es ein super gutaussehender Typ ist, der auch klamottenmäßig was auf sich hält, bist du mit deiner Wahl totunglücklich.«

»So sah er nicht aus. Also wie ein Modezar oder so.«

»Ach, mach doch, was du willst.«

Ein paar Stunden und Kleideranproben später eilte Sabina aus ihrer Wohnung und lief direkt Olga in die Arme, die mit zwei großen Einkaufstaschen beladen die Treppe nach oben stapfte.

»Oh!«, rief sie bei Sabinas Anblick. »Gehst du aus?«

»Nur einen Wein trinken«, winkte Sabina ab und beeilte sich weiterzukommen.

Olga gackerte lasterhaft und rief ihr hinterher: »Machst du die Männer verrückt, Sabina!«

Gut fünfzehn Minuten später betrat Sabina das Apfelweinlokal und sah suchend über dicht besetzte Tische und Bänke. Es würde kein intimes Stelldichein geben, Gott sei Dank. Trotzdem war sie nervös. An einem Tisch im hinteren Bereich des Lokals erhob sich jemand und reckte die Hand – war er das? Sie war sicherlich schnell zu identifizieren, die knappe Personenbeschreibung, die sie geliefert hatte – 1,67 Meter groß, einigermaßen schlank, brauner Bob – sollte genügen. Der dort die Hand gehoben hatte, passte auch auf die Beschreibung: 1,80 Meter, ebenfalls schlank, hellbraunes Haar mit – dies hatte er lachend hinzugefügt – einem Hang zu Geheimratsecken. Allerdings war dieser Typ, auf den sie zusteuerte, alles andere als ein Mann in den besten Jahren, sondern eher ein lässiger Sonnyboy.

Lächelnd ergriff sie die angebotene Hand und sagte: »Ich bin Sabina, hallo.«

Er grinste breit. »Ich bin der Alex.«

Sie setzte sich und sah sich verlegen um. Das Pärchen neben ihnen am Biertisch beobachtete sie verstohlen und bemühte sich, die Konversation im Fluss zu halten.

»Einen guten Parkplatz gefunden?«, erkundigte sich Alex, während er ihr die Speisekarte reichte.

Als sie später aus der Kneipe traten, glühten Sabinas Wangen. Dieser Alex, nun ja, war … gar nicht übel! Er konnte gut erzählen, hatte sehr ansprechende Grübchen, braune Augen und einen vollen Mund. Er brachte sie noch zu ihrem Wagen, wo sie unschlüssig stehen blieben. Schließlich sagte er lächelnd: »Für ein Blind Date gar nicht übel, was?«

»Finde ich auch«, hauchte sie und schloss den Wagen auf. Dann gaben sie sich links und rechts ein Küsschen, so, wie es sich unter Bekannten gehörte, und sie stieg ein.

Alex stand am Straßenrand und sah ihr hinterher.

Sabina fuhr klopfenden Herzens davon, gab sich in Bornheim

der Parkplatzsuche hin und sprang schließlich leichtfüßig zu ihrer Wohnung hinauf. Schnell warf sie einen Blick auf Olgas Wohnungstür, befürchtete schon, dass sie sie nach dem Verlauf des Abends ausquetschen würde – doch sie hatte Glück, alles blieb still.

An diesem Abend galt ihr letzter Gedanke nicht Johannes, sondern Alex' Grübchen. Und der Frage: Wenn es so etwas wie Schicksal gab – hatte es etwa bei ihr zugeschlagen?

Mit einem Lächeln auf den Lippen schlief sie ein.

Olga hingegen hatte ihre ganz eigene Vorstellung von Schicksal. Wie verabredet saß Sabina am nächsten Sonntag zu Kaffee und Kuchen bei ihr am Küchentisch, und Olga legte ihr das größte Stück auf den Teller.

»Habe ich dir gesagt, spende ich dir Kaffee und Kuchen«, sagte sie. »Aber habe ich auch noch eine andere Überraschung für dich.«

Sabina betrachtete skeptisch das blätterteigartige Gebäck. Sah recht fettig aus, das Ganze. Und süß. Unsicher beobachtete sie Vladimir und Ekaterina dabei, wie sie sich mit großem Appetit über den Kuchen hermachten – wobei Vladimirs Blick auf den Fernseher gerichtet war, in dem russische Nachrichten liefen. Die Krümel, die auf den Boden fielen, scharrte er unauffällig mit dem Fuß unter den Tisch.

Vorsichtig nahm Sabina einen Schluck Kaffee und verzog das Gesicht wegen des bitteren Geschmacks.

»Stark ist, gell?«, erkundigte sich Olga. »Ist, weil werde ich dir lesen aus Kaffeesatz, wenn du bist fertig.«

»Olga, der zieht mir die Schuhe aus«, entgegnete Sabina schwach und führte anschließend eine kleine Portion Kuchen zum Mund, auf das Schlimmste gefasst. Wieder verzog sie das Gesicht, gab sich Mühe, ihm einen wohlwollenden Ausdruck zu verleihen, obwohl es ihr schwerfiel. Sie hatte noch nie so etwas Süßes und Fettiges probiert, noch nicht einmal in China. Täuschte sie sich, oder klebte ihre Zunge am Gaumen fest? Sie konnte nicht anders und nahm wieder einen Schluck Kaffee. Sehnsüchtig dachte sie an ein Stück Butterstreusel mit Milchkaffee und sah sich in der Küche um, wie so oft schon. Hier hingen allein drei Fotokalender verschiedener Tankstellen der näheren Umgebung. Auf allen war ein bunt belaubter Baum, ein Fahrzeug und eine Bikinischönheit abgebildet. Auf der Ablagefläche tummelten sich russische Matrjoschkas neben einem Samovar auf bestickten Deckchen, deren einzigartiges russisches Muster Sabina seit jeher sehr gut gefiel. Sie fragte sich, ob sie den Kaffee vielleicht auch wegkippen konnte, in die kleine Topfpflanze hinter sich möglicherweise. Doch Olga wandte nicht den Blick von ihr, wartete gespannt auf ein Urteil über ihren Kuchen, den sie sicherlich mit viel Liebe in Öl ertränkt hatte.

»Ist Spezialität aus meiner Heimat, Sabina. Schmeckt?«

»Meckt hut«, nuschelte Sabina und spülte noch einen Schluck Kaffee hinterher, kaute dann wieder ein kleines Stück, wiederholte dies alles so lange, bis vom Kaffee nur noch der Satz zu sehen und der Kuchen endlich aufgegessen war. Er lag ihr bleischwer im Magen. Und sie sehnte sich nach einem Glas Leitungswasser. Zwischenzeitlich hatten Ekaterina und Vladimir noch zwei weitere Stücke verdrückt und holten sich abermals Nachschub.

Olga grapschte nach Sabinas Tasse und betrachtete eingehend den Satz.

»Hast du junge Mann kennengeleeernt«, dehnte sie ihre Worte, ganz im Stil einer Wahrsagerin.

Sabina nickte vielsagend. Es war ja nicht schwer zu erraten.

»Hübscher junger Mann ist, stimmt?«

Sabina grinste breit und nickte wieder.

Olga lachte erfreut auf und schwenkte die Tasse ein wenig

nach links und nach rechts, stockte, warf Sabina einen merkwürdigen Blick zu, schwenkte sie wieder hin und her und stellte die Tasse schließlich ab.

»Würde ich Finger lassen von die junge Mann«, sagte sie leise und fingerte an ihrer Bluse, als habe sich dort ein unsichtbarer Fussel versteckt.

»Äh, wieso?«, fragte Sabina perplex.

Olga machte eine fahrige Handbewegung. »Ist Zeitverschwendung.«

»Zeitverschwendung?«

»Ja! Kannst du dir sparen Zeit. Nur Ärger gibt.« Olga stand auf und kämpfte sich hinter dem Tisch hervor.

»Ja, aber – wieso denn?«, rief Sabina und griff nach der Tasse, um selbst in den Kaffeesatz zu blicken. Außer einer gleichförmigen schwarzen Masse war nichts zu erkennen.

»Sag mir bitte, was du gesehen hast!«, beschwor sie Olga.

Doch die entriss ihr die Tasse und kippte den Kaffeesatz kurzerhand in den Ausguss.

»Habe ich genug gesagt, und gesehen sowieso nicht viel. Ist eben Zeitverschwendung. Am besten, du gehst nicht mehr hin.«

»So ein Blödsinn«, sagte Sabina und tippte sich belustigt an die Stirn. »Das nächste Mal fragst du mich vorher, ob du in meinem Kaffeesatz lesen darfst!« Sie erhob sich. »Danke für den Kuchen, ich muss jetzt … rüber.«

»Willst Rezept?«, fragte Olga, in die wieder Leben gekommen war.

Sabina schüttelte den Kopf. »Den kann keine so gut backen wie du, Olga«, sagte sie. Eilig winkte sie Vladimir und Ekaterina zu. Heute wartete nur noch Hausarbeit auf sie. Und eventuell ein Anruf von Alex.

Heute sind Nils und Ole mit Opa und Oma unterwegs. Sabina brütet über Zeichnungen – der Tisch ist voller dünner Papierbögen, dazwischen liegen Stoffmuster. Dass ich auch nur irgendetwas davon anfassen darf, davon kann ich nur träumen. Mir hat sie einen Stift in die Hand gedrückt und ein Fitzelchen Papier hingelegt. »Schreib mal deinen Namen«, hat sie gesagt und mir aufmunternd zugelächelt. Ich versuche mein Bestes, allein, um ihr zu beweisen, dass ich nicht so dumm bin, wie ich aussehe, und als ich fertig bin, betrachte ich mein Gekritzel anerkennend. Könnte ein Name sein. Sabina reckt ihren Hals und lobt mich für meinen Versuch. »Mach schön weiter!«, sagt sie und tätschelt meine Hand. Ich versuche es. Schließlich wird mir doch wieder langweilig, und ich gleite vom Stuhl, stakse umher, setze mich aufs Sofa und gucke trübsinnig aus dem Fenster. Das Einzige, was ich erreicht habe, ist, dass ich einigermaßen laufen kann. Aber so sehr ich mich abmühe, ich kann nicht sprechen, ich kann nicht schreiben und nicht lesen. Vom manierlichen Essen und Trinken bin ich weit entfernt. Oder vom selbständigen Anziehen. Nicht einmal Personen in Fotoalben erkenne ich! Andererseits, vielleicht war in dem Fotoalbum, das wir uns angesehen haben, gar kein Bild von Leuten, die ich kenne. Opa und Oma habe ich doch auch wiedererkannt, warum sollte ich Anna nicht erkennen? Manchmal bekomme ich sogar Zweifel, ob es Anna jemals gegeben hat, so fern erscheint alles, so sehr verblassen meine Erinnerungen. Es gibt Tage, die vergehen ohne einen einzigen Gedanken an mein früheres Leben oder an das, was ich während meiner Dunkelheit hörte. Dabei möchte ich mich doch so gern vorantasten, so dass alles einen Sinn ergibt – zum Beispiel, warum es ausgerechnet Sabina ist, die hier bei mir ist. Obwohl, so entsetzt ich auch anfangs darüber war, es gibt immer wieder Situationen, in denen ich mich vergesse und mich an sie hänge wie eine Klette, sobald sie das Haus verlassen will. Ich habe Angst, dass sie nicht wiederkommt und mich allein lässt. Verrückt, das Ganze! Noch verrückter ist es, dass sie sich darüber zu freuen scheint. Letztens sagte sie zu Johannes, wie froh sie sei, dass ich sie nicht mehr ablehne, so wie am Anfang.

Es habe sie fast zur Verzweiflung getrieben und furchtbar verletzt, dass nur er mich habe beruhigen können und dass ich mich nur von ihm in den Arm nehmen ließ. Du lieber Himmel, ich glaube, ich habe mich nicht immer gut benommen. Allerdings, wenn ich wüsste, was aus Anna geworden ist, würde ich über all das gar nicht mehr nachgrübeln, würde die Vergangenheit in Ruhe lassen und alles so akzeptieren, wie es ist. Das Leben muss doch weitergehen.

Manchmal träume ich, dass Anna im Gefängnis sitzt. Es muss doch einen Grund dafür geben, dass sie niemals kommt. Vielleicht wohnt sie hier im Keller, gefangen gehalten von Sabina und Johannes. Ha, ha.

Plötzlich springe ich wie von der Tarantel gestochen vom Sofa und begebe mich, so schnell ich kann, zu Sabina an den Tisch, rüttle an ihrem Arm. In den Keller will ich! Die Fotoalben, die Johannes erwähnt hat! Ich deute auf die Haustür, laufe schließlich hin und rüttele daran. »Was ist denn in dich gefahren?«, fragt sie und tippt sich an den Kopf. Ich rüttle wieder an der Tür, bummere dagegen und versuche »Keller!« zu sagen, aber ich weiß es selbst – das, was mir über die Lippen kommt, klingt nicht annähernd danach. Sie erhebt sich und stemmt die Hände in die Hüften. »Was soll das werden?«, fragt sie, und es klingt skeptisch. Ich versuche eine andere Masche, lege den Kopf schräg und sehe sie treuherzig an. »Hlr«, gurre ich und tippe mit dem Finger gegen die Wohnungstür. Da lacht sie, nimmt unsere Jacken vom Haken und sagt: »Du willst spazieren gehen?« Ich lege den Kopf schräg und lächle nachsichtig. Nein, das will ich nicht. Aber um in den Keller zu kommen, muss ich aus der Tür. Also nicke ich schließlich. Gehen wir eben spazieren. Und auf dem Rückweg gehen wir in den Keller!

Silvie

Johannes' Frage nach Jens Reimer ließ mir das Blut in den Adern gefrieren. Ich blieb wie angewurzelt im Flur stehen und überlegte verzweifelt, was ich antworten sollte. Woher kannte er Jens' Namen? Hatte Jens ihn verbittert angerufen, ihn informiert, dass er mein Liebhaber war, seit mehreren Monaten schon?

»Du siehst aus, als hätte dich der Schlag getroffen«, stellte Johannes fest.

»Ich kenne keinen Jens Reimer«, erklärte ich und fühlte eine Hitzewallung über mich hinwegströmen, die mich veranlasste, mir die Jacke abzustreifen und den Pulli über den Kopf zu zerren; beides hängte ich an einen Garderobenhaken. Ich nahm Ole vom Boden hoch und lief an Johannes vorbei, der mich interessiert musterte.

»Das kann kaum sein«, antwortete er, »der Mann war wohl zu irgendeinem Zeitpunkt heute hier in der Wohnung.«

Ich schluckte und setzte mich in der Küche auf einen Stuhl, schälte Ole aus seinem Fleeceanzug und spielte auf Zeit. Dabei streifte mein Blick die Versicherungsverträge auf dem Tisch, unterschrieben von Jens Reimer. Fast fiel ich vom Stuhl vor Erleichterung.

»Ach den meinst du!«, stieß ich hervor und deutete auf die Verträge. »Den Namen von dem Typen hatte ich vollkommen vergessen.«

»Ach, du kennst den echt nicht?«, fragte Johannes. »Also weißt du, findest du das nicht ein bisschen leichtsinnig, einfach einem Vertreter die Tür zu öffnen und dir eine Versicherung andrehen zu lassen?«

»Man muss auch an später denken«, erklärte ich und erlangte langsam wieder eine erträgliche Körpertemperatur. »Ich hatte schon länger im Kopf, etwas abzuschließen – allein wegen der Kinder –, wenn uns mal was passiert. Und da klingelte der eben gerade zur rechten Zeit.«

Johannes setzte sich zu mir an den Tisch. »Weißt du, grundsätzlich finde ich das in Ordnung. Aber warum sprichst du nicht mit mir darüber? Könnte doch sein, dass ich eine bessere Idee habe. Ich dachte, du kennst den Typen vielleicht und wolltest ihm einen Gefallen tun. Aber so …«

Er wirkte niedergeschlagen. Aus Gründen, die mir unbekannt waren – bestimmt nicht nur wegen der Versicherung. Ich zuckte mit den Schultern und knöpfte mein Shirt auf, um Ole anzulegen. »Da du das Thema bisher nicht angesprochen hast, konnte ich nicht davon ausgehen, dass es dich interessiert. Außerdem, man kennt das doch: Jahrelang denkt man darüber nach, eine Versicherung abzuschließen, und je länger man darüber nachdenkt, desto weniger tut man es.«

»Dann lass uns den doch mal gemeinsam einladen, vielleicht gibt es eine sinnvolle Alternative zu dieser Lebensversicherung«, schlug er vor, »oder eine Ergänzung.«

Ich blickte an die Zimmerdecke. Nicht auch das noch, lieber Gott.

»Nein«, sagte ich bestimmt, »das ist ein vielbeschäftigter Mann.«

»Da hat er Glück. Bestimmt schließt er gern noch mehr Versicherungen ab.«

Ich konnte es nicht fassen. Andere Frauen beklagten sich darüber, dass ihre Männer sich um nichts kümmerten, und Johannes wollte bei jedem Pups mitentscheiden!

»Herr im Himmel«, sagte ich, »bitte unterschreibe den Antrag für deine Versicherung, und ich« – ich griff nach dem Stift, der noch neben den beiden Verträgen lag – »unterschreibe meinen. Dann haben wir wenigstens schon mal was. Parallel dazu können wir uns immer noch um Alternativen kümmern.«

Johannes betrachtete mich skeptisch und überflog seinen Antrag.

»Die brauchen auch eine Gesundheitsprüfung«, stellte er fest.

Ich reckte den Hals und schielte auf den Antrag. »Wir sind unter vierzig, da reicht eine Kopie der Krankenakte vom Hausarzt«, log ich.

Johannes las sich alles akribisch durch und unterschrieb tatsächlich. »Scheint ein ganz gutes Angebot zu sein«, murmelte er. Dann faltete er die Anträge zusammen und kramte nach einem Umschlag.

»Briefmarken?«, fragte er.

Nie ließ er mal was liegen! Ich deutete auf unsere unaufgeräumte Küchenschublade in der Hoffnung, er werde nichts finden, doch Herr Jakobi hatte mit einem Handgriff eine Marke zur Hand.

»Du rufst den Typen noch mal an, okay? Ich will mich informieren, was wir für die Jungs abschließen können«, sagte er.

»Ja, ja«, sagte ich und schrieb eine letzte Mail an Jens, er solle bitte die ankommenden Verträge ignorieren. Ich unterzeichnete mit »Vielen Dank für Ihre Bemühungen, Silvie Jakobi«.

Bestimmt würde Johannes die Sache schnell vergessen.

Doch er vergaß sie nicht. Ständig nervte er mich damit. Ich hatte keine Chance, Jens zu vergessen und die eheliche Beziehung mit Johannes wieder aufzunehmen; dauernd mäkelte er an mir herum. Diese Versicherungsgeschichte entwickelte sich zu unserem Hauptgesprächsthema. Schloss er abends die Tür auf, ließ er keine zehn Minuten verstreichen, bis er fragte: »Und, hast du diesen Herrn Reimer erreicht?«

Ich überlegte mir Ausreden: Herr Reimer befand sich im

Urlaub, hatte keine Termine frei, man konnte ihn nicht erreichen.

»Du willst mich nicht einbeziehen«, warf Johannes mir schließlich vor.

»Das stimmt«, sagte ich und hielt seinem Blick stand. »Du machst eine Staatsaffäre daraus, dass ich eine Versicherung abgeschlossen habe, ohne dich zu fragen. Wenn es dir so wichtig ist, dann kümmere dich selbst drum. Such dir einen eigenen Berater.«

Johannes reagierte gekränkt und ließ das Thema für ein paar Tage ruhen, bis ich mich schließlich in Sicherheit wiegte. Ich brachte jeden Abend ein gekochtes Essen für ihn auf den Tisch, freute mich fast, dass er in letzter Zeit wesentlich früher nach Hause kam als noch vor einiger Zeit, und hatte weiterhin den verkrampften Gedanken an einen Neuanfang im Kopf – wie auch immer das gehen sollte. Über die Lippen bekam ich davon nichts. Im Grunde muss einem Neuanfang ein Gespräch vorausgehen, eines, in dem wir uns aussprachen, das aufarbeiteten, was in der Vergangenheit schiefgelaufen war – von beiden Seiten. Aber ich schwieg. Sicher, ich hätte sagen können: »Ich habe mich innerlich von dir entfernt, weil mir der Sex gefehlt hat – schon in der Schwangerschaft mit Nils hat er mir gefehlt.« Dabei war das doch gar nicht mehr der Grund – und es klang auch ziemlich hohl. Nicht nur der Sex hatte mir gefehlt. Auch die Liebe und Zärtlichkeiten. Das wurde mir mehr und mehr klar.

Wenn ich an Jens' Augen dachte, raste mein Puls. Und das ließ sich beileibe nicht dadurch beheben, dass ich mir nachmittags die Waltons reinzog. Ich hatte diese Serie als sehr spannend in Erinnerung, hatte mich als kleines Mädchen mit Anna zusammen nach dieser Familienidylle verzehrt, nach den Grillen, die in der Hitze zirpten, und nach den hübschen Baumwollkleidern der Mädchen. Als ich jedoch die erste DVD einlegte, zweifelte ich ein wenig an meinem Verstand. Inhaltsangabe eines Films von fünfundvierzig Minuten Länge auf den Punkt gebracht: verletztes Kälbchen wird kuriert. Gute Nacht, John-Boy. Ich stellte die DVD-Staffel wieder bei eBay ein, aber keiner war so dumm, sie zu ersteigern; noch nicht einmal für einen Euro wollte sie jemand haben.

Als Johannes an einem dieser unseligen Abende, an denen ich mir einfach nur selbst leidtat, nach Hause kam, fragte er unvermittelt: »Sind inzwischen eigentlich die Versicherungsscheine gekommen?«

»Welche Versicherungsscheine?«, fragte ich.

»Na, die zu den Anträgen. Die gehören doch zu unseren Unterlagen – und nach den Krankenakten hat doch auch noch keiner gefragt. Und ab wann sollen die Beiträge abgebucht werden?«

Wäre ich ein Hund gewesen, ich hätte geknurrt. Er gab keine Ruhe!

»Mann, Mann, Mann«, sagte ich und starrte aus dem Fenster. Ich musste mir dringend etwas einfallen lassen. Auch wenn ich nicht die geringste Idee davon hatte, was.

Ein paar Tage später erreichte mich ein Anruf von Anna. »Silvie, wie komme ich ins Internet?«, fragte sie ohne Umschweife.

Ich musste lachen, obwohl ich ja wusste, dass sie mit Computern nicht das Geringste am Hut hatte.

»Weißt du denn überhaupt, wie man sich in euren Computer einloggt?«, fragte ich und legte Oles Schlafanzüge in die Wickelkommode.

»Einloggt?«

»Du brauchst ein Passwort, um reinzukommen.«

Die Stille am anderen Ende der Leitung sprach Bände.

»Ich kann vorbeikommen«, bot ich an.

»Heute Nachmittag?«, fragte sie, und ich musste wieder grinsen.

»Besser morgens, dann muss ich nur Ole mitbringen.«

»Morgen früh also?«, schlug sie vor.

»Einverstanden«, sagte ich, »morgen um zehn.«

Als ich zur verabredeten Zeit bei ihr eintraf, prüfte ich unauffällig, ob sie immer noch derart im Chaos lebte. Doch nicht nur das Haus, sondern auch Anna machten einen aufgeräumten Eindruck. So wie früher, wenn auch fahrig – aber das war sie schon häufiger gewesen.

Wir setzten uns an den PC und hatten sogleich das erste Problem: Sie hatte überhaupt kein Benutzerkonto. Ich sagte: »Ohne eigenes Log-in kommst du gar nicht rein, Anna, du wirst Matthias bitten müssen, dir einen Zugang einzurichten. Dann überlegst du dir ein eigenes Passwort und damit meldest du dich dann an.«

Diese Information haute Anna offenbar um. Sie kämpfte mit den Tränen und erklärte mir in weinerlichem Tonfall, sie könne ihn unmöglich fragen, da er gar nicht wissen solle, dass sie an den Computer wollte.

Ich regte mich schon wieder auf. »Das kann er dir nicht verbieten, Anna, Internet ist Menschenrecht!« Ich hatte mich schon seit Jahren gewundert, warum sie so gar keinen Zugang zu Computern oder auch Smartphones fand. Da hatte manch Siebzigjährige mehr auf dem Kasten als Anna.

»Es geht nicht darum, dass er es nicht will; es geht darum, dass er es nicht wissen soll!«

Jetzt war ich neugierig. »Wieso, was hast du denn vor?«, fragte ich. »Willst du ihm was Besonderes zum Geburtstag bestellen?«

Sie sah plötzlich mit einer Intensität auf die Tischplatte, als habe sie die große Erleuchtung. Dann hob sich ihr Blick, und sie sagte feierlich: »Ich frage ihn.«

Offenbar stellte es kein Problem dar, Matthias dazu zu bewegen, Anna einen Account einzurichten. Sie rief mich schon am nächsten Tag an und bestellte mich wieder zu sich. Natürlich fragte ich mich, warum nicht Matthias selbst ihr hatte zeigen können, wie alles funktionierte, aber ich sparte mir diese Bemerkung – ich war froh, zu Hause rauszukommen. Zuerst richtete ich ihr eine E-Mail-Adresse ein und zeigte ihr dann, wie man googelt. Sie saß mit großen Augen an meiner Seite und sagte immer wieder »Oh!« und »Ach!« Fast kam es mir vor, als hätte ich einen Steinzeitmenschen neben mir, und es machte mir mächtig Spaß, in ihre staunenden Augen zu blicken. Schließlich zeigte ich ihr noch die Seite der Frankfurter Rundschau, klickte mich durch bis zu einem Artikel, der aus meiner Feder stammte, und sie sagte: »Du lebst in einer anderen Welt.«

Das dachte ich allerdings auch. Die Welt meiner Schwester war schon vor langer Zeit stehengeblieben, und ich nahm an, jetzt wolle sie ihren Horizont erweitern, indem sie im Internet surfte und googelte. Ich gab »wie fälle ich einen Baum?« in die Suchmaschine ein, um ihr zu demonstrieren, welche Themenbreite man eingeben konnte, und wir bekamen 565 000 Treffer angezeigt. Allerdings stellte sich schnell heraus, dass nur die wenigsten davon zu gebrauchen waren; Anna war dennoch schwer beeindruckt.

»Wow«, sagte sie wieder und starrte auf den Bildschirm.

»Was willst du Matthias denn schenken?«, fragte ich neugierig und platzierte die Finger auf den Tasten, bereit, den Begriff einzugeben.

Kurz schaute sie mich verschreckt an, dann sagte sie: »Eine Duftlampe.«

»Eine Duftlampe?«

Sie lachte unsicher und erklärte: »Für sein Büro. Dort riecht es aus dem Bad, sagt er, und ich dachte, das wäre eine gute Idee.«

»Na ja«, erwiderte ich skeptisch und gab »Duftlampe« ein.

Die Auswahl war groß, sogar bei Tchibo hatten sie eine im Angebot. Die bestellten wir, und Anna bekam rote Wangen.

»Was noch?«, fragte ich, zu allem bereit.

»Kann man da wirklich alles eingeben?«

»Sicher. Was willst du denn wissen?«

»Gib doch mal ›wie raube ich eine Bank aus?‹ ein«, sagte sie und lachte herzhaft über meinen Gesichtsausdruck.

»Ich glaube nicht, dass es dafür eine Gebrauchsanweisung gibt, Anna«, scherzte ich und freute mich, dass sie so fröhlich war. Sie erhob sich, noch immer grinsend. »Ich spiele heute Abend mal ein bisschen rum, Silvie, ich hab's jetzt kapiert, denke ich.«

Auf dem Rückweg nach Hause grübelte ich wieder über Jens nach. Eines war sicher, Johannes würde nicht aufhören, mich nach den Versicherungsscheinen zu fragen.

Was blieb mir also anderes übrig, als Jens endlich anzurufen? Auf den Durchschriften der Anträge, die Johannes sorgsam abgelegt hatte, war neben Jens' E-Mail-Adresse auch seine Bürodurchwahl abgedruckt – auf seinem Handy wollte ich ihn auf keinen Fall anrufen, schließlich sollte es ein geschäftlicher Anruf sein. Mir raste das Herz, als es in der Leitung tutete. Doch er war nicht da, eine Kollegin nahm meinen Anruf entgegen. Herr Reimer sei zurzeit im Außendienst unterwegs und erst am Nachmittag wieder im Haus, teilte sie mir mit.

Ich legte auf und blickte aus dem Fenster. Im Außendienst, so, so. Ich stellte mir vor, wie er im Fleming's an der Bar saß. Ein Glas in der schlanken Hand, ihm gegenüber eine Frau. Seine blauen Augen ruhten auf ihr. Der Blick nicht weich und verletzlich wie bei unserem letzten Treffen, sondern so wie bei unserer ersten Begegnung: von einer belustigten Überlegenheit. Wie sie aussah, konnte ich mir nicht vorstellen, hatte immerzu mein eigenes Konterfei vor Augen. Er und ich an der Bar.

Mich juckte es in den Fingern, einen Ausflug in die Innenstadt zu unternehmen; im Übrigen musste ich sowieso mit den Kindern an die frische Luft. Ich überlegte. Was, wenn er tatsächlich dort saß? Konnte ich einfach in diesem Hotel aufkreuzen? Ich dachte an Matthias' Schock, als Anna bei Giovanni erschienen war – im Hausanzug. Ein Säugling und ein anderthalbjähriger Junge konnten bei Jens' Gegenüber vermutlich einen ähnlichen Eindruck hinterlassen. Noch während ich darüber nachdachte, ob ich sollte oder nicht, stand ich im Flur und zog mir die Jacke über. Nils lief mir hinterher und zerrte an seinem Anorak am Kinderhaken, erfreut, dass es rausging. Ole packte ich in seinen Fleeceanzug, und kurz darauf befand ich mich unten im Hausflur, legte Ole in den Wagen, platzierte Nils in seinen Sitz oben drauf und drückte ihm eine Mandarine in die Hand, damit er beschäftigt war.

Ich konnte auch einfach weiter gehen, das Fleming's zu meiner Rechten liegen lassen und etwas im Kaufhof besorgen. Natürlich würde ich nicht ins Hotel gehen. Auf keinen Fall.

Doch als das Fleming's auftauchte, zog es mich wie an einer unsichtbaren Schnur zu dem vertrauten Eingang. Zum ersten Mal nahm ich den Fahrstuhl nach oben, nicht den Paternoster, stieg aus, schob Oles Wagen durch den Eingang zur Bar und wünschte im selben Augenblick, ich wäre zum Kaufhof gefahren und hätte mir einen neuen Still-BH gekauft. Mein Herz klopfte, so stark, dass ich dachte, es reiße mir die Brust auf. Jens saß an der Bar. Und er war nicht allein.

Mich lässt hier übrigens auch keiner allein, es sei denn, sie bringen mich in mein Zimmer, das sie neulich in bunten Farben gestrichen haben – zur psychischen Aufmunterung. Mich muntert es weniger auf, ich würde lieber an meinem alten Schreibtisch sitzen und einen Artikel schreiben, aber davon kann ich nur träumen. Und wenn, könnte ich es nur wie Anna, als sie neben mir saß und im Ein-Finger-Suchsystem auf die Tasten hackte.

Anna

Nachdem Silvie längst weg war und die Kinder schliefen, setzte sich Anna an den Computer und verbrachte die Stunde, bis Matthias nach Hause kam, vor dem Bildschirm. Sie musste etwas unternehmen. Gegen Matthias' Attacken kam sie nicht an, auch nicht gegen seinen Ehrgeiz. Wenn er sie in Ruhe ließe – und zwar in jeglicher Hinsicht –, wäre es etwas anderes. Aber so? Er hatte davon gesprochen, dass man ihre Anwesenheit bei der Übergabe eines Schecks vom Lions Club erwartete. An ein Kinderheim in Frankfurt. Dann hatte er einen bedenklichen Blick auf ihren Kopf geworfen und gesagt, er werde sich wohl etwas einfallen lassen müssen. Ein familiärer Notfall.

»Aber wenn die Haare nachgewachsen sind, musst du wieder mit. Man wundert sich, Anna. In der Partei genauso.« Dabei hatte sie dem ganzen Trubel noch nie etwas abgewinnen können. Anfangs ging es, da hatte sie noch gedacht, sein ehrenamtliches Engagement entstünde aus dem Bedürfnis, zu helfen. Oder sein parteiliches aus dem Wunsch, tatsächlich etwas in der Stadt zum Guten zu verändern. Doch so war es nicht. Matthias wollte aufs Foto. Er stellte sich immer rechts hin, damit sein Name in der Bildunterschrift als Erster erschien.

Anna seufzte und blickte auf den Bildschirm. Sie hatte sich das ein wenig einfacher vorgestellt mit dem Internet. Hatte gedacht, man könne dort alles finden; es hieß doch, man fände sogar die Anleitung zum Bau einer Atombombe. Schließlich gab sie auf, schaute sich ein paar Prominentenbilder an, sah nach, was andere Mütter taten, um ihre Kinder in Schach zu halten, und dachte an Luna, die beängstigend dünn war, fast nichts zu sich nahm – immerzu schob sie die Speisen auf ihrem Teller hin und her und verkündete nach kürzester Zeit, sie sei satt, habe Bauchweh. Vielleicht fand sie ein Rezept, das Lunas Geschmack traf? Sie suchte nach »Gemüse der Saison« und starrte wie gebannt auf die Seite, die sich gerade vor ihren Augen geöffnet hatte. Auf ihren Unterarmen kribbelte es angenehm – ein Gefühl, das sie ewig nicht gehabt hatte –, und sie spürte dem so lange nach, bis es wieder verschwand.

Endlich. Endlich hatte sie gefunden, wonach sie gesucht hatte. Es gab doch eine todsichere Methode. Sie musste nur bis zum Frühjahr warten.

Wir sitzen am Tisch, Johannes, Sven und ich. Ich versuche, eine Mandarine zu schälen, und Sven wirft mir hin und wieder einen belustigten Blick zu, bis er mir schließlich hilft und mir ein Stück in die Hand drückt. Johannes runzelt die Stirn und sagt: »Sie muss das eigentlich langsam allein können. Wir dürfen ihr nicht alles abnehmen, besonders Sabina macht das verkehrt. Verwöhnt sie nach Strich und Faden. Und die Jungs, die kann sie um den Finger wickeln. Sie ruft, und die beiden springen!«

»Man mag ihr nichts abschlagen«, sagt Sven lächelnd und gibt mir noch ein Stück Mandarine, das ich dankbar annehme. »Weißt du noch, damals, als Silvie in diesem Hotel aufgetaucht ist und dich zur Rede gestellt hat vor diesem Versicherungsvertreter?«, fragt er plötzlich.

Johannes grinst. »Wie kommst du denn jetzt da drauf?«

Sven kichert. »Du sagtest, Nils hätte eine halb geschälte Mandarine in der Hand gehabt und sie dir wortlos in die Hand gedrückt, während Silvie loslegte, so nach dem Motto ›Schäl mal, Papa‹?«

Johannes kichert auch. »Wie könnte ich das vergessen«, sagt er und krault mich unterm Kinn. »Der Typ ist so was von blass geworden, ich glaube, der hatte richtig Angst vor ihr!«

»Ach ja«, sagt Sven und lächelt mich an. »Sie war schon 'ne heiße

Nummer. Da fällt mir ein: Ist dieser Typ nicht auch bei der Trauerfeier aufgetaucht?«

»Hm. Ich glaube, er kannte Anna.«

Oh, ja. Und ob er sie kannte. Aber von welcher Trauerfeier sprechen sie? Ich kann mich an keine erinnern. Ist Anna doch tot? O nein. Das kann nicht sein.

Silvie

Als ich in der Tür zu Fleming's Bar stand und Johannes bei Jens sitzen sah, hatte ich keine Ahnung, wie weit die beiden in ihrem Gespräch fortgeschritten waren und worum es dabei inzwischen ging. Aber ich hoffte natürlich mit letzter Kraft, dass es um die Versicherung ging und nicht um unsere Affäre. Jens würde mir das nicht antun. Die Angst in meinem Bauch, es könne dennoch anders sein, war jedoch so groß, dass sie sich zu einem Klumpen formte, der mir die Luft nahm. Ich lief zögernd weiter, stieß mit Oles Kinderwagen gegen einen Barhocker und begegnete Johannes' überraschtem Blick. Seinen Augen folgend, wandte Jens sich zu mir um.

»Sag mal«, stieß ich atemlos hervor und meinte Johannes, »das ist ja wohl das Allerletzte, dass du dich einfach mit Herrn Reimer verabredest. Bei dieser Sache hab ich ja wohl auch ein Wörtchen mitzureden!« Eine geschickt gewählte Formulierung, fand ich. Unverfänglich und für jeden weiteren Gesprächsverlauf offen. Jens hatte den Mund offen und schielte zu Johannes, dem Nils eben seine Mandarine in die Hand drückte.

»Du hast dich nicht darum gekümmert, und da hab ich eben selbst –«, begann er, doch ich fuhr ihm über den Mund: »Wenn du dich mit Herrn Reimer unterhältst, will ich dabei sein, so war es ausgemacht. Immerhin kam der Kontakt über mich zustande!«

»Ich wollte mich doch nur informieren …«

»Ist mir egal!«, zischte ich, und der mir wohlvertraute Barkeeper hielt den Kopf gesenkt und grinste wie ein Breitmaulfrosch. Dann sprach ich leiser weiter: »Ich fühle mich von dir hintergangen, Johannes! Gerade vorhin wollte ich telefonisch nach dem Verbleib der Versicherungsscheine fragen, da bekomme ich die Auskunft, Herr Reimer säße mit Herrn Jakobi zusammen.«

Jens kam erst nach dieser Lüge zu sich. »Die Unterlagen hab ich hier«, sagte er und öffnete eilig seine Aktentasche, während er sich von seinem Stuhl erhob. »Ich gehe dann mal«, sagte er noch und drückte Johannes einen Umschlag in die Hand.

»Wäre vielleicht besser so!«, empfahl ich und fügte hinzu: »Wir melden uns bei Ihnen.«

Er ließ es sich nicht nehmen, uns beiden die Hand zu geben. »Frau Jakobi«, sagte er, und ich dachte, mir verbrüht es die Finger, die er einen Moment zu lange festhielt.

»Herr Jakobi«, sagte er in einem Tonfall wie bei einer Beileidsbekundung. Mich überwältigte eine Welle der Zärtlichkeit und Sehnsucht; allein sein Geruch war kaum zu ertragen.

Nachdem Jens verschwunden war, starrte Johannes mich böse an. Er schüttelte immerzu den Kopf und schälte wortlos Nils' Mandarine zu Ende. Dann zeigte er mir einen Vogel.

»Du hast echt ein Rad ab«, sagte er, gab Nils die Mandarine zurück und winkte dem Barmann. »Aber so richtig.«

Im Nachhinein war mein Verhalten für mich selbst nicht mehr nachvollziehbar. Mich überkamen Wellen der Scham, ich fragte mich, was mich geritten hatte, eine solch hirnlose Aktion durchzuführen. Was hatte ich anderes erreicht, als dass Johannes sich fragen musste, was es mit diesem Herrn Reimer auf sich hatte? Und Jens musste sich fragen, ob ich ihm kein bisschen vertraute.

»Postnatales Trauma«, hauchte ich am Abend mit hängenden Schultern, als Johannes nach Hause kam und seine Tasche in die Ecke im Flur pfefferte.

»Ist mir scheißegal«, knurrte er und rempelte mich fast an auf seinem Weg in die Küche. »Du hast mich vorgeführt wie einen dummen Schuljungen, hast uns beide lächerlich gemacht. Ich frage mich, was dieser Herr Reimer jetzt denkt. Entweder dass ich voll unterm Pantoffel stehe oder dass du verrückt bist – eins von beidem!«

Ich hatte Johannes noch nie so wütend erlebt. In mir keimte Trotz auf. »Ich kann nicht mehr tun, als um Entschuldigung zu bitten!«, rief ich. »Willst du mich dafür ewig strafen?«

Er strafte mich ewig. Er war stinksauer.

»In diesem Moment war ich kurz davor, Sabina anzurufen, das kannst du mir glauben«, sagt Johannes zu Sven und schüttelt den Kopf bei der Erinnerung an den Vorfall.

»Du warst eben anständig, und das ist auch gut so. Schließlich habt ihr euch ja wieder zusammengerauft.«

»Na ja«, sagt Johannes und nimmt mir die Mandarinenschale aus der Hand, die gar nicht schlecht schmeckt, »der Ofen war aus.«

Der Ofen war aus, und wir erwähnten Herrn Reimer nie wieder. Wir sprachen nicht mehr über Versicherungen oder Vorsorge, ich besorgte ohne Johannes' erneutes Drängen beim Arzt Kopien unserer Krankenakten, steckte sie unter seinen Augen in einen Umschlag und schickte sie nachträglich ab. Wir sprachen darüber, dass unsere Nachbarn sich ein neues Auto gekauft hatten, und wunderten uns, wie sie das wohl finanzierten. Wir staunten über die Leiterin unserer Krabbelstube, die mit dreiundvierzig noch einmal schwanger geworden war. »Ganz schön leichtsinnig«, fand Johannes. Wir beschäftigten uns mit Themen, die nichts mit uns zu tun hatten, teilten die Aufgaben unter uns auf, die das Leben als Eltern mit sich brachte. Ich war übermüdet, weil beide Kinder nachts aufwachten und Hunger hatten. Nils erst wieder seit Oles Geburt, dafür aber vehement. Und wer sollte die Flasche geben? »Die Mama!« Manchmal machte es mich wütend, dass Johannes mir nicht einmal einen Grund gab, sauer auf ihn zu sein, aber nein, im Gegenteil er bot sich immer wieder an, Nils trotz Schreierei die Flasche zu geben, er werde sich schon daran gewöhnen. Ich lehnte ab; das Kind wollte mich, und es sollte mich haben. Unsere Beziehung war ein steter Strom an Eintönigkeit. An manchem Morgen fragte ich mich, wie ich den Tag überstehen, wie ich ihn ausfüllen sollte; selbst wenn ich in die Redaktion fuhr, ging es mir so. In meinem Kopf tauchte immer wieder Jens auf, seine Arme nach deren allumfassender Wärme ich mich sehnte. Die Frauen in der Stillgruppe, zu der ich zweimal pro Woche pilgerte, nervten mich ohne Ende. Die immer gleichen Gespräche über Stillrhythmen und Farbe des Stuhlgangs der Säuglinge, das Geschwafel in der Krabbelstube über »Grenzen setzen« und »Rituale«, die Kinder brauchten – all das langweilte mich zu Tode. Am meisten verabscheute ich die Frauen, die konstant behaupteten, es gäbe auch noch Wichtigeres in ihrem Leben als ihre Kinder, und die dann nichts anderes taten, als nur über sie zu sprechen. Trotzdem ging ich hin, wenn ich auch schwieg und mich als Fremdkörper in diesem Müttersystem fühlte. Ich meinte, ich sei es meinen Kindern schuldig, mit anderen Kindern zusammenzukommen. Und abgesehen davon: Womit hätte ich mir sonst die Zeit vertreiben sollen? Das einzige vermeintlich Aufregende der letzten Wochen war mein Zutun zu Annas Internetanschluss gewesen. Seither hatte ich nichts mehr von ihr gehört.

Dann kam der Tag, an dem ich einen dicken Umschlag von Jens' Versicherung erhielt, mit der offiziellen Versicherungspolice, den Versicherungsbedingungen für unsere Akten und einem Begleitbrief, in dem sich der Sachbearbeiter Herr Reimer für die nachgereichten Unterlagen bedankte. Ich nahm das Papier und beugte meinen Kopf, um daran zu schnuppern – doch leider enthielt es nicht einmal einen Hauch seines Parfüms. Schließlich hielt ich es nicht mehr aus und griff zum Telefon.

»Mensch, Silvie«, sagte er und schluckte hörbar, als er meine Stimme hörte. »Mensch, Silvie.«

Ich hatte auch einen Kloß im Hals. »Wir können ganz neu anfangen«, flüsterte ich in den Hörer. Ich hatte mir das gut überlegt. Reiflich.

Seine Stimme zitterte. »Gerade hab ich angefangen, mich damit abzufinden, dass du dich nie wieder meldest.«

»Ich verlass dich nicht mehr«, versprach ich.

Was wusste denn ich?

Zum ersten Mal fuhr ich zu ihm nach Hause in den Dornbusch, einen Stadtteil, den ich bisher lediglich durch den Sitz des Hessischen Rundfunks kannte. Ich kam durch eine Straße mit alten Villen; Ole lag friedlich schlafend in seinem Kindersitz auf der Beifahrerseite. Den Wagen parkte ich vor einem großen Haus, das von einer alten Kastanie flankiert war. Sie verlor in großen Mengen ihre Blätter, so dass der Boden mit einer dichten gelben Schicht bedeckt war. Beeindruckt stieg ich aus und betrachtete das ockerfarben gestrichene Gebäude mit den braunen, verwitterten Fensterläden. Hier sollte Jens wohnen? Was wollte er in solch einem großen Haus – ohne Frau und ohne Kinder? Während ich Ole auslud, sah ich aus dem Augenwinkel, dass jemand die schwere Haustür öffnete und mir entgegensah. Jens lehnte sich gegen den Türrahmen, hielt mit einer Hand die Eichentür offen und ließ mich nicht aus den Augen. Mir schlug das Herz bis zum Hals, als ich mit Oles Babyschale die Stufen hochging; ich fixierte Jens' blaue Augen, wollte seinen Blick nie mehr loslassen. Wieso hatte ich nie wahrhaben wollen, wie viel ich für ihn empfand?

Auf der Schwelle setzte ich Ole ab, und Jens umschlang mich mit seinen Armen, presste mich an sich, vergrub seine Nasenspitze in meinem Haar. Mein Gesicht verschwand in seiner Halsbeuge, ich nahm seinen Geruch in mich auf, bis ich nach Luft japste. Wie betrunken war ich. Wir küssten uns lange, zuerst zaghaft, dann fest und fordernd. Ich wollte nie mehr damit aufhören. Schließlich griffen wir gemeinsam nach Oles Babyschale, stolperten die Holztreppe nach oben bis zu seiner Mansardenwohnung. Er führte mich durch einen Flur mit dunklen Bodendielen und graugestrichenen Wänden in ein Wohnzimmer, von dem ein kleiner Balkon abging. Von dort aus hätte man fast in die Kastanie klettern können.

»Mein Gott«, hauchte ich und atmete die feucht triefende Herbstluft ein, »du hast es schön hier.«

Ich frage mich, wie Anna wohl die Zeit bis März verbracht hat. Ich meine, natürlich weiß ich, wie sie sie verbracht hat, aber ich meine innerlich. Woher nahm sie die Geduld, bis zum Frühjahr zu warten? Was mich wieder daran erinnert, dass man manchmal viel Geduld braucht, wenn man seine Ziele verwirklichen möchte. Den Fotoalben im Keller bin ich zum Beispiel noch keinen Tick nähergekommen. Ich hatte sie nach Sabinas und meinem Spaziergang prompt wieder vergessen, und seither, wann immer ich zur Wohnungstür laufe und dagegenhämmere, sagt Sabina: »Mich kriegst du nicht noch mal dran«, und wedelt mit dem Zeigefinger. Wahrscheinlich liegt es daran, dass ich ein wenig Zinnober veranstaltet habe, als wir vor unserem Spaziergang an der Kellertür vorbeikamen, unten im Hausflur. Und es mag sein, dass ich auch bei unserem Rundgang noch recht ungehalten war. Aber schließlich vergaß ich es doch und trottete friedlich neben ihr her. Kein Grund, so nachtragend zu sein.

Anna

Der Fund, den Anna unter den Rezepten im Internet gemacht hatte, hatte ihre Gedanken von den Rasierklingen ablenken können. Erstens gäbe das eine große Sauerei. Und dann brauchte man ruhige Hände dafür. Seitdem sie andere Pläne hatte, war sie auch von den Briefen über säumige Zahlungen und Gerichtstermine abgelenkt. So waren etliche Tage vergangen, an denen sie sogar in der Lage gewesen war, ausgiebig zu baden und sich sogar einmal zu schminken. Sie konnte ein Buch zur Hand nehmen und es sich mit einer Decke in ihrem Sessel vor dem Wohnzimmerfenster bequem machen. So auch heute – trotz des Fundes auf Matthias' Schreibtisch.

Ihre Silhouette spiegelte sich in den großen Scheiben des Wohnzimmerfensters, und sie warf sich selbst einen abschätzenden Blick zu. Ihr Haar war gewachsen, sie trug nun eine flotte Kurzhaarfrisur, die ihr Puppengesicht, wie Silvie es nannte, gut zur Geltung brachte und sie keck wirken ließ.

Zurzeit zählte sie kaum. Oder so leise in ihrem Kopf, dass es manchmal lediglich wie Hintergrundmusik war, etwas, das man gar nicht bemerkte, wenn man nicht genau die Ohren spitzte. An die Rezepte für ihre Pillen kam sie mittlerweile leicht: Sie hatte sich ein kleines Netzwerk an Ärzten aufgebaut, kein Arzt wusste vom anderen. Den in Oberursel hatte sie nie wieder aufgesucht. Sie gab sich überall als Privatpatientin aus; die Privatrechnungen überwies sie, ohne mit der Wimper zu zucken, vom Konto. Die tägliche Übelkeit, mit der sie zu kämpfen hatte, war ein Preis, den sie gern zu zahlen bereit war, dafür, dass es ihrem Kopf besserging. Einmal war Matthias ihr nahegerückt, hatte gefragt, wofür sie das viele Geld in die Apotheke trug. Sie hatte sich an den Kopf getippt und gesagt: »Für den hier« – das hatte ihm das Maul gestopft. Zwischenzeitlich hatte sie auch einen Weg gefunden, Emma und Clara einigermaßen im Zaum zu halten. Neben der halben Tablette für die beiden ließ sie sie täglich an den Computer. Erstaunlich, wie flink die kleinen Kinderhände die Pfeiltasten bedienen konnten. Benjamin Blümchen, Hase Felix und Lauras Stern waren im Angebot. Stundenlang beschäftigten sich die beiden damit. Luna saß in ihrem Zimmer und malte und summte, und sie selbst konnte putzen und räumen. Abends gab es Nudeln mit Butter, das machte keine große Arbeit.

Sie wollte eben einen Blick in das Buch werfen, als Matthias aus seinem Arbeitszimmer die Treppe heruntergelaufen kam und mit einem Briefumschlag vor ihrer Nase herumwedelte.

»Warst du an meiner Post?«, fragte er lauernd, und die tiefliegenden Augen musterten sie feindselig.

Natürlich war sie an seiner Post gewesen, am Nachmittag, hatte die Briefe geöffnet, sie überflogen, aber kein Wort verstanden von dem, was dort stand, weil sie ja dumm war.

»Briefe muss man aufmachen«, murmelte sie und schlug die Decke enger um sich.

»Das ist das Allerletzte!«, bellte er. »Das ist meine Post! Es steht mein Name drauf! Und ich habe dir schon hundertmal gesagt, du sollst meine Post nicht lesen!«

Anna senkte den Blick und fingerte an den Fransen der Decke herum. »Ich habe sie nicht gelesen, nur aufgemacht.«

»So? Dann kapier ich erst recht nicht, was das soll! Jetzt weiß ich doch nicht mehr, was ich schon gelesen hab und was nicht. Wie blöd kann man denn sein?«

Dabei hatte er doch seit Wochen nichts geöffnet – er brauchte nur auf die Poststempel zu schauen. Aber wenn sie das sagte, passte es ihm garantiert auch wieder nicht.

»Ich klebe sie wieder zu, wenn du willst«, sagte sie. Ein gutgemeinter Vorschlag, doch er bekam einen hochroten Kopf, dessen Anblick sie unwillkürlich tiefer in den Sessel sinken ließ.

Matthias betrachtete sie missbilligend von oben bis unten. Anna wandte sich ab und schaute aus dem Fenster.

»Guck mich gefälligst an, wenn ich mit dir rede!«, schrie er plötzlich, packte sie wutentbrannt und schüttelte sie so stark, bis sie nur noch Sternchen sah. Anna schrie laut, hatte sich nicht mehr unter Kontrolle, fürchtete, er wolle sie totschlagen. Voller Angst dachte sie daran, was sie am Nachmittag gelesen hatte. Sie hatte einen neuen Brief der Frankfurter Volksbank gefunden, diesmal war von Zwangsvollstreckung ihres Hauses die Rede gewesen – eine Information, die sie mit zwei Tabletten hatte ausblenden können und die er ihr nun mit seinem Schlag in den Kopf zurückdonnerte. Die Mädchen wurden wach, Emma und Clara kamen ins Wohnzimmer gelaufen und weinten, und auch Luna lugte um die Ecke. Anna sah nur ihren Schatten.

Christine Brückner saß mit ihrem Mann in der Küche, der die Fäuste ballte. »Dem Arsch schlag ich das Hirn ein«, drohte er, als es klirrte und offenbar drüben etwas zu Bruch ging. Entschlossen machte er sich auf den Weg zur Tür. »Jetzt reicht's!«

Doch Christine Brückner hielt ihren Mann zurück. »Die nehmen ihr die Kinder weg, wenn wir die Polizei rufen, das hält keine Mutter aus! Überleg doch mal, sie hat schon so viel durchgemacht. Gerade erst hatte ich das Gefühl, dass es ihr nervlich etwas besser geht.«

»Du hast doch gar nichts mit ihr zu tun, siehst sie immer nur von hinter dem Vorhang!«

»Glaub mir, mein Lieber«, presste Christine Brückner hart hervor, »dabei kriegt man mehr mit, als du denkst. Mehr, als wenn ich mit ihr reden würde. Dabei kriegt sie nämlich gar nicht erst den Mund auf.«

Thomas Brückner betrachtete seine Frau zweifelnd. Christine war kein Klatschweib; viel eher nahm er ihr ab, dass sie sich ernsthaft sorgte, seit Wochen schon. Besonders wegen der ältesten Tochter, die ununterbrochen summte. Man sollte die Sache im Auge behalten, da hatte seine Frau recht. Langsam kam er wieder an den Tisch zurück und horchte. Endlich war alles ruhig.

Die lila- und rosafarbenen Blüten auf Annas Rasen verfaulten, als der November Einzug hielt und der erste Frost kam. Die letzten Blätter fielen von den Bäumen, bedeckten die Reste – doch sich ihre verborgene Lage zu merken, war ein Kinderspiel für sie. Wenn sie den Rastern folgte, nach denen sie den Rasen gedanklich eingeteilt hatte, konnte sie die Lage auf zehn Zentimeter genau bestimmen. Täglich wiederholte sie ihre Methode, zählte die Raster, zählte, wie viele Blätter zu Boden fielen. Auf diese Weise kam sie zur Ruhe, wenn sie im Hausanzug am Fenster saß und in die graue Welt hinausblickte.

Der Gerichtstermin, von dem in dem Brief des Rechtsanwalts die Rede gewesen war, war verstrichen, ohne dass etwas Bemerkenswertes geschehen war. Matthias war nicht verhaftet worden, es war ein ganz normaler Tag gewesen. Außer für sie natürlich, sie hatte an nichts anderes denken können. Vielleicht hatte sie sich im Termin geirrt? Dabei hatte sie die ganze Zeit mit großer Sorge die Tage gezählt, bis es so weit war. Manches Mal hatte sie den Kalender verkehrt herum an den Nagel an der Küchenwand gehängt, so dass sie nicht dauernd dieses Datum vor Augen hatte. Aber die trotz der Pillen wieder lauter gewordenen Stimmen in ihrem Kopf vergaßen ohnehin nichts, sie merkten sich alles, ob der Kalender da war oder nicht. Manchmal warf sie ein Auge auf den Stapel Briefe, die Matthias seit dem letzten Zwischenfall in einer Schublade im Arbeitszimmer sammelte. Er schien zu glauben, sie sähe nicht hinein. Nur wenig Post lag auf dem Schreibtisch, belangloses Zeug, größtenteils Werbung. Solange die wichtigen Briefe dort in der Schublade ruhten, bereiteten sie ihr auch weit weniger Angst als zu der Zeit, da sie noch auf dem Schreibtisch gelegen hatten. Heute jedoch hatte sie nicht widerstehen können, sich die Briefe in der Schublade vorzunehmen, und dabei war ihr alles durcheinandergeraten. Auf der Suche nach dem Logo der Rechtsanwaltskanzlei oder dem Stempel der Frankfurter Volksbank hatte sie in der Schublade gewühlt, hatte anschließend in weiteren Schubladen und Ablagekästchen nachgesehen und plötzlich den Überblick verloren. Auf einmal hielt sie einen Stapel Briefe in den Händen, von dem sie sich nicht erklären konnte, wie er da hineingeraten war. Mit zitternden Fingern hatte sie die Briefe wieder verteilt, damit es nicht auffiel; wahllos hatte sie sie in die verschiedenen Kästchen und Schubladen zurückgelegt – eins – zwei – drei –, wie die Mitarbeiterin einer Postabteilung, die routiniert Briefe einsortierte. Am Ende hatte kein einziger Umschlag mehr auf dem Schreibtisch gelegen.

Kurz nach dem Abendbrot war Matthias ins Arbeitszimmer verschwunden, und nun stand er vor ihr, wie beim letzten Mal. Dass er innerlich kochte, war nicht zu übersehen: Die tiefliegenden Augen quollen fast aus dem Schädel hervor. »Hat Madame zufällig wieder in meinen Sachen rumgeschnüffelt?«, zischte er böse.

Anna schluckte. »Ich spioniere dir nicht hinterher«, flüsterte sie. »Ab und zu sorge ich für Ordnung. Das machen Hausfrauen so.«

Er lachte gehässig, nahm sie unsanft bei der Hand und zog sie in die Küche. Dort angekommen, öffnete er zu ihrem Erstaunen den großen Apothekerschrank, auf den sie beim Einzug so stolz gewesen war, und deutete hinein. Als sei er tatsächlich an ihrer

Antwort interessiert, fragte er: »Meinst du so was mit ›für Ordnung sorgen‹?«

Sie betrachtete ihn unsicher. Zu große Furcht hatte sie vor seinen heftigen Reaktionen, die über sie hereinbrachen wie ein unangekündigtes Gewitter – man wusste nie, ob die dunklen Wolken vorbeizogen und lediglich ein bisschen Wind verursachten oder ob sie einen Sturm brachten. Stirnrunzelnd folgte ihr Blick seinem Finger, und sie suchte nach einer Antwort, die ihn zufriedenstellen konnte.

»Nein«, antwortete sie schließlich vage.

»Nein«, äffte er sie nach. »Nein, Anna. Das ist keine Ordnung. Das ist bekloppt!« Mit spitzen Fingern zog er eine der hauchdünnen Papierservietten hervor, die sie in tagelanger Arbeit mühevoll hergestellt hatte. Was hatte er daran auszusetzen? Aus einer einzigen Papierserviette ließen sich ganze acht Stück anfertigen. Es war ganz einfach: Man faltete eine Serviette auseinander, trennte dann mit einer Schere die vier kleinen Quadrate am Falz voneinander ab. Wenn man nun von jedem kleinen Viereck die zweite Papierlage abhob, kam man auf acht Teile. Aus einer einzigen Serviette! Sie hatte aus den zerschnittenen Teilen Stapel angefertigt. Wenn einmal Gäste kamen, konnte man sie gut verwenden. Worüber regte er sich nun genau auf? Dass er sich aufregte, war nicht zu übersehen. Dunkle Wolken zogen an Matthias' Himmel auf.

»Ich wollte nur Geld sparen«, flüsterte sie, noch immer unentschlossen, was die richtige Strategie war. Beunruhigt folgte ihr Blick weiter Matthias' Fingern, die begannen, die hauchdünnen Papierlagen auseinanderzuzerren und in Unordnung zu bringen. Sein Blick ließ sie dabei nicht aus den Augen.

Wenn ich ihn jetzt frage, was es mit dem Gerichtstermin auf sich hat, lässt er vielleicht meine Servietten in Ruhe, dachte sie plötzlich und verspürte eine Welle der Erleichterung.

»Du, Matthias«, sagte sie und griff nach seinem Arm. »Bist du eigentlich vorgestern bei Gericht erschienen, so wie es in dem Brief von diesem Rechtsanwalt stand?«

Matthias verschlug es für einen Moment die Sprache. Sie meinte sogar, so etwas wie Unsicherheit in seinem Blick lesen zu können. Lange dauerte der Moment jedoch nicht an, er erlangte schnell die Fassung zurück. Ließ von den Servietten ab, was Anna mit Erleichterung zur Kenntnis nahm, und sie begann unauffällig, mit einer Hand den schweren Apothekerschrank zuzuschieben.

Der Schmerz, der kurz darauf in ihren Fingern explodierte, war mit nichts zu vergleichen, was sie jemals zuvor gespürt hatte. Sie verlor den Boden unter den Füßen, in ihren Ohren brach ein Getöse los wie von einhundert Düsenjets, und das Feuer in ihren Fingern war so unerträglich, dass sie auf der Stelle sterben wollte. Einfach nur sterben.

»Ich hab nicht gesehen, dass sie die Finger noch im Schrank hatte!«, erklärte Matthias dem diensthabenden Arzt in der Unfallklinik und tätschelte dabei immer wieder Annas Wange. Sie jedoch blickte unverwandt auf das Röntgenbild. Von außen konnte man nichts erkennen, die Haut an ihren Fingern war fast unversehrt. Lediglich ein roter Streifen an zwei Fingern zierte die Bruchstelle. Der Bruch war fast glatt, die oberen Fingerglieder hatten grotesk nach oben gezeigt, so wie es eigentlich gar nicht möglich war. Den Gips würde sie eine Weile behalten müssen.

»Die Kopfverletzung hat sie sich bei dem Sturz zugezogen, als sie kurz die Besinnung verlor. Ich konnte sie nicht halten«, jammerte Matthias in weinerlichem Tonfall weiter. Wieder wischte er sich über die Augen. »Es tut mir so entsetzlich leid«, beteuerte er, und Anna nickte. Blendete die Schreie aus, die wieder die Mädchen geweckt hatten, und das heftige Klingeln von Thomas und Christine Brückner, das Matthias mit lautem Donnergrollen pariert hatte. Worte wie »verrückt geworden« und »Anstalt« hallten noch in ihren Ohren, Worte, die er gebrüllt hatte, und: »Kümmert euch um euren eigenen Scheiß!« Es spielte alles keine Rolle. Bis es Frühjahr war und er endlich in den Wald ging, wie jedes Jahr, würden die Finger ihr wieder gehorchen. Die Servietten waren heil geblieben. Das war die Hauptsache.

Wir fahren manchmal zu einem Friedhof, Johannes, Sabina, die Jungs und ich. Sie schieben mich zu einem der neueren Gräber ganz hinten – zum Laufen ist der Weg für mich zu weit –, und gemeinsam starren wir darauf. Ich habe den Verdacht, dass Oma hier Hand angelegt hat, es ist alles sehr akkurat: Kleine Buchsbäumchen umranden winzige Zierrosen. Eine schnörkelige Grabinschrift, die ich nicht entziffern kann. Es ist komisch, an diesem Grab zu stehen. Unvorstellbar, wer dort begraben sein soll. Wie ein Mahnmal aus dem Zweiten Weltkrieg, damit konnte ich auch nie etwas anfangen. Nils stellt frische Blumen in eine Vase, dann umarmt er Johannes, Ole wetzt zwischen den Gräbern hin und her, und nach ein paar Minuten nickt Johannes Sabina zu, und wir gehen wieder.

Heute überrascht mich Nils, er kommt plötzlich zu mir, schiebt mich näher ran. »Hier ist meine Mama«, sagt er stolz.

Ich bin auch stolz und strahle ihn an.

Sabina beugt sich zu uns hinunter, umarmt uns beide und flüstert: »Ja, deine Mama.«

Ich nicke und lache. Ja, das bin ich!

Sabina

Der Anblick, wie Olga den Kaffeesatz weggekippt hatte, als handele es sich dabei um eine giftige Substanz, ging Sabina lange nach. Olga hatte jedoch kein weiteres Wort darüber verloren. Sie begegneten sich nach wie vor im Hausflur, Olga war auch wie immer gern zu einem kurzen Schwätzchen bereit, doch sie stellte für ihre Verhältnisse äußerst wenige Fragen nach Sabinas Liebesleben. Gar keine, wenn sie es recht bedachte. Nicht, dass die Sache mit Alex so weit fortgeschritten gewesen wäre, um von Liebesleben sprechen zu können, doch ein bisschen tat sich schon. Für Tanjas Begriffe, die sich von der Kaffeesatzgeschichte nicht im Geringsten hatte beeindrucken lassen, allerdings viel zu wenig.

»Mir geht das alles viel zu langsam!«, stöhnte sie bei einem ihrer Treffen in Luigis Eissalon und tippte sich gegen die Stirn. »Ihr trefft euch dauernd und quatscht stundenlang – und dann passiert nix! Ach«, stöhnte sie, »du bist viel zu brav.«

»Ich weiß nicht, was du meinst, Tanja«, entgegnete Sabina. »Du lebst seit ich weiß nicht wie lange mit Jürgen zusammen, er kocht, macht die Wäsche und Nacktfotos von dir – was genau ist daran spannend?«

Tanja warf ihre blonden Haare zurück und lachte. »Er schleppt mich auf die Berlinale, fotografiert mich, während im Hintergrund George Clooney vorbeirennt, weiß ausgesprochen gut mit seinen Hüften umzugehen und bringt mich zur Raserei, indem er um sechs Uhr morgens Heavy Metal im Bad hört. Ich bin nicht annähernd so brav wie du!«

»Meinetwegen, dann bin ich eben brav. So ist halt mein Tempo. Ich bin ein geduldiger Mensch.« Was natürlich nicht stimmte, sie war absolut kein geduldiger Mensch. Nur, Alex gab ihr eben allzu deutlich zu verstehen, dass er Interesse an ihr hatte, großes Interesse sogar. Somit konnte sie sich doch Zeit lassen. Ob es wirklich daran lag oder an Olgas Warnung oder an der Tatsache, dass sie nach wie vor an Johannes dachte – sie wusste es nicht. Sie mochte Alex, er sah gut aus und war supernett, ein Traumtyp, keine Frage. Sie freute sich auf ihn, wenn sie sich trafen, sie dachte auch häufig an ihn, und sie hatten sich immer etwas zu erzählen, die Gespräche blieben im Fluss – aber ein kleines Stimmchen in ihrem Hinterkopf legte ihr beständig Steine in den Weg. »Ich will nur Johannes«, flüsterte es stets.

»Ich glaube, ich bin von Johannes besessen«, gestand sie Tanja.

»Das glaube ich auch.« Tanja nickte streng. »Nur, es wird dir nichts nutzen. Im Gegenteil. Das Leben geht an dir vorbei, und zwar nicht nur das momentane, sondern dein ganzes. Es kann dir passieren, dass du plötzlich vierzig bist und keine Kinder hast. Möchtest du das alles einer unerfüllten Liebe opfern?«

»Nein«, antwortete Sabina und senkte den Kopf. »Natürlich nicht.«

»Ach? Dann greif zum Telefon, verabrede dich mit Johannes und verschaff dir Gewissheit, wie er gefühlsmäßig zu dir steht. Okay, letztes Mal ist es schiefgegangen, und vielleicht ist Silvie diesmal mit dem dritten Kind schwanger und du hast wirklich keine Chance mehr. Aber wenn noch ein Funke da ist, dann musst du es wissen. Ich bin es wirklich leid, Sabina. Du hast ihn noch nie gefragt! Nur den armen Johannes nicht unter Druck setzen. Lieber hast du Schluss gemacht. Beim ersten Kind hast du Schluss gemacht und dich dann wieder bei ihm gemeldet. Beim zweiten Kind hast wieder du Schluss gemacht, und – Überraschung! – er ruft nicht an. Aber wenn du diesmal anrufst, tu mir einen Gefallen: Rede Tacheles. Sag ihm: ›Bitte Johannes, verlasse Silvie, zieh zu mir, lass uns ein Haus kaufen, heirate mich, mach mir ein Kind‹, denn davon träumst du doch! Du solltest aber endlich mit dem Träumen aufhören und in der Realität ankommen. Auch wenn die Realität heißt, dass er sich für Silvie entscheidet. Bitte, Sabina. Ich hoffe für dich, dass er all das tun wird, was du dir wünschst, dass er mit dir in die aufgehende Sonne reitet. Aber wenn er das nicht tut, wenn er sagt, er will das nicht, dann begreife, dass du offen werden musst für etwas Neues!« Atemlos ließ Tanja die Schultern sinken.

»Wow«, sagte Sabina.

»Ja, wow.«

Tanjas Vorschlag war eine Überlegung wert, zumindest für einen Moment, der jedoch lediglich bis zum nächsten Morgen dauerte. Sabina machte sich für die Arbeit fertig, blickte in den Schminkspiegel in ihrem Badezimmer und überlegte – so wie sie es die ganze Nacht getan hatte –, ob sie Johannes anrufen und tatsächlich so rundheraus fragen sollte, wie Tanja es ihr geraten hatte. Nein, sie konnte das nicht. Was sollte er von ihr denken? Außerdem, was sollte sie tun, wenn er ihr sagte: »Du warst für mich ein netter Zeitvertreib, als Silvie schwanger war.« Lieber lebte sie in der Hoffnung, er melde sich irgendwann, als sich einen Korb geben zu lassen. Es war alles so kompliziert!

Als sie schließlich aus dem Haus hetzte, war sie schon wieder zu spät dran für das Morgenmeeting – was Matthei, ihr Chef, stirnrunzelnd zur Kenntnis nahm. Zwar hatte sie erfolgreich mit den Chinesen verhandelt und die Kosten reduzieren können – er schien jedoch nicht zufrieden zu sein. Vermutlich, weil sie gedanklich wieder abdriftete und aus dem Fenster statt auf die Stoffvorlagen vor ihr auf dem Konferenztisch blickte. Auch wenn sie insgeheim auf Johannes wartete – sie konnte sich doch trotzdem auf Alex einlassen, überlegte sie, während ihre Kollegen über Qualitätsvorschriften der EU debattierten. Vielleicht wuchs eine Liebe daraus, eine, die sie jetzt noch nicht fühlen konnte – immerhin standen sie erst am Anfang ihrer Beziehung.

Die Treffen mit Alex waren bisher sehr angenehm verlaufen. Er ließ sich immer etwas Neues einfallen, überraschte sie mit spontanen Kinobesuchen und zeigte ihr die Umgebung Frankfurts – eine Aktivität, die sie seit ihrer Ankunft noch völlig vernachlässigt hatte. Dass sich in wenigen Kilometern Entfernung ein Mittelgebirge befand, in dem man im Winter sogar Ski fahren konnte, war ihr bisher entgangen. Vielleicht wurde ihr Johannes mit der Zeit gleichgültig und Alex immer wichtiger. Außerdem genoss sie Alex' Aufmerksamkeiten sehr, er rief sie an, so wie sie es sich immer von Johannes gewünscht hatte, sagte ihr rundheraus, dass er Zeit mit ihr verbringen wollte. Er wollte sie seinen Eltern vorstellen. Dabei hatten sie sich noch nicht einmal geküsst – doch auch dieser Vorstellung war sie im Grunde nicht abgeneigt. Auch wenn es ihr ein bisschen vorkam wie ein Betrug an Johannes, aber von diesem Gedanken erzählte sie nicht einmal Tanja, die würde ausrasten.

»Frau Forbes?«

Sabina schrak aus ihren Gedanken hoch. »Sie haben mir einen Schrecken eingejagt«, keuchte sie.

Am Tisch entstand amüsiertes Getuschel, das ihr Chef verärgert zur Kenntnis nahm. »Es geht hier um dreihunderttausend Euro, Frau Forbes, das erschreckt mich auch. Dreihunderttausend, die allein durch erhöhte Ausfuhrzölle entstanden sind. Damit sind die von ihnen eingesparten Kosten hinfällig – daran hätten Sie ganz einfach denken müssen!«

»Es … Ich …«, stotterte Sabina und hätte am liebsten gebrüllt: »Das kommt davon, wenn Sie eine Designerin mit dem Einkauf beauftragen!« Doch sie verstummte. Es war ihr Vorschlag gewesen, die beiden Posten zu kombinieren, nicht seiner. Sie hatte sich damit übernommen, hatte schließlich nicht BWL studiert, sondern Design. Hilflos blickte sie in die Runde, begegnete den erwartungsvollen Blicken ihrer Kollegen und hob beide Hände.

»Ich gebe auf«, erklärte sie und erhob sich, verließ wortlos den Sitzungsraum, aus dem ein aufgeregtes Getuschel zu hören war, und eilte zu ihrem Büro. Es war Zeit für einen Neuanfang – auf der ganzen Linie.

»Ich habe gekündigt«, erklärte sie Tanja, die überrascht aufsah, als Sabina mitten am Nachmittag ihren Salon betrat und sich erschöpft auf einen der bequemen Friseursessel fallen ließ.

»Gekündigt?«, wiederholte Tanja, die mit anderen Neuigkeiten gerechnet hatte. Darüber zum Beispiel, wie das Gespräch mit Johannes verlaufen war.

»Ja. Ich mache mich selbständig. Werde das tun, was mir am meisten Spaß macht: Kinderklamotten entwerfen. Olga kann mir dabei helfen, Stoffe aus Russland zu besorgen. Ich muss mich nur an die Qualitätsvorgaben und Öko-Tex-Vorschriften halten – zum Glück sind die Vorschriften der Russen mit unseren vergleichbar. Für Baby- und Kinderbekleidung ist natürlich alles doppelt wichtig, aber dafür gibt es Zertifikate. Die haben Muster, die man hier so gut wie gar nicht kennt. Farbenfrohe Stoffe, die sie mir schon oft gezeigt hat. Dass ich daran nicht schon viel früher gedacht habe! Ich entwerfe und lasse sie für mich nähen. So habe ich mir das gedacht.«

»Ich denke, sie arbeitet im Krankenhaus?«

»Ja, stimmt. Aber egal. Zur Not nähe ich auch selbst, das kann ich.«

Tanja nickte anerkennend. »Klingt nach Neuanfang.«

»Das kannst du mir glauben. Und ich habe mir vorgenommen, Alex eine Chance zu geben.«

»Alex also? Nicht Johannes?«

Sabina kniff entschlossen die Lippen zusammen und schüttelte den Kopf. »Nicht Johannes. Ich will ganz neu anfangen. Beruflich wie privat.«

Als wir heute im Auto unterwegs waren, bin ich völlig ausgeflippt. So schlimm, dass Sabina mich laut anbrüllte, sie baue noch einen Unfall, wenn ich keine Ruhe gäbe.

Ich saß wie immer hinten bei Ole und Nils. Wie wir so stadtauswärts fuhren, dachte ich: Hier bin ich früher auch oft entlanggefahren, wenn ich zu Anna wollte. Wir fuhren weiter und bogen tatsächlich auf die Autobahn in Richtung Bad Homburg ein. Ich wurde tierisch nervös. Ich fuchtelte herum und rief »A-a-a!«, weil ich doch tatsächlich annahm, wir führen zu Anna. Aber nein. Kurz vor der richtigen Abfahrt setzte Sabina den Blinker und bog ab zu IKEA. Da flippte ich aus. Leider, denn Ole bekam fast ein blaues Auge dabei. Ich versuchte, mich abzuschnallen, und er hinderte mich daran.

Vor lauter Kummer verweigerte ich später meine Portion Köttbullar und spielte lieber mit Ole und Nils, die nichts dafür können, dass nie das gemacht wird, was ich will.

Silvie

Man könnte sich fragen, warum ich Johannes nicht verließ – ich liebte doch Jens. Vielleicht hätte ich ihn auch verlassen, wenn sich nicht diese ganzen Lügen vor mir aufgetürmt hätten wie eine Riesendüne. Ich hatte Johannes während der Schwangerschaft betrogen, das war ein dicker Hund. In der Schwangerschaft! Während sein zweites Kind in meinem Bauch herangewachsen war, hatte ich einen anderen in mir gehabt – mit viel Lust. Ich fand das selbst unmoralisch. Unmoralischer als normalen Betrug, auch wenn das schwachsinnig ist. Zwar hatte ich nach Oles' Geburt das Verhältnis beendet – aber munter weitergelogen. Ohne mit der Wimper zu zucken, hatte ich ihm Jens als »Herrn Reimer« präsentiert; ich hatte ein Lügengerüst aufgebaut, das mich selbst komplett überforderte. Natürlich hätte ich Johannes eine neue Lüge auftischen können, und ich überlegte auch kurz, wie ich es drehen konnte, dass am Ende alles seine Schuld war.

Jens und ich fantasierten darüber. Er machte den Vorschlag, ich solle Johannes erzählen, Jens habe sich in mich verliebt, als ich so temperamentvoll in Fleming's Bar gestürmt war. Was immerhin fast auf Johannes' Vorpreschen hin geschehen war. Oder, die harmlosere Variante: In Herrn Reimer hatte ich mich während des Beratungsgesprächs verguckt. Aber was wir uns auch zurechtlegten, am Ende unserer Überlegungen sagte ich: »Es kommt sowieso raus, früher oder später erfährt er davon, und dann ist alles aus.« Mit »alles« meinte ich vor allem mein Ansehen vor Johannes, vor meinen Eltern, vor Johannes' Mutter, vor den wenigen gemeinsamen Freunden. Und nicht zuletzt mein

Ansehen vor meinen eigenen Kindern. Keiner würde mir das je verzeihen können.

Jens hatte an meinen Einwänden zu knabbern, das sah ich deutlich. Dennoch sagte er: »Ich will, dass du glücklich bist. Ich will mit dir zusammen sein, klar. Aber nicht auf Teufel komm raus.«

Wir einigten uns darauf, uns ab sofort abends zu treffen. Erstens hatte ich tagsüber immerzu Ole im Schlepptau und ich wollte auch mal ein paar ungestörte Minuten für Jens und mich. Außerdem hatte er Stress im Büro wegen seiner vielen Außendienste, bei denen er kein einziges Geschäft abschloss. Man warf ihm mangelndes Engagement vor, die Zahlen stimmten nicht. Also dachte ich mir einen Yogakurs aus, der dienstagabends stattfand, und am Donnerstagabend gab ich vor, in die Sauna zu gehen. An beiden Abenden konnte ich frisch geduscht wiederkommen, ohne dass Johannes Verdacht schöpfte, oder auch daheim duschen. Beides war begründbar. Auf keinen Fall wollte ich nach Jens' Aftershave riechen oder – noch schlimmer – nach Sex. Was aber für lange Zeit gar nicht der Fall war, denn wir schliefen nicht miteinander.

Johannes nahm es hin, dass ich an zwei Abenden pro Woche nicht zu Hause war – andere Männer hätten protestiert, wären überfordert gewesen, zwei Kleinstkinder zu Bett zu bringen – er nicht. Wenn ich ging, wünschte er mir viel Spaß, gerade so, als sei er ganz froh, dass ich fort war. Wie bei allem, so war auch das Ausgehen bei uns partnerschaftlich gleichberechtigt verteilt: mittwochs und samstags hatte er Ausgang, dienstags und donnerstags ich. Angeblich fuhr er zu Sven.

»Ich frage mich, worüber wir damals im Toffis immer gequatscht haben. Immerhin haben wir uns zweimal pro Woche dort getroffen«, sagt Sven.

»Keine Ahnung, über die Arbeit wahrscheinlich.«

»Wahrscheinlich.«

Jetzt sitzen sie wieder da und glotzen in der Gegend rum; keiner sagt etwas. Hallo!

»Hat sie eben hallo gesagt?«, fragt Sven und mustert mich verblüfft.

Ich bin auch verblüfft.

Johannes betrachtet mich prüfend. »Wohl kaum. Du weißt doch, dass sie nicht spricht, die Ärzte wissen auch nicht, wieso. Wir machen uns mittlerweile richtig Sorgen deswegen; wenn so ein Stillstand herrscht, hat man das Gefühl, das wird nie wieder etwas.«

Wie recht er hat. Und wie philosophisch ausgedrückt. Es trifft genau auf uns zu, wie es damals lief.

»Sie guckt aber genau so, als ob sie jedes Wort von dem versteht, was wir reden«, bemerkt Sven.

Johannes lacht. »Allerdings! Sabina meint, das ist alles reine Taktik. In Wahrheit spioniert sie uns aus!«

Bis Jens und ich wieder miteinander schliefen, verging einige Zeit. Ganz im Gegensatz zu der unstillbaren Lust, die ich während der Schwangerschaft verspürt hatte, war mir jetzt viel mehr nach kuscheln. Er massierte mir oft den Rücken, schob sich zwischen meine Beine, und ich drehte mich irgendwann zu ihm herum und nahm ihn in den Mund. Häufig lagen wir im Bett, oft genug gingen wir aber auch spazieren, um uns danach wieder im Bett zu verkriechen. Er neckte mich gern, weil ich immerzu nach saurer Milch roch, egal, wie gründlich ich mich wusch. Und während der zwei Stunden, die ich bei ihm lag, wuchs meine Brust stetig an, füllte sich mit Milch, die Ole mir wieder abzapfte, wenn ich nach Hause zurückkehrte.

Schließlich stillte ich ab. Ich hatte genug, wollte, dass mein Körper wieder mir allein gehörte. Und ich wollte wieder mit Jens schlafen, ihm ganz nahe sein.

Sabina

Sabina traf sich regelmäßig mit Alex, und doch blieb das ersehnte Herzklopfen aus, nach dem sie immer wieder in sich hineinhorchte. Er wusste mittlerweile alles über ihre Kindheit und Jugend – alles, bis auf eines: Von Johannes hatte sie ihm noch nie erzählt. Und ansonsten gab es über ihr Liebesleben weiß Gott nicht viel zu berichten.

Ihre geplante Selbständigkeit fand Alex ohnehin viel interessanter.

»Wer weiß – wenn du es jetzt nicht machst, dann vielleicht nie«, sagte er eines Abends, als sie sich zum gemeinsamen Kochen und anschließenden Filmegucken verabredet hatten.

Sie nickte. »Ich habe genügend Geld, mit dem ich für ein paar Monate über die Runden kommen könnte. Dann verzichte ich eben mal auf eine Heimreise zu Weihnachten. Aber so wie es aussieht, will Matthei mich gar nicht loswerden. Dabei hätte ich schwören können, dass er an meinem Ast sägt. Er will noch mal über alles reden und lässt meine mündliche Kündigung erst mal nicht gelten.«

»So ohne weiteres kann man eben keinen Ersatz aus dem Hut zaubern. Schon gar nicht so einen guten.« Alex zwinkerte und hielt ihren Blick mit den Augen fest. »Aber wenn du fest entschlossen bist, helfe ich dir dabei. Wir erstellen einen Businessplan und beantragen einen Existenzgründungszuschuss beim Arbeitsamt«, sagte Alex lächelnd. »Sabina, das wird super!«

Sie senkte den Blick und griff schnell nach einem seiner Filme.

»Danke, dass du die mitgebracht hast«, murmelte sie verlegen und betrachtete die Titel. *Sinn und Sinnlichkeit* las sie und *Stolz und Vorurteil.* Den Blick nicht von den DVDs wendend, nahm sie die nächsten zur Hand und betrachtete blinzelnd die Titel: *Betty und ihre Schwestern* sowie *Zimmer mit Aussicht.*

Alex sagte liebevoll: »Ich hab auch Kuchen mitgebracht und Chips, wenn du die lieber magst, und Gummibärchen.«

»Was für ein netter Kerl!«, flötete Tanja, als sie Sabina am nächsten Abend besuchte und eine Flasche Wein mitbrachte. »Legt er dir auch immer ein Deckchen unter, wenn es Essen gibt?«

»Du bist eine Giftschlange!«, lachte Sabina. »Sei doch froh, dass überhaupt was passiert.«

»Habt ihr euch endlich geküsst?«

»Nur auf die Wangen, eins links, eins rechts«, gestand sie.

»Du scheinst das nicht zu bedauern.«

Sabina hob die Schultern. »Ich halte dich auf dem Laufenden. Nächste Woche Sonntag fahren wir erst einmal zu seinen Eltern und seiner Oma. Sie wollen mich kennenlernen.«

»Zur Oma, aha.« Tanja blinzelte. »Ich hätte nicht gedacht, dass es jemanden gibt, der noch braver ist als du. Als Mann, meine ich.«

»Ach, tatsächlich?«

»Bei dem brauchst du ja noch nicht mal zu sagen, was du dir wünschst, der macht schon ganz automatisch alles richtig!«

»Ja. Das stimmt.« Sabina seufzte.

»Was denn?«

»Was meinst du?«

»Das müsste dich doch freuen! Begeistern!«

»Ist ja auch schön.«

»Aber er ist nicht Johannes.«

Sabina seufzte wieder und ließ die Schultern sinken. »Er ist nicht Johannes.«

»Warum hast du mit Alex angebändelt, wenn du angeblich die ganze Zeit nur an mich gedacht hast?«, neckte Johannes Sabina zu der Zeit, in der ich nur still herumliegen konnte.

»Ich wollte mir eine Chance geben, am Leben teilzunehmen. Ich wollte eine Familie, Kinder. Und er schien ja ein netter Kerl zu sein.«

»Hättest du mir nur einmal gesagt, was du willst, hättest du mich aufgeweckt aus meiner Lethargie.«

»Ach, Johannes«, seufzte sie, »wir sollten aufhören, darüber zu sprechen, sonst kommen wir wieder an den Punkt, wo einer von uns denkt, man könnte froh darüber sein, was mit Silvie passiert ist, und dann muss ich heulen. Es ist einfach schrecklich. Und ich wünschte, die Jungs hätten ihre Mama behalten.«

»Wenn das mit Silvie nicht passiert wäre, wären wir vielleicht nie mehr zusammengekommen«, sagte er.

»Aber nicht, weil du nicht gewollt hättest«, murmelte sie, »sondern weil du mich sonst niemals angerufen hättest.«

»Genau.«

»Und ich hätte dich auch nicht angerufen. Das kannst du mir glauben.«

Silvie

Von Annas gebrochenen Fingern erfuhr ich erst nach Tagen. Da hatten meine Eltern sie besucht und waren aus allen Wolken gefallen. Erstens über die Tatsache, dass Anna durch einen blöden Unfall zwei Finger gebrochen hatte, zweitens darüber, dass sie sie nicht informiert hatte, und drittens, wie es im Haus aussah.

»Keine Haushaltshilfe, Silvie, das musst du dir mal vorstellen!«

»Dabei zahlt so was die Krankenkasse«, sagte ich.

»Sie meint, sie kommt ohne klar, aber das lassen wir nicht zu. Papa und ich fahren jetzt jeden zweiten Tag hin und greifen ihr unter die Arme. Sechs Wochen dauert es, bis sie die Finger wieder normal bewegen kann.«

Ich fuhr ebenfalls zu ihr, wieder mit Ole im Schlepptau, den sie erfreut begutachtete.

»Wie groß er geworden ist!«, rief sie entzückt, und: »Dass meine auch mal so klein waren, kaum zu glauben!« Der Fernseher im Wohnzimmer lief, Emma und Clara hockten davor, und Emma lutschte am Daumen.

»Damit hat sie vor kurzem angefangen – niedlich, oder?«, sagte Anna, und ich nickte. Als ich mich nach ihren Fingern erkundigte und wie es dazu gekommen war, berichtete sie mir von diesem dummen Unfall, bei dem sie und Matthias gleichzeitig den Apothekerschrank hatten schließen wollen. Mir drehte sich der Magen um bei dem Gedanken an die erlittenen Schmerzen. Ich hatte mir selbst einmal auf ähnliche Art und Weise eine tiefe Schnittwunde zugezogen und glaubte ihr daher unbesehen. Jahre zuvor hatte ich einmal nach unserem Fleischmesser greifen wollen, und Johannes hatte gleichzeitig daran gezogen. Da waren auch wir in der Unfallklinik gelandet; fünf Stiche hatte es gebraucht, um das Blut zu stoppen. Solche Unfälle gab es. Es gab auch Kinder, die stürzten rückwärts mit dem Kopf gegen einen Heizkörper und trugen eine Platzwunde davon, so wie es uns mit Nils ergangen war – wo kämen wir denn hin, wenn jeder sogleich an Misshandlungen dächte?

Wie auch immer. Abgesehen von den Fingern wirkte Anna gelöst. Ich fuhr wieder ab, dachte, die Lage hätte sich gebessert, und es gäbe nichts, worüber ich mir Sorgen machen müsste. Außer um mein eigenes Leben natürlich, von dem ich nicht wusste, worauf es hinauslief. Aber wer weiß das schon?

Heute kann ich nicht schlafen. Meine Nase ist verstopft, ich bekomme keine Luft, und mein Mund trocknet ständig aus. Was soll ich anderes tun, als rufen – ich brauche einen Schluck zu trinken! Meine Stimme schallt durch die Stille der Wohnung, und es dauert enorm lange, bis Sabina in der Tür steht, schlaftrunken, und fragt: »Was ist denn nun schon wieder los?«

Schon wieder? Ich weiß nicht, was sie meint. Ich rufe doch so gut wie nie. Vielleicht spielt sie auf neulich an, da war mir nicht wohl, ich musste mich übergeben. Ole hatte seine Tüte Gummibärchen am Nachmittag mit mir geteilt, die lagen mir wie ein Stein im Magen. Aber sonst bin ich lammfromm. Ich recke hilfesuchend die Arme nach ihr aus, hoffe darauf, aufstehen zu dürfen, doch sie winkt ab. »Nein, nein, nein«, sagt sie, wenn auch liebevoll, »damit fangen wir gar nicht erst an.«

Ich zeige auf meine Kommode – das ist das Neueste, was ich mir angeeignet habe –, dort steht mein Becher.

»Ach so«, sagt sie, »du hast also Durst! Sag doch was. Ich hatte schon Angst, dass du mir wieder das Bett vollkotzt.«

Na, vielen Dank auch. Das Wasser tut gut, es rinnt meine trockene Kehle hinab und verschafft mir Erleichterung. Als ich genug getrunken habe, will sie mir den Becher wieder abnehmen, aber ich weiß genau, was dann passiert: Es wird nicht lange dauern, und mir wird wieder der Mund austrocknen, und ich werde wieder rufen müssen. Also soll sie den Becher doch gleich da lassen! Ich versuche, das Ding festzuhalten, doch sie sieht es nicht ein, klappt mir die Finger auf. Sagt: »Der läuft doch aus«, stellt ihn zurück auf die Kommode und macht die Tür wieder hinter sich zu. Kein Selbstbestimmungsrecht hat man hier. Gar keins. Anna würde bestimmt nicht so mit mir umgehen.

Anna

Es waren die Finger der linken Hand, die er ihr gebrochen hatte, Gott sei Dank. Zwar verrichtete man auch als Rechtshänder erstaunlich viele Tätigkeiten mit der linken, dennoch fühlte Anna sich nicht so eingeschränkt, wie sie vermutet hätte. Wenigstens hatte sie nun einen guten Grund, nicht zu duschen, und Matthias verlor kein Wort darüber. Wenn sie sich nicht irrte, wirkte er sogar ein wenig reumütig – nicht, dass er sich bei ihr entschuldigt hätte, darauf würde sie lange warten können. Weiterhin hielt er an seiner Version der Geschichte fest, auch ihr gegenüber: Es war ein Unfall gewesen. Der Schlag, mit dem sein Ellbogen ihren Kopf getroffen hatte, als sie zu Boden gegangen war, vermutlich auch. Die Aufregung.

All dies erschien jedoch nebensächlich im Hinblick auf die Briefe, die sie weiterhin rund um die Uhr im Kopf hatte. Sie brauchte Gewissheit, was es damit auf sich hatte, und gleichzeitig brachte die Angst vor dem Inhalt der Schreiben sie täglich an den Rand eines inneren Abgrunds.

Matthias hatte inzwischen den Briefkastenschlüssel an sich genommen, so dass sie keine Möglichkeit hatte, an die Post zu gelangen – doch sie war nicht ganz so dumm, wie er dachte. Es gab auch andere Wege, Post aus einem Briefkasten zu holen. Jeden Morgen fischte sie mit Hilfe eines zurechtgebogenen Kleiderbügels die Briefe hervor, warf einen Blick auf die Umschläge und wägte ab, ob sie das Risiko eingehen sollte, den ein oder anderen zu öffnen. Sie suchte lediglich nach zwei bestimmten Absendern, der Frankfurter Volksbank und dieser Rechtsanwaltskanzlei, doch tagelang kam nichts von denen zum Vorschein.

Nach über einer Woche der Übung fischte sie jedoch einen Brief heraus, dessen Vorderseite ein Emblem des Landgerichts Frankfurt zierte. Ihre Finger zitterten so stark, dass ihr alle Briefe aus der Hand glitten und auf den schmutzigen Boden der Einfahrt fielen – fast in eine kleine Pfütze. Als sie sich erschrocken danach bückte, um sie aufzuheben, öffnete sich die Haustür hinter ihr, und Christine Brückner kam zu ihr herübergelaufen.

»Komm, ich helfe dir«, sagte sie und sammelte die Briefe auf.

Anna presste die Lippen aufeinander und stand mit ihrem Gipsverband daneben wie ein hilfloses Kind.

»Danke«, hauchte sie schließlich, als die Nachbarin ihr die Post in die unverletzte Hand drückte. Schnell warf Anna jeden einzelnen Brief wieder zurück in den Kasten.

»Wie geht es deinen Fingern?«, erkundigte sich Christine Brückner und deutete auf den Gipsverband.

»Halb so schlimm«, sagte Anna, den Blick stur auf den Boden gerichtet.

»Was hat er denn damit angestellt?«, flüsterte Christine und sah Anna eindringlich an. Sie schien zu hoffen, Anna werde ihren Blick erwidern und mit der Sprache herausrücken. »Anna«, bat sie noch einmal und beugte sich leicht nach unten, wie bei einem Kind, von dem man möchte, dass es einem in die Augen schaut. »Anna, sag was. Brauchst du Hilfe? Gibt es Probleme? Egal was, Thomas und ich, wir helfen dir!«

Als Anna noch immer schwieg, wagte sie einen letzten Versuch. »Hat er dir gedroht? Sollen Thomas und ich von uns aus die Polizei verständigen – dann kann er das nicht dir in die Schuhe schieben.« Christine Brückner fügte flüsternd hinzu: »Du brauchst nur zu nicken!«

Anna hätte ihr am liebsten einen Vogel gezeigt. Die Polizei! Die würden sie wegsperren, so wie Matthias gesagt hatte. Das wusste man doch, dass die Bösen immer siegten. Die an der

Macht waren, kamen davon, bluten mussten immer die Schwachen. Gegen die Bösen half nur Gift und Galle.

»Ich wollte nur an die Post«, antwortete sie, ohne den Blick zu heben, »kein Gespräch.«

Christine Brückner war engagiert, aber nicht überengagiert. Nachdem Anna ihr vor dem Briefkasten diese Abfuhr erteilt hatte, dachte sie: Wer nicht will, der hat schon.

»Vielleicht ist er gut im Bett«, scherzte ihr Mann am Abend, so wie Männer immer zu scherzen in der Lage sind, selbst wenn alles ausweglos erscheint.

»Ach«, sagte sie und stützte ihre Ellbogen auf dem Abendbrottisch auf. »Wonach sucht sie nur? Und warum hat sie keinen Schlüssel mehr zum Briefkasten? Es ist paradox: Stundenlang hantiert sie mit dem Kleiderbügel, bricht sich einen ab mit ihrem Gipsarm – dabei könnte sie doch einfach auf den Briefträger warten.« Nachdenklich betrachtete sie ihren Mann. »Heute dachte ich erst, sie hätte gefunden, worauf sie gewartet hat. Aber dann hat sie alles wieder in den Kasten geschmissen. Das ist doch unlogisch!«

»Sie wird ihre Gründe haben. Ist doch egal, sie hat dir gesagt, du sollst sie in Ruhe lassen, und das machen wir auch. Solange er nicht an die Kinder geht …«

»Sieht nicht danach aus.« Als Luna vor ein paar Tagen bei ihnen zum Spielen gewesen war, hatte sie sich Lunas Körper etwas genauer angesehen. Sie hatte den Kindern ihre Muttermale auf dem Rücken gezeigt und dann gesagt: »Zeigt mal, ob ihr auch welche habt!« Und Luna war stolz gewesen: Auf ihrem Rücken und Bauch und an den Armen hatten sie insgesamt vierzehn Stück entdeckt. Keine blauen Flecken oder Wunden. Das beruhigte natürlich.

Was konnte das Landgericht von ihm wollen?, fragte sich Anna bis zum Abend, als Matthias endlich nach Hause kam, die Post aus dem Briefkasten holte und sofort in seinem Arbeitszimmer verschwand, noch bevor er sie oder die Kinder begrüßte. Eines war klar, dachte Anna: Sie musste an den Brief kommen, bevor er ihn mit zur Arbeit nehmen konnte. Zu spät fiel ihr ein, dass sie den Brief gleich hätte behalten können, statt ihn mit den anderen zurück in den Kasten zu werfen. Allein die Tatsache, dass Christine Brückner aufgetaucht war, hatte sie völlig aus dem Konzept gebracht! Anna war so aufgeregt und zornig über ihre eigene Dummheit, dass sie nervös vor dem Arbeitszimmer auf und ab lief, als könne sie mit Röntgenblick durch die geschlossene Tür und auf die Umschläge schielen. Binnen weniger Minuten riss Matthias die Tür auf.

»Kannst du mir sagen, was du hier treibst?«, fragte er.

»Das Essen ist fertig«, entgegnete sie und dankte Gott, dass es stimmte. Sie musste lediglich die Nudeln auf den Tisch stellen.

»Dann sag doch was«, entgegnete er kopfschüttelnd und folgte ihr ins Esszimmer.

Dass sie unter Einschlafschwierigkeiten litt, kam ihr an diesem Abend zugute. Bevor sie es wagte, aus dem gemeinsamen Bett wieder aufzustehen, war es weit nach Mitternacht. Matthias atmete schon eine ganze Weile lang ruhig und gleichmäßig neben ihr, gelegentlich war ein leises Schnarchen zu vernehmen. Vorsichtig stützte sie sich auf den Ellbogen und schwang die Beine aus dem Bett. Wieder warf sie einen prüfenden Blick auf ihn, doch er rührte sich nicht. Den Weg bis zum Arbeitszimmer nach oben nahm sie barfüßig, ihre Fußsohlen verursachten ein leises Tapptapptapp auf der Marmortreppe, bis sie schließlich die Türklinke zum Arbeitszimmer niederdrückte und lautlos öffnete. Als Anna das Licht einschaltete, klopfte ihr das Herz bis zum Hals. Sie würde einige Zeit benötigen, bis sie das Versteck fand, so viel war klar. Zwar hatte sie bisher noch alles entdeckt, aber Matthias war nicht dumm – dass sie sich für bestimmte Briefe interessierte, sollte ihm mittlerweile klar sein. Zunächst nahm sie sich die Schublade vor, in die er immer alles stopfte. Zwar konnte er davon ausgehen, dass sie hier zuerst suchte, aber andererseits hielt er sie vielleicht für so dumm, dass sie es gerade deswegen sein ließ. Vorsichtig holte sie den Stapel hervor, den sie sich schon unzählige Male angesehen hatte. Sie wusste, dass es genau dreiundzwanzig Briefe waren, teilweise verschlossen. Der gesuchte Umschlag war nicht darunter.

Langsam schob sie die Lade wieder zu und blickte sich unschlüssig um. Es blieben noch mindestens vier Schubladen und fünf Ablagekörbe, die sie sich vornehmen musste. Mit einem Mal hielt sie inne, meinte, ein Geräusch zu hören. Schnell knipste sie das Licht aus und schalt sich insgeheim für ihre eigene Dummheit, nicht an eine Taschenlampe gedacht zu haben. Vielleicht war Matthias von dem Lichtschein im Flur wach geworden? Klopfenden Herzens lauschte sie in die Dunkelheit. Wenn er sie hier entdeckte, würde er sie totschlagen, diesmal wirklich. Sie hätte eine ihrer Pillen nehmen sollen, bevor sie sich auf den Weg machte, hatte es aber in der Aufregung vergessen, so wie sie die Sache mit dem Brief überhaupt vollkommen versaut hatte – sie konnte ihn längst in der Tasche haben, nein, noch besser, sie konnte längst wissen, was darin stand! Tief durchatmen. Ein – aus – ein – aus – beruhigte sie sich. Ein – aus – ein – aus. Erneut betätigte sie den Lichtschalter, horchte wieder. In ihren Ohren begann es zu rauschen. Immer lauteres Rauschen erfüllte den Raum, wie ein sich ausbreitendes Gas. Man konnte meinen, es bewege sich ein Düsenjet direkt auf Bad Homburg zu, und doch wusste sie, dass ihre Fantasie ihr wieder einmal einen Streich spielte, dass es mucksmäuschenstill war im Haus. Anna griff schnell zur nächsten Schublade – bis jetzt war sie viel zu langsam vorgegangen. Was, wenn Matthias ihr Fehlen im Bett bemerkte? Oft genug war sie selbst schon davon aufgewacht, wenn er plötzlich nicht mehr neben ihr lag. Im Schlaf nahm man wahr, dass der Herzschlag des anderen ausblieb, der Atem nicht zu hören war. Wenn er kam und sie entdeckte, war alles aus. Das Rauschen in ihrem Kopf war kaum auszuhalten, als sie in die nächste Schublade griff, sich die Briefe darin vornahm. Wieder war nicht der richtige Umschlag dabei. Oder doch? Hatte sie im Eifer etwas übersehen? Nein. Aber wo konnte er ihn haben? Möglicherweise hatte er ihn unter seine Matratze gelegt; vielleicht dachte er sich schon, dass sie danach suchen würde. Fieberhaft arbeiteten sich Annas Finger durch die nächsten beiden Schubladen und die Ablagekörbe. Kein Umschlag des Landgerichts, keiner der Volksbank. Sie wühlte im Papierkorb, zog Ordner aus dem Schrank, blätterte, heftete wieder ein, was im Eifer herausgefallen war, legte zurück, packte um. Als sie sich schließlich nach Minuten des Weggetretenseins umsah und das Chaos betrachtete, das sie angerichtet hatte, in dem kurzen Zeitraum, in dem sie nicht mehr auf Vorsicht bedacht gewesen war, sondern lediglich eine Suchende, da entdeckte sie die Briefe.

Wie raffiniert Matthias war! Er hatte sie ohne Umschlag an die Magnettafel direkt vor ihrer Nase geheftet. Deutlich war das Wappen des Landgerichts zu erkennen. Und im Betreff: 2. VORLADUNG. Ihre Augen glitten zu dem Schreiben direkt daneben – dem Schreiben der Frankfurter Volksbank, im Betreff die Worte ZWANGSVOLLSTRECKUNG DES WOHNHAUSES ROMMELHAUSENER WEG.

Anna ließ sich auf den Schreibtischstuhl sinken und starrte die beiden Schreiben an. Sie sollte sich hier und jetzt die Pulsadern aufschlitzen, dann hätte sie alles hinter sich. Warum aufs Frühjahr warten?

Plötzlich spitzte sie die Ohren. Mit Grauen hörte sie ein ihr nur allzu vertrautes Geräusch. Luna schrie. Sie stieß dieses gellende Schreien aus, ein Schreien, als würde sie bei lebendigem Leibe zerfetzt. Anna blieb wie angewurzelt sitzen. Was, wenn Matthias nun aufwachte? Verschwinden wollte sie, weg sein, sich auflösen im Nichts der Nacht, draußen auf einer Bank liegen, erfrieren im ersten Frost des nahenden Winters und nie wieder aufwachen. Sie schaltete das Licht aus und blieb zitternd und schlotternd im Dunkeln sitzen, dachte an kleine Nagetiere, die sich an ihren nackten Füßen zu schaffen machen wollten, und lauschte hilflos, wie der Düsenjet auf dem Dach ihres Hauses landete.

Wir sitzen mal wieder am Tisch, Johannes, Sven und ich, und die beiden starren auf den Bildschirm ihres Laptops. Häuser sehen sie sich an, wie langweilig. Diskutieren über die Größe von Grundstücken und ob man zwei oder drei Bäder braucht.

Mir reicht eins.

Nils und Ole sind schon im Bett, Sabina ist unterwegs. Nach mir guckt keiner, ich hocke hier in meinem Stuhl und summe vor mich hin. Summen, das ist das Neueste, was ich gelernt habe.

»Wenn das Baby da ist, ist's auch erst mal wieder mit der Ruhe vorbei, was?«, fragt Sven eben und grinst Johannes von der Seite an.

Mein Summen verstummt.

»Ach, weißt du«, sagt Johannes, »Sabina hat es sich so sehr gewünscht – wie könnte ich ihr das abschlagen, nach allem, was sie für die Jungs tut?«

»Na ja«, sagt Sven nachdenklich. »Sie ist ja auch ein viel mütterlicherer Typ, als Silvie war. Wenn man bedenkt, wie oft Silvie abends weggegangen ist und ihre Freiheiten brauchte … Dich hat sie nie gefragt, ob dir das zu viel ist mit den Jungs.«

»Sagen wir mal so: Es passiert mir nicht noch mal, dass ich nichts dazu sagen darf. Sie hatte doch den ganzen Tag frei, Nils ging in die

Krippe, sie hatte nur Ole! Was musste sie da abends noch weggehen? Und Sabina genießt jede Minute mit den Kindern. Sie muss nicht ›mal raus‹ oder ›was anderes sehen‹. Sie ist immer froh, wenn sie wieder zu Hause ist.«

Ich betrachte den Dreck unter meinen Fingernägeln und spitze weiter die Ohren.

»Dabei war zuerst sie es, die Kinder wollte«, bemerkt Sven. »Und als dann Ole unterwegs war, war sie am Boden zerstört.«

Johannes sieht Sven nachdenklich an. »Weißt du, jetzt wo du es sagst, fällt es mir erst richtig auf. Mit Silvie war alles ein Kompromiss. Ich wollte Sabina nicht ewig nachtrauern. Ich dachte immer, die großen Gefühle für Silvie kommen schon mit der Zeit. Wahrscheinlich war es das schlechte Gewissen, dass ich mich ihr immer mehr untergeordnet habe. Ich war ein richtiges Weichei. Ich wollte sogar weniger Sex als sie – das kommt, glaub ich, auch selten vor.«

Sven lacht. »Ich erinnere mich. Und in den Schwangerschaften war's noch schlimmer. Da hast du dich nicht mal mehr getraut, ihren Bauch anzufassen, weil du dachtest, sie nutzt es gleich aus. Du hast gesagt: Sie will immer nur rein-raus-rein-raus, das ist mir zu stupide.«

Ich beobachte die Tauben auf dem Balkongeländer gegenüber und schiele gleichzeitig zu Johannes, der nachdenklich sagt: »Ich glaube, Sex mit Schwangeren ist generell nicht so mein Ding.«

»Stell ich mir auch seltsam vor, irgendwie«, sinniert Sven, der keine Ahnung von so was hat, »das will man doch nicht … so nah ans Kind …«

Johannes scheint mit seinen Gedanken schon wieder woanders. »Aber weißt du, was wunderbar an Silvie war?«, fragt er und es kommt mir vor, als kämpfe er mit den Tränen.

Ich schaue zu ihm rüber und lege den Kopf schräg. Na, was denn?

»Sie war mir trotzdem immer treu.«

Sabina

Das Problem ist«, sagte Sabina eines Abends zu Tanja, »dass ich seine Eltern gar nicht kennenlernen will. Schon gar nicht die Oma. Es kommt mir so falsch vor. Johannes' Mutter hab ich auch nie kennengelernt. Und Alex und ich – ich meine, bisher ist ja noch gar nichts zwischen uns gelaufen.«

Tanja streifte sich die Finger an ihrer Serviette ab. »Mir scheint, du suchst permanent nach Gründen, nicht mit diesem Alex zusammenzukommen. Dann lass es doch. Keiner zwingt dich dazu.«

»Ich will aber! Er findet mich so unverhohlen toll, wie ich es mir immer gewünscht habe. Und dass er der Allererste war, der mir auf Parship geantwortet hat – na, das ist doch Schicksal!«

»Von wegen Schicksal.« Tanja winkte ab. »Was mich viel mehr interessiert, sind die Fakten. Kribbelt es wenigstens ein kleines bisschen, wenn du an ihn denkst? Willst du wissen, wie er küsst und wie sein Ding aussieht?«

»Tanja!«

Tanja gackerte und warf ihre Serviette auf den Teller. »Du siehst so süß aus, wenn dir was peinlich ist!«

Wollte sie wissen, wie sein Ding aussah? Noch nicht. Genauso wenig, wie sie seine Eltern kennenlernen wollte. Alles zu seiner Zeit. Im Moment sprachen sie sowieso dauernd über den Businessplan. Ohne den gab es keinen Gründungszuschuss. Alex schien sich Tag und Nacht mit diesem Thema zu beschäftigen. Sie wusste nicht, wie viele Seiten es waren, die er gefüllt hatte, um das Arbeitsamt und später vielleicht sogar Banken zu überzeugen. Und dann musste sie klären, ob Olga ihr dabei helfen wollte, ihre

Babykollektion zu nähen, und vor allem, ob sie ihr Stoffe aus Russland besorgen konnte. Vielleicht konnte sie Kontakte zur Textilindustrie aufbauen, die nach internationalen Standards produzierte. Auf alles musste geachtet werden, besonders auf Schadstofffreiheit und Farbechtheit. Die Liste war unendlich lang. Und ohne Zertifikat konnte man gar nichts herstellen.

»Mache ich, mein Schatz, mache ich alles, was du willst«, antwortete Olga, als Sabina sie bei nächster Gelegenheit fragte, ob sie sie unterstützen würde. »Kenne ich Gott und Welt in Moskwa, wird sich jemand finden, der sich auskennt mit das.« Mit ausgestreckter Hand bot sie Sabina eine Tasse Kaffee an.

»Nein, danke«, entgegnete Sabina und nahm auf einem von Olgas Küchenstühlen Platz. »Du, ich muss mich darauf verlassen können, Olga. Wenn du mir nämlich hilfst, gründe ich mein eigenes Label.«

»Leybel?«

»Meine eigene Marke. Ich würde mich dann auf Babyklamotten spezialisieren, genäht aus russischen Stoffen.«

»Mache ich. Gar kein Problem das.«

Okay, dachte Sabina. Wenn ich mich sogar das traue, dann kann ich Alex auch endlich küssen. Und das Treffen mit den Eltern rede ich ihm schon irgendwie aus.

Heute war mal wieder Kleideranprobe, ich bin total erledigt. Ständig musste ich etwas anderes anziehen und dann musste Johannes sagen, wie er es findet. Ich habe eine Idealfigur, sagt Sabina. Inzwischen macht sie auch Kleidung für Frauen – aber nur auf Vorbestellung. Es gibt Mütter, die wollen auch solche Kleidchen wie ihre kleinen Mädchen anhaben. Früher trug ich nur Jeans und T-Shirt, heute trage ich Kleider. Es ist aber auch komfortabler, vor allem, wenn man ins Bad muss. Und Olga näht rund um die Uhr, ich glaube, sie macht nichts anderes mehr.

»Sieht bisschen doof aus«, sagte Olga, als sie das erste Kleidchen nach Sabinas Vorgabe genäht hatte und sich das Exemplar vor den Bauch hielt. »Wie Kittelschürze.«

»Das ist so gewollt, Olga, das hat man jetzt so.«

»Kenne ich niemand, der anzieht seine Kinder mit Kittelschürze«, antwortete Olga skeptisch. »Aber wenn du meinst – du bist Fachmann.«

Sabina betrachtete das Kleidchen verliebt. Es war aus dunkelgrünem Stoff mit kleinen bunten Blumen darauf – ein traditioneller Stoff, den Olga über eine Textilfabrik besorgt hatte. Dazu gab es noch andere leichte Baumwollstoffe, die sich zu Blusen, Röckchen und Kleidern verarbeiten ließen. An die Zolldeklaration und den Papierkrieg mochte sie allerdings kaum mehr denken.

»Wenn du kriegst mal Kinder, brauchst du ein Mädchen. Sonst sieht schlecht aus für der Bub«, bemerkte Olga und machte sich wieder ans Werk.

»Du kannst so gut nähen«, stellte Sabina bewundernd fest, »das ist etwas, was mir so gar nicht leicht von der Hand geht. Obwohl ich es natürlich lernen musste – aber entwerfen liegt mir viel mehr.«

Olga winkte ab und griff unter dem Tisch nach einer Tüte. »Wollte ich dich noch was fragen, Sabina. Habe ich mir auch besorgt schöne Stoff für Hose.« Aus der Tüte fischte sie einen schwarzen Taftstoff, der im Licht der Küchenlampe schimmerte. »Kannst du machen schöne Schnitt für mich?« Olga tätschelte ihren Bauch. »Oben rum Gummizug – da ist egal, ich mache Pulli drüber. Aber Beine. Musst du dir was ausdenken, was macht schlank.«

»Das wird schwierig bei Taft, Olga. Taft trägt auf«, wandte Sabina ein.

»Aber schwarz ist! Schwarz macht schlank, heißt!«

Sabina wiegte skeptisch den Kopf. »Ich nehme Maß, und dann schauen wir mal, was ich tun kann. Einverstanden?«

Alex sah ihr über die Schulter, als sie drei Tage später über Olgas Maßen brütete. Olga eine Tafthose maßzuschneidern, war eine echte Herausforderung.

»Wenn wenigstens ihre Beine etwas länger wären!«, seufzte Sabina und versuchte wieder eine andere Variante. Alex fuhr ihr zärtlich mit dem Zeigefinger zwischen den Schulterblättern entlang.

»Dir wird schon was Schönes einfallen. Es wird allemal besser aussehen als die Klamotten, die sie üblicherweise anhat.«

Sabina lachte und schmiegte sich verstohlen an ihn. »Wenn du glaubst, dass mich das anspornt, liegst du falsch! Sie soll schon was Besonderes kriegen. Immerhin will sie kaum was für die ganzen Näharbeiten haben.«

Sabina fühlte sich wohl in Alex' Nähe. Sehr wohl sogar. Doch mit dem Küssen war es so eine Sache, sie hatten sich noch nicht richtig getraut. Dabei rückten sie oft ganz nahe zusammen und hielten sogar manchmal Händchen. Aber es war so, als sei eine unsichtbare Barriere zwischengeschaltet, die das Küssen verhinderte. Heute mach ich's, nahm sie sich vor. Wenn ich den Schnitt für die Hose fertig und ihn Olga rübergebracht habe, dann geb ich alles. Und wenn von ihm nichts zurückkommt, na, dann war's das eben. Genauso gerade heraus hatte sie ihre Kündigung bei Matthei Anfang der Woche durchgezogen, auch wenn er es den ganzen Tag über vermieden hatte, einen Termin mit ihr zu vereinbaren. Offensichtlich hatte er geahnt, was auf ihn zukam.

»Frau Forbes, bitte tun Sie mir das nicht an«, hatte er gesagt, als sie schließlich in sein Büro geplatzt war.

»Herr Matthei, ich glaube wirklich, es ist für alle Beteiligten das Beste, wenn ich gehe. In den letzten Wochen hatte ich außerdem den Eindruck, als wollten Sie sich selbst eher früher als später von mir trennen.«

»Aber nein, aber nein! Das haben Sie ganz falsch aufgefasst! Ich habe mir Sorgen um Sie gemacht, so war das. Sie wirkten immer so abwesend, und da fragt man sich eben, was los ist.«

»Ich habe es mir reiflich überlegt«, erwiderte Sabina, »ich möchte etwas Eigenes machen, etwas, an dem mein Herz hängt. Hier war ich schon lange nicht mehr mit dem Herzen dabei, war geistig abwesend, Sie haben das ganz richtig eingeschätzt.« Mit diesen Worten hatte sie ihm ihre Kündigung auf den Tisch gelegt, war in ihr Büro zurückgegangen und hatte mit den Vorbereitungen für ihr Ausscheiden begonnen – insbesondere dem Löschen ihrer persönlichen Daten hatte sie viel Zeit gewidmet. Da sie noch Resturlaub hatte, blieben ihr nur noch wenige Tage, um die Übergabe an einen Nachfolger vorzubereiten. Und dann – dann war sie frei gewesen.

Sabina faltete das Schnittmuster zusammen und warf Alex einen warmen Blick zu, der auf ihrem Sofa saß und im Businessplan blätterte.

»Ich bringe das mal eben rüber«, raunte sie und verschwand aus der Wohnungstür, um bei Olga zu läuten.

»Kommst du kurz rein?«, bat Olga, als sie Sabina erblickte.

»Äh. Ich habe eigentlich keine Zeit, ich habe Besuch«, erwiderte Sabina und übergab Olga das Schnittmuster, das diese lächelnd entgegennahm.

»Der junge Mann ist bei dir?«, fragte Olga mit Blick auf Sabinas Tür.

Sabina zögerte mit ihrer Antwort. »Olga, ich weiß, du hast mich gewarnt – aber mir wäre es lieb, wenn wir kein weiteres Gespräch …«

Olga nickte. »Viel Spaß, Sabina«, wünschte sie und tätschelte ihr den Arm, »wir können reden andere Tag.« Sie tippte auf den

Schnitt. »Werde ich gleich nähen! Bin ich so gespannt, ob passt!«

»Die Frau ist so was von neugierig, sie wollte mich glatt über dich ausquetschen«, sagte Sabina lachend, als sie wieder in ihre Wohnung kam und sich zu Alex aufs Sofa setzte.

»Ich bin auch neugierig.« Er lächelte und wandte sich ihr zu.

»Worauf?«

Alex rückte ein Stück näher und betrachtete sie liebevoll. »Wann du mich endlich einmal küsst.«

Silvie

Viele Mütter landen irgendwann in der psychiatrischen Abteilung eines Krankenhauses, weil sie überlastet sind. Oder sagen wir mal: einige. Einige wenige, vielleicht. Wie auch immer – dass Anna Probleme hatte, war kein Geheimnis, davon wussten wir alle. Matthias konnte uns auch plausibel erklären, wie es zu ihrem Kollaps an jenem Abend Anfang Dezember gekommen war.

»Anna hat was falsch verstanden«, erklärte er uns im Flur des Krankenhauses. »Sie denkt, unser Haus kommt unter den Hammer.«

Ich wollte das genauer wissen. »Deine Geschäfte sind doch mal 'ne Zeitlang schlecht gelaufen, du hast weniger Objekte verkauft und konntest ein paar Raten nicht bezahlen. Wie sieht's denn damit aus – läuft der Laden jetzt besser?«, fragte ich rundheraus.

Matthias kniff die Lippen zusammen. Wahrscheinlich wunderte er sich, dass auch ich über alles informiert war. Dann sagte er süffisant: »Das ist für Leute, die wie dein Johannes jeden Morgen brav zur Arbeit gehen und nichts anderes machen als das, was der Vorgesetzte sagt, dafür aber jeden Monat ihr Geld einsacken, natürlich kaum vorstellbar. Aber bei Selbständigen läuft nie ein Monat wie der andere, kein Jahr wie das davor. Ich bin in eine kurzfristige Schieflage geraten, weil einige unserer Kunden nicht gezahlt haben. Die Zahlungsmoral heute ist einfach beschissen. Die Hypothekenraten bei der Bank habe ich gestundet, ich hatte das abgesprochen, das ist kein großes Ding, aber irgendein Depp dort, ein Praktikant oder was weiß ich, hat einen Brief rausgeschickt, eine Mahnung – und die hat Anna in die Finger gekriegt.« Er holte Luft und fuhr fort, leiser diesmal: »Deine Schwester, Silvie, ich kann dir sagen, die sieht Gespenster. Manchmal glaube ich, sie hat Wahnvorstellungen. Einmal hat sie abends ihren Kopf gegen die Scheibe gedonnert, so dass ich dachte, sie kriegt 'ne Gehirnerschütterung. Dann schrie sie rum, lief vor mir weg, als wäre ich der Übeltäter! Zum Glück lässt sie jetzt das Haareausrupfen sein, das hat sie auch gemacht, ohne es auch nur zu merken. Und was das Verrückteste ist, Silvie, unsere Nachbarn denken, dass ich sie schlage.« Er tippte sich an die Stirn. Dann puhlte er sich mit dem Finger etwas zwischen den Zähnen hervor, schmatzte und sprach weiter: »Ich tue echt alles dafür, dass sie keine Briefe mehr aufmacht, weil sie alles falsch versteht, sie interpretiert Sachen, da denkst du, die Frau hat nicht mehr alle Tassen im Schrank! Du kannst mal zu uns kommen und dir das Arbeitszimmer ansehen. Sie hat darin gewütet, das kannst du dir nicht vorstellen. Hat alles von innen nach außen gestülpt! Frag mich nicht, wonach sie da gesucht hat, vielleicht denkt sie, der Geheimdienst hat bei uns sein Hauptquartier!« Er schlug mit der Hand gegen die kalte Wand des Krankenhausflurs und betrachtete aus den Augenwinkeln meine Eltern, die müde auf zwei Besucherstühlen saßen und lauwarmen Kaffee aus Pappbechern tranken.

Mir schien der Moment für ein klares Wort mit Matthias gekommen zu sein. Alles, was er zu sagen hatte, klang plausibel, gleichzeitig aber überhaupt nicht.

»Hör mal Matthias, ich weiß selbst, wie du ausflippen kannst, ich hab es am eigenen Leibe erlebt. Dass deine Nachbarn denken, du vergreifst dich an ihr, kannst du ihnen nicht verübeln. Du bist auch nicht gerade der zurückhaltende Typ, wenn es ums Aussprechen von Drohungen und Verboten geht!« So, dachte ich, das schluck mal, mein Lieber. Doch er schüttelte nur den Kopf, hörte gar nicht mehr damit auf. Plötzlich faltete er die Hände wie zum Gebet und sprach mit geschlossenen Augen weiter: »Stell dir mal vor, Silvie, jemand, der dir nahesteht, sagen wir Johannes, hatte als Kind Krebs. Nicht nur, dass dir noch nie zuvor jemand was davon erzählt hat, nein, dieser jemand, der dir nahesteht, ist auch noch der Meinung, dass den Krebs damals seine eigene Schwester in ihn ›reingemacht‹ hat, damit er stirbt. Und dass ebendiese Schwester erneut den Krebs bringt; jedes Mal, wenn sie käme, brächte sie die Krebszellen mit und ließe einen Beutel davon in ihrem Wohnzimmer fallen.«

Ich riss die Augen auf. »Das hat sie gesagt?«

Er nickte bedächtig. »Das hat sie gesagt. Und – entschuldige bitte – das war echt beängstigend. Du warst gerade mit Ole schwanger, und sie sagte: Silvie bringt mir den Krebs in einem großen Sack.«

Ich schüttelte den Kopf, die Worte blieben mir im Halse stecken.

Er lachte auf. »Ich war wütend auf dich, das stimmt, weil du das Haus nicht wolltest. Aber an dem Samstag, als sie mir davon erzählt hat, dass sie schon als Kind Krebs hatte und jetzt vielleicht wieder, da ist bei mir eine Sicherung durchgebrannt – und das hatte nichts mit dem Haus zu tun. Ich wäre nicht in der richtigen Branche, wenn mich so etwas umhauen würde. Aber das mit Anna – das muss man erst mal verkraften. Ich hielt es für besser, wenn du fürs Erste von ihr fern bliebst. Sie hatte nun mal diesen schlechten Abstrich, und die OP lag vor ihr – da wollte ich einfach nur, dass sie sich nicht noch mehr Scheiße einredet.«

»Aber du hast sie noch nicht mal im Krankenhaus besucht!«, warf ich ihm vor.

Er schnaubte wieder. »Silvie, ich war damit beschäftigt, Luna zu versorgen und Geld zu verdienen. Mir ging das an die Substanz, ihr Gerede vom Sterben. Und Luna, ich meine, die hat auch schon einen Hau weg. Wenn Anna ihr immer wieder erzählt, dass sie sterben wird – da führe ich das Kind doch nicht auch noch zu ihr ins Krankenhaus, da versuch ich doch, sie vor ihr zu schützen!«

Mich fröstelte. »Vor der eigenen Mutter.«

Er nickte. »Vor der eigenen Mutter.«

Bereits am nächsten Tag entließ man Anna auf eigenen Wunsch. Man attestierte ihr einen Nervenzusammenbruch, ausgelöst durch das Schreien der Tochter in der Nacht und chronische Schlafstörungen.

Wenn sie mir etwas zum Experimentieren geben, ein Kästchen zum Beispiel, in das man etwas hineintun kann, oder einen Schlüssel, den ich in ein Türschloss stecken kann, dann bin ich lange beschäftigt. Ich weiß, was ich mit diesen Gegenständen früher angestellt habe, und es tut mir gut, dass sie mir die Möglichkeit geben, in Erinnerungen zu schwelgen. Es ist auch gut für meine weitere Entwicklung, sagen die Ärzte: Je schneller ich in der Motorik vorankomme, desto wahrscheinlicher ist es, dass auch mein Sprachzentrum in Gang kommt. Ich bin mittlerweile selbst verzweifelt, dass mir außer »a-a-a« und »o-o-o« kein Wort über die Lippen kommen will. Außer einem, das kann ich mittlerweile richtig gut, und zwar das Wort »ja«. Das ist schon enorm hilfreich. Zum Beispiel, wenn sie mich fragen, ob ich noch etwas essen möchte, dann sage ich: »Ja!« Und wenn ich nichts möchte, schüttle ich einfach den Kopf. Bedeutendere Fragen stellen sie mir leider nicht. Sie könnten mich zum Beispiel fragen, ob ich weiß, was aus Anna geworden ist – dann würde ich vehement den Kopf schütteln. Und würden sie mich dann fragen, ob ich mal in den Keller will, um die Fotoalben raufzuholen, damit ich ihnen Anna zeigen kann und sie endlich mal über sie reden, dann würde ich ganz laut »Ja!« rufen, denn nichts will ich lieber! Aber sie fragen mich das alles nicht. Meistens, wenn sie abends zusammenhocken und quatschen und ich was erfahren könnte, bringen sie mich ins Bett, wollen mich nicht dabei haben. Nur wenn Sabina auf ihren Messen unter-

wegs ist, darf ich länger dabeibleiben, dann lässt Johannes Ole und Nils länger auf, und die beiden zeigen mir, wie lieb sie mich haben, küssen mich auf den Mund und auf den Bauch, bis ich lache. Oder sie führen mir vor, was sie Schönes gebaut haben, und auch die Bücher, die sie mögen, zeigen sie mir – wir blättern stundenlang gemeinsam darin herum. Ich bin so stolz auf Nils, er kommt bald in die Schule.

»Sabina«, sagte Nils neulich, als wir in sein Buch guckten, »meinst du, die Mama weiß, dass ich bald in die Schule komme?«

Sabina blinzelt immer, wenn er solche Fragen stellt. »Ganz sicher weiß sie das«, sagte sie liebevoll und streichelte mir die Wange. »Stimmt's, mein Engel?«, fragte sie.

Ich strahlte sie an. »Ja«, sagte ich, das stimmt!

Sabina

Der erste Kuss ging daneben, sie stießen mit den Zähnen zusammen, weil Sabina nicht aufhören konnte zu grinsen. Der zweite Kuss fiel schon besser aus.

»Bin aus der Übung«, murmelte Sabina, und Alex zog sie an sich, küsste sie unbeirrt weiter. Langsam tastete sich seine Zunge zwischen ihre Lippen, sein warmer Atem strich an ihrer Wange entlang, und Sabina rückte ebenfalls näher an ihn heran. Und da war es wieder: Johannes' Gesicht poppte in ihrem Kopf auf, und sie öffnete schnell die Augen.

»Was ist?«, fragte Alex und betrachtete sie verunsichert. »Alles in Ordnung?«

»Ja, ja!«, beteuerte Sabina und schloss die Augen wieder. Dieser Mistkerl. Alex' Finger schoben sich unter ihr T-Shirt und wanderten zielstrebig zu ihrem BH-Verschluss.

Ach herrje, dachte Sabina, jetzt geht's zur Sache. Nur nicht zu viel denken, einfach mal locker bleiben. Entschlossen fuhr sie ihm mit der Hand ebenfalls unters T-Shirt. Wäre doch gelacht! Der Appetit kommt beim Essen, so hieß es doch. Alex schien die Sache auf einmal nicht schnell genug zu gehen, oder aber er interpretierte ihr Näherrutschen als pure Leidenschaft falsch. Seine Zunge fuhr heftig in ihrem Mund herum, und seine Hände tasteten nun nach ihren Brustwarzen. Sabina entfuhr ein Quieken, mit einem Satz rückte sie von ihm ab.

»Was ist?«, fragte Alex wieder.

»Bin nur kitzlig«, hauchte sie und schob seine Hände beiseite, mehr abwärts, von den Brüsten weg. Alex nahm das als Aufforderung, sich an ihrer Gürtelschnalle zu schaffen zu machen; dabei küsste er sie unentwegt weiter, und es kam zu weiteren Zusammenstößen der Zähne. Uh, dachte Sabina, Hilfe! Ihr schmerzte schon der Mund, Leidenschaft verspürte sie nicht, lediglich Anstrengung. Doch konnte sie jetzt noch zurück? Konnte sie sagen »Ich will nicht« und ihn bitten, zu gehen?

Tanja fragte sie später, ob es ihr Helfersyndrom gewesen war, das sie dazu veranlasst hatte, nun ihrerseits ihm an die Hose zu gehen. »Der arme Kerl konnte doch nicht mit dicken Eiern sitzen gelassen werden!«, spottete sie. Und Sabina erzählte weiter: »Das kannst du dir nicht vorstellen. Ich hab noch nie ein derartig krummes Ding gesehen! Wie eine Banane!«

Tanja lachte schallend. »Und was hast du dann gemacht?«

»Ich dachte mir, dann nehm ich mir mal die Banane vor und hoffe, dass sie schmeckt.« Sabina grinste keck.

»Und, hat sie?«

Sabina hob die Schultern und zog die Nase kraus.

»Jetzt mal ehrlich, Sabina, ich denke, die Sache mit Alex hat überhaupt keinen Sinn«, erklärte Tanja. »Wenn du dich bei dem Gedanken an seinen Pimmel ekelst, dann ist das doch echt ein Alarmsignal.«

Sabina kicherte. »Nachdem wir die Sache hinter uns gebracht hatten, wäre ich froh gewesen, er wäre gegangen. Mir tat der ganze Nacken weh von dem ewigen Rauf und Runter!«

»Konnte er nicht, oder wollte er nicht?«

»Was weiß ich! Immer wenn ich dachte, jetzt ist er so weit, da atmete er plötzlich wieder ganz ruhig und gleichmäßig, als wäre er kurz vorm Einschlafen! Und als er es dann endlich geschafft hatte, war er schmusebedürftig. Wenn ich mich nicht täusche, sind wir jetzt zusammen. Offiziell, meine ich. Gestern schleppte er eine Reisetasche an und hat sich häuslich eingerichtet.«

»Das hast du dir doch immer schon gewünscht, mit einem Mann zusammenzuziehen.« Tanja grinste hämisch.

»Yep. Und der Businessplan ist fertig und liegt mit den Anträgen auf Existenzgründungszuschuss bereit zum Versenden auf meiner Flurkommode.«

»Oh. Das ging schnell.«

»Ja, sehr schnell. Er hat auch schon eine Marktanalyse gemacht, welche Kinderboutiquen im Stadtgebiet ich mit meinen Kleidern versorgen kann.« Sabina hob die Hände und sagte: »Ich hab alles, was ich immer wollte!«

»Nur mit dem Falschen …«

»Ach, was weiß ich. Kann doch keiner was dafür, wenn er eine Banane in der Hose hat.«

»Besser als gar nix in der Hose, das gibt's ja auch«, stellte Tanja fest.

»Genau.«

Wir sitzen beim Essen. Ich esse ein belegtes Brötchen und hänge meinen Gedanken nach, da ergreift Johannes eine von Sabinas Haarsträhnen, um daran zu schnuppern, und sagt: »Wir sollten mal was unternehmen von wegen Ausbildungsversicherungen für die Kinder, vor allem« – er zwinkert und tätschelt zärtlich Sabinas Bauch – »weil wir noch Zuwachs bekommen.«

Sabina sieht nicht begeistert aus. »Ich weiß nicht«, sagt sie zweifelnd, »ich glaube, es gibt so viele Produkte auf dem Markt, da blickt kein Mensch durch. Und Versicherungsmakler wollen einem doch alles Mögliche andrehen.«

»Ich kenne einen, der dreht uns bestimmt nichts an«, antwortet Johannes, »Herrn Reimer. Den könnte ich anrufen.«

Vor Überraschung bleibt mir mein Brötchen im Hals stecken, ich muss fürchterlich husten. Wahrscheinlich ist es kein schöner Anblick, Sabina und Johannes springen auf und schlagen mir so sehr auf den Rücken, dass es in meinem Kopf klirrt.

Manchmal veranstalten sie wirklich einen irren Zinnober.

Silvie

Im Dezember kam meine Beziehung zu Jens zum Erliegen. Meine kleine Familie zog sich eine Darminfektion zu, wie ich sie noch nie zuvor erlebt hatte. Nils erbrach alles, was er zu sich genommen hatte, bei Ole kam es hinten raus, Johannes und ich, wir hatten beides. Kaum dachten wir, uns erholt zu haben, da erwischte es wieder einen von uns. An der Kita-Tür war dauerhaft ein Schild mit der Botschaft »Wir haben Magen-Darm« angebracht, das man an manchen Tagen noch ergänzte durch das Schild »Wir haben Scharlach«. Ich war am Ende. Ich wollte keine Kotze mehr aufwischen, keine Angst mehr um meine Kinder haben, befürchtete ständig, dass sie austrockneten. Alle zwei Tage ließ ich mich von der Kinderärztin beruhigen, sie sähe keinerlei Anzeichen für eine Austrocknung, und ich glaubte ihr jedes Mal genau bis zu dem Moment, da ich die Praxis wieder verließ. Gedanken an Jens zu verschwenden, dafür hatte ich gar keine Zeit – ich war Tag und Nacht im Krankeneinsatz. In unserer Wohnung roch es säuerlich, immerzu hustete und röchelte jemand, Johannes kümmerte sich um sich selbst, ich mich um mich und die Kinder. Ich regte mich nicht darüber auf. Vielmehr regte mich auf, dass Weihnachten immer näher rückte und ich noch kein einziges Geschenk besorgt hatte.

»Schenken wir uns doch einfach nichts«, war Johannes' praktischer Vorschlag.

Darüber konnte ich nur lachen. Mit Kindern geht das nicht. Man will doch die leuchtenden Kinderaugen sehen. Nils' erstes bewusst erlebtes Weihnachtsfest stand vor der Tür. Für die Jungs wollte ich das volle Programm: Baum, Lichterglanz, schimmerndes Papier und Weihnachtsmusik.

»Weihnachtsmusik?«, stöhnte Johannes auf und sagte: »Ohne mich. Wenn du hier Jingle Bells auflegst, krieg ich zu viel!«

Ich selbst bekam schon bei dem Gedanken zu viel, dass ich den Heiligen Abend mit Johannes verbringen sollte. Wenn wir noch nicht mal Musik zur Untermalung hatten, dann wäre es ganz und gar unerträglich für mich. Wir würden uns nichts zu sagen haben, höchstens über die Kinder konnten wir sprechen. Doch zurück zum eigentlichen Problem, das mich quälte: Ich hatte keine Geschenke. Also tat ich etwas, was ich noch nie getan hatte: Ich bestellte übers Internet. Gleichzeitig grübelte ich darüber nach, wie ich es schaffen konnte, Jens am Heiligen Abend zu sehen, um ihm mein Geschenk persönlich zu überreichen. Ich sehnte mich schrecklich nach ihm, mir fehlten die gemeinsamen Stunden in seinem Wohnzimmer und in seinem Bett, das Reden, das Lachen, die Liebe.

Pünktlich am 23. Dezember, als die Kita für die Winterferien schloss, waren wir alle wieder gesund – doch Jens zu besuchen, war erst recht kaum möglich. Am nächsten Tag, dem Heiligen Abend, schon mal gar nicht.

»Ich würde dich auch gern sehen, komm doch einfach heute vorbei!«, bat er am Telefon, und ich hörte seiner Stimme an, dass er mich genauso vermisste wie ich ihn. Also erklärte ich Johannes am Abend des 23., ich hätte noch nicht alle Geschenke beisammen und müsse dringend in die Stadt, wenn es nötig sei bis zum Ladenschluss.

»Das willst du dir antun?«, fragte er, und er hatte recht. Für mich war das völlig untypisch, ich hasste überfüllte Läden.

»Wieso nicht?«, rief ich betont fröhlich, verstaute unauffällig das kleine Päckchen für Jens in meiner Handtasche, und bevor Johannes noch weitere Einwände erheben konnte, war ich schon aus der Tür.

Wieder sah Jens mir von der schweren Eichentür entgegen –

ein Anblick, der mir das Herz schwer machte. Er trug ein blaukariertes Hemd, das wir gemeinsam ausgesucht hatten, und hielt die Arme verschränkt. Er lächelte.

Wenn man verliebt ist und sich lange nicht gesehen hat – und drei Wochen waren für uns eine lange Zeit –, ist es, als küsse man sich zum ersten Mal wieder. Wir standen in der Kälte seines Hausflurs und hielten uns fest, bis wir uns anlachten und dann mit leichten Küssen begrüßten, die mir einen Schauer über den Rücken jagten. Schließlich zog er mich mit sich nach oben und führte mich ins warme Badezimmer, wo er eine Wanne für uns vorbereitet hatte. Er zog mich aus, mit warmen Händen streifte er mir die Kleider vom Leib, umfasste meinen kalten Po und wehrte lachend meine Versuche ab, ihn meinerseits auszuziehen – meine Hände waren zu kalt. Langsam glitten wir hinein in das warme Wasser, küssten uns, küssten und küssten. Ich war überglücklich, ihn zu sehen.

Nach dem Bad tauschten wir Geschenkpäckchen aus, ohne sie auszupacken – dies sollte in einer stillen Minute am Heiligen Abend geschehen, um zwanzig Uhr –, wir wollten sie in einer Art gedanklicher Vereinigung gleichzeitig öffnen.

Ich frage mich, wie ich es geschafft habe, danach wieder zu Johannes zurückzukehren. Es fiel mir unendlich schwer, schwerer als je zuvor. Ich war nervös, ob Jens mein Geschenk gefallen würde, ein Foto von mir. Es zeigte mich lachend im Garten meiner Eltern; ich saß mit angewinkelten Beinen auf einem alten Baumstamm, zu dessen Füßen Margeriten blühten. Es war vor der Schwangerschaft mit Nils entstanden.

Gleichzeitig war es mir egal, was er mir schenkte. Es hätte eine Packung Seife sein können, mir war alles recht. Und mir wurde zum ersten Mal klar, dass ich ihn liebte. Noch nie hatte ich jemanden so sehr geliebt wie Jens.

Am Heiligen Abend packte ich zur verabredeten Zeit in unserem Badezimmer sein Geschenk aus. Es waren Konzertkarten für Pohlmann, der im Mai in Frankfurt gastieren sollte. Ein Termin noch so lange hin, der versprach: Wir haben eine gemeinsame Zukunft. Wir schickten uns eine SMS, in der wir uns sagten, dass wir uns liebten, ich wartete ab, bis meine Tränen getrocknet waren, danach ging ich zurück ins Wohnzimmer zu Johannes, der mit Nils die erste Holzeisenbahn seines Lebens aufbaute. Ole lag auf dem Rücken unter dem Baum und beschäftigte sich mit einem Anhänger aus Filz – er konnte noch nicht krabbeln, rollte sich überall hin. Der idyllische Anblick schnürte mir die Kehle zu, ich war zerrissen, wünschte mir zwei Dinge gleichermaßen: zu Jens zu fahren und in seine Arme zu sinken, und gleichzeitig, ihn niemals kennengelernt zu haben.

Ich liege in Johannes' Arm, wir sitzen auf dem Sofa vorm Fernseher, und Sabina sitzt neben uns und zeichnet auf ihrem großen Block. Vor uns auf dem Boden liegen Stapel von Blättern, die sie schon vollgezeichnet hat, dazwischen hocken Nils und Ole und essen Gummibärchen. Ich durfte auch ein paar haben, aber bei mir wird immer alles streng rationiert. Im Fernsehen läuft die Sendung mit der Maus; *es geht um Berufe, und heute ist der Arzt dran. Es ist ein Unfall passiert, und mit Tatütata kommt der Rettungswagen herangesaust. Ein Verletzter liegt auf dem Boden vor einem Gebäude, und jede Menge Schaulustige stehen herum. Johannes wischt sich plötzlich die Augen und vergräbt seine Nase in meinem Haar. Sabina wirft Ole und Nils einen unsicheren Blick zu, doch die beiden gucken ruhig weiter auf den Bildschirm. Schnell legt sie den Block beiseite und kommt ganz nah zu uns rübergerutscht.*

»Ich hatte diese Szene schon fast wieder vergessen«, sagt Johannes und deutet auf den Bildschirm. »Als ich Letztens mit Sven über Silvie sprach, habe ich kein gutes Haar an ihr gelassen. Dass sie sich immer

nur nehmen wollte, was sie brauchte und so. Aber das war unfair, ich hab ihr auch nie gegeben, was sie gebraucht hat. Hab nicht mehr dran gedacht, wie wenig das Leben wirklich für sie übrig hatte. Ich habe immer nur an dich gedacht – und da wundere ich mich, dass sie mir zu verstehen gegeben hat, ihr fehlt etwas.«

Immerzu tun sie, als sei ich gar nicht vorhanden, wenn sie sich unterhalten. Tun, als sei ich Luft.

Sie streichelt seine Wange. »Immerhin hast du sie geheiratet. Du warst wild entschlossen, mit ihr zusammenzubleiben.«

»Sabina, ich habe dich nicht finden können, du warst ja wie vom Erdboden verschluckt. Ich hätte alles aufgegeben, um mit dir zusammen zu sein! Verstehst du, ich hätte sie verlassen!«

»Du hättest meine Eltern anrufen können, die Nummer hattest du.«

»Ja. Aber dann war sie schwanger, das war etwas anderes.«

»Genau. Sag ich doch, dass du super anständig warst. Du solltest dir nicht vorwerfen, dass du sie nicht genug geliebt hast. So was kann man nicht steuern.«

Ich nicke. Nein, so etwas kann man nicht steuern.

»Könnt ihr mal leise sein?«, fragt Nils vorwurfsvoll. »Ich versteh gar nichts.«

Johannes flüstert weiter: »Und manchmal wiederum denke ich, ihr ging es mit mir genauso. Sie hat sich mich nur ausgesucht, weil sie gesehen hat, wie sehr ich dich vermisste. Das hat sie beeindruckt, das wollte sie auch haben.«

Sie küssen sich, und Sabina legt ihre Stirn an seine. Dann sagt sie: »Vielleicht gehörte Silvie zu den Menschen, die die große Liebe gar nicht unbedingt brauchen. Vielleicht genügte ihr die Tatsache, dass ihr erst ein Paar wurdet, und dann Eltern. Vielleicht wusste sie gar nicht, was ihr fehlt.«

Ich sehe sie an und streiche ihr mit der Hand über die Wange. Sie lächelt mich an. Nein, ich wusste es früher nicht, das stimmt. Aber später wusste ich es. Ich hatte Jens.

Jens hat mich niemals bedrängt, mich zu entscheiden. Er war froh, dass er mich überhaupt zurückhatte. Ich glaube, er dachte, dass ich schon von selbst darauf käme, Johannes zu verlassen.

Nur, als ich mich annähernd dazu entschlossen hatte, war es Frühjahr, und der Bärlauch sprießte.

Sabina

Sabina stand vor dem Spiegel und machte sich fertig. Es war Heiligabend, und sie war mit Alex verabredet. Er hatte wochenlang darauf gedrängt, mit seinen Eltern zu feiern, doch schließlich hatte er eingesehen, dass sie nicht dafür zu haben war. Es sei ihr noch zu früh, hatte sie argumentiert, und man könne im nächsten Jahr immer noch den Kreis der Feiernden erweitern. Sie hatte ihm freigestellt, sich zu entscheiden – sie hätte den Abend auch mit Tanja und Jürgen verbringen können, die Einladung gab es seit Wochen. Doch schließlich hatte er zugestimmt, den Abend zu zweit in einem Hotelrestaurant zu verbringen, das für seine Gäste ein exklusives Heiligabendmenü anbot.

Sabina tuschte gerade ihre Wimpern, als es klingelte. Überrascht warf sie einen Blick auf die Uhr und verließ das Badezimmer. Hoffentlich war er nicht schon wieder eine halbe Stunde zu früh dran, um ihr beim Umziehen und Schminken zuzusehen. Möglicherweise war es auch Olga, die ein Problem mit der Kaffeemaschine hatte oder mit ihrem Lockenstab.

»Bin ich eigentlich hier der Hausmeister?«, murmelte sie und öffnete die Tür. Vor ihr stand ein Kurier mit einem Päckchen in der Hand.

»Weihnachtsgeschenk«, zwinkerte er und hielt ihr einen Apparat zum Unterschreiben hin. Neugierig nahm sie das Päckchen entgegen und warf einen Blick auf den Absender. J. Jakobi las sie und sog überrascht die Luft ein. Ohne den Blick von dem Päckchen zu wenden, schloss sie die Wohnungstür hinter sich und lief mechanisch los, ließ sich klopfenden Herzens in der Küche auf einen Stuhl fallen. Er hatte ihr etwas zu Weihnachten geschickt.

War es denn zu fassen? Nach Monaten der Funkstille schickte er ihr etwas. Gerade jetzt, wo er fast in den Hintergrund ihrer Gedanken gerückt war, wo sie mit Alex beschäftigt war, der sie haben wollte, mit Haut und Haaren.

»Johannes, du bist ein Arsch«, murmelte sie und betrachtete das Päckchen. Was konnte er ihr geschickt haben? Leise, hoffnungsvolle Gedanken schlichen in ihren Kopf, wie winzige Vögel, die eben geschlüpft waren. Vielleicht schenkte er ihr ein Bild von ihnen beiden, die Größe des Päckchens würde passen. Oder eine Uhr, die sie ihm einmal in der Stadt gezeigt hatte. Oder aber, so glaubte sie plötzlich aufgeregt, eine persönliche Botschaft, einen langen Brief, in dem er sie um Verzeihung bat und sie anflehte, zu ihm zurückzukehren, diesmal endgültig.

Mit zittrigen Fingern versuchte sie, das Klebeband zu lösen, und nahm schließlich eine Schere zu Hilfe. Zögernd klappte sie den Karton auf und betrachtete die bunten Gebilde, die darin aufgereiht waren.

Kleine Blumen aus – was?

»Deine Seife damals, die hätte ich dir am liebsten um die Ohren gehauen!«, rief Sabina lachend, als es dunkel um mich war.

Johannes lachte auch, verlegen. »Badezusatz, Liebling. Badezusatz in Blumenform. Ich wollte dir etwas Gutes tun; ich wusste, du magst Blumen und du badest gern. Ich hab eben an dich gedacht.«

»Ja, aber was du mir geschrieben hast, das war echt der Gipfel!«

Ich habe seine Antwort nicht gehört, aber es muss etwas gewesen sein wie: »Du weißt doch, mit Worten hab ich's nicht so.«

Und das trifft es genau.

Zögernd betrachtete sie die kleine Karte, die dabei lag, und überlegte, ob sie sie gleich mit in den Mülleimer donnern sollte, ohne sie zu lesen. Aber natürlich tat sie das nicht. Sie klappte die Karte auf und kämpfte gegen den Kloß in ihrem Hals an, der sich augenblicklich dort festsetzte. *Liebe Sabina*, stand da in seiner ausladenden Handschrift geschrieben, *ich wünsche dir ein schönes Weihnachtsfest. Dein Johannes.*

Sie hätte doch alles in den Mülleimer werfen sollen, ohne es zu lesen, aber nun war es zu spät. Und dank seines Päckchens saß sie noch immer wie festgewachsen auf ihrem Stuhl, zur Hälfte geschminkt, und ließ den Tränen freien Lauf, bis das Läuten der Türklingel sie aus ihren Gedanken riss. Eilig legte sie das Päckchen fort und blieb dann nach wenigen Schritten reglos im Flur stehen. Auf keinen Fall wollte sie Alex ihr verheultes Gesicht zeigen. Dann ging sie weiter zur Tür und klopfte gegen das Holz – ganz so, als sei sie es, die hineingelassen werden wollte.

Seine Stimme war sofort ganz nah. »Sabina?«, raunte er.

»Alex, bitte geh wieder«, schluchzte sie hinter der verschlossenen Tür, »es geht mir nicht gut.«

»Was ist denn los?«, fragte er. »Hast du Heimweh?«

Sabina schloss die Augen. Es war das erste Jahr, in dem sie über die Feiertage nicht in die USA flog. Schlicht und ergreifend fehlte ihr das Geld dazu.

Sie wischte die Tränen ab und öffnete. Verschämt blickte sie ihn an und rang sich zu einem Lächeln durch.

»Heimweh, ja«, sagte sie und ließ ihn ein. »Aber da ist auch noch etwas anderes.« Es musste sein. Jetzt oder nie – es hatte doch sowieso alles keinen Sinn. Sie konnte unmöglich diesen Abend mit ihm überstehen, ohne durchzudrehen.

»Wartest du bitte hier?«, fragte sie, als sie im Wohnzimmer angekommen waren. »Ich will mir nur kurz das Gesicht kühlen.«

Er nickte, sein Blick ein einziges Fragezeichen.

Als sie zurückkehrte, setzte sie sich neben ihn. Dem Impuls, nach seiner Hand zu greifen, gab sie nicht nach.

»Ich bin noch nicht so weit, mit dir Heiligabend zu verbringen«, sagte sie wahrheitsgemäß. »Es fühlt sich falsch an, verstehst du? Meine Gefühle …«

Alex nickte. »Du fühlst nichts für mich.«

Sie schluckte.

»Gibt es einen anderen Mann?«

»Ach Alex, nein, niemanden.« Und es lag auch wirklich nicht an Johannes, dass sie Alex nicht lieben konnte. Sie hatte kein Herzklopfen, keine Flugzeuge im Bauch. Seine Koseworte waren ihr unangenehm, seine Liebkosungen auch, und wenn es um Sex ging, war ihr keine Ausrede zu billig. Inzwischen hatten sie miteinander geschlafen – aber nur, weil sie das Gefühl hatte, ihm dies letztendlich schuldig zu sein. Von sich aus hätte sie es nie getan.

»Ich habe es so sehr versucht, aber es geht einfach nicht. Ich bin noch nicht so weit«, sagte sie und wusste selbst, wie lahm dies klang. Tanja hatte schon längst die Geduld mit ihr verloren, bedrängte sie bei jedem Treffen, die Sache endlich zu beenden.

»Du brichst sein Herz«, waren ihre Worte, und auch wenn viel Spott darin lag, da Tanja es unmännlich fand, wie Alex Sabina die Hausschuhe ans Bett brachte, so stimmte die Essenz des Gesagten. Er war sensibel, und ihm lag etwas an ihr, Punkt. Dass er sich mit seinen Gefälligkeiten anbiederte, war ihre Art der Wahrnehmung – solche Gefälligkeiten von Johannes hätten sie im siebten Himmel schweben lassen.

Sabina dachte an die Abende, wenn Johannes sie ausgezogen hatte wie ein Kind. Nicht, um mit ihr zu schlafen, sondern um sie ins Bett zu bringen für die Nacht ohne ihn, in der er neben Silvie liegen würde. Er hatte ihr das Schlafshirt übergestreift, sie unter die Decke gepackt und ihr einen leichten Kuss auf jedes Augenlid gehaucht, bevor er nach Hause zu Silvie gefahren war. Und sie hatte nie genug von diesen Zärtlichkeiten bekommen können, nie. Übrigens genauso wenig wie vom Sex. Johannes machte Liebe, indem er darauf achtete, dass sie auf ihre Kosten kam. Alex auch, aber es wirkte so pflichtbewusst. Wie ein Hündchen, das mit dem Schwanz wedelte. Sie wollte das nicht mehr.

Heute jedoch reagierte Alex anders als erwartet. Er wedelte nicht mit dem Schwanz, sondern starrte sie die ganze Zeit spöttisch an.

»Du bist noch nicht so weit?«, fragte er. »Ich glaube, das Gegenteil ist der Fall. Der Businessplan ist fertig. Die Anträge sind ausgefüllt und auf dem Weg. Wofür brauchst du mich also noch?« Er sah sie mit schmalen Augen an. Von seinem umwerfenden Lächeln keine Spur.

»Aber das ist doch völliger Quatsch!«, rief Sabina und schüttelte den Kopf. »Das hat doch überhaupt nichts …«

»Doch, ich glaube schon! Du hattest keine Ahnung, wie man ein Business aufbaut. Ich habe dir alle Ideen geliefert, sei es Marketing, Preisfindung, Vertrieb. Du brauchst nur nachzulesen, und schon weißt du, was du zu tun hast. Und jetzt bin ich abserviert.«

Sabina wusste nicht, was sie sagen sollte, hörte ihm nur sprachlos und kopfschüttelnd zu.

»Du hörst von mir«, sagte Alex und machte sich auf den Weg zur Wohnungstür.

Sabina eilte ihm hinterher. »Alex, bitte, lass uns noch mal über alles –«

Doch die Wohnungstür schlug mit einem lauten Knall ins Schloss.

Manchmal reitet mich der Teufel. So lieb ich Sabina auch inzwischen gewonnen habe, manchmal kann ich sie nicht ausstehen. Immer weiß sie alles besser! Will alles bestimmen, vor allem über mich. Ich weiß gar nicht, was sie sich einbildet, wenn sie sich darüber beklagt, dass ich mich lieber von Johannes ins Bett bringen lasse oder seine Nähe suche. Wenn überhaupt – ich schmuse nun mal nicht so gern, es sei denn, ich habe Bauchschmerzen oder bin gestolpert. Das kommt oft genug vor. Dann lasse ich mich gern von Sabina beruhigen.

»Aha, jetzt bin ich dir also wieder gut genug«, sagt sie dann und verarztet mich, und ich lausche vergnügt dem tadelnden Unterton. Manchmal zapple ich dann noch ein bisschen herum, um es ihr noch schwerer zu machen.

Am besten kann ich sie reizen, wenn ich mir nicht die Schuhe anziehen lasse. Ich kreise mit meinen Füßen, dem linken oder dem rechten, ganz egal, und sie packt irgendwann zu, als würde sie eine Ratte fangen: Mit festem Griff umschließt sie meine Fessel und treibt meinen Fuß in den Schuh. Manchmal haue ich ihr dann mit der Hand auf den Kopf. Einmal zog sie mir danach die Schuhe wieder aus und brachte mich in mein Zimmer. Eine Ewigkeit musste ich dort bleiben, bis Nils und Ole kamen und ihr Spielzeug mitbrachten.

Ein andermal habe ich es wohl übertrieben. Ich war den ganzen Tag lang schlecht gelaunt, rührte mein Essen nicht an, weigerte mich, eines ihrer Kleider anzuprobieren, und als ich schließlich nach ihr schlug, weil sie mich waschen wollte, da schlug sie zurück. Auf den Hinterkopf. Ein fester Schlag landete dort, und ich regte mich tierisch darüber auf. Konnte mich kaum beruhigen. Schließlich heulte sie auch und sagte immer wieder »Entschuldigung« und »mein Schatz« und »ich tue das nie wieder, versprochen«.

Fast hätte sie mir leidgetan. Sie hat es wirklich nicht leicht mit mir.

Silvie

Laut meinen Eltern kam es an Weihnachten zwischen Matthias und Anna zu einem Zwischenfall, der sie beunruhigte. Wie seit Jahren schon verbrachten sie den Heiligen Abend in Bad Homburg. Mein Vater spielte Klavier, die Kinder sangen mit ihm, Anna stand normalerweise mit meiner Mutter in der Küche, und Matthias betrachtete das Ganze vom Sofa aus.

Diesmal lief alles ein wenig anders ab. Nachdem meine Mutter die Gans in den Ofen geschoben hatte, machte sie sich daran, das Haus aufzuräumen – »was bitter nötig war.« Anna habe kein Interesse gezeigt, ihr zur Hand zu gehen; sie habe sich zu den Kindern aufs Sofa gesetzt, *Michel aus Lönneberga* geschaut und *Drei Nüsse für Aschenbrödel*. Währenddessen deckten mein Vater und Matthias den Tisch, was befremdlich war, denn all die Jahre zuvor hatte Anna keinen Menschen an ihren Tisch gelassen, bis er nicht perfekt dekoriert war – und zwar von ihr persönlich!

»Es ging ihr am Allerwertesten vorbei, sogar, dass Matthias das Besteck verkehrt hingelegt hat«, brachte mein Vater seine Ratlosigkeit zum Ausdruck. Und dann die Sache mit den Joghurtbechern. Meine Mutter fand wieder an die sechzig Stück in Lunas Schrank, einige fein säuberlich ausgespült, andere halb voll, mit schwarzgelbem Schimmel überzogen – in einer Tüte. Sie zögerte eine Weile, war halb belustigt, halb bestürzt, bis sie schließlich unauffällig Matthias zu sich rief und ihm die Sache zeigte.

»›Schau, was deine Tochter macht‹, hab ich zu ihm gesagt. Du, da bekam er einen so roten Kopf, dass ich dachte, der kriegt keine Luft mehr. Wie Atemstillstand.«

»Und dann?«, fragte ich.

»Er nahm die Tüte – so schnell konnte ich gar nicht gucken – und brachte sie ins Wohnzimmer, wo Luna mit den anderen auf dem Sofa saß. Ich dachte, er wird mit ihr schimpfen, ihr einen Vortrag halten, dass man das nicht macht, weil das Müll ist. Ich lief ihm also nach, um mir anzuhören, was Luna dazu zu sagen hätte. Aber er knallte die Tüte Anna auf den Schoß und nicht Luna.«

Mein Vater nickte, tätschelte fürsorglich den Arm meiner Mutter und ergänzte: »Eigentlich hat er sie ihr nicht auf den Schoß geknallt, viel eher hat er sie ihr im Eifer fast über den Kopf gehauen.«

Meine Mutter fährt fort: »Anna sprang wie von der Tarantel gestochen auf, Silvie, sie ist wie aus einer Starre erwacht und hat ein Geschrei veranstaltet wie eine Verrückte. Und dann schrien die Kinder auch noch, und glaub mir, ich war auch kurz davor!«

Ich musste trotz allem über diese absurde Situation lachen – und das am Heiligen Abend.

»Hat er sie mit der Tüte geschlagen – was meint ihr?«, wollte ich genauer wissen.

»Nein.« Mein Vater schüttelte den Kopf. »Das nicht. Er wollte wohl eher, dass sie zu sich kommt. Ich kann dir eins sagen, Matthias ist mit den Nerven am Ende. Er hat mir erzählt, dass einer seiner Maklerkollegen ein faules Ding bei einem Objekt gedreht hat, bei einer Doppelhaushälfte in der unmittelbaren Nachbarschaft, auch im Rommelhausener Weg gelegen. Dieses Haus musste dringend verkauft werden, weil die Besitzer monatelang keine Raten bezahlt haben. Das Maklerbüro hatte den Auftrag, das Ding an den Mann zu bringen, bevor es unter den Hammer kommt. Sie haben alles versucht, sagt er, aber keinen Käufer gefunden, was daran liegt, dass die Stadt in Erwägung zieht, mitten in das Wohngebiet einen Supermarkt zu bauen. Da lassen die Käufer die Finger davon – entweder, weil sie den Anlieferverkehr und den damit verbundenen Lärm nicht wollen, oder weil sie glauben, dass die Preise purzeln werden. Und nachdem die Bank die Doppelhaushälfte aus dem freien Verkauf genommen hatte, meldete sie Zwangsversteigerung an – eine Kopie der Schreiben zu dieser Sache kam übrigens immer per Post zu Matthias nach Hause, weil er als freier Makler mit dieser Sache zugange war –, und dann hat Anna ihm dauernd die Briefe durcheinandergebracht, so dass er die Unterlagen nicht parat hatte, wenn's drauf ankam. Na ja, egal. Jedenfalls war es so, dass dieser Kollege doch noch einen Käufer gefunden hat, in letzter Minute sozusagen. Allerdings erzählte er davon weder der Bank noch seinen Kollegen etwas, sondern setzte einen Bekannten auf das Haus an – der sollte es mit einer Vollmacht am Versteigerungstermin für ihn ersteigern. Nebenbei hatte er mit den Käufern einen Vorvertrag abgeschlossen, so als sei es sein Haus. Tja, die Sache flog auf. Der Kollege bekam gleich drei Anzeigen: eine von der Bank, eine vom Maklerbüro und eine vom Käufer, der sich natürlich geneppt fühlt. Die Sache ist mittlerweile vor Gericht, wo Matthias ebenfalls aussagen musste, und das Maklerbüro ist ins Gerede gekommen.«

Mir fiel die Doppelhaushälfte ein, die mal im Gespräch gewesen war, und ich fragte mich, ob Matthias nicht vielleicht einen ähnlichen Deal vorgehabt hatte.

»Wieso hat er ihr den Beutel auf den Schoß geknallt und nicht Luna?«, fragte ich.

»Das haben wir ihn auch gefragt, später, nachdem Papa die Anna wieder einigermaßen beruhigt hatte«, erklärte meine Mutter.

»Und was sagte er dazu?«

»Dass das nie und nimmer Lunas Werk war, sondern Annas.«

»Aber warum sollte sie so etwas tun?«, fragte ich.

Auf diese Frage konnten wir alle keine Antwort finden. Wie

auch? Es steckte kein Sinn dahinter. Anna hatte auf Nachfrage meiner Eltern ebenfalls keine zufriedenstellende Antwort parat, außer: »Ich habe doch nur vergessen, sie rauszuholen.«

Was sollte man mit dieser Antwort anfangen? Rauszuholen – um was damit zu tun? Sie dann in den Müll zu schmeißen? Warum also nicht gleich? Man hätte sich noch etwas zusammenreimen können, wären alle Becher sauber gewesen. Dann hätte kein Mensch etwas Besonderes daran gefunden; man hätte vermutet, dass sie die Becher für die Kinder aufhob, zum Basteln vielleicht. Aber so wirkte es einfach nur verrückt.

Verrückt oder nicht, was ist mit ihr los? Wenn sie schon nicht zu mir will, dann könnte sie doch wenigstens mal Ole und Nils besuchen kommen. Aber nein, sie scheinen ihr auch gleichgültig zu sein. Oder welchen Grund könnte es geben? Vielleicht kann sie nicht. Ist weggezogen oder sonst wie verhindert.

Anna

Nach Weihnachten saß Anna fast jeden Abend an ihrem Wohnzimmerfenster und sah dem Regen zu, der gegen die Scheibe prasselte. Sie liebte das Prasseln – es beruhigte ihre Gedanken, die nur um eines kreisten. Die Tropfen fielen schnell und heftig herab, so dass es unmöglich war, sie zu zählen. Sie hoffte, dass es bald einmal schneite, der Anblick unberührten Schnees auf dem Rasen hatte etwas Verwunschenes, Märchenhaftes, und sie freute sich auf die ersten Flocken wie ein Kind. Als kleines Mädchen war sie oft, wenn in der Wettervorhersage von Schneefall die Rede gewesen war, im Flur ihres Elternhauses ans Fenster gelaufen und hatte in den Lichtschein der gelblichen Straßenlaterne geblinzelt, in der Hoffnung, dort die Reflexion der ersten feinen Flöckchen zu entdecken. Früher hatte es öfter geschneit als heutzutage. Allerdings lag Bad Homburg hoch genug, dass die Wahrscheinlichkeit auf ein wenig weiße Pracht größer war als in Frankfurt, wo Silvie wohnte.

Für sie war es eine Genugtuung, wenn sie Silvie anrufen konnte, um zu fragen: »Und, auch schon Schnee?« Wenn Silvie verneinte, was sie meistens tat, fühlte sich Anna privilegiert. So nah an Frankfurt und doch alles anders. Heile Welt.

Seitdem sie das Arbeitszimmer auf den Kopf gestellt hatte, hatte sie keinen Fuß mehr hineingesetzt. Matthias hatte den Schlüssel an seinem Schlüsselbund befestigt, den er nicht aus den Augen ließ – in der Nacht legte er ihn unter sein Kopfkissen. »Das ist zu deinem eigenen Besten«, hatte er erklärt.

Da das Arbeitszimmer verschlossen war, konnten weder sie noch die Mädchen an den Computer, was sie dazu veranlasste, ununterbrochen den Fernseher laufen zu lassen und nochmals die Dosis zu erhöhen. Ihre eigene wenigstens. Die Tage verschwammen im gleichförmigen Trott, an die Übelkeit und das gelegentliche Erbrechen hatte sie sich gewöhnt – genauso wie an Magenschmerzen und Durchfall. Hauptsache, der Kopf war still. Still und leer. Das Denken fiel ihr nicht leicht, zu oft brachen die Gedanken ab oder führten sie zu Orten, die sie nicht kannte, der freien Fantasie entsprungen. So behauptete wenigstens Matthias. Als sie ihn darauf angesprochen hatte, ob er die Bürgermeisterwahl gewonnen habe, hatte er sich an die Stirn getippt. »Bürgermeisterwahl?«, hatte er verständnislos gefragt. Die Wahl sei erst in zwei Jahren, hatte er sie aufgeklärt, und er werde gewiss nicht kandidieren, habe genug Ärger am Hals.

»Was denn?«, hatte sie ängstlich gefragt, gleichzeitig damit beschäftigt, zu überlegen, warum eine Kandidatur nicht in Frage kam, wo er doch so ehrgeizig war. Bekleidete ehrenamtliche Positionen, damit man sich an ihn erinnerte, wenn es Posten zu besetzen gab. In zwei Jahren konnte er nicht mehr kandidieren, so viel war klar. Sie musste nur bis März warten, wenn der Bärlauch sprießte. Zwar wusste sie manchmal nicht einmal zu sagen, welcher Wochentag es war. Dann musste sie zum Kalender in der Küche gehen und nachsehen. Wenn sie sich ruhig verhielt, nicht vor die Tür ging und Matthias keinen Grund lieferte, sie zu attackieren, würde sie die Zeit schon herumbringen. Wie hieß es so schön: Das Ziel liegt am Ende des Weges. Oder so ähnlich.

Ich schaukle gern. Schon früher, als ich noch normal war, setzte ich mich gern auf Schaukeln und blickte schwingend in den Himmel, bis mir flau im Magen wurde. Heutzutage ist es etwas heikel. Obwohl es gut fürs Gleichgewicht ist, sagt der Arzt. Wenn Sabina mir auf die Schaukel helfen möchte, ist das schon ein Kraftakt. Sie schubst mich vorsichtig von hinten an, Nils von vorn, und neben mir schaukelt Ole, der es besser draufhat als ich, und ich lache ihn an. Schließlich wird es Sabina zu bunt, und sie führt mich wieder zu meinem fahrbaren Untersatz. Sie beklagt sich darüber, dass ich ihr ständig davonlaufen will, und schnallt mich fest. Dabei möchte ich nur ein wenig die Freiheit genießen!

Silvie

Januar und Februar waren besonders schlimm für mich. Johannes' Anwesenheit konnte ich kaum mehr ertragen, mich störte, wie er kaute, wie er atmete, wie er es sich angewöhnt hatte, mit den Knöcheln zu knacken. Es gab Tage, da war ich so frustriert, dass ich nur noch hätte heulen mögen. Und mir wurde schmerzhaft bewusst, dass ich keine einzige Freundin hatte, mit der ich mal über die Sache mit Jens hätte reden können oder der ich wenigstens von meinem Frust mit Johannes hätte erzählen können. Was im Prinzip ein und dasselbe war, ich weiß. Es gab Arbeitskolleginnen, die mir einmal nahegestanden hatten, doch die Kontakte waren eingeschlafen. Die wenigen Stunden pro Woche, die ich im Verlag auftauchte, reichten nicht aus, um einen privaten Austausch im Fluss zu halten. Meist hetzte ich von einer Redaktionsbesprechung zur nächsten oder redigierte Artikel. Ach, ich war nie der Typ für angeregte Frauengespräche in der Teeküche gewesen. Schließlich hatte ich mich bewusst dafür entschieden, Frauenthemen den Rücken zuzukehren, weil sie mich langweilten. Arrogant wie ich war, sitzt man eben allein da, wenn's drauf ankommt.

Nach Weihnachten wartete ich wie jeder Mensch auf den Frühling, auf milderes Klima, auf mehr Helligkeit, auf Vogelgezwitscher. Zusätzlich wartete ich auf eine Gelegenheit, mit Johannes sprechen zu können, ihm gestehen zu können, dass ich mich in einen anderen verliebt hatte und dass ich darüber nachdachte, Johannes zu verlassen und ein neues Leben zu beginnen. Ich hatte ihm nichts mehr zu sagen, er mir auch nicht. Das Einzige, was uns verband, waren die Kinder. Und die Kinder wollte ich selbstverständlich mitnehmen, ich gehörte nicht zu der Sorte Frauen, die ihre Kinder verlassen. Doch was, wenn Johannes um die Kinder stritt? Was würde ich tun, wenn er vor Gericht zog, um das alleinige Sorgerecht zu erstreiten, mit allem Drum und Dran?

»Wir schaffen das schon«, sagte Jens. »Wenn er das Sorgerecht für sich beansprucht, musst du kämpfen.«

Mein Gewissen jedoch flüsterte mir etwas anderes ein. »Die Kinder stehen dir gar nicht zu, Ehebrecherin«, wisperte es.

Jens hatte diese Bedenken nicht. Johannes könne die Kinder doch jederzeit sehen, er habe Besuchsrecht, wann immer er wolle, könne sie abholen, an den Feiertagen könne man sich abwechseln. Im Grunde würde sich für Johannes doch gar nichts ändern.

Ich betrachtete Jens zweifelnd. »Das wäre, als würdest du sagen, für dich ändert sich auch nichts, wenn ich mit zwei Kindern bei dir einziehe. Mann, Jens, er sitzt dann in einer leeren Vierzimmerwohnung. Wenn das keine Veränderung ist …«

Ich stehe oben auf der ersten Stufe im Treppenhaus und spähe durchs Geländer vier Stockwerke nach unten. Habe mich aus der Wohnung geschlichen, einfach so. Die Tür war nur angelehnt, und ich bin entwischt. Ich mache mich auf den Weg nach unten, gehe langsam Schritt für Schritt, gebe acht, nicht zu stolpern. Immerhin sind es sehr viele Stufen, die ich nehmen muss, und sie sind rutschig, vor allem in Strümpfen. Absatz für Absatz lasse ich hinter mir und horche nach oben. Nur schnell weiter. Unten im Flur angekommen, sehe ich mich um. Ich rüttle mit aller Kraft am Griff der Haustür, aber ich bekomme sie nicht auf. Schade. Ich wende mich um und gehe in die andere Richtung, dorthin, wo es zum Keller hinuntergeht. Auf einmal höre ich Schritte und Rufe, sie kommen von ganz oben, über die alte Holztreppe des Treppenhauses schallen sie zu mir herab. Ich greife nach der Tür zum Keller – sie öffnet sich! Als ich den ersten Schritt auf die obere

Stufe setze, geht ein Licht an. Das ist auch gut so, es ist stockfinster hier unten. Ich tapse die kalte Steintreppe nach unten und kann den Keller förmlich riechen. Es riecht nach frischer Wäsche und nach etwas Ranzigem; ich gehe zielstrebig weiter, auf eine der Türen zu, die dem Waschkeller gegenüberliegen, eine davon gehört zu uns. Wieder spitze ich die Ohren, von oben herunter dröhnt nun aufgeregtes Rufen und Getrappel. Mein Herz klopft. Die Stimmen sind nun schon ganz nah, jemand rüttelt über mir im Hausflur an der verschlossenen Haustür, ein anderer stöhnt »Gott sei Dank!«, da trappelt es wieder, und ich gehe noch einen Schritt schneller. Die Fotoalben! Mit Bildern von Anna! Jemand kommt hinter mir die Steintreppe heruntergehastet, biegt um die Ecke und ruft: »Hier ist sie!« Hände greifen nach mir, aber ich kralle mich an der Klinke zu unserem Keller fest und lasse sie nicht los, ich brülle so laut und zornig, wie ich kann – hier kriegen sie mich jetzt nicht mehr weg, ich will zu »A-a-aaaaa!«.

Anna

Als endlich der Bärlauch im Wald sprießte und die Spaziergänger sich auf den Weg machten, das Kraut einzusammeln, um daraus Brotaufstriche und Suppen zuzubereiten, schloss sich Anna einem Waldausflug von Emma und Clara als Begleitperson an – etwas, was sie noch nie getan hatte, was die Erzieherinnen aber umso erfreuter zur Kenntnis nahmen. Clara und Emma wichen auf dem Waldweg nicht von ihrer Seite, zu selten war das Vergnügen, dass ihre Mama etwas mit ihnen unternahm. Sie konnte sogar das muntere Geplapper der Kinder ertragen, die frische Luft in ihre Lungen strömen lassen, bis sie niesen musste, und den Vögeln lauschen, die man nicht sah, es sei denn, man fasste die Äste einzeln ins Auge. Doch etwas zu fokussieren gelang Anna dieser Tage schlecht. Sie ging lieber mit gesenktem Kopf, damit sie nicht strauchelte, und suchte die Nähe der Erzieherinnen, um klopfenden Herzens einen günstigen Moment für ihr Anliegen abzupassen. Schließlich zeigte sie auf eine kleine Lichtung im Wald und dachte laut darüber nach, was man wohl neben Pesto noch Köstliches aus Bärlauch zubereiten könne.

»Ich verwende es allenfalls als Gewürz«, sagte die eine. »Oder mal als Rahmsuppe.«

Die andere meinte: »Ich mache daraus Salat – auch wenn man danach wahnsinnig stinkt.«

»Ach, wirklich?«, tat Anna interessiert, dabei war ihr dies längst bekannt. »Ich esse ja keinen Salat – aber mein Mann umso lieber. Er pflückt jedes Jahr Bärlauch im Wald, aber bisher haben wir nur Pesto daraus gemacht.«

Eine glatte Lüge.

»Sagen Sie ihm bloß, dass er in der Mitte pflücken soll, nicht am Rand«, riet die Erzieherin. »Am Rand wachsen manchmal Maiglöckchen dazwischen, und das kann unangenehm werden.«

Diese Bemerkung stimmte Anna regelrecht vergnügt. So dumm, Maiglöckchen zu verwenden, war sie nun wirklich nicht.

Sabina ist lieb, sie hat mich in unseren Keller gelassen. Johannes ist auch lieb, er streichelt die ganze Zeit meinen Kopf, den ich mir versehentlich an der Kellertür gestoßen habe. Mein Gott, sie wollten mich partout wieder mit hinaufnehmen, ohne die Alben! Sabina schüttelte mich schließlich und rief: »Du willst hier unbedingt rein? Na gut, du gibst ja doch nicht auf!« Bog meine Finger von der Türklinke und schloss endlich die Tür auf, ließ mich hinein. Ich tippelte zum Regal, und da standen sie, alle fein säuberlich aufgereiht in einer Linie, direkt vor meiner Nase. Ich griff mir eines und ließ mich an Ort und Stelle damit auf den Boden nieder. Johannes betrat ebenfalls den Kellerraum und sagte: »Ich hab doch irgendwann mal erwähnt, dass noch Alben im Keller sind. Meinst du etwa, sie hat sich das gemerkt?«

Sabina schüttelte amüsiert den Kopf. »Ich sage doch die ganze Zeit, dass sie alles versteht! Schau dir dieses schlaue Köpfchen an.«

Diesmal nehme ich mir viel Zeit für die Bilder. Anna ist auf einigen zu sehen – immer zu Ostern und Weihnachten und an den Geburtstagen schossen wir Fotos. Ich druckte sie aus und klebte sie ein, war kein Fan davon, Fotos am Bildschirm anzusehen. Anna und ich sind meistens mit den Kindern abgelichtet. Eine glückliche Familie. Johannes setzt sich zu mir auf den Boden, nimmt meine Hand und führt meine Finger zu den einzelnen Personen – »Opa und Oma, Ole und Nils, Emma, Anna …« Dann schluckt er und fährt mit meinem Finger weiter zu einem anderen Foto. »Matthias«, krächzt er, »und …« Er räuspert sich und küsst mein Haar. Ich greife nach seiner Hand und führe sie zu einem Bild, darauf sind er und ich zu sehen. Nils war gerade geboren, und der Kleine liegt in meinem Arm. Johannes nickt, wirft Sabina einen unsicheren Blick zu und sagt: »Ja, Engel. Das ist aus früheren Zeiten.« Meine Hand führt seinen Finger weiter zu einem Bild mit Anna. Erwartungsvoll sehe ich ihn an. Er lächelt wieder. »Das ist auch aus früheren Zeiten. Alles hier drin ist … Vergangenheit.« Ich schlage mit meiner flachen Hand auf Annas Bild und lege den Kopf schräg. »A-a-a?«

»Das ist Anna«, erklärt er und sieht mich belustigt an. Ich lege wieder den Kopf schräg. Kommt da noch was? Johannes wendet sich Sabina zu, die uns beide unverwandt ansieht. »Das mit Anna ist eine lange Geschichte«, sagt er und lacht dann lauthals über mein betroffenes Gesicht.

Die Alben nehmen wir alle mit nach oben. Damit ich sie mir öfter ansehen kann.

Silvie

Wie gesagt, eine Freundin fehlte mir, aber immerhin hatte ich eine Schwester. Zu dieser Zeit schien es recht ruhig um Anna zu sein, ich hatte seit Weihnachten nichts Beunruhigendes gehört, weder von ihr noch von meinen Eltern. Ich deutete das als gutes Zeichen. Andererseits, konnte ich Anna mit meinen Problemen belasten? Welchen Rat erhoffte ich mir von ihr? Je länger ich darüber nachdachte, desto klarer wurde mir: Ich wollte keinen Rat, ich wollte Absolution. Und nicht nur das, ich sehnte mich nach einer Ermunterung, einem fröhlichen: »Nur zu, Silvie, verlass Johannes, er ist sowieso eine Niete.«

Es war unwahrscheinlich, dass sie etwas Derartiges sagen würde. Trotzdem beschloss ich, mich mit ihr zu treffen. Erstens hatten wir uns lange nicht gesehen, zweitens war es vielleicht auch möglich, eine neue Ära der Schwesterschaft zu beginnen, vorbei die Zeit der Missgunst ihrerseits und des Misstrauens meinerseits. Wir waren gleichwertig, jede hatte ihr Päckchen zu tragen. Vielleicht konnten wir uns gegenseitig unterstützen, uns zur Seite stehen – unglücklich verheiratet waren wir beide.

Dass es für schwesterlichen Zusammenhalt mehr braucht als paralleles Unglück und dass ich womöglich auf dem Holzweg war, zu denken, in Anna ein Gegenüber zu haben, das mir gewachsen war – an solche Dinge verschwendete ich keinen Gedanken.

Als Anna mir die Tür öffnete, war sie ausgesprochen gut gelaunt, empfing mich betont herzlich, umarmte mich jedoch mit weit von sich gestreckten Armen, um Körperkontakt zu vermeiden, und auch beim Wangenkuss warf sie den Kopf so weit herum, dass ich die Wange verfehlte.

»Grüß dich!«, sagte sie, als habe sie nichts davon bemerkt, nahm mir die Babytrage ab und bat mich in ihr perfekt aufgeräumtes Haus. Auf dem Wohnzimmerglastisch stand eine Vase mit roten Tulpen, die in ihrer satten Farbe leuchteten, angestrahlt von der Sonne, die durchs blankgeputzte Fenster schien. Die beigefarbenen und weißen Kissen lagen in perfektem Abstand zueinander auf dem grauen Sofa, jeder Stuhl war an den Tisch gerückt. Einzig auf dem Esstisch lag ein aufgeschlagenes Kochbuch – offensichtlich hatte sie darin gestöbert, bevor ich kam. Wir setzten uns an den Tisch, Anna fingerte kurz an dem Kochbuch herum, erhob sich wieder, fragte »Kaffee?« und blickte mich erwartungsvoll an. Mir fiel auf, wie dünn sie war. Dünner denn je. Meine Finger griffen zum Kochbuch, ich nickte.

»Wo sind die Kinder?«, rief ich ihr hinterher und blätterte in den Frühlingsgerichten.

»Beim Turnen, meine Nachbarin hat sie mitgenommen!«, rief sie zurück und hantierte lautstark mit den Schubladen.

»Sprecht ihr wieder miteinander?«, fragte ich, als sie mit einem gefüllten Tablett zurückkam, das sie in der Mitte des Tisches abstellte.

Anna runzelte die Stirn. »Nicht viel. Aber mit dem Turnen, das hat sich so ergeben. Und sie fährt gern Auto, ihr macht es nichts aus.«

Aha, dachte ich, im Gegensatz zu dir. Neugierig nahm ich die hauchzarte Serviette entgegen, die Anna mir hinhielt, und erinnerte mich daran, dass sie schon früher nicht gern Auto gefahren war. Unser Vater musste sogar ihren Wagen betanken, weil sie sich das nicht zutraute.

»Ich habe Angst, dass mir der Zapfhahn aus der Hand rutscht, dass Benzin auf den Boden läuft und die Tankstelle in die Luft fliegt«, hatte sie als Achtzehnjährige erklärt. Darüber hatten wir uns lustig gemacht, damals, und uns gefragt, was wohl passierte, wenn sie eines Tages auszog. Würde sie sich jemanden mieten, der für sie tankte?

»Tankst du immer noch nicht selbst, oder weißt du inzwischen, wie das geht?«, frotzelte ich und griff nach einem der Kekse, die sie ebenfalls auf den Tisch gestellt hatte.

»Nein«, antwortete sie knapp, »Matthias tankt.« Demonstrativ griff sie nach dem Kochbuch und begann, darin zu blättern. Ich fragte nicht weiter. So langsam wunderte mich gar nichts mehr, auch nicht Matthias' Verhalten. Im Gegenteil, dachte ich und kaute an meinem Keks, es erschien mir allmählich logischer als Annas sonderbare Eigenarten.

Um das Thema zu wechseln, fragte ich beiläufig: »Sag mal, was ist eigentlich aus der Anzeige geworden, wegen der Matthias vor Gericht aussagen musste?«

Plötzlich gefror die Luft. Ohne aus dem Kochbuch aufzusehen, hielt Anna in ihrer Bewegung inne, erstarrte geradezu. Auf einmal konnte ich eine Uhr ticken hören, die auf einem Beistelltischchen stand, eine kleine, silberne Uhr, die ich noch nie zuvor bemerkt hatte.

»Was ist denn los?«, fragte ich erstaunt und fühlte mich unvermittelt schuldig. Ich verstand nicht, in welches Wespennest ich gestochen, welche offene Wunde ich mit meinem arglosen Geplapper mit Säure übergossen hatte. Annas Kinn zitterte merklich. Mitleidig griff ich nach ihrer Hand, die sie mir sofort entzog, um die Tränen aufzuhalten, die ihr aus den Augenwinkeln rannen. Wie mir schien, zitterte nicht mehr nur ihr Kinn, sondern die ganze zarte Frau, die meine Schwester war. Mich überkam die blanke Hilflosigkeit.

»Um Himmels willen, Anna!«, rief ich, legte den Keks beiseite und stand auf, um sie bei den Schultern zu nehmen. »Was hab ich denn Schlimmes gesagt?«

Da plötzlich ging ein Ruck durch sie. Sie schien sich mächtig anzustrengen, sich am Riemen zu reißen, straffte Arme und Schultern, und fragte tonlos – so leise, dass ich es fast nicht verstehen konnte: »Was weißt du darüber?«

Ich stand neben ihrem Stuhl und sah, dass die Hände in ihrem Schoß zitterten; sie hielten sich krampfhaft aneinander fest, eine an der anderen, als fürchteten sie, davonzufliegen.

»Also« – ich räusperte mich und suchte nach Worten – »ich weiß nur, dass einer seiner Kollegen ein Ding gedreht hat mit einem Haus – ich glaube, es ging um das Haus, das Matthias uns auch mal verkaufen wollte – und, na ja, die Sache kam irgendwie vor Gericht und er musste als Zeuge aussagen. Mehr weiß ich nicht«, beteuerte ich.

Anna legte ihren Kopf schräg, wie ein Reptil, das seine Beute ins Auge gefasst hat. In ihrem Kopf arbeitete es, ich sah förmlich die Synapsen vor mir, wie sie an losen Enden im Gehirn hin und her schwangen, wie Lianen, die sich im Sturm gelöst haben, Halt suchend, aber keinen findend. Die Hände, die sich eben noch so krampfhaft aneinander festgehalten hatten, knallten plötzlich wie eine Bombe auf den Tisch, so dass ich heftig zusammenzuckte.

»Er lügt!«, schrie sie.

»Aber …«, setzte ich an. Wollte sie fragen, warum und vor allem worüber er ihrer Meinung nach log. Nochmals schrie sie, und zeigte ihre Lefzen wie eine Furie. »Er lügt! Erlügterlügterlügterlügt!«

Bis sie sich wieder einigermaßen beruhigt hatte, verging mindestens eine halbe Stunde. Ole in seiner Babyschale hatte inzwischen ausgeschlafen und begann, fröhlich zu krähen. Ich strich Anna über den Rücken und redete auf sie ein, sie solle sich beruhigen, es müsse sich um ein Missverständnis handeln. »Alles wird gut«, beschwor ich sie. Was auch immer »alles« war – diese hohle Beruhigungsphrase glaubte ich selbst nicht. Gleichzeitig fragte ich mich, was hinter Annas Panik steckte, was sie glaubte, was die

»Wahrheit« sei. Dass Matthias diese Geschichte nur erfunden hatte? Oder dass er gar nicht vor Gericht hatte aussagen müssen? Sie zu fragen, wagte ich jedoch nicht mehr. Ich ertappte mich bei Fluchtgedanken. Einerseits fühlte ich mich verpflichtet, der Sache auf den Grund zu gehen, meinte, es ihr schuldig zu sein, dass ich mich um sie kümmerte. Andererseits schockierte sie mich nur noch. Es nutzte doch alles überhaupt nichts. Man musste nur an die Geschichte denken, die Matthias erzählt hatte: dass Anna glaubte, ich hätte ihr den Krebs gebracht. Ein einziges Mal war ich gekommen, um über meine eigenen Probleme zu sprechen. Wie hatte ich so dumm sein können, zu glauben, sie in meine Affäre mit Jens einweihen zu können? Wahnwitzig geradezu!

Als meine Finger von der Reiberei auf ihrem Rücken brannten, setzte ich mich wieder zu ihr an den Tisch, wippte Oles Babytrage mit dem Fuß und wagte erneut einen Vorstoß.

»Anna«, sagte ich, »was ist denn los? Warum meinst du, dass Matthias lügt?«

Sie schüttelte den Kopf. Offensichtlich wollte sie nicht darüber reden. Zumindest nicht mit mir.

»Du bist doch in Behandlung«, sprach ich weiter, »dort kannst du doch über deine Probleme sprechen.«

Erneutes Kopfschütteln.

»Du kannst dort nicht über deine Probleme sprechen, oder du bist nicht in Behandlung?«, bohrte ich nach, und der kleine kalte Knoten in meinem Magen pulsierte.

Sie murmelte etwas, das ich nicht verstand. Oder nicht verstehen wollte.

»Du bist gar nicht in Behandlung?«, fragte ich ungläubig.

»Nein«, flüsterte sie.

Ich griff nach ihrem Arm. »Aber das hast du mir doch erzählt! Du hast gesagt, du seist in Therapie!«

Endlich sah sie hoch. Ihr Blick war klar. Ich atmete auf.

»Sag mal, Silvie«, sagte sie, klar und deutlich. »Hast du Lust, demnächst zu uns zum Essen zu kommen? Es gibt Bärlauch.«

Johannes legt mir manchmal meine alte Gitarre in den Schoß, und ich bin jedes Mal ganz aus dem Häuschen, möchte »Wish you were here« spielen oder »Yesterday« und klimpere in die Saiten, bis er mir gerührt über den Kopf streicht.

»Musik ist dein Ding«, sagt er, und ich lache vor Freude. Musik ist wirklich mein Ding.

Sabina

Nachdem sie sich von Alex getrennt hatte, begegnete er ihr mehrere Male »zufällig« in der Stadt. Beim ersten Mal kam sie gerade aus einem der Kinderläden, in denen sie inzwischen auf Kommission verkaufte, als er plötzlich mit verschränkten Armen vor ihr stand. Er starrte sie an wie ein Kaufhausdetektiv, der einen Dieb auf frischer Tat ertappt hat. Obwohl sie heftig zusammenzuckte, brachte sie ein »Hallo, wie geht's?« heraus, aber er ließ sie einfach stehen. Beim zweiten Mal fragte er, ob sie eigentlich gut schlafen könne. »Natürlich, wieso nicht?«, hatte sie ihm klopfenden Herzens geantwortet. Da war er mit abfälligem Blick weitergelaufen. Es war albern, Angst vor ihm zu haben, aber ein wenig unheimlich war ihr das Ganze schon.

Die nächsten beiden Male hatte er mehr Abstand gehalten, ihr einfach nur schmallippig von der anderen Straßenseite aus nachgestarrt und war dann verschwunden. Seither klingelte das Telefon zu Unzeiten. Mitten in der Nacht, wenn sie im Tiefschlaf war und lange Sekunden brauchte, um aus einem Traum aufzutauchen. Oder früh am Morgen, eine halbe Stunde vor ihrer üblichen Aufstehzeit.

Niemals meldete sich jemand, und inzwischen stellte sie Festnetz und Handy abends aus. An manchen Tagen, wenn sie von der Arbeit kam und ihr Auto abschloss, blickte sie verstohlen über ihre Schulter und beeilte sich, zu ihrer Wohnung zu kommen. So wie heute, nachdem sie zwei neue Kinderboutiquen besucht hatte, um die Besitzerinnen für ihre Kollektionen zu begeistern. Dabei hatte sie wieder Alex' Vorwürfe im Kopf, der ihr genau dies geraten hatte – um genau zu sein, hatte er vorgesehen, dass er diesen Job übernahm. Aber sollte sie es unterlassen, nur weil es sein Einfall gewesen war? Im Übrigen hatte sie selbst ja auch etliche Ideen gehabt.

Sabina schloss die Haustür auf und schaute noch einmal auf die gegenüberliegende Straßenseite. Es war niemand zu sehen. Jetzt wollte sie kurz mit Olga sprechen und anschließend noch ein paar Stunden am PC verbringen, um die Bestellungen über ihren Online-Shop abzuwickeln. Auch dieser war Alex' Idee gewesen. Tanja hatte ihr jemanden vermittelt, der ihn programmiert hatte und pflegte.

Alex' Businessplan war Gold wert – wie sehr, das hatte sie erst festgestellt, nachdem die Zusage des Arbeitsamts für den Gründungszuschuss gekommen war.

Als sie die letzten Stufen zu ihrer Wohnung nahm, war es bereits Viertel vor neun, und sie zögerte einen Moment, ob sie noch bei Olga klingeln konnte. Sie tat es dennoch. Schlafen würde ohnehin noch niemand; das Einzige, was passieren konnte, war, dass Vladimir in Feinrippunterhose am Küchentisch saß und zur russischen Tagesschau ein Stück Blutwurst mit Senf aß. Dabei häutete er zunächst konzentriert die Wurst, um sie dann mit Messer und Gabel in kleine Würfel zu schneiden und zu verspeisen, während sie mit Olga am Tisch die Stoffe inspizierte. Heute jedoch war Vladimir nicht am Küchentisch, er lag im Bett.

»Ist krank, Vladimir«, flüsterte Olga und winkte Sabina in die Küche, »hat Grippe.«

»Dann bleibe ich lieber drüben, wenn er seine Ruhe braucht. Wir können auch morgen noch die Stoffe ansehen.« Sabina wandte sich zum Gehen, doch Olga zog sie am Arm. »Komm mal rein, muss ich dir was erzählen«, bat sie aufgeregt.

»Aha, was denn?«, fragte Sabina, zog ihre Jacke aus und hängte sie über den Stuhl.

»Habe ich Karten für die Palast! Und du kommst mit!«

Sabina verstand kein Wort. »Welcher Palast?«

»Die mit der russische Trapezkünstlerin, Sabina, hast mir selbst erzählt! Gab es heute Karten bei Verlosung bei FFH, heute Mittag zwölf Uhr. War ich nur zu Hause, weil Vladimir ist krank. Habe ich angerufen, Leitung war leer, plötzlich Moderator fragt: Wer ist in Leitung? Rufe ich: Olga Pratnikova ist! Hat er gelacht, netter Mann. Und hab ich gewonnen zwei Karten für Vorstellung morgen Abend. Ist Ju-bi-lä-um, Sabina. Was sagst?«

»Wow, das ist ja toll! Aber warum nimmst du nicht Vladimir mit?«

Olga legte ihre beringten Finger auf Sabinas Arm und flüsterte: »Ist doch krank, Vladimir. Habe ich gefragt Moderator, ob darf Mann mit, wo hat Vogelgrippe. Nein, geht nicht, sagt der. Also, ich nehme dich.«

»Vogelgrippe? Wie kommst du denn darauf?«

»Kam wie angeflogen, plötzlich war da.«

Sabina lachte über Olgas Witz. »Wahrscheinlich ist er morgen tatsächlich noch zu krank – und ich komme gern mit, ich freue mich riesig. Das ist ein feiner Laden, da machen wir zwei uns ein bisschen schick.«

Olga war deutlich anzusehen, wie sehr sie sich freute. »Ziehe ich an Tafthose mit rote Bluse, Sabina. Wenn du magst, kann ich gleiche für dich nähen – sehen wir aus wie Schwestern!«

Sabina blinzelte. »Also, ich glaube, ich ziehe vielleicht mal wieder ein Kleid an, ich habe eins für solche Anlässe, weißt du – es ist zumindest schwarz …«

Olga nickte. »Habe ich sowieso wenig Zeit zu nähen, Sabina, bin ich froh, dass du noch hast bessere Klamotten wie die hier.« Sie deutete auf Sabinas Kleidung. Ihre dunkle Jeans steckte in braunen Lederstiefeln, dazu trug sie eine khakifarbene Hemdbluse von Mexx. Keine Frage, sie kam nicht an Olgas Outfit heran, das aus einer apfelgrünen Stoffhose im Karottenschnitt, kombiniert mit einem hellen Wollpullover bestand. Die Taille zierte ein breiter Gürtel aus schwarzem Kunstleder.

Sie legte die Hand auf Olgas Arm. »Ich verspreche dir, ich mache dir morgen keine Schande. Wir machen uns schick, und weil du mich einlädst, übernehme ich die Getränke. Und jetzt« – sie rückte sich auf dem Küchenstuhl zurecht –, »jetzt gucken wir uns mal an, welche Stoffe deine Cousine mitgebracht hat.«

Silvie

Ich saß mit Jens am Tisch in seiner Küche und berichtete ihm von meinem schrecklichen Nachmittag bei Anna.

»Sie hat das Thema gewechselt, als ob nichts gewesen wäre, sprach übers Kochen. Den Rest des Nachmittags verbrachten wir mit Bärlauchrezepten. Plötzlich will sie Matthias was Gutes tun, der das Zeug jedes Frühjahr im Wald pflückt, und ich soll auch in den Genuss kommen, obwohl ich das nicht mag, das weiß sie ganz genau. Sie wirkt so was von … gestört! Und dann stellt sich auch noch raus, dass sie gar nicht zum Therapeuten geht – angelogen hat sie mich, die ganze Zeit!«

»Manche Menschen können eben nicht so gut über ihre Probleme reden. Könnte ich auch nicht. Es gehört schon was dazu, zu so einem Psychoheini zu gehen und ihm zu erklären, wovor man Angst hat oder was man als Kind erlebt hat.«

»Das sind doch Vorurteile«, sagte ich, »die gehen es doch ganz behutsam an. Die sprechen bestimmt nicht über Sachen, über die der Patient nicht sprechen will.«

»Worin läge denn der Sinn einer Therapie, wenn es Tabuthemen gäbe? Genau um die geht es doch! Gut, vielleicht tasten sie sich langsam ran, aber die Bereitschaft zum Reden muss schon da sein. Ich glaube, die Wartelisten bei den Psychologen und Psychiatern sind so lang, die können sich ihre Patienten aussuchen. Und wenn dann eine kommt, die sich hinsetzt, aber nicht reden will, dann schicken sie die doch wieder heim.«

»Verstehe«, sagte ich. »Aber weißt du, für die, die nicht reden wollen, gibt es doch bestimmt auch eine Lösung. Irgendwelche Medikamente vielleicht.«

»Silvie, die machen abhängig, das weiß doch jeder. Du wirst bitte deiner Schwester nicht zu Tabletten raten wollen – statt Therapie?«

Dabei hatte sie schon mal welche genommen, ich hatte sie ihr selbst besorgt. Wann war das noch gewesen? Ich fragte mich, was es nur sein konnte, das sie erlebt hatte. Was warf sie so aus der Bahn? Missbrauch? Darum ging es doch meistens. Aber bei Anna? Niemals.

Ich kam nicht drauf. Mein Gott, ich kam einfach nicht drauf.

Was sicherlich auch daran lag, dass ich anderes im Kopf hatte – nach wie vor.

Jens und ich schmiedeten weiter Pläne für unser künftiges Zusammenleben, bis mir die Theorie nicht mehr genügte. Wir aßen gerade in einem japanischen Restaurant, der Fisch brutzelte vor uns auf der heißen Platte, wir hatten Lätzchen um den Hals, fütterten uns mit der Vorspeise, als ich sagte: »Ich ziehe zu dir. Ich will nicht mehr lügen und mich aus dem Haus schleichen. Ich will nicht mehr jede SMS von dir löschen müssen, weil ich Angst habe, dass Johannes mein Handy in die Finger kriegt. Ich will nicht mehr täglich Ausreden erfinden, warum ich auf dem Sofa schlafen möchte.«

»Gleich morgen?«, fragte er nur. Ich nickte. Johannes und ich, das war Vergangenheit. In der letzten Zeit hatte er mich oft über unseren Küchentisch hinweg fragend angesehen, und ich hatte klopfenden Herzens damit gerechnet, dass er sagte: »Silvie, es geht nicht mehr.« Natürlich war das ein Wunschgedanke – damit hätte er mir die schwere Bürde abgenommen, unsere Familie auseinanderzureißen. Doch über diese Blicke hinaus war nichts geschehen. Außer dass er mich zwei- oder dreimal fragte, ob ich Sorgen hätte, mit den Jungs oder im Verlag. Ich verneinte, sagte, ich sei nur nicht gut drauf. Dann nickte er, und wir wechselten das Thema – vorausgesetzt, wir sprachen überhaupt miteinander.

Jens nahm mein Gesicht zwischen seine Hände, küsste mich fest und stürmisch. Der japanische Fischbrutzler lächelte und rief etwas Japanisches. Wir hoben unsere Gläser und prosteten ihm zu.

Dass wir uns zunächst keine neue Wohnung suchen wollten, war wohlüberlegt. Es war an sich schon alles grausam genug, aber auf diese Weise erschien es mir schonender für Johannes. Weiß der Geier, wie ich darauf gekommen war. Anscheinend erwartete ich seine Anerkennung: »Danke, Silvie, dass du mit den Kindern in eine Wohnung ziehst, die seit Monaten dein Liebesnest ist, in der alles ihm gehört und nichts dir.« Oder traute ich Johannes gar keine Emotionen mehr zu? Vielleicht war es auch die Tatsache, dass ich einen Blick in die Kiste im Keller geworfen hatte. Sabinas Bild lag nicht mehr darin.

Jens wollte sein Arbeitszimmer für die Jungs freiräumen und im Wohnzimmer einen Arbeitsplatz für uns einrichten, auf Dauer einen Kellerraum dazumieten, für die paar Dinge, die ich aus meiner Wohnung mitbringen wollte. Ich fragte ihn, ob ich die Küche grün streichen dürfte, und er griff sich an den Kopf. »Ausgerechnet grün? Der Rest meiner Wohnung ist grau!«

»Das lässt sich ändern«, sagte ich lachend.

Bevor es jedoch am kommenden Tag zur Verwirklichung unserer Pläne kommen konnte, erhielt ich in der nächsten Nacht einen Anruf meiner Mutter. Ich lag wach und grübelte gerade, wie ich meine Beichte vorbringen sollte – vor Nervosität hielt ich es kaum noch aus. Ich wollte es hinter mich bringen und gleichzeitig niemals tun.

»Anna ist verunglückt«, flüsterte meine Mutter durch die Leitung.

»O mein Gott«, hauchte ich, »was ist passiert?«

»Sie ist gegen einen Betonpfeiler gefahren.«

Was mich langsam wirklich nervt ist die Sache mit dem An- und Ausziehen. Gut, ich kann es nicht allein. Sabina sagt: noch nicht. Mich regt das auf! Sie könnte mich ruhig mal versuchen lassen, ob ich es inzwischen wieder allein schaffe. Sicher, ich weiß nicht, wo vorne oder hinten ist, und mit den Knöpfen habe ich auch Probleme, aber immerhin, die Strümpfe kann ich schon selbst ausziehen. Doch das passt ihr auch wieder nicht. Dabei laufe ich gern barfuß, ich fühle mich dann so frei. Und wenn ich mich bei Johannes beschweren will, ihm zu verstehen gebe, dass bitte, bitte er mich umziehen soll, stellt sie sich einfach mit dem Rücken zu meiner Zimmertür und sagt: »Bis hierhin und nicht weiter!« Respektlos, oder?

Einmal nur, da hab ich es geschafft. Ich hab gegen meine Zimmertür getrommelt, bis sie schließlich aufgab und aus dem Raum stürmte. »Mach du!«, brüllte sie Johannes an, und er kam zu mir ins Zimmer. Wir umarmten uns, und er trocknete meine Tränen. Und dann hab ich mich von ihm umziehen und waschen lassen.

Apropos waschen. Ich würde mich gern selbst waschen, aber ich darf nicht. Ab und zu drückt sie mir einen Waschlappen in die Hand, und wenn ich es dann versuche, so gut es geht, lacht sie und sagt »Siehst du!«, und schwupps, nimmt sie mir den Waschlappen wieder weg. Anstrengend ist sie, wirklich anstrengend. Aber sie kocht gut. Zwar nicht so gut wie Olga, die manchmal vorbeikommt und die leckersten Eintöpfe mitbringt, die ich je gegessen habe. Sie bringt mir auch Gummibärchen mit, was Sabina immer mit einem Kopfschütteln quittiert. Um den Inhalt gibt es meistens eine Rangelei. Ich gewinne immer.

Ganz im Gegensatz zu meinen Bemühungen, wieder im Ehebett Einzug zu halten. Selbst wenn ich mich allein hineinlege – was sie nicht stören dürfte –, sie duldet es nie lange. Hat Angst, das könnte zur Gewohnheit werden. Dabei ist es so gemütlich in diesem großen Bett. Es kommt mir riesig vor, viel größer als früher. Wobei, es ist sowieso neu, ich glaube, das alte wollte sie nicht mehr haben. Sonntagmorgens drückt sie ein Auge zu, dann dürfen alle ins Bett, auch Nils und Ole. Mit den beiden zu kuscheln ist das Größte für mich. Meistens steht sie dann auf und macht Frühstück für uns. Manchmal knallt sie mit den Schubladen, so lange, bis ich aus dem Bett steige und meine Hilfe anbiete.

»Du hast mir gerade noch gefehlt«, sagt sie dann und drückt mir einen Lappen in die Hand, damit ich den Tisch abwischen kann oder das Besteck und die Gläser. Das passt ihr meistens aber auch nicht, und es ist schon vorgekommen, dass sie mich wieder zu den anderen zurück ins Bett schickte. So geht es zu. Einmal hü, einmal hott.

Sabina

Unter dem Begriff »Spiegelpalast« hatte Olga sich offenbar etwas anderes vorgestellt als das, was sie erblickte, als sie und Sabina von ihrem Parkplatz an der Straße über den feuchten Asphalt staksten. Überhaupt, die Lage des Palazzo schien sie zu enttäuschen. Am Rande des Messegeländes und in unmittelbarer Nachbarschaft des Gallusviertels gelegen, entsprach es nicht gerade ihrer Vorstellung von Luxus.

»Ist Zelt«, stellte sie schmallippig fest und stöckelte ins Foyer des roten Riesenpavillons. Sabina hakte sich unter und dirigierte sie zu einem kleinen Pult, hinter dem ein junger Mann im Frack in einem Buch blätterte und Sabina erwartungsvoll anblickte.

»Ihre Eintrittskarten?«, fragte er, und Olga räusperte sich. »Habe ich gewonnen Karten«, erklärte sie, noch immer etwas verschnupft über das mangelnde Ambiente. »Drinnen ist schöner?«, fragte sie, und ihr Blick folgte gleichzeitig einem langbeinigen Transvestiten, der durchs Foyer stolzierte und die Gäste begrüßte. Der junge Mann grinste. »Drinnen ist es wunderschön, Sie werden nicht enttäuscht werden, gnädige Frau.« Olga bedachte ihn mit einem stolzen Blick und neigte ihr Haupt. Wieder sah sie zu dem Transvestiten, und sie krallte sich fester an Sabinas Arm.

»Wollen wir die Mäntel abgeben?«, fragte Sabina und schob sie weiter in Richtung Garderobe. Olga nickte eifrig und versuchte, sich aus Natashas viel zu engem Mantel zu befreien. Sabina half ihr schließlich und übergab die beiden Mäntel der Garderobiere. Dann zog Olga sie weiter, da der Transvestit sich den beiden näherte.

Sabina lachte. »Hast du etwa Angst vor dem?«, flüsterte sie

und nickte dem Transvestiten zu, der sich augenblicklich vor Olga verneigte und mit weicher Stimme »Winsche wunderscheenen Abeend, gnä' Frau«, hauchte.

Olga riss die Augen auf. »Russe ist!«, rief sie entsetzt und flüchtete mit Sabina im Schlepptau in Richtung Eingang des Spiegelsaals, den sie kurz darauf mit geöffnetem Mund betrat. Offensichtlich gefiel ihr, was sie sah, denn sie schnalzte mit der Zunge. »Ist Palast«, sprach sie feierlich und betrachtete entzückt das Innere des Zelts. Es erstrahlte im Lichterschein unzähliger Kerzen, der sich in den rundum an der Zeltwand befestigten Spiegeln brach. Ein Kellner führte sie zu ihren Plätzen direkt an der Bühne in der Mitte des Zelts. Sabina und Olga nahmen auf den beiden inneren Stühlen des Sechsertisches Platz – von dort hatte man die beste Sicht.

»Bin ich sprachlos«, sagte Olga anerkennend und entdeckte auf der gegenüberliegenden Seite der Bühne an einem bereits vollbesetzten Tisch einen Mann im schwarzen Frack. Kleine Bälle tauchten in seinen Händen auf und verschwanden ebenso schnell wieder, dazwischen brachte er die Tischgäste immer wieder zum Lachen. Plötzlich trübte sich Olgas Blick – der Transvestit hatte soeben den Saal betreten und zog eine Runde durch die Reihen.

»Kommt näher«, stellte sie fest und verfolgte sein Tun mit Argusaugen, gleichzeitig glitt ihr Blick immer wieder zu dem Zauberer am Tisch gegenüber.

»Olga, beruhige dich«, flüsterte Sabina, »die gehören beide zur Show, der Zauberer genauso wie die Transe.«

»Meinst wirklich?«, fragte Olga, tippte sich dann an die Stirn und beugte sich konspirativ zu Sabina über den Tisch. »Vielleicht gehört zu Show, Sabina, aber ist keine Frau«, erklärte sie flüsternd. »Ist Mann. Hat, äh, Ding in Hose.«

Sabina lachte auf. »Ja, und er fliegt auf Männer!«

»Huh!«, rief Olga und hielt sich beide Hände vor den Mund.

»Als ob du das nicht wüsstest«, fuhr Sabina ungerührt fort. »Sprich ihn am besten als Frau an.«

Inzwischen war der Transvestit an ihrem Tisch angelangt und strahlte Olga und Sabina an. »Amisieren sich gut die beide Damen?«

»Beste Amisemon, Frau Transe, beste Amisemon«, erwiderte Olga strahlend, zeigte ihre Zahnlücke und wedelte mit ihrer Hand in seine Richtung, ganz nach dem Motto: »Zisch ab!«

Im selben Moment führte der Kellner zwei Paare an den Tisch; sie nahmen die übrigen vier Plätze ein. Olga betrachtete die älteren, distinguierten Herrschaften neugierig, reichte eilig jedem die Hand, stellte sich selbst als »Olga Pratnikova« vor und Sabina als »meine Nachbarin«. Sabina nickte in die Runde und ergriff die Gelegenheit, beim Kellner zwei Gläser Sekt zu bestellen; die anderen am Tisch orderten eine Flasche Champagner.

Das Gespräch der vier Neuen wollte nicht recht in Schwung kommen. Die beiden Männer in Krawatte und Anzug äußerten sich missmutig über die schlechte Parkplatzsituation, die beiden Frauen hofften, dass »uns keiner von denen anspricht«, wer auch immer damit gemeint sein mochte. Olga betrachtete unverhohlen die Frisur einer der beiden Damen, die kunstvoll auftoupiert und danach auf der äußeren Hülle wieder glattgekämmt worden war.

»Was meinst, Sabina«, flüsterte Olga, »Perücke ist?«

»Nein«, flüsterte sie zurück, »nur viel Haarspray.«

»Reiche Leute sind, oder?«

»Ich schätze schon.«

»Ah! Was schätzt? Wie viel?«

»Olga!«

Die beiden Herren stellten plötzlich ihr Gespräch ein und musterten Olga interessiert. Olga jedoch wandte ihre Aufmerksamkeit dem Kellner zu, der eben die Getränke an den Tisch brachte. Mit abgespreiztem kleinem Finger nahm sie ihr Glas Sekt entgegen und schaute ihm interessiert dabei zu, wie er gekonnt den Champagner öffnete und in einer fließenden Bewegung die Gläser zunächst der Damen und dann der Herren füllte. Als die Vierergruppe vornehm die Gläser erhob und ein leises »Zum Wohl« von sich gab, erhob auch Olga ihr Glas, rief »Prost!« und klirrte ihr Glas gegen das der erschrocken dreinschauenden Dame mit Helmfrisur. »Sind wir nur einmal jung!«, rief Olga und nahm einen kräftigen Schluck.

»Sie sagen es, junge Frau«, erwiderte einer der Herren lachend. Sabina hegte den Verdacht, er hielt Olga ebenfalls für einen Teil der Show. Olga ließ es sich nicht nehmen, mit ihm anzustoßen, und schließlich auch mit allen anderen.

»O Mann, Olga«, sagte Sabina und hielt sehnsüchtig nach dem Moderator Ausschau, in der Hoffnung, dass die Show bald beginnen möge. Doch es zog sich noch hin.

Kaum hatte Olga ihr Glas Sekt geleert, beäugte sie die Flasche Champagner der vierköpfigen Gesellschaft und bat mit erhobenem Glas: »Darf ich Schluck probieren? Nur kleine Schlückchen.«

Es mochte am Champagner selbst liegen oder am großen Herzen des Herrn zu Olgas Rechten, jedenfalls füllte man ihr Glas, ohne mit der Wimper zu zucken. Sabina hielt erschrocken die Hand über ihren Sektkelch, als man auch ihr eingießen wollte, und murmelte: »Danke, aber ich muss noch fahren.« Der Herr zwinkerte ihr wissend zu und stieß erneut mit Olga an. »Woher kommen Sie?«, erkundigte er sich. »Lassen Sie mich raten: aus Polen?«

Olga riss entsetzt die Augen auf. »Unmeglich! Komme ich nicht aus Polen! Komme ich aus Russland, Jaroslavl, reichste Stadt von Ikonen!« Sie nahm einen großen Schluck Champagner und setzte eine konzentrierte Miene auf. »Gut ist, Champagner. Nicht so gut wie Sekt, aber auch gut.« Sie machte eine kurze

Pause, dann beugte sie sich zu dem Mann hinüber, und Sabina stellte amüsiert fest, dass auch die anderen drei Herrschaften interessiert ihre Köpfe in Olgas Richtung wandten, selbst die Dame mit der Helmfrisur schien etwas aufzutauen. Täuschte sie sich, oder kicherte sie sogar?

»Wissen Sie«, fragte Olga verschwörerisch, »was ist Unterschied zwischen Pole und Rumäne?« Sabina winkte dem Kellner; sie brauchte eine Flasche Wasser, oder noch besser einen Schnaps. Die anderen Anwesenden warfen sich unsichere Blicke zu.

»Rumäne ist zu faul zum Klauen!«, platzte Olga heraus, und die Runde kicherte verstohlen »Hohoho!« und »Hehehe!«, nur der Herr links von Sabina klopfte sich auf die Schenkel vor Lachen. »Der ist gut!«, rief er. Am lautesten jedoch lachte Olga.

»Ich dachte, ich krieg mich nicht mehr ein, Tanja«, kicherte Sabina ins Telefon, nachdem sie wieder zu Hause war. »Und das war erst der Anfang. Als die erste Nummer vorbei war, kam der erste Gang – du kannst dir Olgas Gesichtsausdruck nicht vorstellen, mit dem sie die winzige Portion Amuse-Gueule bedacht hat. ›Ist Kinderteller?‹, hat sie in die Runde gefragt. Und ihr Blick, als die anderen sich noch eine Flasche Champagner bestellten. Sie griff zur Karte und guckte demonstrativ nach, was der kostet. Wir zwei tranken inzwischen Cola, die war schon teuer genug. Sie sieht sich den Preis an und fragt den einen Herrn: ›Entschuldigung, darf ich stellen eine Frage? Wie viel Sie verdienen in Monat?‹«

»O nein!«

»Genau, o nein!«

»Ach herrje. Und was sagte er?«

»Du, der war sehr souverän. Er antwortete, er könne ihr nicht sagen, wie viel er verdient, weil seine Frau mit am Tisch säße.«

Tanja kicherte. »Und womit verdient er seine Brötchen, hat er das wenigstens verraten?«

»Exotische Aktien.«

»Exotische was?«

»Das hat Olga auch gefragt! Aber die Antwort blieb uns zum Glück erspart, denn die ersehnten russischen Trapezkünstler betraten die Bühne.«

»Da war sie begeistert, was?«

»Ja! So begeistert, dass sie ständig irgendetwas Russisches auf die Bühne brüllte. Die beiden kamen nachher an den Tisch und gaben ihr einen Handkuss.«

»Sie ist schon süß, deine Olga.«

»Das ist sie. Es war ohne Frage ein sehr unterhaltsamer Abend für alle. Und satt geworden ist sie zum Schluss auch noch.«

Tanja machte eine Pause, in der beide ihren Gedanken nachhingen.

»Und sonst?«, fragte Tanja schließlich.

»Was, und sonst?«

»Irgendetwas Neues von Johannes gehört?«

»Wohl kaum. Danke auch, dass du mich an ihn erinnerst.«

»Sorry, Süße. Und Alex? Ruft er immer noch an?«

»Ich weiß es nicht, ich schalte das Telefon abends ab. Gesehen hab ich ihn jedenfalls nicht mehr. Aber manchmal könnte ich schwören, dass er irgendwo rumsteht.«

»Legst du keinen Wert darauf, mal mit ihm zu sprechen?«

»Warum sollte ich?«

»Na ja, könnte ja sein, dass du ihm erzählen möchtest, wie es mit dem Geschäft läuft. Immerhin habt ihr jede Menge gemeinsam geplant.«

Sabina überlegte. Wollte sie Alex erzählen, wie alles lief? Wenn er ihr nicht schon so oft aufgelauert hätte, vielleicht. Sie spürte der Abwehr nach, die sich in ihrer Brust ausbreitete.

»Nein«, sagte sie. »Einfach überhaupt nicht.«

Manchmal hat keiner Zeit für mich, und ich muss mich allein beschäftigen. Angeblich muss ich das lernen. Die Ärzte sagen, man könne mich nicht bis zum Rest meines Lebens rund um die Uhr beaufsichtigen, sondern man müsse mir auch einmal etwas zutrauen.

Ganz meine Meinung.

Sabina sieht das anders, sie verfolgt normalerweise jeden meiner Schritte. Heute jedoch nicht, sie muss etwas Wichtiges fertigstellen, damit Olga nähen kann.

Auf dem Esstisch hat sie wieder einmal Stoffmuster ausgebreitet, offensichtlich sortiert sie sie nach einer bestimmten Methode, die ich nicht begreife – ständig verschiebt sie die Muster und schüttelt den Kopf und seufzt und schüttelt wieder den Kopf. Nie ist sie zufrieden. Zu Johannes hat sie gesagt, die Leute rennen ihr zurzeit den Laden ein, sie kommt nicht mit der Produktion hinterher. Darum ist Johannes so oft bei mir. Hat Stunden reduziert. Sabina allerdings kann man nichts recht machen. Egal, was er mir zum Essen vorsetzt, wenn sie nicht da ist, es ist verkehrt. Nicht gesund genug. Oder zu schwer für den Magen. Ich fand McDonald's schon immer lecker, ich weiß gar nicht, was sie hat. Angeblich bekomme ich Probleme beim Stuhlgang.

Er sagte letztens: »Mir ist der Kram zu teuer, den du dauernd für sie kaufst. Sie braucht keine Schonkost mehr. Kann ganz normal essen. Guck sie dir an, sie sieht doch blendend aus!«

Man kann darüber streiten. Wirklich.

Sabina seufzt wieder und plötzlich legt sie ihren Kopf auf den Tisch, und ich höre merkwürdige Geräusche. Wie Schluckauf. Neugierig nähere ich mich und stupse sie an. Sie schaut auf und lächelt mich schief an, als hätte sie in eine Zitrone gebissen.

»Wenn der dicke Bauch weg ist, ist alles wieder gut«, schnieft sie und wischt sich die Augen. »Ich weiß ja, dass er es nicht böse meint.«

Ich recke meine Hand zu ihrer Wange und streiche darüber. Es gibt Dinge, die ändern sich nie.

Silvie

Nachdem mich die Nachricht von Annas Unfall erreicht hatte, fuhr ich sofort ins Krankenhaus, um meiner Mutter beizustehen. Dass Anna direkt an der Krankenhauseinfahrt mit dem Auto gegen einen Betonpfeiler gerast war und Matthias auf der Beifahrerseite gesessen hatte, erfuhr ich erst vor Ort. Mein Vater hatte meine Mutter in der Klinik abgesetzt und war dann voller Panik zu den Kindern gefahren, die zu Hause allein waren. Gott sei Dank hatten sie alle friedlich geschlafen. Anna fehlte nichts, wenn man einmal davon absah, dass sie unter Schock stand.

Um Matthias stand es schlimmer – er war tot.

»Warum bist du denn nur so schnell gefahren?«, flüsterte meine Mutter und strich Anna übers Haar. Anna hatte die Nachricht von Matthias' Tod fast reglos zur Kenntnis genommen. Wir anderen – der diensthabende Arzt im Krankenhaus, ich sowie ein Beamter der Kriminalpolizei – sahen sie ebenfalls besorgt an.

»Er hat Bärlauch gepflückt, im Wald. Wir mussten ins Krankenhaus – so schnell wie möglich«, wisperte sie.

Der Arzt wurde hellhörig. »Hatte er Vergiftungserscheinungen?«

Anna nickte, die Tränen rannen ihr über die Wangen.

»Und Sie, haben Sie auch davon gegessen?«

»Sie isst kein Grünzeug, schon als Kind nicht«, sagte meine Mutter und streichelte Anna, die nur versucht hatte, ihren Mann zu retten.

Der Beamte meldete sich zu Wort. »Warum war der Beifahrer-Airbag abgeschaltet, Frau Ziegler?«

»… Die Kindersitze …«, flüsterte sie.

Der Beamte nickte. »Wir werden eine Obduktion veranlassen. Wenn es stimmt, was ich vermute, dann hatte Ihr Mann Glück; ihm blieb das Schlimmste erspart. Hatte er Krämpfe?«

»Zuerst nur Halsweh. Dann Durchfall. Überall Blut«, flüsterte sie.

Der Arzt nickte zustimmend. »So fängt es immer an. Nach ein bis zwei Tagen tritt dann Atemlähmung ein.«

»Was meinen Sie denn? Eine giftige Pflanze? Gegen die gibt es doch Gegenmittel!«, sagte ich.

Der Arzt schüttelte bedauernd den Kopf. »Nein, es gibt keins. Ein grauenvoller Tod, der Patient ist bis zum Schluss bei vollem Bewusstsein. Ich vermute, dass er versehentlich die Blätter eine Herbstzeitlosen geerntet hat, Frau Ziegler, die wachsen gern zwischen Bärlauch. Wären es nur Maiglöckchen gewesen, hätte er eine Chance gehabt. Aber bei dem, was sie beschreiben, war es sicher eine Herbstzeitlose.«

Der Beamte leckte sich über die Lippen. »Gibt es Zeugen dafür, dass er Bärlauch gesammelt hat?«, fragte er und blickte Anna forschend an.

Sie hob die Schultern.

»Gibt es eine bestimmte Stelle, an der er immer gepflückt hat? Könnte ihn jemand gesehen haben?«, erkundigte er sich weiter.

Ich räusperte mich und fragte den Arzt: »Ist er denn an einer Vergiftung gestorben oder an den Folgen des Unfalls?«

»Eindeutig durch den Aufprall.«

Ich nickte dem Polizisten zu. »Mir würde einleuchten, wenn Sie sie fragen würden, ob sie was getrunken hat, weil sie gegen den Pfeiler gerauscht ist. Aber stattdessen fragen Sie nach dem Bärlauch, so, als ob sie ihn selbst gepflückt hätte. Daran ist er aber doch gar nicht gestorben!«

»Silvie!«, mahnte meine Mutter. Anscheinend riss ich mein Maul wieder zu weit auf. Der Polizist aber nickte fast anerkennend. »Sie meinen, tot ist tot, was? Aber vielleicht war es geplanter Mord, und der Unfall kam nur dazwischen? Oder der Unfall war gar keiner.«

Ich lachte auf. »Sie meinen, doppelt gemoppelt hält besser?« Fast hätte ich mir an die Stirn getippt. Meine Mutter sah aus dem Fenster und schüttelte den Kopf, als hätte sie Parkinson. Annas Augen waren geschlossen, sie sah richtig entspannt aus.

»Ich muss allem nachgehen, in alle Richtungen ermitteln, junge Frau«, fuhr der Polizist fort.

Junge Frau? Der Typ war gut und gern zehn Jahre jünger als ich. Mit seinen zu Berge stehenden Haaren sah er ein bisschen aus wie Ratz von *Ratz und Rübe*.

»Hören Sie«, sagte ich, »vielleicht können Sie meine Schwester später befragen, wenn sie nicht mehr unter Schock steht. Was halten Sie von morgen?«

»Ich brauche die Stelle im Wald«, beharrte er.

»Fragen Sie im Kindergarten nach«, flüsterte Anna plötzlich, die Augen noch immer geschlossen. »Die können Ihnen Stellen zeigen, wo er gepflückt haben könnte. Fragen Sie Frau Gärtner, die hat mir ein paar Tage vorher gezeigt, wo guter Bärlauch wächst. Meinem Mann hatte ich davon erzählt.«

Der Beamte nickte und drückte meiner Mutter eine Visitenkarte in die Hand. Dann zog er endlich ab.

Ich konnte nicht fassen, was ich gehört hatte. »Matthias war doch ein erfahrener Sammler – warum hat er denn nicht aufgepasst?«, fragte ich Anna, die noch immer die Augen geschlossen hielt.

»Die Blätter der beiden Pflanzen unterscheiden sich kaum«, erklärte der Arzt. »Man erkennt es nur am Geruch. Aber wenn man schon einen Korb voller Bärlauch geerntet hat, riechen die Finger sowieso nur nach Bärlauch.«

Meine Mutter und ich verbrachten den Rest der Nacht an

Annas Bett und warteten am nächsten Morgen auf die Entlassungspapiere. Matthias' Leichnam hatte man in die Rechtsmedizin verlegt. Anna hatte man Blut entnommen – doch darin war kein Alkohol nachzuweisen gewesen. Das hätte ich denen auch so sagen können. Es mussten die pure Panik und die Sorge um Matthias gewesen sein, die sie zu dieser Raserei gebracht hatten. Gegen einen Pfeiler zu knallen – so kurz vor dem Ziel! Ich überlegte, ob man sich damit strafbar machte.

Bevor wir die Entlassungspapiere erhielten, bat der Arzt uns noch einmal zu sich.

»Ihre Tochter«, wandte er sich an meine Mutter, »hatte zwar keinen Alkohol, aber eine große Menge Beruhigungsmittel im Blut. Mit Sicherheit war ihre Reaktionsfähigkeit eingeschränkt. Ich gehe zwar davon aus, dass sie aufgrund der ganzen Aufregung etwas eingenommen hat, aber Sie sollten die Sache im Auge behalten.« Wir nickten bereitwillig und todmüde. Auch ohne diesen Auftrag würden wir sie im Auge behalten.

Als wir endlich die Entlassungspapiere in Händen hielten und mein Vater zum x-ten Mal meine Mutter angerufen hatte, nahmen wir Anna links und rechts am Arm und verabschiedeten uns von dem Arzt.

»Alles Gute«, sagte er und gab Anna die Hand.

»Ich verreise«, sagte Anna plötzlich, und wir warfen uns alle einen bedenklichen Blick zu.

»Bleibt jemand bei ihr?«, erkundigte er sich.

Ich nickte. »Ich. Zur Not muss sie mit den Kindern zu meinen Eltern.«

»Ich verreise«, sagte sie wieder, und wir zogen sie mit uns.

Zunächst ging die Reise für Anna nach Hause. Dass Matthias tot war, schien sie nicht zu realisieren. Mein Vater hatte den Kindern am Morgen erzählt, Mama und Papa kämen bald wieder. Er hatte sich nicht getraut, ihnen die schlimme Wahrheit zu sagen.

»Ist die Mama auch tot?«, hatte Luna ihn gefragt, und wir wunderten uns, wie feinfühlig das Kind war. Woher wusste sie, dass der Papa tot war? Keiner hatte es ihr gesagt. Auch Anna verlor darüber kein Wort. Matthias sei im Krankenhaus, sagte sie und beharrte darauf, dass es stimmte.

»Anna«, flehte ich und nahm sie beiseite, »Matthias hat sich eine Vergiftung zugezogen, und als du ihn ins Krankenhaus fahren wolltest, hattet ihr einen Unfall. Er ist gestorben.«

Anna nickte. »Er kommt nicht mehr«, stellte sie fest und kramte in seinen Jackentaschen im Flur.

»Was suchst du denn?«, fragte ich.

»Einen blauen Umschlag«, erklärte sie, wedelte schließlich mit einem solchen vor meinen Augen herum und fuhr fort: »Von TUI.« Zärtlich drückte sie das Kuvert an ihre Brust.

In diesem Moment dachte ich: Sie hat sie nicht mehr alle. Sie ist nicht nur gestresst und ausgepowert, nein, sie hat komplett den Verstand verloren.

»Ich glaube kaum, dass du verreisen kannst, Anna«, wandte ich ein und schob sie zum Schlafzimmer. »Wir müssen uns um den Papierkram kümmern, die Beerdigung ist zu organisieren, wir müssen die Versicherungen raussuchen.« So viel Arbeit kam auf uns zu. Und genau an diesem Tag hatte ich mit Johannes sprechen und zu Jens ziehen wollen. Ich konnte meine Pläne vergessen; das war mir schon in dem Moment klargeworden, als meine Mutter mich in der Nacht angerufen hatte. Ich konnte nicht zu Jens ziehen, noch lange nicht. Alle Aufmerksamkeit galt nun Anna und den Mädchen, mehr als je zuvor. Meinen Eltern konnte ich es unmöglich zumuten, sie gleichzeitig mit dem Scheitern meiner Ehe zu konfrontieren. Zu oft hatte ich mir gerade in der letzten Zeit anhören müssen: »Was sind wir so froh, Silvie, dass bei dir alles in Ordnung ist.« Ja, alles in Ordnung. Ich hatte meine sechs Sinne beisammen, mein Mann lebte. Alles war in Ordnung.

Jens schwieg lange, als ich ihn anrief. Ich konnte seine Enttäuschung förmlich durch die Leitung greifen.

»Deine Familie geht vor«, sagte er schließlich, und genauso war es. Mir war klar, dass er den halben Tag damit beschäftigt gewesen war, für mich und die Jungs in seiner Wohnung Platz zu schaffen. Dennoch war er voller Mitgefühl und Betroffenheit darüber, was Anna zugestoßen war.

Johannes versprach, sich Urlaub zu nehmen, damit ich wenigstens zwei Tage bei Anna und meinen Eltern bleiben konnte. »Schau nach den Versicherungen«, sagte er. »Matthias wird eine Lebensversicherung gehabt haben, dort muss man eine Kopie der Sterbeurkunde hinschicken.«

Dabei hatten wir noch nicht einmal den Totenschein. Doch dass ich mal einen Blick ins Arbeitszimmer werfen musste, war sowieso klar.

Ich machte mich in Annas Haus auf den Weg nach oben und hing auf der Treppe weiter meinen Gedanken nach. Auch die Kfz-Versicherung musste informiert werden, das Auto war ein Totalschaden – von der demolierten Krankenhauseinfahrt ganz zu schweigen. Zunächst kam ich jedoch gar nicht ins Arbeitszimmer, weil es abgesperrt war. Ich ging wieder nach unten, doch Anna wusste nicht, wo der Schlüssel stecken konnte. Sie kramte im Bett nach ihm, zwischen den Laken.

»Warum sollte er im Bett sein?«, fragte ich und stand mit verschränkten Armen daneben. Offensichtlich dachte sie nicht daran, aufzustehen.

»Frag Matthias«, flüsterte sie, »er lässt mich nicht ins Arbeitszimmer.« Mit diesen Worten zog sie sich die Decke über den Kopf und war nicht mehr ansprechbar. Ich ließ die Rollläden herunter und schloss die Schlafzimmertür hinter mir. Es hatte keinen Sinn.

Mein Vater war auch zu nichts zu gebrauchen. Er fegte den

Hauseingang, statt vielleicht mal ein paar Leute anzurufen – man musste doch Matthias' Eltern informieren, seine Firma! Aber nein, es blieb an mir hängen, auch wenn ich das Gefühl hatte, als entgleite mir alles. Ich wollte zu Jens. Oder, besser ausgedrückt: Ich brauchte ihn und hätte ihn wahnsinnig gern bei mir gehabt – mit seiner starken Schulter an meiner Seite, so dachte ich, hätte ich die Sache durchstehen können. Ohne ihn hatte ich wacklige Knie.

Und dann hatte ich eine Idee.

»Da ist ein Herr von der Versicherung«, sagte meine Mutter eine Stunde später, und ich blickte klopfenden Herzens von den vor mir auf dem Schreibtisch ausgebreiteten Unterlagen auf. Meine Mutter hatte den Schlüssel zum Arbeitszimmer schließlich gefunden, er hatte am Schlüsselbund in Matthias' Jacke gesteckt. Seitdem brütete ich über den Akten und verstand kaum ein Wort von dem, was ich las.

»Vielen Dank, Herr Reimer, dass Sie heute am Sonntag kommen konnten«, sagte ich und streckte ihm meine zittrige Hand entgegen.

Er nickte. »Keine Ursache.«

Meine Mutter schloss die Tür hinter uns, und ich legte meine heiße Stirn an seine. »Danke, dass du gekommen bist«, flüsterte ich, und er zog mich an sich.

Dann widmeten wir uns den vermaledeiten Unterlagen.

Wenn einer verstirbt, gibt es so verdammt viel zu tun. Ich hatte mir eine Liste aus dem Internet heruntergeladen, mit all den Dingen, an die zu denken war, sobald der Leichnam freigegeben war – noch lag der Fall ja bei der Kriminalpolizei. An manche Dinge hätte ich nie im Leben gedacht –, zum Beispiel, eine Todesanzeige im Taunusanzeiger zu schalten, schließlich hatten Matthias viele gekannt. Der von uns beauftragte Bestatter wollte sich darum kümmern, sobald wir den Beerdigungstermin kannten, wir mussten nur den passenden Spruch aussuchen. Mit den Karten würde er uns die Umschläge schicken, die wir dann mit den Adressen versehen konnten. Ich war unsicher: Wollte Anna eine aufwendige Bestattung, oder würden wir »im engsten Familienkreis« schreiben? Ich eilte die Treppe nach unten und lugte ins Schlafzimmer. »Anna?«

»Ja?«, piepste sie unter der Bettdecke hervor, und ich trat näher.

»Wie willst du die Beerdigung?«, fragte ich. »Sollen viele Leute kommen, oder möchtest du lieber einen kleinen Kreis?«

Sie hob die Decke an und betrachtete mich angstvoll. »Bin ich tot?«, flüsterte sie.

Mich schüttelte es. »Ich spreche nicht von dir, Anna«, sagte ich, »ich meine Matthias. Er ist gestorben.« Und da lächelte sie.

»Groß«, sagte sie. »Es soll eine große Beerdigung werden.«

So, so, groß also. »Hast du ein Adressbuch, in dem wir die Leute finden können, denen wir die Todesanzeige schicken müssen, wenn wir den Bestattungstermin kennen?«

Sie nickte. »Auf dem Schreibtisch steht ein Kästchen mit Visitenkarten. Oder frag bei ihm im Büro«, hauchte sie.

Jens brütete lange Zeit über den verschiedenen Ordnern mit Versicherungen und Kontoauszügen, bat mich, verschlossene Umschläge zu öffnen, was ich einfach tat – Anna wäre ohnehin nicht dazu in der Lage gewesen. Während ich mich schon mal mit dem Trauerschreiben und der Adressauswahl beschäftigte, brütete Jens den ganzen Nachmittag über den Aktenordnern und Kontoauszügen – Berge von Umschlägen türmten sich um ihn herum auf dem Schreibtisch. Schließlich bedachte er mich mit einem sorgenvollen Blick.

»Also, so wie es aussieht, hat er die letzten Versicherungsprämien nicht gezahlt – die Lastschriften konnten wegen mangelnder Kontodeckung nicht ausgeführt werden«, erklärte er und knirschte mit den Zähnen. »Das sieht nicht gut aus, Silvie.«

»Du meinst, er hatte eine Lebensversicherung, hat aber die Raten nicht bezahlt, und jetzt gilt die Versicherung nicht?« Ich hielt mich an der Stuhllehne fest.

Er nickte betreten. »Er hatte vier Lebensversicherungen. Davon sind drei Ausbildungsversicherungen für die Kinder. Im letzten halben Jahr hat er keine der Prämien mehr bezahlt. Hier sind etliche ungeöffnete Mahnschreiben der Versicherung. De facto besteht keine einzige Lebensversicherung, so wie es aussieht.«

In meinem Kopf summte es. »Und eine Unfallversicherung?«, fragte ich lahm.

Er hob die Schultern. »Ich hab keine gefunden. Wenn wir Glück haben, hat er eine über seine Firma. Allerdings versichern die im Normalfall nur Invalidität und nicht Todesfall. Wir müssen uns da erkundigen.«

»Wie sieht es mit der Versicherung fürs Auto aus?«, fragte ich angstvoll.

»Beide Wagen haben Vollkasko. Zumindest sind hier dazu keine Mahnschreiben. Abgesehen davon, dass hier ein absolutes Chaos herrscht – hier ist nichts an seinem Platz. Du weißt, ich bin auch nicht gerade der Allerordentlichste, aber hier findet man in jeder Schublade Briefe aus den letzten zwei bis drei Jahren. Alles durcheinander.«

»Er hat seit zwei Jahren keine Ablage gemacht?«

»Einen Teil hat er schon abgelegt. Aber anderes eben nicht – und manche Briefe hat er gar nicht erst geöffnet. Ich frag mich, ob er vielleicht vergessen hat, wo er sie hingelegt hat. Ich bin mir nicht mal sicher, ob er überhaupt wusste, dass die Versicherungen jetzt nicht mehr bestehen.«

Ich dachte an Matthias' Worte im Dezember im Krankenhaus. Dass Anna alles durchwühlte und umsortierte, bis er nichts mehr wiederfand, und er deshalb das Arbeitszimmer abschließen musste. Ich legte den Kopf in die Hände, um nachzudenken.

»Wenn es keine Lebensversicherung gibt, dann ist alles aus, oder Jens?« Ich sah auf. »Oder hast du was übers Haus gefunden? Bestimmt ist es doch schon abbezahlt.«

Er lächelte gequält. »Das vergiss mal. Das Haus ist alles andere als abbezahlt. Nichts hier gehört Anna wirklich. Wenn sie ganz großes Glück hat, geht sie bei einem Verkauf ohne Verlust raus. Ist aber eher unwahrscheinlich. Nach dem, was du erzählt hast, werden mit dem Bau dieses Supermarkts die Immobilienpreise eher fallen als steigen. Außerdem hat Anna hierauf sowieso keinen Einfluss, weil die Bank die Sache in die Hand nehmen wird. Ihr gehört das Haus nicht.«

»Wie hoch müsste eine Versicherung sein, die Anna retten könnte?«, fragte ich gedankenverloren und mehr mich selbst.

»Damit sie gar keine Sorgen mehr hätte und so weiterleben könnte wie bisher – jedenfalls bis die Kinder aus dem Gröbsten raus sind?« Er überlegte. »Ich rate immer zur doppelten Haussumme, aber das macht so gut wie niemand; die meisten versichern noch nicht mal die Kreditsumme. Ich würde sagen, mit einer Million könnte sie klarkommen, müsste sich aber bald einen Job suchen.«

»Eine Million?«, fragte ich. Ich hatte an drei- oder vierhunderttausend gedacht. »Und wie viel hatte er versichert?«

»Zwei Millionen.«

»So viel?«

»Für beide. Was bestimmt mit der Grund dafür ist, weshalb die Lastschriften der Versicherung nicht ausgeführt wurden. Für zwei Millionen zahlst du eine richtig hohe Prämie.«

Ich überlegte. »Kann man da nichts machen? Die Prämie nachzahlen, vielleicht?«

Er schüttelte den Kopf. »Die letzte Prämie wäre im Oktober

fällig gewesen, jetzt haben wir März. Die Versicherung hat den Vertrag gekündigt, daran lässt sich nichts mehr ändern.«

Ich raufte mir die Haare. Zwei Millionen! Und jetzt hatte sie nichts! Kein Geld, kein Haus. Und sie war schon ohne diese Neuigkeiten komplett durch den Wind. Einzig die Autoversicherungen hielten mich noch oben, ich war froh, dass wenigstens der entstandene Schaden versichert war.

»Wir müssen es ihr sagen«, stellte ich fest. »Und meinen Eltern.« Ich hätte heulen mögen. So vieles war zum Heulen. Auch wenn ich Matthias nicht sonderlich gemocht hatte, den Tod hatte ich ihm sicher nie gewünscht. Die Kinder hatten ihren Vater verloren, Anna ihren Mann. So viele Dinge, um die man sich kümmern musste, allen voran Anna selbst.

»Wir müssen seine Eltern anrufen«, sagte ich.

Jens antwortete: »Da fährt man am besten hin, so eine Nachricht überbringt man persönlich.«

»Ich nicht!«, rief ich. »Ich habe diese Leute vielleicht dreimal in meinem Leben gesehen!«

»Wenn du mir den Ort sagst, wo sie wohnen, rufen wir den dortigen Pfarrer an; er soll die Nachricht überbringen.«

»Was dir alles einfällt«, sagte ich.

»Wir helfen Anna«, erwiderte er und küsste meine Nasenspitze.

Am Nachmittag kam die Kripo. Ratz hatte einen älteren Kollegen dabei, einen dicken Kerl mit Schnurrbart, den er als »Spurensicherung« vorstellte. Im Bart des Dicken hatten sich Brötchenkrümel verfangen. Ich überlegte gerade, was ich mit einem Kollegen machen würde, der mir nicht sagte, dass ich Krümel im Bart hatte, als Ratz plötzlich loslegte: »Wir ermitteln wegen fahrlässiger Tötung und hätten noch ein paar Fragen.«

Ich schnaubte. »Fahrlässige Tötung? Es war ein Unfall!«

Er musterte mich ohne ein weiteres Wort, und ich fragte: »Muss meine Schwester aufs Revier?«

Er schüttelte den Kopf. »Sie darf nur nicht verreisen, muss für die Ermittlungen zur Verfügung stehen. Wie ich schon im Krankenhaus andeutete, müssen wir der Sache mit dem Bärlauch nachgehen. Die Obduktion hat ergeben, dass der Tote neben Bärlauch und Blättern von Herbstzeitlosen auch andere Kräuter gegessen hat. Zumindest kleinste Spuren davon waren noch vorhanden.«

Ja, dachte ich, der Rest liegt im Klo.

»Es ist wichtig zu wissen, woher diese Kräuter und der Bärlauch kamen. Erst dann können wir die Ermittlungen wegen der Vergiftung abschließen«, beendete er seine Ausführungen.

»Ich wiederhole mich ungern«, sagte ich, »aber ist es nicht egal, weswegen er fast gestorben wäre, wenn er durch etwas anderes umgekommen ist?« Unglaublich fand ich das. Ich ging in die Küche voraus und öffnete demonstrativ den Kühlschrank, ging davon aus, dort Reste von Kräutern in Zellophanpackungen aus dem Supermarkt zu finden, doch es waren keine da. Die Beamten machten sich über den Mülleimer her, fanden Stiele von Kräutern und Bärlauch, die der Dicke mit einer Pinzette herauszupfte und in einen Plastikbeutel steckte.

»Gibt es hier eine Art Kräutergarten?«, fragte Ratz.

Ich lachte auf. »Es ist März!«

Er ignorierte meine Bemerkung und warf einen Blick in den Garten. Da fiel es mir selbst auf, das Gewächshäuschen. Zog Anna darin tatsächlich Kräuter? Die Sache interessierte mich auch, doch bevor ich meiner Neugier nachgeben konnte, läutete es wieder an der Tür.

»Mama!«, rief ich nach meiner Mutter, die immer noch aufräumte. Warum räumten die Leute eigentlich immerzu auf, wenn etwas Schlimmes passiert war?

Vor der Tür stand ein schmaler, großer Typ mit Nerdbrille, etwas blass um die Nase, der sich als Markus Schüssler vorstellte.

»Ich bin ein Kollege von Matthias«, sagte er und schüttelte mir die Hand. Offenbar hatte sich die Sache schon herumgesprochen. Weder er noch ich wusste, wer nun wem sein Beileid aussprechen sollte, also sparten wir es uns. »Schrecklich, was passiert ist«, murmelte er. Ich bat ihn herein und wies ihm im Wohnzimmer einen Platz auf dem Sofa zu. Meine Mutter bot ihm einen Kaffee an, den er ablehnte, und setzte sich zu ihm. Ich entschuldigte mich kurz und lief den Beamten in den Garten hinterher, schielte durch die Scheibe ins Gewächshäuschen, in dem ein paar Kräuter bereits frisches Grün trugen. Der Dicke pflückte mit weißen Handschuhen von allem ein paar Stiele ab und steckte sie ebenfalls in eine Tüte. Dann stapften sie die Beete entlang, inspizierten mit zusammengekniffenen Augen jede einzelne Pflanze. Am Ende der Beete, von wo aus der Rasen sich bis zu einer hohen Tanne erstreckte, machten sie wieder kehrt und gingen zurück zur Terrasse. Ich hinterher. Der Dicke hob einen dreckigen Lappen auf, der auf den Holzplanken herumlag, und steckte ihn in eine weitere Tüte. Was für ein Depp, dachte ich und schüttelte den Kopf. Und so einen bezahlten wir mit unseren Steuergeldern!

In diesem Moment öffnete sich die Terrassentür der angrenzenden Doppelhaushälfte, und Christine Brückner trat heraus.

»Ist was passiert?«, fragte sie. Auch das noch, dachte ich und warf einen Seitenblick durchs Wohnzimmerfenster auf Herrn Schüssler, der mit offenem Mund meine Mutter ansah.

»Frau Brückner«, sagte ich, und in dem Moment war mir wirklich zum Heulen, »mein Schwager ist gestorben.«

Sie glotzte mich verständnislos an. »Sie meinen Matthias?«, fragte sie schließlich und hielt sich an einem ihrer Teakstühle fest, die grau und nass auf der Terrasse überwintert hatten. Ihr Gesicht war mit einem Mal aschfahl. Am liebsten hätte ich sie schnell abgefertigt, wollte mitkriegen, was die Polizisten trieben, und mit Herrn Schüssler sprechen; es gab noch so viel zu tun!

»Ja«, plapperte ich weiter, »es hat einen Unfall gegeben, Anna ist gegen einen Pfeiler gefahren, und Matthias ist dabei gestorben. Ist das nicht schrecklich?«

Sie glotzte noch verständnisloser als vorher. Ihr Blick glitt zu den Beeten, zum Gewächshaus. »Was will die Polizei denn hier?«, fragte sie. Berechtigterweise.

»Matthias hat sich mit Herbstzeitlosen eine Vergiftung zugezogen, und die wollten gucken, ob hier so was wächst.«

»Aha«, sagte sie. Es war ihr anzusehen, dass sie noch immer nicht begriff, und die Gedanken in ihrem Gehirn mit meinen Informationen nichts Sinnvolles anfangen konnten. Es hatte keinen Sinn, ich musste ihr die Angelegenheit von Anfang an erzählen. Ich schloss mit den Worten: »Die Polizei ermittelt in alle Richtungen. Sie müssen den Verdacht ausschließen können, dass Anna ihm die Herbstzeitlosen ins Essen getan hat – dabei war er ja selbst Bärlauch pflücken! Aber die glauben das anscheinend nicht. Deshalb waren sie im Gewächshaus und haben die Beete abgesucht.«

»Herbstzeitlose wachsen nicht in Gewächshäusern oder in Beeten«, stellte sie fest.

»Ich weiß!«, rief ich. »Sie wachsen im Wald!«

»Und auf Wiesen, unter hohen Bäumen.«

Unsere Blicke glitten über den Rasen, hin zur Tanne und zurück.

»Wo ist Anna jetzt?«, fragte sie schließlich. »Und die Kinder?«

»Mein Vater ist mit den Kindern ins Schwimmbad gefahren. Aber kommen Sie ruhig rüber, vielleicht können Sie nachher dabei sein, wenn wir den Kindern endlich erklären, was passiert ist. Sie brauchen vertraute Gesichter. Wir haben jemanden von der Versicherung da, die Polizei wird wieder mit Anna reden wollen, und einer der Kollegen meines Schwagers wartet auf dem Sofa –

mit dem muss ich dringend sprechen. Anna steht unter Schock, sie liegt im Bett und mein … der Versicherungsmensch ist bei ihr.« Ich schwitzte, trotz der Kühle, die draußen herrschte.

»Ich komme«, sagte sie, und ich wunderte mich darüber, dass sie so patent reagierte.

Als ich mit ihr das Wohnzimmer über die Terrasse betrat, saß meine Mutter bei dem Kollegen von Matthias und hatte einen Arm um seine Schultern gelegt. Er war der Erste, der wegen Matthias' Tod weinte, und mir wurde schlagartig klar, dass wir anderen herzlos reagierten mit unserer Papierkrämerei, dass wir uns keine Sekunde Zeit ließen, die Dinge zu verarbeiten – von Trauer gar keine Spur.

Christine Brückner jedoch bekam bei Markus Schüsslers Anblick einen merkwürdigen Gesichtsausdruck, und ich nahm sie beim Arm. »Setzen Sie sich dazu« – ich wies aufs Sofa –, »ich hole uns einen Kaffee.«

Während ich diesen zubereitete, musste ich an die Geschichte denken, die ich über George W. Bush gehört hatte. Demnach hat er zu der Zeit, als zeitgleich Flugzeuge in die Zwillingstürme gekracht und andere aufs Pentagon zugerast waren, in einer Schule gesessen und den Kindern dort vor laufenden Kameras aus einem Lesebuch vorgelesen. Ein üblicher PR-Termin an einem ganz normalen amerikanischen Tag. Einer seiner Vertrauten mit Knopf im Ohr hatte ihn plötzlich beim Lesen unterbrochen und ihm etwas ins Ohr geflüstert, ich nehme an, es war etwas wie: »Mr President, die USA fallen in diesem Moment einer Anschlagswelle ungeahnten Ausmaßes zum Opfer, die Bevölkerung ist kurz vorm Durchdrehen, möglicherweise ist dies der Beginn des Dritten Weltkrieges.« Doch George W. blickte nur einmal kurz versonnen in die Ferne und las daraufhin ruhig weiter aus seinem Buch vor. Er sprang nicht auf und rief: »Liebe Kinder, entschuldigt mich bitte, ich muss dringend weg, die Welt retten!«

Nein, er las ruhig weiter. Und ich kochte Kaffee. Andererseits, was die bisherigen Stunden des Tages betraf, so waren sie von wildem Aktionismus bestimmt gewesen. Ich war doch ein klitzekleines bisschen besser als George W.

Als ich mit dem Kaffee das Wohnzimmer betrat, standen die beiden Polizisten vor Christine Brückner und Markus Schüssler und erkundigten sich, ob ihnen im Hause Ziegler in der letzten Zeit etwas Besonderes aufgefallen sei, Streit zwischen den Eheleuten beispielsweise. Oha, dachte ich. Mich oder meine Eltern hatten sie das noch gar nicht gefragt. Die beiden blickten unsicher von einem zum anderen.

»Ganz normal«, sagte Christine Brückner schließlich und schien mir mit ihrem Blick etwas sagen zu wollen.

Markus Schüssler hob die Schultern. »Über Privates haben wir so gut wie nie gesprochen, Herr Ziegler hat das strikt getrennt.«

Das passte zu ihm. Zu Männern im Allgemeinen. Ich war zwar nicht gefragt worden, aber ich sagte zu Ratz: »Herr Kommissar, meine Schwester ist ohne ihren Mann am Ende – was glauben Sie, warum sie mit dem Auto so gerast ist?«

Christine Brückner nickte. »Frau Ziegler ist in letzter Zeit kaum mehr aus dem Haus gegangen, weil sie häufig krank war, Herr Ziegler hat sich um fast alles gekümmert. Sie hat sich immer voll und ganz auf ihn verlassen. Sie können nicht im Ernst annehmen, dass sie ihm etwas antun wollte.« Sie schluckte und murmelte: »Sie schaufelt sich doch nicht ihr eigenes Grab.«

Ratz betrachtete uns prüfend. Dann sagte er: »Es deutet ja auch alles auf einen Unfall hin.«

Ich begleitete die beiden Beamten zur Tür. Der Dicke ging ohne ein Wort des Grußes hinaus, während Ratz mir zunickte und die Hand reichte. »Ich werde morgen noch einmal vorbeikommen, wenn die Laborergebnisse vorliegen. Im Moment ist

Ihre Schwester nicht ansprechbar, wir haben es eben versucht, der Herr von der Versicherung war so freundlich, uns zu ihr zu führen. Nun ja, sie wirkt … recht verwirrt.«

Ich nickte und war erleichtert, dass die beiden abzogen. Ratz sah ich zum letzten Mal, davon war ich überzeugt.

Nachdem ich die Tür hinter ihm geschlossen hatte, machte ich mich auf den Weg zu Annas Schlafzimmer. Sie schlief tief und fest, atmete gleichmäßig und sah friedlich aus. Ich zögerte – sollte ich zu Jens ins Arbeitszimmer zurückkehren oder ins Wohnzimmer zu Matthias' Kollegen und Christine Brückner?

Ich entschied mich fürs Wohnzimmer.

O mein Gott. Johannes will Jens anrufen. Meinen Jens! Weil er Beratung braucht wegen der Versicherungen. Was mache ich nur, wenn er vorbeikommt und sieht, wie es mir heutzutage geht? Ich blicke an mir hinab und betrachte den Streifen angetrockneten Müslis auf meinem Oberteil. Die ganze Zeit lassen sie einen nichts selbst machen, und von einem Tag auf den anderen heißt es dann: »Mach mal allein.« Als ob man das dann plötzlich könnte!

Heute Morgen sagte Johannes zu Sabina, als sie sich mit Klamotten beladen auf den Weg zu ihrem Laden machte: »Heute Mittag kümmere ich mich um diese Versicherungsgeschichten.«

Sie hob die Schultern und sagte: »Lass dir nichts andrehen.« Und mit einem Blick auf mich fügte sie hinzu: »Warte lieber, bis sie schläft. Sonst macht sie wieder Krawall.«

Krawall? Ich bitte euch. Johannes hat mich oft dabei, wenn es um wichtige Entscheidungen geht. Zur Bank zum Beispiel hat er mich auch schon mitgenommen. Er lässt mich immer mit Kugelschreiber ein paar Formulare ausfüllen. Oder letztens, da nahm er mich mit zum Sushi-Essen. Wir liefen Hand in Hand vom Parkhaus aus zu Fuß, es ist nicht weit, nur über die Straße, und schon ist man dort. Er traf sich mit einem, den ich noch nie gesehen habe. Sie gaben sich die Hand, und

Johannes reichte ihm eine Tüte, mit den Worten: »Dein Fotoalbum, mit den Bildern von unserem Klassentreffen.« Der andere warf einen Blick auf mich und gab mir auch die Hand. »Ich bin der Max«, sagte er freundlich. Ich lächelte verlegen, und Johannes sagte: »Ich habe dir ja gesagt, sie spricht nichts.«

Ich setzte mich neben Johannes auf einen Stuhl, und als die Kellnerin das Sushi brachte, stellte mir Johannes eine kleine Auswahl zusammen. »Für dich«, sagte er und überreichte es mir feierlich. Früher mochte ich es ja. Aber da, in dem Moment, ach du meine Güte, da fand ich es widerlich. Eklig salzig. Und fischig! Ich konnte nicht anders, ich spuckte alles wieder auf meinen Teller. Dieser Max schürzte die Lippen. »Das war wohl nichts.« Und Johannes sagte: »Perlen vor die Säue.«

Also wirklich.

Ich bin schon wieder abgedriftet. Johannes hat zwei Ordner aufgeschlagen vor sich liegen, einen davon kenne ich gut, den habe ich selbst angelegt – damals umfasste er nur ein paar Blätter. Darin sind Unterlagen von Nils und Ole, lauter Kram, der mit den beiden zu tun hat. Krippe, Kindergarten, bald kommt die Schule dazu. Johannes setzt sich eine kleine Brille auf, die er sich vor kurzem angeschafft hat, und greift zum Telefon. Es dauert nicht lange, da nimmt auf der Gegenseite jemand ab. Als sei es das Natürlichste von der Welt, dass er Jens anruft, sagt er: »Guten Tag, Jakobi mein Name. Ich hätte gern Herrn Reimer gesprochen.« Und dann: »Jens Reimer, stimmt genau.«

Ich weiß nicht, was los ist, Johannes macht plötzlich ein sehr betroffenes Gesicht. »O nein, das tut mir leid«, sagt er und starrt auf die Tischplatte, während in der Leitung weitergesprochen wird. Ich hänge an seinen Lippen, gebe keinen Mucks von mir. Er ergreift schließlich meine Hand und sagt in den Hörer: »Keine Ahnung, wieso Ihnen mein Name bekannt vorkommt, vielleicht, weil es einen Versicherungsfall gab, meine Frau …« Er lauscht. »Ja, genau, Silvia Jakobi.«

Wieder Geplapper auf der anderen Seite.

»Ja, das war schrecklich, ein Aneurysma, ganz plötzlich. Aber wissen

Sie, so seltsam es ist«, fügt er nachdenklich hinzu, »das Leben geht trotzdem irgendwie weiter.«

Für dich vielleicht, denke ich und möchte endlich wissen, was mit Jens ist. Kann er doch nicht vorbeikommen? Ich werde aus der Sache nicht schlau, Johannes' Gesicht wird lang und länger, richtig geschockt sieht er aus. Dann wird das Gespräch plötzlich beendet. Er sagt noch, er müsse die Nachricht erst einmal verdauen und werde sich wegen seines Anliegens in den nächsten Tagen noch einmal melden. Dann starrt er die Wand an.

»Da nimmt der sich einfach das Leben«, sagt er plötzlich und streichelt wieder meine Hand.

Ich kann wenig anfangen mit dem, was er sagt. Wer?

»Herr Reimer hat sich vor einen Zug geworfen«, sagt Johannes und klappt die Ordner zu, »wer soll das begreifen?«

»Vielleicht war er depressiv«, sagt Sabina, als sie nach Hause kommt und die Geschichte erfährt, und mustert mich besorgt, weil ich schon den ganzen Tag weine.

Johannes hebt die Schultern. »Seine Kollegin sagte, er habe seine Freundin durch einen Unfall verloren, und das habe er nicht verkraftet. Die beiden hatten gerade zusammenziehen wollen.«

»Oje, das ist ja schrecklich«, sagt Sabina und macht ein betroffenes Gesicht.

»Ja, da waren wohl auch die Kinder der Frau im Spiel, an denen er hing – sie hatte sich von ihrem Mann trennen wollen.«

Sabina schüttelt betrübt den Kopf. »Und was ist eigentlich mit ihr los?«, fragt sie schließlich und streichelt mir mitleidig über die Wange.

»Sie heult, seitdem ich mit Herrn Reimers Kollegin telefoniert habe.«

»So sensibel«, sagt Sabina und zieht mich an sich.

Sabina

Der Umschlag in ihren Händen verhieß nichts Gutes, das sah Sabina auf den ersten Blick. Erstens erhielt sie normalerweise kein Einschreiben, noch dazu war dieses hier von Alex – seine Adresse stand kleingedruckt über ihrer Anschrift im Sichtfenster. Es handelte sich wohl kaum um einen persönlichen Brief. Abgesehen davon, dass sie sich sonst unter ihren E-Mail-Adressen geschrieben hatten. Seit dem Heiligen Abend allerdings nicht mehr.

Was er ihr wohl schickte?

Hoffentlich keine Klage. Wegen verschmähter Liebe oder so. Sabina klemmte sich den Brief unter den Arm und stieg die Treppe zu ihrer Wohnung hinauf. In der Küche legte sie ihn auf dem Tisch ab und setzte sich auf einen Stuhl. Sie war auf alles gefasst und wusste doch nicht, womit sie zu rechnen hatte. Behutsam steckte sie ihren Daumen unter den Falz und öffnete den Umschlag mit gekonnten Bewegungen.

»Eine Rechnung?«, wiederholte Tanja, als Sabina sie anrief. Im Hintergrund brummte ein Föhn – offensichtlich hatte sie noch eine späte Kundin.

»Mit Rechnungsnummer«, sagte Sabina. »Ich hab ja mit allem gerechnet – aber nicht damit.« Ihre Hände zitterten. Ungläubig starrte sie auf den Betrag.

»Was ist denn als Rechnungsgrund angegeben?«

»Erstellung eines Businessplans, Beratungsleistungen für Firmenneugründung, Marktanalyse, Statistik, Erstansprache von Neukunden …«

Sie hörte die Missbilligung in Tanjas Stimme. »Dabei hat er

dir das alles regelrecht aufgedrängt! Das hättest du auch selbst hingekriegt, der spinnt wohl.«

»Halt dich fest, wenn du hörst, wie viel er dafür haben will.«

Der Föhn verstummte. »Wie viel denn?«, flüsterte Tanja.

Sabina flüsterte zurück. »Zehntausend.«

»Ach du lieber Gott.« Der Föhn fing wieder an zu brummen. »Der hat doch ein Rad ab, ich glaub, ich lach mich tot!«, rief Tanja.

»Ich mich nicht, Tanja. Was soll ich denn jetzt machen?«

Tanjas Stimme klang selbstsicher. »Gar nichts, natürlich! Du musst dir keine Sorgen machen. Es gibt ja keinen Vertrag, keine Vereinbarung.«

»Nein. Natürlich nicht.«

Tanja horchte auf. »Oder meinst du, er hat dir in weiser Voraussicht mal irgendetwas untergejubelt?«

Sabina zögerte. »Quatsch, hat er nicht.«

»Sabina?«

»Ich überlege nur. Nein. Da war nichts.«

Doch der Stachel des Zweifels saß.

Die schlimme Nachricht von Jens' Tod hängt mir tagelang nach. Tagsüber vergesse ich es meist, aber abends, im Bett, da kommen sie wieder, die Gedanken und Erinnerungen. Jens ist tot, er ist nicht mehr da. Nicht nur, dass er nicht hier bei mir ist – daran habe ich mich längst gewöhnt –, er ist nicht mehr auf der Welt. Ich vermag mir nicht einmal mehr vorzustellen, wie er in seiner Wanne liegt und Zeitung liest – in seiner Wohnung wird ein anderer leben, Jens ist ausgelöscht. Ein entsetzlicher Gedanke. Sabina und Johannes sind besorgt, geben mir Globuli, aber ich kann nicht aufhören zu weinen. Sabina sitzt oft bei mir, nimmt mich in den Arm, will mich mit Oles und Nils' Büchern ablenken, aus denen sie mir vorliest, aber ich kann mich nicht darauf konzentrieren. Ich denke daran, wie Jens und ich unser gemeinsames Leben planten und mein Unglück auch ihn aus der Bahn katapultierte. Wie muss er sich gefühlt haben? So grausam es klingen mag – ich habe noch nie daran gedacht. Wie hat er die Tage verbracht, wie die Nächte? In einer Wohnung, die auf mich vorbereitet war? Und plötzlich überkommt mich eine andere Erkenntnis. Es spielt keine Rolle mehr, gar keine, denn wir sind beide tot. Auch von mir ist nichts mehr übrig – so wie ich früher war, gibt es mich nicht mehr.

Im Grunde sind wir vereint.

Silvie

Markus Schüsslers Tränen flossen nicht gerade in Strömen, doch er war wirklich außer Fassung. Und wenn wir ihm glauben sollten, war Matthias so etwas wie sein Vorbild gewesen – ich will nicht sagen Idol, das klingt übertrieben, doch er sah zu ihm auf. So recht konnte ich mir das nicht vorstellen, doch je mehr er erzählte, desto mehr änderte sich meine Sicht auf Matthias. Gut, vielleicht war er ein Mensch, mit dem ich nicht viel anfangen konnte, und ganz sicher war er auch kein guter Ehemann, aber das hieß ja nicht, dass er grundsätzlich eine Niete war. Im Geschäftsleben bestimmt nicht.

Markus Schüssler berichtete, dass die Immobilienfirma, bei der die beiden seit einigen Jahren als selbständige Makler tätig waren, selbst in große Bauvorhaben investiert hatte – davon ausgehend, dass man alles ohne Probleme verkaufen oder vermieten könne. Über Jahre hatten die Banken bei Fuß gestanden, sobald ein Vorvertrag mit potenziellen Mietern oder Käufern bestanden hatte. Plötzlich aber – mit der Finanzkrise – hatten sich die Zeiten geändert. Und dass Verträge platzen oder Bankenzusagen zurückgezogen werden könnten, damit habe allein Matthias gerechnet – er sei stets gegen diese Investments gewesen. Das Kerngeschäft, die Vermittlung von Wohn- und Büroflächen, sei dennoch auf Wunsch der Partner vernachlässigt worden; man habe schnell und bequem das große Geld machen wollen. Und Matthias, der Anteile an der Firma hatte, wenn er auch kein Geschäftsführer war, hatte Geld nachgebuttert – wie viel genau, das wusste Markus Schüssler nicht, aber es sei sicherlich kein Klacks gewesen.

»Hat man ihm das Geld nicht zurückgezahlt?«, fragte ich.

»Das bekommt man nicht einfach zurück, wenn man die Anteile erhöht. Aber er hat natürlich damit gerechnet, dass der Gewinn verteilt wird.«

»Doch es gab keine Gewinne?«

Markus Schüssler hob die Schultern. »Das Geld war ja nicht weg, die Gesellschafter haben nur mehrheitlich beschlossen, nichts auszuschütten. Man hat stattdessen Rücklagen gebildet – auf persönliche Belange wurde keine Rücksicht genommen. Es ist nicht so, dass die Firma pleite wäre – nur, die Geschäfte laufen schlecht, gerade auch, weil einer unserer Kollegen bei einem Objekt Mist gebaut hat und einer Bank in die Quere gekommen ist. Da hat es eine Klage gegeben.«

»Um die Angelegenheit hat sich Matthias auch gekümmert?«, fragte ich, obwohl ich ja schon davon gehört hatte.

»Er hat sich um alles gekümmert. Er war überkorrekt, auch wenn er wie wir alle nur ein Rad in der Mühle ist beziehungsweise … war.« Bei dem Wort war zuckte er wieder zusammen und rang um Fassung.

»Und über seine familiäre Situation hat er nie etwas erzählt?«, erkundigte ich mich.

Markus Schüssler betrachtete mich nachdenklich. Dann sagte er: »Wir fanden es schon merkwürdig, dass er seine Frau in letzter Zeit nicht mehr zu geschäftlichen Anlässen mitgebracht hat – zu denen alle anderen mit ihren Frauen oder Freundinnen kamen. Und dann gab es das Gerücht, dass sie … na ja, psychische Probleme hat. Aber ich konnte mir das überhaupt nicht vorstellen.« Er machte ein ratloses Gesicht. »Das passt nicht zu ihm. An seiner Seite hätte ich mir eher eine Powerfrau vorgestellt.«

Ich auch, dachte ich. Eine Resolute, die sich nicht unterbuttern lässt. Nachdenklich betrachtete ich ihn, fragte mich, ob ich ihm vertrauen konnte.

»Sagen Sie«, begann ich schließlich, »können Sie sich vorstellen, dass mein Schwager meiner Schwester gegenüber handgreiflich geworden ist?«

Markus Schüsslers Blick schweifte ab, blieb am Fußboden hängen – offenbar rang er mit sich, ob er meine Frage beantworten sollte. Also doch, dachte ich, er hat sie geschlagen.

Markus Schüssler schluckte. Dann sagte er: »Ich kenne Ihre Schwester nicht. Mir hat nur einer unserer Kunden von einem Vorfall erzählt, das ist schon länger her …, da ist, äh, Ihre Schwester in einer Art Schlafanzug bei einem Geschäftsessen aufgekreuzt. In einem Restaurant.« Er warf mir einen unsicheren Blick zu, ob er fortfahren sollte, doch ich blinzelte nur zustimmend. »Und man erzählte sich«, fuhr er fort, »dass Matthias sie am Arm gepackt habe, um sie rauszubringen. Nicht weiter schlimm, er wollte nur, dass sie da verschwindet – in gewisser Weise verständlich. Und da war es wohl so, dass sie sich den Arm hielt und laut heulte, gerade so, als hätte er sie wirklich misshandelt oder geschlagen.« Er flüsterte nun. »Sie hat angeblich ein ziemliches Theater veranstaltet.«

»Wirklich?«, fragte ich und inspizierte nun ebenfalls den Fußboden.

Markus Schüssler hob unglücklich die Schultern.

»Nun wissen wir also, wofür er seine Konten überzogen hat und wieso er seinen Verpflichtungen nicht nachkommen konnte«, sagte Jens und deutete auf die Zahl 50 000 auf einem Kontoauszug. Ich hatte ihm von meinem Gespräch mit Herrn Schüssler erzählt. Finanziell hatten Matthias und Anna also einmal gar nicht so schlecht dagestanden, bevor er seine Anteile erhöhte. Und dann fehlten monatelang die Provisionen, die sonst regelmäßig eingegangen waren. Wenn man nun bedachte, dass Anna seine Post in Unordnung gebracht hatte und er tatsächlich von den Mahnungen der Versicherungen nichts bemerkt haben sollte – dann komplettierte sich das Bild, das ich langsam von ihm gewann: Er hatte getan, was er konnte. Sicher, vermutlich war er ab und zu ausgerastet, wo eher Verständnis und Nachsicht angebracht gewesen wären. Ich wollte ihn wahrhaftig nicht heilig sprechen – doch ich konnte mir vorstellen, dass er an den Rand seiner Kräfte geraten war.

Ich erinnerte mich plötzlich an einige Dinge, die mir vollkommen entfallen waren. Zum Beispiel, wie er am Anfang ihrer Ehe einmal bei meinen Eltern zu Hause gesessen und im Spaß zu Anna gesagt hatte: »Mach dich mal locker, Schatz.« Und ihr eiskalter Blick danach, der mir einen Schauer über den Rücken gejagt hatte. Wenn sie ihn genauso behandelt hatte wie mich jahrelang – wenn er ihr nie etwas hatte recht machen können, leuchtete mir auch ein, dass er sich irgendwann aus allem raushielt. Nur – wann war der Wendepunkt gekommen? Ab wann war sie zum Mäuschen geworden, hatte nichts mehr aus sich gemacht? Oder war alles ein schleichender Prozess gewesen? Ich wusste ja noch nicht mal, was ihr fehlte!

Als hätte er meine Gedanken lesen können, fragte Jens: »Hat deine Schwester eigentlich ein Problem mit Tabletten?«

»Wieso? Wie kommst du darauf?«

Jens sah mich eindringlich an, als überlege er, wie viel Wahrheit ich heute noch verkraften konnte. »Du warst gerade mit den beiden Polizisten beschäftigt, da hat sie nach dir gerufen. Ich dachte, sie hätte Durst, sie hat nach etwas zu trinken verlangt. Es lag eine Flasche Wasser am Boden neben ihrem Bett, so dass sie sie nicht sehen konnte, und ich hab sie ihr gereicht. Na ja, und dann zog sie die Schublade von ihrem Nachttisch auf, die quoll fast über von Tablettenschachteln. Ich denke, die meisten waren leer – sie scheint einen ganz ordentlichen Konsum zu haben.«

Ich leckte mir über die Lippen. »Wie viele hat sie genommen?«

»Solange ich bei ihr saß, nahm sie mindestens vier. Zwei verschiedene Sorten. Sie hat sich alle auf einmal in den Mund gelegt und gerade so runtergespült, mit einem Schluck Wasser.«

»Vier auf einmal? Da müsste ich kotzen!«

»Frag mich mal. Danach hat sie die Augen wieder zugemacht und ist sofort eingeschlafen.«

»Ach so, dann waren es also Schlaftabletten?«, fragte ich.

Jens sah mich erstaunt an. »Davon bin ich ausgegangen. Was denkst du denn?«

»Im Krankenhaus war von Beruhigungsmitteln im Blut die Rede«, sagte ich tonlos. »Der Arzt meinte, wir sollten das beobachten. Das fällt mir erst jetzt wieder ein.«

»Sprich mal mit deiner Mutter. Ich würde vorschlagen, ihr räumt die Schublade aus und dann schaut ihr, was passiert. Vielleicht reagiert sie ganz cool, und man kann das Thema vernachlässigen. Ansonsten müsstet ihr mal mit einem Arzt sprechen. Ich weiß ja nicht, wie lange das schon läuft, aber wenn's gar nicht anders geht, muss sie in eine Klinik.«

»In eine Klinik, du machst mir Spaß«, feixte ich. »Wir haben eine Beerdigung zu bewältigen, wir müssen eine Million auftreiben und in Erfahrung bringen, ob Matthias eine Unfallversicherung hatte, und was weiß ich noch für Dinge, die mir jetzt gerade nicht einfallen.« Ich gähnte. »Ich muss heim zu den Jungs.«

Jens nickte. »Soll ich morgen wiederkommen?«, fragte er.

Ich stand auf und umarmte ihn. »Mein Fels in der Brandung«, flüsterte ich. »Ich liebe dich.«

Bevor ich ging, sprach ich noch kurz mit meiner Mutter, die schon in heller Aufregung darüber war, dass die Kinder endlich die Wahrheit erfahren mussten, sobald sie aus dem Schwimmbad zurückkehrten. Wir inspizierten leise die Schublade in Annas Nachtkästchen, dessen Inhalt fast nur aus leeren Schachteln bestand. Es war ein heilloses Durcheinander aus Schlafmitteln,

Tranquilizern und Antidepressiva. Die Namen der Medikamente sagten mir nichts, doch die Liste der Nebenwirkungen war lang und beängstigend.

»Wusstest du davon?«, flüsterte ich meiner Mutter zu, um Anna nicht zu wecken, und deutete auf den Haufen.

»Wir lassen nur die leeren Packungen in der Schublade«, überging sie meine Frage. »Wir werden ja sehen, wann sie nach Nachschub verlangt.«

Wieder dachte ich daran, dass ich Anna schon mal Tabletten besorgt hatte. Damals hatte ich nicht einmal einen Blick auf die Packung in der Tüte geworfen, die mir die Apothekerin überreichte. War davon ausgegangen, dass es etwas wie Valium war – ein Mittel, um Annas Nerven zu beruhigen. Mich fröstelte, und ich schaute wieder auf die vielen Schachteln. Nahm sie so lange schon dieses Zeug? Hatte sie nicht damals gesagt, sie nehme nur in Notfällen etwas – und was für ein Notfall war es noch mal? Und dann erinnerte ich mich. Nach ihrer OP war es gewesen. Acht Monate war das her.

Ich sah meine Mutter an und fragte noch einmal: »Wusstest du davon?«

»Mama dachte, sie nähme nur ab und zu mal was zur Beruhigung und dass es Teil ihrer Therapie sei«, erklärte ich wenig später Johannes, der am Küchentisch saß und Ole einen Brei fütterte. Wir führten eines der selten gewordenen Gespräche, das sich nicht um die Kinder drehte.

»Macht sie denn eine Therapie?«, fragte er überrascht.

»Das ist es ja gerade! Letzte Woche hat sie mir erst gesagt, dass sie gar keine macht. Dabei sind wir die ganze Zeit davon ausgegangen – sie hat es ja ständig behauptet!« Mir qualmte der Schädel.

»Von der ganzen Sache weiß ich ja gar nichts«, sagte er erstaunt. »Du erzählst mir sowieso rein gar nichts mehr, Silvie, und du bist – auch abgesehen von dieser Sache mit Matthias – kaum mehr zu Hause.« Er wirkte plötzlich sehr ernst, sein Gesichtsausdruck war besorgt und gleichzeitig entschlossen. »Und wenn wir schon von Therapie sprechen, was hältst du davon, wenn wir beide eine Paartherapie machen würden?«

Ich lachte laut auf, so unvorstellbar war dieser Vorschlag für mich. »Wir beide?«, fragte ich kopfschüttelnd.

»Was gibt es da zu lachen?«, fragte er. »Ist dir das unsere Beziehung nicht wert, meinst du das so?«, verlangte er herausfordernd zu wissen.

Ich betrachtete ihn still, ließ die Chance für mein Geständnis verstreichen. »Es ist nicht der richtige Zeitpunkt«, antwortete ich. Und was ich damit meinte, wusste nur ich allein.

Am nächsten Morgen brachte ich Nils und Ole in die Krippe und rief vom Auto aus Jens an, verabredete mit ihm, dass er nach der Arbeit nach Bad Homburg käme, um mir weiter zur Seite zu stehen, und fuhr zu meiner Schwester.

Dort angekommen, konnte ich fast nicht zum Haus vordringen, weil die Auffahrt von einem riesigen Schuttcontainer belegt war.

»Was ist denn hier los?«, murmelte ich und quetschte mich mit eingezogenem Bauch an dem Stahlungetüm vorbei, nachdem ich an der Straße geparkt hatte. Meine Mutter öffnete mir hektisch die Haustür und zog mich ins Innere, wo ein ohrenbetäubender Lärm herrschte.

»Was ist denn hier los?«, fragte ich erneut und tappte ins Wohnzimmer, wo der Lärm herzukommen schien. Sprachlos sah ich aus der großen Fensterfront in den Garten.

»Die schälen den Rasen ab – seit heute Morgen um sieben«, sagte mein Vater und tippte sich an die Stirn.

»Wer hat das veranlasst?«, fragte ich verständnislos.

»Die Nachbarin, diese Frau Brückner!«, erklärte meine Mutter und hob beide Hände. »Angeblich hat ihr Mann nur heute Zeit, den Rasen abzuschälen, und morgen will er ihn neu ausrollen.«

»Dabei war der alte noch gut«, stellte mein Vater kopfschüttelnd fest.

Mir fiel wieder ein, dass Christine Brückners Mann im Gartenbaugeschäft tätig war, und ich betrachtete nachdenklich das Gefährt, das eifrig Bahn für Bahn Rasen abfräste. Zögernd warf ich einen Blick zur Tanne, die in der Mitte des Grundstücks stand und optisch die Trennlinie zum Nachbargrundstück hin bildete. Unter der Tanne stand kein einziger grüner Halm mehr – das Grundstück sah aus wie nach einem Erdrutsch. Ich fragte mich, was die Polizei dazu sagen würde, und setzte mich zu meiner Mutter. In meinem Kopf pochte es. »Wie war die Nacht?«, fragte ich und warf ihr einen prüfenden Blick zu.

»Die Mädchen haben es erstaunlich gut aufgenommen, wollten sogar heute Morgen in Kindergarten und Schule. Emma und Clara scheinen es noch gar nicht zu verstehen, wir haben ihnen natürlich gesagt, der Papa sei im Himmel, und das finden sie anscheinend irgendwie spannend.«

»Und Luna?«

»Sie hat geweint und dann für den Rest des Abends summend im Arm der Nachbarin gelegen.«

Ich rieb mir die Augen. Das Kind tat mir so unendlich leid. »Und was war mit Anna? Wie war ihre Nacht?«, fragte ich schließlich noch einmal.

»Sie hat auch geweint.«

»Geschrien hat sie, Angelika, sag's ihr ruhig«, schaltete sich mein Vater ein, »aber nicht aus Kummer über Matthias.«

»Weshalb denn?«, fragte ich, aber ich konnte mir die Antwort schon denken.

»Tabletten wollte sie«, sagte mein Vater. »Und beschimpft hat sie uns. Wir würden sie umbringen, und die Kinder auch. Wir sollten verschwinden. Wir haben ihr erklärt, dass Matthias tot ist, und da hat sie gelacht wie eine Hexe.«

»Ich hatte richtig Angst vor ihr«, flüsterte meine Mutter.

»Und dann?«

»Ich hab ihr was gegeben, ich dachte, die Nachbarschaft läuft sonst zusammen und die Kinder werden wach.« Meine Mutter weinte nun und flüsterte nur noch – bei dem Lärm, der draußen herrschte, war sie kaum mehr zu verstehen. »Gestern haben wir den Kindern gesagt, dass der Papa nicht mehr wiederkommt. Und jetzt müssen wir auch noch die Anna wegbringen«, flüsterte sie. »Sie muss in eine Klinik, Silvie, so kann es nicht weitergehen. Sie nimmt zu viele Tabletten! Und wenn wir ihr jetzt nicht helfen, können wir sie auch noch beerdigen!« Sie legte den Kopf in die Hände, und ihre Schultern zuckten vom verzweifelten Weinen.

Mein Vater nahm sie in den Arm. »Na, na, Angelika. Nun mal nicht den Teufel an die Wand. Wir geben sie nach Bad Orb. Du weißt doch, da war doch auch die Tochter von Helmut.«

»Ach Horst …« Meine Mutter winkte ab. »Die Tochter von Helmut war Alkoholikerin. Das kannst du doch mit Anna nicht vergleichen!«

Mein Vater und ich tauschten Blicke. Dann sagte ich: »Bad Orb finde ich eine gute Idee, Mama. Wenn das eine Suchtklinik ist, ist sie dort auf jeden Fall richtig.«

»Sie ist doch nicht süchtig, wie kannst du denn so etwas sagen!«, rief sie.

Ich warf die Hände in die Luft, ich konnte nicht mehr. »Natürlich ist sie süchtig! Sie schreit rum, weil sie ihre Tabletten braucht! Sie steht mitten in Gesprächen auf, läuft ins Schlafzimmer und wühlt in Schubladen. Sie setzt die Kinder stundenlang vor den Fernseher, duscht tagelang nicht, rennt im Hausanzug nach draußen, hortet verschimmelte Joghurtbecher im Kinderzimmerschrank – Mama, das ist doch nicht normal! Sie muss von den Tabletten weg, und vor allem, Leute, was viel wichtiger ist: Es muss mal einer rausfinden, warum sie die Tabletten überhaupt nimmt! Irgendetwas ist doch hier los! Man kann doch nicht immer weiter so tun, als wäre nichts, immer nur hoffen, dass alles besser wird – aber es wird nicht besser. Sie hat Matthias totgefahren, und wenn wir nicht alles tun, um ihr zu helfen, dann wird den Kindern auch noch was passieren!« Ich ließ mich erschöpft aufs Sofa plumpsen und weinte nun auch.

Mein Vater tätschelte mir die Wange und räusperte sich. »Wir müssen sie nur dazu bewegen, in die Klinik zu gehen. Aber wir müssen erst mal die Beerdigung hinter uns bringen. Und die Trauerpost verschicken. Und was ich schon die ganze Zeit fragen wollte, Silvie, was ist eigentlich mit der Lebensversicherung?«

Ich bekam Schluckauf. Auch das noch. »Warte, bis … der Mann von der Versicherung kommt. Wir sind noch dabei, zu sondieren. Kümmere du dich um diese Klinik – sie muss vom Hausarzt eingewiesen werden. Vorausgesetzt sie geht freiwillig, du musst mit ihr reden.«

Ich war am Ende. So viel zu tun. So viel zu besprechen. So viel Mist vor mir.

Manchmal streiten sie. Früher ja nicht, da waren sie ein Herz und eine Seele. Jetzt geht es meistens um mich, das ist das Schlimmste daran. Dass Johannes sich zu wenig um mich kümmert, zum Beispiel. Sie meint, alles bliebe an ihr hängen. »Die Jungs, der Laden und sie!« – damit meint sie dann mich. Er trage zu wenig bei. Sie renne immer nur treppauf, treppab und komme nicht zur Ruhe. Ruhe, die sie dringend brauche.

Ich sehe, wie es in ihm brodelt. »Du wolltest es doch so!«, brüllt er, und: »Irgendwer muss doch das Einkommen sichern!« Letztens rief er noch: »Du machst zu viel Aufhebens um alles! Immer muss alles perfekt sein. Rennst mit den Jungs zum Schwimmen, zum Turnen und zur Musikschule. Und mit ihr«, damit bin wieder ich gemeint, »zu tausendundeiner Gruppe – wofür auch immer das gut sein soll. Nutzt doch sowieso nichts, das Ganze!«

Ich schaue mit tränennassen Augen von einem zum anderen, wie bei einem Tennismatch. Manchmal heult sie auch, dann sind wir schon zwei, und wir liegen uns in den Armen. »Wir machen ihr Angst«, sagt Johannes dann beschwichtigend und kommt auch noch dazu. Immerhin spricht er leiser. »Nimm dir nicht zu viel vor, Sabina. Ein, zwei Termine die Woche reichen doch. Sie müssen nicht schwimmen, turnen und singen. Oder von heute auf morgen fließend sprechen. Das wird schon.« Manchmal nehmen sie mich in ihre Mitte, damit ich mich beruhige. Und dann küssen sie sich ganz lange, über meinen Kopf hinweg.

An anderen Tagen schimpft Sabina mit Nils und Ole – besonders mit Ole, weil er viel Mist macht. Kaugummi aufs Sofa schmiert, zum Beispiel. Oder mich auf dumme Ideen bringt. Was man mit Klopapier machen kann, hat er mir gezeigt. Bestimmt ist das auch gut für die Motorik, aber es findet nicht ihre Anerkennung. Ole muss es dann ausbaden, wenn ich zu viel geübt habe – einmal musste er sogar ohne Essen ins Bett. Sein Weinen hat mich erschüttert, ich schrie und wollte zu ihm hin, ich rief »O-o-o«, aber sie ließ mich nicht. Ich schrie so lange herum, bis sie auch mich in mein Zimmer steckte. Heftig um mich schlagend, versuchte ich, sie zu beißen. Danach hielt sie so lange die Tür zu, bis ich aufhörte, daran zu rütteln. Sie beschwor mich, ins Bett zu gehen, und zwar flott. Ich gehorchte zwar, aber ich schrie weiter. Als sie schließlich das Licht in meinem Zimmer ausmachte, verstummte ich. Ich habe gelernt, dass sie das Licht wieder anmacht, wenn ich leise bin.

So geht es zu. Ich komme mir vor wie ein dressierter Hund.

Sabina

Ich glaube, ich kriege langsam Paranoia«, flüsterte Sabina vor sich hin, als sie am Nachmittag mit ihrem Wagen durch den Stadtverkehr fuhr. Sie hätte schwören können, dass schon die ganzen letzten Tage dieses weiße Auto immer ab der Mainbrücke hinter ihr auftauchte und sie verfolgte. Sobald sie in den Sandweg einbog, fuhr es allerdings auf dem Ring weiter. Dennoch fühlte sie sich weiterhin beobachtet, besonders seit sie Alex' Rechnung erhalten hatte. Das Schreiben lag zusammengefaltet auf der Anrichte in der Küche, direkt neben dem Obstkorb, wo sie alles stapelte, was keine Eile hatte. Tanja hatte ihr vorgeschlagen, einen Rechtsanwalt einzuschalten, einer ihrer Kunden würde sie beraten – aber was sollte sie diesem Rechtsanwalt denn sagen? Dass Alex nichts für sie getan hatte, was eine Rechnungsstellung rechtfertigte? So ganz stimmte das ja auch wieder nicht. Allerdings zu einem so hohen Preis? Nie im Leben!

Heute ergatterte sie einen Parkplatz direkt vor ihrer Haustür. Eigentlich war es ein prima Tag gewesen. Sie hatte die Läden abgeklappert, in denen sie auf Kommission verkaufte, und überall war Nachschub geordert worden. In einem der Geschäfte hatte eine Kundin sie bewundernd angesprochen und gefragt, warum sie eigentlich keinen eigenen Laden hatte. »Ich wäre ihre erste Stammkundin!«, hatte die Frau gesagt und sie angestrahlt.

Gutgelaunt stieg Sabina die Stufen zu ihrer Wohnung nach oben und schloss die Tür auf. Gleich wollte sie noch einmal nachschauen, ob wieder ein paar Bestellungen im Onlineshop eingegangen waren … Plötzlich stoppte sie mitten in der Bewegung.

Mit offenem Mund starrte sie in ihren Flur, in dem sich ihr ein seltsames Bild bot.

»Hallo?«, rief sie und musste über sich selbst den Kopf schütteln. Ein Einbrecher würde ihr wohl kaum antworten. Außerdem, und das war der wesentliche Gedanke, der sich seinen Weg zu ihrem Verstand bahnte, würde ein Einbrecher wohl kaum die Wände mit Marmelade beklecksen. Dass es Marmelade war, roch sie sofort. Kirschmarmelade und noch etwas anderes – Ketchup. Halbherzige Kleckse waren an die Wand gespritzt, so als habe jemand eine Art Blutbad anrichten wollen und dann doch nicht die Courage besessen. Es sah aus wie das Werk eines unartigen Kindes. Die Flecken an den gelb gestrichenen Wänden des Flurs zogen sich bis zur Schlafzimmertür. Sabina folgte der Spur und blickte klopfenden Herzens um die Ecke ins Schlafzimmer, wo der Schabernack bis zum Kopfende des Bettes weitergeführt und schließlich das Marmeladenglas sowie die Ketchupflasche auf dem Bett entleert worden war. »Was für ein blöder Idiot«, flüsterte sie und lehnte sich gegen den Türrahmen. Dann inspizierte sie den Rest der Wohnung. Doch nur im Bad hatte er ihr eine Nachricht hinterlassen. SCHLAMPE stand in roten Lippenstiftlettern auf dem Badezimmerspiegel, der Lippenstift lag am Boden, die Spitze stumpf und anklagend. An Theatralik nicht zu überbieten. Aber wie war er bloß hier hereingekommen? Sie machte auf dem Absatz kehrt und eilte zu der Schale auf ihrem Flurschränkchen, in der sie alles Mögliche aufbewahrte, unter anderem einen Ersatzschlüssel für ihre Wohnung. Mit spitzen Fingern wühlte sie zwischen Sonnenbrille, Feuerzeugen und anderem Kleinkram. Der Schlüssel war weg. Sabina runzelte die Stirn. Wann hatte er ihn genommen? Am Heiligen Abend? So lange hatte er ihn schon? Nicht auszudenken, wenn er einmal aufgetaucht wäre, als sie zu Hause war. Sabina zitterte so stark, dass sie auf den Boden im Flur sank. Vladimir, dachte sie. Vladimir musste kommen und bei ihr bleiben. Und einen Schlüsseldienst musste sie bestellen, der das Schloss austauschte, noch heute. Und Tanja. Tanja musste bei ihr schlafen. Aber eins nach dem anderen. Zuerst Vladimir.

»Sabina was los?«, fragte er, nachdem sie Sturm geklingelt hatte.

»Wo ist Olga?«, fragte sie und reckte den Hals.

»Dienst hat. Ist Montag«, erklärte er.

»Ich wollte sowieso zu dir«, beeilte sie sich zu erklären. »Mein Freund hat bei mir gewütet, also, mein Ex-Freund …«

»Wieso ist wütend?«

»Ja – also, ich hab vor längerer Zeit mit ihm Schluss gemacht, und das nimmt er mir noch immer übel. Ich wäre dir sehr dankbar, wenn du vielleicht so lange mit zu mir rüberkommen könntest, bis ich den Schlüsseldienst erreicht habe.«

Vladimir blinzelte verlegen und strich sich über den Bauch, der unter seinem Doppelrippunterhemd verborgen lag.

»War ich noch nie bei dir in Wohnung ohne Olga. Weiß ich nicht, ob Olga ist recht. Sehr eifersüchtig ist Olga, weißt.« Er rieb sich den Bart. »Hast Schluss gemacht mit Freund, sagst?«

»Ich brauche nur deine Anwesenheit, bis der Schlüsseldienst kommt, das wird sie verstehen. Bitte, Vladimir!«

»Okay«, sagte er. »Ich komm mit.«

Während Vladimir die Wände betrachtete und immer wieder kopfschüttelnd mit der Zunge schnalzte, versuchte Sabina, einen Schlüsseldienst zu erreichen, sprach bei dreien auf die Mailbox und klingelte schließlich bei Tanja durch, die sich bereiterklärte, die Nacht bei ihr zu verbringen. »Warum schläfst du nicht bei mir?«, wandte sie noch ein.

»Ich will hier sein, falls er wieder auftaucht. Aber nicht allein«, sagte Sabina. Kurz nachdem sie aufgelegt hatte, meldete sich ein Mann vom Schlüsseldienst, der versprach, sofort vorbeizukommen, um ein neues Schloss einzubauen.

Sabina ließ sich erschöpft neben Vladimir aufs Sofa sinken. »Warum hast Schluss gemacht?«, fragte er interessiert. »Bist hübsche Frau, willst nicht haben Kinderchen und Familie? Habe ich gedacht, wird Zeit für dich, jünger wirst auch nicht. Was los mit dir?« Er musterte sie von oben bis unten. Dann kicherte er. »Sex nicht gut war, was? Habe ich gehört manchmal von andere Seite, dass nicht hattest viel Vergnügen.« Er kicherte erneut. »Oft kam nicht zu die Sache, he?« Sein Bauch und Doppelkinn bebten beim Anblick von Sabinas Gesicht. »Habe ich alte Hörrohr von Olga, wann die war Hebamme in Russland. Kann man gut hören durch die Wände.« Er lachte schallend. Dann tätschelte er Sabinas Knie und flüsterte: »Nur Spaß ist, Mädsche, nur Spaß.«

Glücklicherweise klingelte es an der Tür, und Sabina sprang vom Sofa auf. Sie spähte durch den Türspion und atmete beim Anblick des Mannes mit roter Schirmmütze auf.

»Sie sind schnell gekommen«, stellte sie fest und erklärte mit einer Handbewegung in den verunstalteten Flur: »Enttäuschte Liebe. Ich brauche ein neues Schloss.«

»Ach je«, sagte der Mann lachend und machte sich kopfschüttelnd an die Arbeit.

»360 Euro hat mich die Aktion gekostet«, berichtete Sabina Tanja, die am Abend mit einer kleinen Reisetasche und einem Eimer Farbe anrückte. »Und was mich zukünftig noch erwartet, da hab ich jetzt schon Bammel vor.«

»Am besten schaltest du endlich diesen Rechtsanwalt ein, den ich dir empfohlen habe. Von der Geschichte hier sollten wir Fotos machen, für alle Fälle – noch wichtiger wäre, du würdest die Polizei rufen.«

»Nein, das ist mir zu blöd. Er fühlt sich schlecht behandelt, ist enttäuscht. Und in gewisser Weise kann ich seine Wut auch verstehen. Er hatte halt Großes mit mir vor, wollte das ganze Programm. Und er hat mir ja auch verdammt viel geholfen. Natürlich fühlt er sich jetzt ausgenutzt.«

»Ja ja. Und du bekommst als Nächstes den Friedensnobelpreis. Wie wär's denn mal mit einer gehörigen Portion Wut auf das Arschloch? Richtet deine Wohnung zu, schreibt üble Beschimpfungen auf Spiegel! Und du willst ihn nicht mal wegen Sachbeschädigung anzeigen?«

Sabina dachte nach. Dann erwiderte sie entschlossen: »Nein. Nein, ich lass es erst mal noch eine Weile laufen.«

»In Russland, nichts ist gefährlicher wie Mann in gekränkter Stolz«, erklärte Olga, die nach ihrer Schicht bei Sabina und Tanja vorbeischaute. »Habe ich dich gewarnt«, mahnte sie mit erhobenem Zeigefinger. »Habe ich nicht gesagt, gibt Ärger mit die junge Mann?«

»Aber du hast nicht gesagt, welche Art von Ärger! Was weiß denn ich, was du unter Ärger verstehst! Außerdem hast du von Zeitverschwendung gesprochen. Und zu Anfang war alles super, ich war ein bisschen verliebt …«

»Du warst nicht verliebt!«, riefen Olga und Tanja wie aus einem Mund.

Und trotz aller Umstände musste Sabina lachen.

Am nächsten Tag verging ihr das Lachen jedoch aufs Neue. Nachdem sie alle Spuren von Alex' Verwüstungen beseitigt hatte, griff sie wieder zu dem Stapel aus Briefumschlägen und anderen Papieren neben ihrer Obstschale. Stirnrunzelnd betrachtete sie einen Umschlag, der nun an oberster Stelle lag. Was war das für ein Schreiben? Mit spitzen Fingern zog sie ein Papier heraus, das zusammengefaltet darin lag. Sabinas Augen weiteten sich. Es handelte sich um die Kopie einer Vereinbarung, die ihre Zusammenarbeit mit Alex bescheinigte. Sabina holte tief Luft und legte die Kopie wieder zurück auf den Stapel. Dann griff sie nach dem Telefon.

Diesmal brummte kein Föhn im Hintergrund, Tanja machte Mittagspause bei Luigi.

Sabina kam ohne Umstände zum Thema. »Jetzt ist es amtlich, Tanja. Laut einer Vereinbarung zwischen Alex und mir, datiert auf den zwölften Oktober letzten Jahres, haben wir uns auf 10 000 Euro für seine Dienstleistungen geeinigt – nett, oder?«

»Moment mal. Wo kommt das denn jetzt her?«

»Bei seinem Einbruch in meine Wohnung hat er mir eine Kopie dieser Vereinbarung hinterlassen. Ich hab sie eben erst gefunden.«

»Und da ist deine Unterschrift drauf?«

»Eindeutig meine. Und er hat auch bestens dafür gesorgt, dass ich die Rechnung nicht abstreiten kann. Ich hab nachgesehen: Auf dem Businessplan steht in jeder Fußzeile, dass er den Plan erstellt hat. Und ich hab ihn unterschrieben.«

Silvie

Als Jens am Nachmittag eintraf und nach unserer heimlichen Begrüßung wieder im Arbeitszimmer verschwand, um die Akten in mitgebrachten Ordnern abzulegen, war mein Vater bei Anna noch kein Stück weitergekommen. Sie beharrte darauf, mit ihr sei alles in Ordnung, sie nehme die Tabletten nur ab und zu, und wer, bitteschön, habe das Recht, ihr diese zu verwehren, gerade jetzt, wo sie ihren Mann verloren hatte?

»Sie war ganz klar im Kopf«, nippte er an seinem Kaffee. »Ich glaube ihr.«

Ich lachte auf und tippte mir an die Stirn. »Du *willst* ihr glauben, das ist alles. *Ich* glaube, dass sie die Dinger seit vielen Monaten einnimmt, mindestens seitdem sie ihre Operation hatte.«

Meine Mutter schüttelte den Kopf. »Davon hätten wir etwas gemerkt, Silvie. Sie hat nichts genommen.«

»Ach ja?«, rief ich. »Hast du einen Blackout? Ich hab ihr doch selbst die Tabletten besorgt und sie dir in die Hand gedrückt, nachdem sie bei dem Italiener im Hausanzug aufgekreuzt war. Erinnerst du dich wirklich nicht mehr?«

Meine Eltern runzelten die Stirn.

»Doch«, sagte meine Mutter dann nickend, »jetzt erinnere ich mich.« Sie blickte zu Boden. »Aber das war nur eine Ausnahme, du weißt doch, sie hatte sich eingebildet, dass sie das Haus verlören, weil Matthias ein paar Raten nicht bezahlt hatte. Da hättest du auch Angst gekriegt, Silvie.«

Ich ließ sie stehen, meinen Eltern war nicht zu helfen. Wütend machte ich mich auf den Weg ins Arbeitszimmer, wollte zu Jens, ihm berichten, wie vertrackt alles war. Er saß jedoch nicht oben am Schreibtisch, und auch im Bad fand ich ihn nicht. Leise ging ich wieder nach unten, öffnete die Tür zu Annas Schlafzimmer, und da saß er wieder an ihrem Bett. Rührend sah das aus, er tätschelte ihre Hand, und sie lächelte ihn dumpf an. Der Herr Doktor, dachte ich amüsiert und kehrte um, nahm wieder die Treppe nach oben ins Arbeitszimmer, von wo aus ich einen Blick auf den Vorplatz hatte. Dort stand Christine Brückner und diskutierte mit einem Mann. Den vertraulichen Gesten nach zu urteilen, musste es sich um ihren Mann handeln; er strich ihr kurz über die Wange und sagte etwas. Sie tippte auf ihre Armbanduhr, und er nickte. Dann schauten beide zum Haus, sahen mich, und ihre Blicke veränderten sich. Ich wich zurück, hockte mich auf den Stuhl und fragte mich, warum sie so ertappt ausgesehen haben mochten. Und so, wie ich es in meinem Unterbewusstsein schon die ganze Zeit befürchtet hatte, quetschten sich plötzlich Ratz und der Spurenleser am Container vorbei, der noch immer in der Einfahrt parkte – voll mit abgetragenem Rasen und Bergen von Erde. Herr Brückner lief mit ausgestreckter Hand auf die beiden zu und schien die Sachlage zu erklären, grinste weltmännisch über beide Ohren, als wollte er ihnen einen Teppich verkaufen. Ratz glotzte dumm aus der Wäsche. Der Dicke deutete auf den Container und dann aufs Haus. Es wurde genickt, Herr Brückner hob die Schultern und tippte auf seine Armbanduhr. Der Container müsse weg, so verstand ich nach der Gebärdensprache, die ich von meinem Posten aus mitbekam. Der Dicke schüttelte stirnrunzelnd den Kopf und bedeutete Herrn Brückner, der Container bleibe an Ort und Stelle. Ich erhob mich. Diesem Gespräch wollte ich lieber persönlich beiwohnen, immerhin ging es um Anna.

Als ich unten ankam, waren Ratz und der Dicke schon an der Haustür angelangt und betätigten eben die Klingel. Ich öffnete und wurde mit den Worten »Haben Sie davon gewusst, dass heute der Rasen abgetragen wird?« empfangen.

Ich schüttelte den Kopf. »Mir hat keiner was gesagt. Aber ich wohne ja auch nicht hier. Ob meine Schwester davon wusste, weiß ich nicht.«

»Ein merkwürdiger Zufall, finden Sie nicht?«, fragte Ratz.

»In welchem Zusammenhang?«

»Gestern suchen wir den Garten ab, heute wird der Rasen abgeschält.«

»Ja«, bestätigte ich, »aber wie sie selbst ganz richtig sagen, *gestern* suchten sie den Garten ab. Das heißt, der Rasen wurde erst *nach* Ihrer Untersuchung abgeschält. Was ist daran verdächtig?«

»Wir hätten gern noch Proben vom Rasen entnommen«, sagte der Dicke. »Wir waren gestern nur an den Beeten. Und an diesem Lappen, der auf der Terrasse lag, befanden sich Nadeln und Grashalme. Und unter diesen Schnipseln im Mülleimer waren eindeutig Stiele von Herbstzeitlosen.«

»Das ist nicht verwunderlich«, sagte ich, »mein Schwager hat sie ja auch zusammen mit dem Bärlauch geerntet.« Ich deutete auf den Container. »Aber suchen Sie ruhig im Rasen«, sagte ich, »er ist ja noch da.«

Er schnaubte und murmelte etwas von »Beweismaterial vernichten«.

Ich blickte ihn gekränkt an und sagte: »Ich habe keine Ahnung, wer diese Aktion wann geplant hat. Aber meine Schwester hat garantiert nichts damit zu tun. Vielleicht war das für Herrn Brückner heute einfach der richtige Tag – aus welchem Grund auch immer –, schließlich ist er der Fachmann. Und keiner von Ihnen hat gesagt, dass sie noch an den Rasen wollen. Es war die Rede davon, meine Schwester dürfe nicht verreisen, und sie ist noch hier.«

Ratz' Augen verengten sich zu Schlitzen. »Wie man uns sagte, wachsen Herbstzeitlose auf Wiesen und unter Bäumen. Daher hätten wir uns gern noch den Boden unter dieser hohen Fichte angesehen.«

»Eine Probe entnommen«, sagte der Dicke.

»Es ist eine Tanne«, sagte ich und stellte mich dumm. »Darunter haben die bestimmt nichts abgeschält.«

Ratz scharrte mit den Füßen. »Das würden wir uns gern mal ansehen.«

Ich machte eine halbe Verbeugung, als ich sie ins Haus bat; ich hatte Oberwasser. Dabei hätte ich mich angesichts der merkwürdigen Zufälle zusammenreißen sollen. Aber verdammt, ich konnte nun mal nicht aus meiner Haut. Mich zu verstellen lag mir einfach nicht. Abgesehen davon waren diese Verdächtigungen lächerlich. Diese Deppen wollten auf Teufel komm raus aus einer Tragödie einen Kriminalfall machen. Passierte zu wenig in diesem Nest.

Am Wohnzimmerfenster angekommen, glotzte Ratz auf die abgeschabte Erde unter der Tanne, aus der angenagte Wurzeln herausragten. Es sah unschön aus und unprofessionell. Ich fragte mich natürlich selbst, warum dieser Brückner so genau vorging. Vielleicht hatten *sie* Matthias loswerden wollen und ihm was ins Essen getan? Mittlerweile hielt ich nahezu alles für möglich. Ein Motiv konnte jeder haben, sogar ich. Dennoch, wenn ich meine Gedanken zur Ordnung rief, blieb es, was es war: ein Unfall.

Ratz kratzte sich nachdenklich am Kopf. Der Dicke versenkte die Hände in den Hosentaschen. Vielleicht befürchteten sie ein Disziplinarverfahren wegen schlampiger Ermittlungen. Pech gehabt.

Ich machte kehrt und fragte über die Schulter hinweg: »Brauchen Sie mich noch?«

»Den Rasenschnitt lassen wir abholen«, sagte Ratz, und der Dicke nickte. »Und dann würden wir gern mit Ihrer Schwester reden.«

»Gehen wir zu ihr«, sagte ich und klopfte mir auf den Oberschenkel, als riefe ich einen Hund. »Ich hab noch zu tun.«

Jens saß noch immer bei Anna am Bett, und beide sahen erschrocken auf, als ich mit den Polizisten im Schlafzimmer erschien. Annas Blick war zum ersten Mal klar. An ihrer Stelle wäre ich schon längst einmal aufgestanden, hätte mich selbst um alles kümmern wollen. Doch weder danach, ob Matthias Leiche inzwischen freigegeben war, noch nach ihren Kindern hatte sie gefragt. Ich überlegte, ob sie noch unter Schock stand und ob es klug war, die beiden Polizisten zu ihr zu lassen, doch da legte Ratz schon los.

»Frau Ziegler«, begann er, »man hat heute Morgen Ihren Rasen abgeschält. Wussten Sie davon?«

Anna betrachtete ihn stirnrunzelnd. »Ich glaube nicht«, sagte sie. »Warum wurde das gemacht?«

»Ihr Nachbar hat mir Auskunft gegeben, dass er es veranlasst hat. Der Termin heute habe schon lange festgestanden.«

»Aha.«

»Hat er schon öfter den Rasen abgeschält?«

»Ich frage mich, wie das aussieht, ohne Rasen«, sagte Anna und setzte sich auf. »Ist er richtig weg?«

Ratz schnaubte. »Morgen kommt neuer Rollrasen darauf. Ist auch schon länger geplant, sagt Herr Brückner.«

Anna nickte. »Er kümmert sich um alles, was mit dem Garten zu tun hat. Er bekommt etwas dafür, aber fragen Sie mich bitte nicht, wie viel. Mein Mann hat … hatte … etwas mit ihm vereinbart. Ist das wichtig? Das mit dem Rasen, meine ich.« Sie blickte verständnislos von einem zum anderen.

Ich war erleichtert. Anna war keine Schauspielerin, ihre Ahnungslosigkeit war zweifelsohne echt.

Ratz wechselte das Thema. »Wir haben uns im Kindergarten erkundigt, und die Erzieherin sagte uns, sie sei es gewesen, die Ihnen Bärlauchsalat empfohlen hat. Sie konnte gar nicht fassen, wie viel Glück Sie gehabt haben, dass Sie keinen Salat essen. Stellen Sie sich vor, Ihr Mann hätte Pesto zubereitet.«

Anna nickte nur, und ich schluckte.

»Nun«, fuhr Ratz fort, »nach unserem Besuch im Kindergarten waren wir im Wald und haben uns ein bisschen an der Stelle umgesehen, die uns die Erzieherin genannt hat. Dabei haben wir tatsächlich Triebe von Herbstzeitlosen gefunden.«

Der Dicke sah ihn von der Seite an und nickte. Ich bemühte mich, nicht loszulachen. Was hatte er erwartet? Einen Wald ohne Herbstzeitlose? Er konnte auch in jeden x-beliebigen Schlosspark gehen, dort wimmelte es ebenfalls davon. Früher hatte ich immer geglaubt, es handele sich um Krokusse – außer dass sie nicht im Frühjahr blühten. Ihre Blütezeit war im Herbst.

Ich zwinkerte. »Den Container würde ich an Ihrer Stelle wirklich durchkämmen. Vielleicht findet sich etwas – ein Beweisstück. Denken Sie nur an den Drecklappen, den Sie gefunden haben.«

Ratz ignorierte mich und wandte sich wieder Anna zu. »Die Obduktion hat ergeben, dass Ihr Mann seinen inneren Verletzungen erlegen ist, die der Unfall verursacht hat. Ein Riss in der Milz, obendrein der Aufprall des Kopfes gegen die Seitenscheibe – er ist verblutet. Das Gift allerdings hätte ihn ebenfalls umgebracht – die Menge im Blut hätte ein Pferd töten können.«

Lecker, dachte ich. Mehr Details, bitte.

»Wie verbleiben wir jetzt?«, fragte ich.

Er wandte sich unbeirrt Anna zu. »Frau Ziegler, was wir aufgrund der Ermittlungen noch wissen müssten, ist, ob Ihr Mann eine Lebensversicherung hatte.«

Plötzlich herrschte Stille im Raum, man hätte eine Stecknadel fallen hören können. Anna, Jens und ich hielten den Atem an, und ich hätte Ratz am liebsten einen Tritt verpasst. Wie konnte er sie das fragen, wo wir noch keine Gelegenheit gehabt hatten, mit ihr zu sprechen? Mein Herz sank – wir hatten den Moment verpasst, ihr von den unbezahlten Prämien zu erzählen. Und jetzt, hier, musste wiederum ich die Sache aufklären. Immer ich! Hilfesuchend sah ich Jens an und überlegte, wie ich Ratz aus dem Raum bugsieren konnte, ohne Anna zu alarmieren. Da sagte sie auch schon: »Natürlich hatte mein Mann eine Lebensversicherung, was denken Sie denn?«

Ich wollte etwas einwenden, sie in ihren Ausführungen stoppen. Mein Blick wandte sich wieder Jens zu, er sollte bitte eingreifen – doch Ratz kam mir zuvor.

»Sie sind doch der Herr von der Versicherung«, sprach er ihn an. »Sie müssten doch wissen, um wie viel Geld es sich handelt.«

Ich musste eingreifen. Bevor Ratz weiterfragte und Jens in Verlegenheit brachte, rief ich: »Anna, ich wollte es dir schon die ganze Zeit sagen, aber es ist … o Gott, Anna es ist …« Mir blieb der Mund offen stehen, mein Herz raste vor Aufregung. Ich brauchte eine Lösung! Ich konnte doch nicht sagen, dass sie nichts mehr hatte.

»Es ist mit Sicherheit weniger, als du denkst«, faselte ich, »also, erheblich weniger. Wahrscheinlich ist es sogar …«

»Ja?«, fragte Ratz und musterte mich interessiert, als ich Jens vom Bett aus sagen hörte: »Ich weiß gar nicht, was Sie haben, Frau Jakobi, beruhigen Sie sich doch. Es sind fünfhunderttausend Euro.«

Ich glotzte ihn sprachlos an. Wie konnte er so etwas sagen, Hoffnung in Anna wecken, dass ihr noch Geld blieb? Das war doch verantwortungslos! Ratz beobachtete uns weiterhin interessiert.

Anna nickte. »Fünfhunderttausend, das stimmt.«

Ich machte auf dem Absatz kehrt und floh aus dem Schlafzimmer. Sollten sie mit ihr weiterverhandeln. Ich musste dringend raus hier.

Sabina

Warum so viel Geld, du weißt, dass mir das das Genick bricht«, flüsterte Sabina und hielt Alex' Blick stand, der ihr im Café Hauptwache gegenübersaß. »Warum hasst du mich so?«

Alex gab den Blick gekränkt zurück. »Ich habe mir Hoffnungen gemacht, Sabina. Ich fand, wir haben uns super ergänzt – ich habe kaufmännisches Wissen, du das Talent. Wir waren ein schönes Paar und passten perfekt zusammen!«

Sabina senkte den Kopf. »Ich wollte wirklich, dass es funktioniert. Aber es ging nicht.«

»Aber dass es nicht geht, das hast du erst festgestellt, als der Businessplan stand und abgeschickt war. Merkwürdig.«

Sabina schüttelte den Kopf. »So war es nicht, Alex. Aber du hast recht, ich hätte dich fragen sollen, ob ich dir etwas dafür zahlen soll. Nur – über Preise spricht man eben vorher. Jetzt einfach eine Rechnung zu stellen, ist so ziemlich das Mieseste –«

»Warum hast du uns keine Chance gegeben?«, überging er ihren Ausbruch. »Es hätte so schön werden können mit uns.«

»Ich kann dir den Grund nicht erklären. Und wenn ich es versuchte, würdest du es ohnehin nicht verstehen.«

»Es ist wegen diesem Johannes, oder?«

Sabinas Augen weiteten sich. »Woher weißt du von ihm?«

»Als du an Heiligabend im Bad warst und ich auf dich gewartet habe, da sah ich eine Weihnachtskarte rumliegen. Wer ist der Typ? Kennst du ihn von früher?«

»Ich kann nicht glauben, dass du in meinen Sachen geschnüffelt hast! War das auch die Gelegenheit, bei der du meinen Ersatzschlüssel mitgenommen hast?«

Alex hob die Schultern. »Du warst tagelang vorher schon komisch. Und ich hatte dir eigentlich an Weihnachten einen Schlüssel zu meiner Wohnung geben wollen. Als Geschenk.«

Sabina schüttelte den Kopf. »Alex, wir waren so gut wie nie in deiner Wohnung. Ich hätte überhaupt keinen Schlüssel gebraucht. Was sollte diese Schnüffelei in meinen Sachen? Du liest meine Weihnachtspost? Das ist doch nicht normal!«

Alex' Stimme hob sich. »Warum regst du dich so auf? Hattest du was mit dem, während wir zusammen waren?«

»Nein, das hatte ich nicht! Aber, wenn du es unbedingt wissen willst: Ja, er ist der Grund, warum aus uns nichts geworden ist! Ich hab's wirklich versucht, wollte es selbst, dass es mit uns funktioniert. Aber es ging nicht. Er geht mir nicht aus dem Kopf, auch wenn er unerreichbar für mich ist.« Sabina hielt erschöpft inne. »Ich wollte ihn vergessen, Alex, und es tut mir wirklich leid, dass mir das nicht gelungen ist.«

Er schüttelte den Kopf. »Dir tut es nur um dich selbst leid, und dass du jetzt dafür bezahlen musst, weil du mich so ausgenutzt hast. Und das wirst du. Und wenn du nicht bezahlst, dann zeige ich dich an, weil Olga und ihre Cousine schwarz für dich arbeiten.«

Sabina verschränkte die Arme und lehnte sich zurück. »Du willst mich wirklich in die Pfanne hauen.«

Alex stand auf. »Ich lass mich nicht verarschen. Ganz einfach.«

Was sollte sie tun? Seine Eltern anrufen? Sie darum bitten, auf ihren Sohn einzuwirken? Wohl kaum, wo sie ihnen doch nur aus dem Weg gegangen war. Oder doch? Freunde von ihm kannte sie nicht. Die Großmutter vielleicht? Alle waren doch angeblich so neugierig auf sie gewesen.

Dann kam ihr eine andere Idee. Vielleicht sollte sie mit Olga über ihr Vorhaben diskutieren – immerhin konnte sie mal im Kaffeesatz nachschauen, ob ihre Mission überhaupt erfolgversprechend war.

Olga machte ein zweifelndes Gesicht. »Letzte Mal, wo habe ich in Kaffeesatz gelesen, hast nicht gehört auf mich.«

»Da wusste ich noch nicht, dass du das wirklich gut kannst, Olga«, schmeichelte Sabina. »Und ich will auch nur wissen, ob ich überhaupt eine Chance habe, Alex durch seine Eltern oder seine Oma zu überzeugen.«

Olga betrachtete sie skeptisch und schnalzte mit der Zunge. »Viel Geld ist. Wenn ich würde in Lotto gewinnen, dann würde ich Alex einfach überweisen Geld.« Sie überlegte. »Hast Kontonummer?«

»Klar, die steht ja auf der Rechnung. Aber auf deinen Lottogewinn können wir nicht warten.«

Olga blickte verträumt in die Ferne. »Wenn ich würde gewinnen in Lotto, würde ich mir kaufen ganz viele Kleider bei C & A, so viel wie ich kann tragen!«

»Bei C & A?«

»Ja! Kleider fantastisch. Passen immer!«

»Hm. Aber du könntest dir Kleider von Designern leisten, die würden alles passgenau auf deine Figur anfertigen.«

»Findest problematisch meine Figur?«, fragte Olga schmallippig und umfuhr mit den Händen ihre Hüften. »Bei C & A passt wie angegossen.«

Sabina wechselte das Thema. »Da wir nicht davon ausgehen können, dass du nächste Woche im Lotto gewinnst, muss ich mir was anderes einfallen lassen. Und daher wäre es super, du würdest deine … Fähigkeiten … für mich einsetzen und mir einen Tipp geben, ob ich zu seinen Eltern gehen soll oder nicht.«

»Problem gibt«, sagte Olga.

»Ja?«

»Wenn ich in Kaffeesatz sehe, dass ist problematisch mit Eltern, dann gehst trotzdem.«

»Quatsch, nie im Leben!«

»Verstehst nix, Sabina. Wenn ich sehe, dass ist problematisch, dann ich kann nur sehen, wenn du bist gegangen. Wenn nicht gehst, ich sehe nix.«

Sabina blinzelte. »Aber beim letzten Mal hast du gesagt, ich soll die Finger von Alex lassen. Soll das heißen, du wusstest, dass es so oder so Ärger gibt?«

»Ungefähr«, nickte Olga und betrachtete ihre Fingernägel. »Wusste ich, dass du sowieso bei ihm bleibst, egal was ich sage. Kaffeesatz stimmt immer.«

»Aber das ist ja Beschiss! Was nutzt einem dann eine Hellseherin?«

»Wenn geht alles gut, macht ruhiger.«

»Na super!« Sabina sah aus dem Fenster. Sie konnte kaum glauben, dass sie solche schwachsinnigen Gespräche führte. Dennoch sagte sie: »Guck trotzdem in den Satz. Und sag mir einfach, was du siehst. Dann weiß ich wenigstens, ob ich am Ende zahlen muss oder nicht. Vielleicht bin ich mit der Gewissheit ruhiger.«

Olga betrachtete sie zweifelnd. »Wenn meinst.«

In bedrückender Langsamkeit bereitete Olga den Kaffee in ihrer kleinen Blechkanne zu. Sabina beobachtete sie nervös. Was auch immer bei der Sache herauskam: Sie war für alle Zeiten von neuen Männerbekanntschaften geheilt. Jede Beziehung, die sie begann, endete in einem Desaster.

Olga nahm die Blechkanne vom Herd und setzte sich zu ihr. Goss zuerst sich selbst und dann Sabina den Rest ein.

»Ist die Kanne undicht, oder warum setzt sich da eigentlich so viel Zeug ab?«, fragte Sabina, die in ihre Tasse schielte.

Olga lachte und machte eine Handbewegung, die »warte ab« heißen sollte – der Kaffee musste sich erst einmal setzen. Sabina kniff die Augen zusammen, wartete, trommelte demonstrativ mit den Fingern auf die Tischplatte und trank schließlich auf Olgas Zeichen hin langsam das bittere Gebräu. Am Ende starrte sie auf den Tassenboden. Ein einziger dunkelbrauner Brei. Was, bitte schön, sollte hier zu erkennen sein?

Doch nun war Olga an der Reihe. Sie betrachtete den Satz eingehend von allen Seiten. Anders als beim letzten Mal, wo sie nur einen kurzen Blick hineingeworfen hatte, hielt sie die Tasse diesmal sogar unter das Licht der grellen Küchenlampe. Schließlich stellte sie die Tasse ab und fuhr sich über die Schürze.

»Was hast du gesehen?«, stieß Sabina hervor und strich sich eine Haarsträhne aus der Stirn. »Wird alles gut?«

Olga grinste künstlich. »Nicht einfach ist zu sagen. Für dich geht gut aus.«

Sabina strahlte. »Echt? Meine Güte, das ist doch super! Muss ich also nicht zahlen?«

Olga hob die Schultern. »In Prinzip nicht.«

»Im Prinzip? Mein Gott, Olga, spann mich doch nicht so auf die Folter! Sag, was los ist!«

Olga wischte mit der flachen Hand unsichtbare Krümel von der Tischplatte. Sabina rief: »Du machst mich wahnsinnig! Es war ausgemacht, dass du mir alles sagst, was du siehst. Funktioniert mein Plan mit seinen Eltern? Oder funktioniert er nicht?«

Olga hob die Schultern. »Weiß ich nicht. Habe ich keine Eltern gesehen.«

»Nicht? Die Oma vielleicht?«

»Nein.«

»Aber genau danach solltest du doch schauen!«

»Ist nicht wahr. Sollte ich schauen, ob du musst bezahlen oder nicht.«

»O Mann! Und warum geht nur ›im Prinzip‹ alles gut aus?«

»Musst du Geld nicht bezahlen.«

Sabina betrachtete sie misstrauisch. »Und was ist die schlechte Nachricht?«, fragte sie lauernd.

Olga seufzte. »Ach Kindchen, immer fragst und fragst. Egal ist, oder? Musst nicht bezahlen. Basta.«

Sabina knirschte mit den Zähnen. Sie hätte zu einer professionellen Kaffeesatzleserin gehen sollen, da hätte sie fünfzig Euro bezahlt und man hätte ihr gesagt, was Sache war. Aber nein, Olga hatte ihre eigenen Regeln.

»Ich will jetzt wissen, was los ist«, knurrte sie.

»Na gut. Bist nicht zu verbessern. Stirbt jemand«, sagte Olga.

»O nein! Wer?«

»Kenne ich nicht, Frau ist.«

»Eine Frau? Und was hat das mit meinem Geld zu tun?«

Olga erhob sich und baute sich mit in die Hüften gestützten Händen vor Sabina auf. »Was glaubst du, kann ich alles sehen in Kaffeesatz? Habe ich Frage gestellt in Kopf: Muss Sabina bezahlen Geld, ja oder nein? Habe ich gesehen: Stirbt Frau, Mann gibt dir Geld.«

»Hallo?«, sagte Sabina. »Warum sollte mir ein Mann Geld geben, wenn eine Frau stirbt? Olga, bitte, ich verstehe nur Bahnhof.«

»Lese ich dir nie wieder aus Kaffeesatz, Sabina, nie wieder!«, sagte Olga. »Normalerweise Leute geben mir fuffzehn Euro, wenn Sache geht gut aus. Unglaublich ist!«

Sabina zog den Kopf ein. Sie flüsterte: »Als du mich vor Alex gewarnt hast, was genau hast du da gesehen? War das auch so … unkonkret?«

Olga runzelte die Stirn. »Hm. Was habe ich gesehen? Hm, überlege ich.« Sie dachte angestrengt nach. Schließlich sagte sie: »Glaube ich, Schlüsseldienst war.«

Sabina riss die Augen auf. »Du hast den Schlüsseldienst gesehen und mich deshalb vor Alex gewarnt?«

»Natürlich! Ist klar, wenn man ruft Schlüsseldienst wegen Mann, dass nicht geht gut aus!«

Sabina legte den Kopf in die Hände. Mit letzter Kraft hauchte sie: »Soll ich jetzt zu den Eltern gehen oder nicht?«

Olga betrachtete sie prüfend. Dann schnaubte sie: »Mach, was willst. Aber wenn ich wäre an deine Stelle, würde ich nicht machen. Bleibst du weg von Eltern. Macht Alex nur noch wütender.«

Mittlerweile kenne ich Sabina und weiß, dass so gut wie nichts sie aus der Ruhe bringen kann. Außer natürlich, wenn ich Mist baue, wie sie sich ausdrückt. Liegt bestimmt daran, dass sie sich inzwischen nicht mehr so richtig gut bewegen kann mit ihrem dicken Bauch. Den streichelt sie die ganze Zeit und glotzt dann immer ganz versonnen in der Gegend rum. Dabei ist sie abgelenkt, und ich kann treiben, was ich will. Wenn sie mich aus meinem Zimmer rauslässt, hat sie mich normalerweise immer unter Beobachtung, damit ich ihr nicht wieder abhaue. Aber in letzter Zeit schweifen ihre Gedanken immer mal ab. So wie jetzt, da starrt sie auf die Tischplatte. Auf einmal klingelt es, und Sabina watschelt zur Tür. Olga ist da! Schnaufend kommt sie an den Tisch und drückt mir einen Kuss auf, so schnell kann ich gar nicht gucken.

»Was gibt es denn so Eiliges?«, fragt Sabina und gießt ihr und sich selbst einen Kaffee ein. Ich kriege keinen, für mich gibt es Apfelschorle.

»Sabina«, sagt Olga und holt nochmals tief Luft, »ich kündige.«

Sabina knallt die Thermoskanne auf den Tisch. »Warum das denn, um Gottes willen?«

»Ist wegen Ekaterina und Natasha. Ekaterina kommt bald in siebte Klasse, weißt, und will ich auf gute Schule schicken, bessere wie hier in Frankfurt.«

»Wollt ihr aufs Land?«

»Nee, nee. Gehen wir zurück nach Russland. Hier auf Schulen is nix so gut, Sabina, weißt, zu viele Ausländer gibt. Polen, Rumänen, Türken. Ist zu viel. Banden gibst auch, und wird nicht richtig Deutsch gesprochen. Vladimir und mir gefällt das nicht.«

Sabina starrt sie an. »Aha«, sagt sie. »Und in Russland, da ist das in den Schulen besser?«

»Geht sie in deutsche Schule in Moskwa, ist schon angemeldet. Nur deutsche Kinder sind dort.«

Ich starre Olga an, als Sabina fragt: »Kommt ihr wieder zurück, irgendwann?«

Olga hebt die Schultern. »Ich weiß nicht. Kann sein, Natasha kommt zurück, wann ist fertig mit Schule. Wann Ekaterina ist fertig, wir kommen vielleicht alle. Aber weißt, kann auch sein, dass nicht. Viel Arbeitslosigkeit gibt's hier. Bildung auch nicht so gut.«

Sabina fährt sich mit der Hand über den Bauch. »Äh. Ist das nicht sehr teuer, die deutsche Schule in Moskau?«

Olga winkt ab. »Hab ich genug Geld für das. Haben wir viel gearbeitet hier, Vladimir und ich, haben wir viel gespart. In Moskwa wir finden auch gut Arbeit, und auch gut ist, dass wir sprechen Deutsch. Ideal ist.«

Sabina nickt gedankenverloren. »Dann brauche ich einen Ersatz für dich. Am besten einen, der russisch spricht, da deine Cousine kaum Deutsch kann.«

Olga schüttelt bedauernd den Kopf. »Geht Mascha auch zurück – nach Jaroslavl. War hier sowieso nicht für lange. Musst du dir suchen ganz neue Leute.«

Sabina reibt sich die Augen, sie sieht fertig aus. Olga sagt: »Habe ich nachgesehen in Kaffeesatz, ob gibt gute Lösung.«

Sabina schüttelt vehement den Kopf. »Nein danke!«

Kaum ist Olga aus dem Haus, greift Sabina zum Telefon. Sie ruft Johannes bei jeder Kleinigkeit an. Wo soll er denn bitte auf die Schnelle eine Lösung herkriegen? Es dauert nicht lange, und er kommt nach Hause. Bringt Ole und Nils gleich mit, die er meistens vom Hort abholt.

Sabina sitzt auf dem Sofa, ich hocke direkt neben ihr. »Wir werden schon eine Lösung finden«, sagt er, streicht ihr über den Rücken und küsst sie auf die Nasenspitze. Auch Nils und Ole stellen sich zu uns und schauen sie besorgt an.

»Was ist denn los?«, fragt Nils.

Das frage ich mich auch. Die Welt geht doch nicht unter! Obwohl ich es selbst sehr schade finde, dass Olga bald nicht mehr kommt. Ich betrachte Sabina und streiche ihr auch über den Rücken, so wie Johannes es tut. Plötzlich habe ich einen Einfall. »A-a-a!«, rufe ich.

Nils und Ole stimmen ein, »A-a-a! O-o-o!«, rufen sie. Wütend blicke ich sie an und gleite vom Sofa. Die können mich mal! Entschlossen laufe ich zu dem Stapel Fotoalben, die seit unserem Besuch im Keller unter dem Couchtisch liegen. Ich krieche unter den Tisch und ziehe ein Album hervor – Gott sei Dank gleich das richtige. Schwerfällig trage ich es zu Sabina und lege es ihr auf den Schoß. »Jetzt nicht«, sagt sie und will es beiseitewischen.

»A-a-a!«, rufe ich und kralle mich an dem Album fest. Johannes kapiert schließlich, was ich meine. »Sie hat recht«, lacht er und kitzelt mich unterm Kinn. »Wir könnten Anna fragen.«

Ja, das könntet ihr, denke ich aufgeregt und klatsche vor Freude in die Hände. Anna lebt! Oh, welch wundervolle Neuigkeit!

Wir betrachten die Bilder, und Sabina meint skeptisch: »Ich weiß nicht.« Sie scheint Anna nicht in allzu guter Erinnerung zu haben. Anna sei völlig ausgetickt, nach dem, was mit mir passiert war – vor allem, nachdem sie davon gehört hatte, dass Sabina bei Johannes eingezogen war. Selbst nach vielen Monaten sei sie nicht in der Lage gewesen, vorbeizukommen. Und irgendwann hätten sie sie eben nicht mehr gefragt.

Johannes beschwichtigt. Sicherlich könnte sie inzwischen sogar ihre Freude an mir haben. Man solle es auf einen Versuch ankommen lassen. Und nebenbei könne man auch über andere Dinge als die Vergangenheit reden. Nämlich über die Zukunft.

Vorsichtshalber fragen sie telefonisch bei Oma und Opa an, was sie von der Idee halten. Johannes stellt auf Lautsprecher, damit alle mit-

hören können. Oma ist von der Idee begeistert. Anna würde bestimmt nichts lieber tun, meint sie. Und es täte ihr ohnehin furchtbar leid, wie sie sich benommen habe. Sie meint, Anna würde sich mittlerweile sogar freuen, wenn sie auf diese Weise wieder an meinem Leben teilhaben könnte, selbst wenn ich davon nichts mehr mitbekäme.

Wenn ihr wüsstet, denke ich.

Oma sagt: »Sie wünscht sich nichts mehr, als Silvie beweisen zu können, dass sie es geschafft hat. Immer wieder sagt sie das: ›Wenn Silvie mich so sehen könnte.‹«

Aber da haben wir es doch! Dann soll sie doch kommen! Hektisch zerre ich an Sabinas Arm.

»Ich weiß nicht«, sagt sie und deutet auf mich. »Ich weiß wirklich nicht, wie sie auf sie reagieren wird.«

Tja, das frage ich mich in gewisser Weise auch, und mir wird plötzlich mulmig zumute.

Denn sicherlich wird sie mich kaum erkennen.

Silvie

Als ich genügend Luft geschnappt hatte und von meinem Rundgang zurückkehrte, nahm ich den direkten Weg ins Arbeitszimmer. Jens blätterte in Loseblatt-Sammlungen und sah überrascht auf, als ich in den Raum stürzte.

»Was ist passiert?«, fragte er besorgt.

»Du hast Scheiße gebaut«, flüsterte ich und legte beide Hände vors Gesicht. Er erhob sich und nahm mich in den Arm. »Größere Scheiße als die, die wir ohnehin schon haben, ist es sicher nicht.«

»Aber ja! Wann willst du Anna denn erklären, dass sie in Wahrheit gar keine Versicherung hat?«

»Ich habe dir gesagt, wir helfen ihr. Und das tun wir.«

»Aber wie? Du hast keine Fünfhunderttausend!«, klagte ich und ließ mich auf dem Schreibtischstuhl nieder. Dann sah ich ihn flehend an. »Du musst das wieder geradebiegen, Jens, bitte! Am besten gleich, damit sich der Gedanke gar nicht erst bei ihr festsetzt.«

»Vertrau mir einfach. Sie hat eine Versicherung, basta. So habe ich es ihr erzählt. Es ist nicht so viel, wie sie dachte – aber sie kommt damit klar. Sie weiß nicht, dass es gar nichts gab. Alles, was ich von dir brauche, ist der Versicherungsschein von Johannes.«

Verwirrt sah ich ihn an. »Von Johannes?«

Jens strich mir übers Haar. »Von Johannes. Für ihn machen wir eine neue Versicherung. Ich habe heute im Büro seinen Datensatz geändert – er heißt jetzt nicht mehr Johannes Jakobi.«

Ich verstand nur Bahnhof. »Sondern?«

Jens versuchte sich an einem Lächeln. »Matthias Ziegler.«

Atemlos ließ ich mir das auf der Zunge zergehen. Ein Versicherungstausch?

»Und das geht so einfach?«, fragte ich stirnrunzelnd.

Er lachte. »Nicht, wenn ich nicht den ursprünglichen Schein vernichten könnte. Wir hätten sonst zwei Versicherungen auf dieselbe Nummer. Wenn Johannes etwas zustoßen würde und du kämst mit dem alten Schein, würde es auffliegen. Aber so merkt es keiner – Johannes kriegt einfach eine neue Versicherung.«

»Ach so, also ist es Betrug?«, fragte ich blöde.

»Ja, schon.«

»Mensch, Jens, das geht nicht. Wenn das rauskommt!«

»Das kommt nicht raus, ganz sicher.«

»Warum hast du nicht meine genommen?«, fragte ich. »Ich will Johannes da nicht mit reinziehen!«

»Du bist eine Frau. Ich kann keine Frau in einen Mann umwandeln, Silvie. Allein die angekreuzten Fragen nach den Schwangerschaften und dann die Größe, Gewicht, das muss alles einigermaßen übereinstimmen, und bei Johannes und Matthias stimmt sogar fast das Alter überein. Änderungen an Namen und Adresse dürfte keiner merken. Außerdem bin ich der Sachbearbeiter, und kein anderer wird sich die Mühe machen und ein Verlaufsprotokoll über die Datenänderungen ziehen.«

»Aber ein gewisses Restrisiko besteht?«

Er schüttelte den Kopf. »Nein, ganz sicher nicht.« Etwas flackerte in seinen Augen, aber es mochte die Aufregung sein.

Diese Nachricht musste ich erst einmal sacken lassen. Anna hatte fünfhunderttausend, Halleluja. Ich spürte dem Gefühl in meiner Brust nach. Freude? Nicht so richtig. Aber, verdammt noch mal, ich sollte mich freuen! Anna bekam jetzt genug Geld, um sich vorerst die Bank vom Hals zu halten. Wir hatten genügend Zeit, sie in eine Klinik zu schicken; sie hatte genügend Zeit, sich danach in aller Ruhe einen Job zu suchen. Ich hätte schreien sollen vor Erleichterung, aber ich blieb stumm auf meinem Stuhl hocken. Dabei hätte ich ganz beruhigt sein können – nur Jens und ich wussten von der Sache.

Trotzdem brach ein Vorwurf aus mir hervor. »Du hättest das mit mir absprechen müssen, vorher! Jetzt habe ich gar keine Wahl. Wenn das rauskommt, dann wanderst du in den Knast!«

»Ich wandere aber nicht in den Knast. Und auch sonst keiner. Jetzt denk doch mal nach, wenn Anna ohne Geld dastünde, wäre eure ganze Familie mitbetroffen. Das will ich nicht. Ich will, dass wir wenigstens noch den Hauch einer Chance haben!«

Ich starrte ihn an. Hätte ihm sagen sollen, dass ich meinen Eltern noch lange nicht zumuten konnte, mich von Johannes zu trennen. Alles, was das betraf, rückte in unerreichbare Ferne – für mich zumindest. Das Wort Betrug pochte in meinem Kopf. Versicherungsbetrug. Und ich mittendrin.

»Ich könnte eine Bank ausrauben«, schlug ich vor und meinte das vollkommen ernst.

Jens lächelte. »Das brauchst du nicht mehr, die Sache ist über die Bühne. Ich habe alle Datensätze geändert, inklusive Matthias' Unterschrift.«

»Und wenn die einer prüft?«, fragte ich skeptisch.

Er schüttelte den Kopf. »Wir haben noch nie eine Unterschrift geprüft.« Teilnahmsvoll schaute er mich an. »Mach dir nicht zu viele Sorgen. Du glaubst gar nicht, wie viele Betrügereien laufen, und keiner merkt was.«

Ich betrachtete ihn nachdenklich. Über die Dinge, die keiner merkte, konnte es schwerlich eine Statistik geben.

»Hast du schon jemals was gedreht, und es ist nicht rausgekommen?«, fragte ich hoffnungsvoll. Ein positiver Erfahrungsbericht hätte mich aufgebaut. Doch Jens schüttelte den Kopf. »Nein.«

»Uns wird was anderes einfallen«, sagte ich und sah wieder aus dem Fenster. Aber uns fiel nichts anderes ein. Nicht, dass wir ernsthaft darüber nachgedacht hätten. Ohnehin lief uns die Zeit davon. Wir mussten bei Jens' Versicherung die Ansprüche anmelden, damit alles ganz normal aussah. Ich verstand nicht, wieso er mir nichts davon gesagt hatte, als er ein paar Stunden zuvor ins Haus gekommen war. Wieso war er erst vor der Polizei damit herausgerückt und hatte riskiert, dass ich alles auffliegen ließ? Und wie hatte er so cool sein können, am Morgen ins Büro zu marschieren und die Unterlagen zu manipulieren, so dass Johannes zu Matthias wurde?

Ich betrachtete ihn prüfend. Er hatte es nur gut gemeint, nicht so, wie die kleine, unliebsame Stimme es mir einreden wollte, die in meinem Kopf sagte: Durch diese Sache bin ich dir auf ewig verpflichtet, Jens Reimer.

Anna unterschrieb mein Schreiben an die Versicherung noch am selben Abend. Sie ahnte wirklich nichts. Sie fragte nicht einmal nach, wie es dazu kam, dass aus zwei Millionen plötzlich fünfhunderttausend geworden waren.

Mir hätte das auffallen müssen, aber das tat es nicht. Ich wunderte mich über gar nichts mehr.

Sabina

»Gruselig«, bemerkte Tanja über den Kopf einer Kundin hinweg. »Und dir fällt nicht ein, wen Olga meinen könnte?«

»Beim besten Willen nicht«, sagte Sabina. »So wie es aussieht, werde ich wohl zahlen oder mich auf einen Rechtsstreit einlassen müssen.«

»Warte wenigstens, bis eine Frau stirbt«, scherzte Tanja und lachte laut über Sabinas säuerlichen Gesichtsausdruck. »Könnte schon morgen so weit sein, die eine oder andere Frau stirbt immer wieder gern.«

»Genau. Ich könnte mir in den nächsten Wochen die Todesanzeigen vornehmen und schauen, ob mir ein Name bekannt vorkommt. Was unwahrscheinlich ist, wenn man bedenkt, wie wenige Leute ich in Frankfurt kenne.« Sabina zählte an ihren Fingern auf: »Da bist du …« Tanja warf ihr einen zerknirschten Blick zu. »Da wären diverse Boutiquenbesitzerinnen, die ich seit kurzem kenne. Meine Kolleginnen von früher …«

»Verkäuferinnen in Supermärkten und Buchhandlungen«, scherzte Tanja.

»Ich kann nicht glauben, was wir hier reden.« Sabina lachte. »Wenn Olga wüsste, wie ernst ich die Sache nehme, würde sie stolz wie ein Gockel durch die Gegend rennen!«

»Jetzt mal im Ernst. Ich würde auf jeden Fall mit der Zahlung warten, bis er Alex eine Mahnung schickt. Damit gewinnst du erst mal Zeit. Und wer weiß, vielleicht kommst du wirklich noch an Geld.«

»Könnte sein«, sagte Sabina nickend. »Aber Männer kenne ich noch weniger. Schon gar keinen, der mir Geld schenken würde.«

Ich frage mich, ob sie Anna nun anrufen werden oder nicht. Kein Wort haben sie mehr über sie verloren, so sehr ich auch die Ohren gespitzt habe. Jedenfalls nicht in meinem Beisein. Es mag daran liegen, dass ich in letzter Zeit früher im Bett lande. Sabina sagte, ich würde abends zu lange auf sein, und das ginge einfach nicht so weiter. Stattdessen mache ich jetzt keinen Mittagsschlaf mehr. Allerdings gehe ich ihr nun tagsüber auf die Nerven, wie sie sich auszudrücken pflegt. Ich weiß, was sie meint, sie meint meine kleinen Neckereien. Ich neige dazu, Dinge vor ihr zu verstecken, zum Beispiel bringe ich Kochtöpfe in mein Zimmer. Es gibt mir Gelegenheit, auch einmal wieder in einem Topf zu rühren – denn nach wie vor traut sie mir einfach nichts zu. Sobald ich ihr beim Kochen zur Hand gehen will, schickt sie mich fort. Ich könne mich verbrennen, oder noch schlimmer: die Suppe versalzen. Dabei habe ich sie ihr doch schon längst versalzen, allein durch meine Gegenwart. Sie merkt nichts davon, nach wie vor nicht. Wie auch? Ohne dass ich ihr sagen könnte: »Übrigens, Sabina, ich bin's, Silvie«, wird sie es wohl niemals erkennen.

Der Clou ist, dass sie die Sache sogar abstreitet. Gerade vor ein paar Tagen war diese Tanja hier, die mich selten eines Blickes würdigt. Sie sagte: »Du hättest alles getan, um Johannes zu kriegen. Wahrscheinlich hättest du Silvie sogar gepflegt, wenn die Sache anders ausgegangen wäre.«

Sabina stritt es vehement ab. Zeigte ihr sogar einen Vogel. »Nie hätte ich das getan«, sagte sie. »Nie im Leben.«

Kann man mal sehen. Man soll niemals nie sagen.

Silvie

Dass Jens mich die ganze Zeit belogen hatte, erfuhr ich erst, als Anna in der Suchtklinik war und man ihre Tablettendosis sukzessive reduzierte. Wir als Angehörige ließen uns aufklären, welche Art von Problemen Anna mit den Pillen in den Griff zu bekommen versuchte: Ängste, Zwänge, Stimmen im Kopf und depressive Verstimmungen, die in Antriebslosigkeit und mangelnder Hygiene mündeten. Ich konnte mir nun einen Reim auf die Stapel im Haus machen und auf die penible Sauberkeit, die immer wieder in Messieverhalten umgeschlagen war. Wir machten uns im Internet schlau, und dort stand, dass jeder Mensch unter gewissen Umständen Zwänge entwickeln kann – jedermann hat seine eigene, individuelle Stressgrenze. Die meisten Menschen haben hin und wieder leichte Zwänge, zum Beispiel, dass sie eine Melodie immer wieder summen müssen, oder einen starken Drang, etwas auf eine ganz bestimmte Art und Weise zu tun. Neurosen entstehen, wenn meist in der Kindheit liegende Konflikte nicht richtig verarbeitet wurden. Problematisch werden Zwänge, wenn sie ein normales Leben unmöglich machen. Bei Leuten mit Annas Krankheit handelte es sich um normal intelligente Menschen. Beruhigend.

Anna nahm täglich an Einzel- und Gruppentherapien teil. Gleich bei meinem ersten Besuch erklärte sie mir, dass alle anderen dort ein echtes Problem hätten. Alle außer ihr, natürlich. Die meisten waren wegen Alkoholsucht dort, manche wegen anderer Drogen und auch »ganz Kaputte«, die alles miteinander mixten. Mit anderen Worten, sie war ein »leichter Fall«. Nur ein paar Tabletten. Im Grunde brauchte sie gar keine Tabletten! Sie konnte jederzeit damit aufhören!

Obwohl ich skeptisch war, machte es mir Freude, mich mit ihr zu unterhalten. Sie war so positiv gestimmt, auch wenn sie inzwischen noch einmal Besuch von der Polizei bekommen hatte. Auch ich hatte noch einmal auf dem Präsidium erscheinen dürfen – wir alle, auch Brückners – doch beweisen konnte die Kripo letztendlich gar nichts. Es gab ja auch nichts zu beweisen, jedenfalls glaubte ich das.

Anna ignorierte die im Raum stehenden Vorwürfe und die bevorstehende Verhandlung, sie machte stattdessen Pläne für die Zukunft, freute sich, dass die Bank ihr das Haus nicht gepfändet hatte und sie nach vielleicht schon sechs Wochen Klinikaufenthalt mit den Mädchen ein neues Leben beginnen konnte. Sie wollte bei ihrem alten Arbeitgeber anfragen, ob sie stundenweise als Schneiderin arbeiten könne. Vielleicht konnte sie auch endlich selbst etwas entwerfen, das Rüstzeug hatte sie. Und um Lunas schulische Dinge wollte sie sich kümmern, das hatte sie viel zu lange vernachlässigt.

Was erstaunlich war: Sie zeigte keinerlei Trauer über Matthias' Tod. Die Berge von Beileidsbekundungen, die per Post nach seinem Tod eingetroffen waren, ließ sie ungeöffnet, und auch ihr verschlossenes Gesicht bei der Trauerfeier verunsicherte viele der Anwesenden. Insbesondere der Gründer der Firma, der eine lange und löbliche Rede auf Matthias hielt, erntete nicht einmal ein Kopfnicken ihrerseits. Sie fragte auch nicht nach seinen Eltern, die bei der Beerdigung vor lauter Kummer fast mit ins Grab gestürzt waren, und grämte sich nicht, dass sie zukünftig alleinerziehende Mutter dreier Mädchen war. Weder ihn noch die Kinder schien sie zu vermissen.

Ich sagte: »Anna, du wirst aber weiter in Therapie gehen, wenn du wieder zu Hause bist, das versprichst du mir.«

Sie lachte. »Vielleicht habe ich ja eine Psychose, aber das müssen sie mir erst noch beweisen.«

Ich betrachtete sie kritisch. Wie konnte sie so fröhlich sein? Psychose, ja, meine Liebe. Eine Zwangsneurose mindestens.

Genau eine Woche später war die positive Entwicklung auch schon wieder vorbei. Anna war ein heulendes Elend, als ich sie im Besucherzimmer antraf, eine kleine schwache Frau, die an die Anna erinnerte, die im Hausanzug zu Giovanni gefahren war. »Was ist los?«, fragte ich.

»Sie geben mir nicht, was ich brauche! Immerzu soll ich reden! Darüber, dass Matthias mich geschlagen und geschubst hat, und über meine Leukämie. Und über dich und Mama und Papa. Und keine fünf Tabletten am Tag, Silvie, ich will ja weniger davon einnehmen, aber bitte, was soll daran schlecht sein, wenn sie die Panik vertreiben? Alle starren mich an, wenn ich mir beim Mittagessen ein Tablett hole, die rote Grütze so flüssig, dass sie herausläuft, und dann reden und lachen alle über mich. Ich versuche ja, mich zu beruhigen, aber ich zähle und zähle – ich werde noch verrückt!«

»Es redet bestimmt keiner über dich«, versuchte ich sie zu beruhigen, »und lachen tut schon gar keiner, die sind hier doch alle mit sich selbst beschäftigt.«

»Genau! Sollen sie sich doch um die kümmern, die es nötig haben! Ich komme schon zurecht, ich weiß, wie viel ich einnehmen muss, damit es mir gutgeht, und ich frage mich, was daran verkehrt sein soll! Kannst du es mir sagen? Ich will nicht mehr zählen!« Sie heulte verzweifelt auf.

»Die Tabletten machen abhängig, Anna, das haben sie dir doch erklärt. Es ist nicht der Normalzustand, dass man sie braucht, um keine Angst zu haben oder um nicht zu zählen oder keine Stimmen zu hören. Der Normalfall ist, dass man auch ohne sie ganz gut über den Tag kommt.«

»Was weißt du denn schon davon? Du meinst also, es ist nicht schrecklich, wenn man an der Kasse steht und die Finger zittern so stark, dass man das Geld nicht aus dem Münzfach kriegt? Soll ich dir was sagen, Silvie? Du hast keine Ahnung! Für dich ist immer alles leicht, dein ganzes Leben lang war es das schon, aber für mich eben nicht. Ich hab das ganze Schlechte abgekriegt, ich hab die Arschkarte gezogen. Und je schlechter es mir ging, desto besser ging es dir. Der Krebs wird mich früher oder später holen, so sieht es aus, da können die mir tausendmal einreden, das wäre nur in meinem Kopf!«

»Ach, Anna«, flüsterte ich und nahm sie in den Arm. Letzte Woche hatte sie diesen Höhenflug gehabt, der mich so optimistisch gestimmt hatte, und jetzt das. Jens und ich hatten schon gehofft, es ginge schneller aufwärts als gedacht, und ich könne doch bald Johannes verlassen. Vier Wochen wollten wir warten, nachdem die Mädchen wieder bei Anna waren. Ich nahm an, dann hätten sich meine Eltern so weit erholt, dass auch ich mal das vermeintliche Sorgenkind sein konnte. Wir hätten uns in Annas Haus ineinander verliebt, wollten wir sagen. Ein guter Plan, eigentlich. Na ja. Das Leben verläuft eben manchmal nicht nach Plan.

Meins schon gar nicht.

Während es bei Anna in der Klinik auf und ab ging, waren die Mädchen bei meinen Eltern untergebracht, und besonders mein Vater meisterte die Situation generalstabsmäßig. Luna war von der Schule befreit worden und blühte sichtlich auf. Sie summte immer weniger, spielte mit Clara und Emma, die sich dank meiner Eltern auch endlich in ärztlicher Behandlung befanden – die Diagnose ADHS stand im Raum. Nach ihrer Mutter fragten die Kinder nicht viel, was wir zwar besorgt, aber auch mit Erleichterung zur Kenntnis nahmen.

Bei einem meiner Besuche in der Klinik – es muss in der dritten oder vierten Woche ihres Aufenthalts gewesen sein – fragte Anna mich plötzlich, ob ich eigentlich wisse, wie es dem »Wohltäter« gehe.

»Welchen Wohltäter meinst du?«, fragte ich verblüfft.

»Na, den von der Versicherung, diesen Herrn Reimer, der eine Versicherung aus dem Hut gezaubert hat, obwohl es gar keine mehr gab.« Sie sprach sehr deutlich, ihr Blick war so klar, dass ich mir nicht erklären konnte, wieso sie solch einen Blödsinn erzählte. Sie konnte doch unmöglich davon wissen! Ich bekam heftiges Herzklopfen.

Anna plapperte weiter: »Na, er kam doch zu mir ans Bett und hat mir erzählt, dass Matthias' Versicherung ungültig sei, aber dass sich da etwas machen ließe, wenn ich in eine Klinik ginge.«

Ich legte den Kopf schräg. »Ich verstehe dich nicht, Anna.«

Sie guckte in die Luft. »Warte, wie hat er sich ausgedrückt? Ach ja: Wenn man mal eine Versicherung hatte, sie aber nicht bezahlt hat, gibt es eine Übergangsfrist, innerhalb derer die Hinterbliebenen noch einen Anspruch haben, wenn sie besondere Härte nachweisen können.«

In meinem Kopf summte es. »Das hat er gesagt?«

Plötzlich schlug sie sich mit der flachen Hand auf den Mund und sah mich mit großen Augen an. »Ich glaube, ich hätte das gar nicht erzählen dürfen. Ich glaube, er wollte, dass ihr denkt, ich sei freiwillig in die Klinik gegangen.« Schuldbewusst blickte sie mich an. »O Mist. Daran hab ich jetzt gar nicht mehr gedacht.«

»Moment mal«, bat ich. »Ich erzähle es keinem. Aber das ist jetzt wirklich wichtig: Wann hat er das zu dir gesagt?«.

»Hm. Schwer zu sagen.« Sie überlegte und sagte dann: »Eigentlich ist es doch egal. Warum ist das so wichtig?«

»Es ist eben wichtig. Denk nach.«

Sie betrachtete mich unsicher, dann hellte sich ihr Gesicht auf. »Es war an dem Tag, als der Polizist nach der Lebensversicherung gefragt hat. Wir waren gerade mitten im Gespräch darüber. Er versuchte mich zu überzeugen, dass ich in eine Klinik müsse, weil er meine Dosis an Tabletten bedenklich fand, und ich wollte nicht.«

»Ja, du hattest morgens zu Papa gesagt, du bräuchtest in keine Klinik, weil du nur ab und zu eine Tablette nähmst.«

»Stimmt. Ich wollte nicht, dass man mich einliefert.«

»Keiner wollte dich einliefern, Anna, du solltest freiwillig gehen.«

»Genau. Und dann würde ich das Geld bekommen, hat Herr Reimer gesagt.«

Ich starrte sie tonlos an, wusste nicht, was ich sagen sollte. Normalerweise hätte ich sie nach einem Schnaps fragen müssen, um wieder Leben in mich zu bringen.

»Hast du was, Silvie?«, erkundigte sie sich besorgt.

Ich stand auf und sah auf die Uhr. Wenn ich mich beeilte, konnte ich ihn noch erwischen.

»Alles bestens«, sagte ich lächelnd und zog meine Jacke über. »Ich komme bald wieder.«

Heute hat Sabina Nussecken gebacken, die liebe ich. Meine Mutter hat sie früher auch oft gemacht, und schon damals war ich verrückt danach. Die Jungs lieben sie auch; Sabina gibt ihnen auch immer reichlich davon, aber mir total wenig. »Zu viel Zucker«, sagt sie und legt mir dann höchstens eine halbe hin. Bin ich vielleicht wirklich zu dick? Immerhin nennen sie mich ständig so. Mit dem Arzt haben sie das auch schon diskutiert, und schließlich einigten sie sich darauf, ich sei eben etwas handfester. Was auch immer man sich darunter vorstellen soll. Tatsache ist, ich war schon mal schlanker.

Trotzdem würde ich zu gern mal eine versuchen. Sie riechen so gut. Ich beobachte, wie Sabina eine Hand auf ihren Rücken legt, sich langsam auf einen Küchenstuhl sinken lässt und wieder auf die Tischplatte starrt. Dann streicht sie über ihren dicken Bauch. Sie tut das oft in letzter Zeit. Und während sie so dasitzt und nachdenkt, recke ich mei-

nen Hals, schiele um die Ecke zum Couchtisch und betrachte verstohlen den Teller mit den frisch gebackenen Nussecken, den sie für irgendjemanden Hochwichtiges vorbereitet hat. Der Teller steht dort zum Abkühlen, bereit für die Gäste. Ich sehe mich unauffällig nach ihr um, doch sie hat eine Zeitung ergriffen. Langsam schlendere ich zum Couchtisch, drehe ihr den Rücken zu und schnappe mir eine Nussecke. Herrlich! Sie ist noch ein bisschen klebrig, die Schokolade ist noch nicht ganz fest. Vorsichtig knabbere ich mit spitzen Zähnen eine Ecke ab und lasse sie auf der Zunge zergehen. Hhmm! Sie schmeckt wunderbar. Die Nussmasse ist nicht so mein Fall, ich knabbere die schokoladigen Ecken der beiden anderen Seiten auch noch ab, sehe mich unauffällig nach Sabina um und platziere die Nussecke vorsichtig wieder auf dem Teller. Fällt kaum auf, dass die Ecken fehlen! Und Sabina liest weiter. Ich kann mein Glück kaum fassen, greife mir die nächste Nussecke, nehme schnellstens jeweils einen Bissen von den Ecken, und zack, lege ich sie wieder auf den Teller zurück. Ich kann nicht eher aufhören, bis ich alle Ecken abgeknabbert habe, und finde, dass das richtig gut aussieht. Zufrieden betrachte ich den Haufen angeknabberter Nussecken, wische meine Hände an der weißen Tischdecke ab und höre plötzlich, wie ein Stuhl gerückt wird. Ich wende meinen Kopf und frage mich, wie sie wohl reagieren wird. Bei Sabina weiß man nie. Sachen, die mir gefallen, treffen nicht immer ihren Geschmack.

Wir standen draußen auf der Straße vor Jens' Versicherungsgebäude, und ich tobte.

»Du wusstest ganz genau, dass ich dem Betrug nicht zustimmen würde, und hast es trotzdem gemacht – *nachdem* du mir erzählt hast, die Sache sei schon über die Bühne. Du hast mich angelogen!«, schrie ich.

Jens schüttelte den Kopf. »Nein, das stimmt nicht. Es war am Tag vorher, als ich ihr erklären wollte, dass es keine Versicherung gibt. Da habe ich bemerkt, dass sie Tabletten schluckte. Ich hab's nicht übers Herz gebracht, bin am nächsten Morgen ins Büro und hab den Datensatz geändert.«

»Du lügst doch! Anna hat gesagt, du hast ihr was von einer Übergangsfrist erzählt, und wenn sie in eine Klinik ginge, würde die Versicherung zahlen!«

»Ihr wolltet doch unbedingt, dass sie in eine Klinik geht – ich habe doch nur versucht, sie dazu zu überreden, und zwar in dem Moment, als du mit der Polizei ins Schlafzimmer kamst. Dass ich ihr dafür die Versicherungsprämie versprochen habe, nein, Silvie, da hat sie was falsch verstanden!«

Ich funkelte ihn böse an. Wer log hier? Am Ende hatte ich selbst einen Dachschaden. So verrückt konnte Anna doch nicht sein, dass sie alles durcheinanderbrachte.

»Wir hätten es auch ohne die blöde Versicherung geschafft, andere verlieren auch alles, und die Welt dreht sich weiter«, erklärte ich.

Er vergrub die Hände in den Hosentaschen und schüttelte den Kopf, immer wieder.

»Ich will, dass du mir jetzt sofort die Wahrheit sagst!«, brüllte ich so laut, dass sich die Passanten nach uns umwandten.

Er sah mich hart an. »Gut, dann sag ich dir was. Bevor du mit der Polizei ankamst, hab ich versucht, ihr schonend beizubringen, dass nichts übrig ist von der Versicherung. Sie hat wieder zwei Tabletten auf einmal eingeworfen und zu mir gesagt, wenn sie das Haus verlöre, dann sei ihr alles egal, dann ginge sie eben ins Gefängnis.«

Ich runzelte die Stirn. »Ins Gefängnis? Was für ein Schwachsinn.«

»Genau, was für ein Schwachsinn – hab ich auch gesagt! Ich sagte, wenn sie das Haus verkauft, kann sie mit den Kindern in eine Wohnung in der Nähe deiner Eltern ziehen und eine Therapie machen. Und sie sagte wieder, nein, das werde sie auf gar keinen Fall tun, niemals würde sie sich einliefern lassen. Sie hätte immer auf ein Haus gespart und gespart und gespart. Sie wurde richtig hysterisch und hat wieder in der Schublade gekramt und gebrüllt, man wolle ihr noch das Letzte wegnehmen, was sie hätte. Und dann weinte sie, dass alles umsonst gewesen sei, die ganze Warterei und die vielen Monate, die sie in der Hoffnung gelebt hatte, endlich frei zu sein, am Ende hätte doch Matthias gewonnen.«

Ich ließ die Schultern sinken. »Gewartet? Worauf denn? Um frei zu sein? Was soll das alles bedeuten?«, fragte ich.

»Ich sag's ja, es klang alles so hirnrissig, bis ich es endlich begriffen habe.«

»Es wäre nett, du würdest es mir langsam erklären, Jens. Ich wüsste vor allem gern, warum du mir das alles erst jetzt erzählst.«

»Ich wollte nicht, dass du die Entscheidung treffen musst. Ich wollte, dass es euch allen gutgeht, verdammt noch mal, und wenn ich der Polizei gesagt hätte, dass sie ihn umgebracht hat, was glaubst du denn, wie es heute aussehen würde?«

Ich wankte zur Straßenlaterne zu unserer Linken und hielt mich an ihr fest.

»Sie hat ihn umgebracht?«, hauchte ich.

Jens rieb sich mit beiden Händen übers Gesicht. »Ich weiß nicht, ob sie absichtlich gegen den Pfeiler gefahren ist oder nicht. Tatsache ist, dass sie ihm Herbstzeitlose in den Salat gemischt hat. Denk doch mal nach! Warum hat denn der Nachbar so eilig den Rasen abgeschält? Die wussten ganz genau, was los ist!«

Ich nickte verstehend. Die ganze Zeit über hatte ich es vermutet, aber verdrängt, weggeschoben, innerlich abgehakt, mir vorbetend, es sei ein Unfall gewesen. Mir fielen die Röntgenblicke wieder ein, die Christine Brückner mir bei der Beerdigung zugeworfen hatte. Als wolle sie mir etwas sagen – wäre ich auch nur einen Schritt auf sie zugegangen. Der Blick hatte um Einverständnis gefleht, und ich hatte einen weiten Bogen um sie gemacht. Vorgegeben, mit dem Herrichten der Kuchenplatten beschäftigt zu sein.

Anna hatte Matthias umgebracht. Ich wandte mich wieder Jens zu.

»Hat sie dir das so gesagt?«, flüsterte ich. »Dass sie ihn umgebracht hat?«

Jens atmete tief durch, seine Stimme vibrierte. »Sie hat gesagt: Der Arzt hat zu Silvie gesagt, es gibt kein Gegenmittel. Und so stand es auch im Internet.«

»Und dann kam ich mit der Polizei ins Zimmer.«

»Genau.«

Ich konnte es nicht fassen. Meine Schwester, eine Mörderin! Christine Brückner hatte es gewusst, die ganze Zeit. Und sie hatte Anna geschützt, die arme Anna, die geschlagen worden war, der die Finger gebrochen worden waren. Rechtschaffene Leute, die eine Mörderin schützten, um den Kindern die Mutter zu erhalten. Die vielleicht sogar die Tat insgeheim guthießen, denn wer wusste schon, was sie noch alles mitbekommen hatten? Die nicht noch mehr Unheil über die Kinder hereinbrechen lassen wollten. Oder über sich selbst, denn wer wohnt schon gern neben einem stadtbekannten ›Mörderhaus‹, beziehungsweise in einem Haus, in dem die unmittelbare Nachbarin über Monate hinweg misshandelt wird, bis sie schließlich ihren Mann umbringt? Die Leute könnten reden: *Warum haben die Nachbarn nichts unternommen?* Ach, es war müßig, darüber nachzudenken, welche Gründe sie für ihr Verhalten hatten – letztendlich würden sie es nicht zugeben können, wollten sie nicht in Teufels Küche kommen. Und schließlich war ein abgeschälter Rasen kein Beweis für eine Mitwisserschaft.

Jens hingegen hatte es gewusst. An dem Tag, als er behauptet hatte, er habe die Versicherung bereits auf Matthias umgeändert, hatte er noch gar nichts in dieser Richtung unternommen. Er hatte nicht einmal sicher sein können, ob sein Plan funktionierte; er hatte es nie zuvor versucht.

Sollte ich nun diejenige sein, die alles auffliegen ließ? Die ihre eigene Schwester anschwärzte, die offensichtlich am Rande einer Psychose stand – wenn nicht sogar schon mittendrin? Die ihren Freund in die Pfanne haute, mit dem sie seit Monaten ihren Mann betrog? Die die Nachbarn für eine Tat bestrafte, die vielleicht nicht ganz selbstlos gewesen war, aber dennoch eine gute? Nein, danke.

Ich setzte mich unter der Straßenlaterne auf den Boden und heulte. Mir war das Ganze einfach zu hoch. Wie war es Anna gelungen, in ihrem Zustand einen solchen Plan durchzuführen?

Anna

Eins – zwei – drei. Ich muss bei der Sache bleiben, dachte Anna und pflückte grüne Blätter aus dem feuchten Rasen. Es war Mitte März, sie trug keine Strümpfe. Sich Schuhe anzuziehen hatte sie vor lauter Eifer vergessen. Dass ihre nackten Zehen blau anliefen und kleine Steinchen und Tannennadeln vom Rasen sich in ihre Fußsohlen bohrten, spürte sie nicht. Zu sehr war sie mit ihren Gedanken beschäftigt und mit den letzten Vorbereitungen. Das wird ihm gut schmecken, dachte sie, und zupfte weitere Zutaten für den Salat aus dem Kräuterbeet im Gewächshäuschen ihres Gartens. Sie durfte sich nicht verunsichern lassen durch das, was Silvie und ihre Mutter sagten. Dass Matthias erschöpft wirke, sagte Mama. Und ob sie noch in Behandlung sei. Offenbar hatte ihr Silvie nichts von ihrer Lüge erzählt. Behandlung. Sie sprachen es aus wie ein Zauberwort, wie ein Sesam, öffne dich. Als ob das die Lösung wäre, so eine Behandlung. Wenn Matthias sie herumschubste, sollte sie in Behandlung! Ob es sein könne, dass sie selbst sich verletzte, nicht Matthias, hatte Silvie gefragt. Was für ein Schwachsinn. Man brach sich doch nicht selbst fast die Finger! Matthias lullte die beiden ein. Er wollte sie einschüchtern, sie wollten sie einschüchtern. Doch Anna konnte denken. Sie sah, was sie sah, und sie sah, dass Matthias sie einliefern wollte. Gestern war ein blauer Brief gekommen. Was blaue Briefe verhießen, wusste man ja: nichts Gutes. Er hatte ihn aus dem Briefkasten geholt und dabei zufrieden genickt. Dann hatte er ihn zusammengefaltet und in der Tasche seines Jacketts versenkt. Manchmal sah er sie so seltsam an, wenn er meinte, sie merke es nicht. Aber sie hatte Augen im Kopf. Letzte Woche hatte er sie angesprochen, sie gefragt, ob er einen Termin ausmachen sollte bei einem Spezialisten. Er habe von einem guten gehört.

»Ich frage mich, was so ein Spezialist macht.« Eine berechtigte Frage, wie sie fand, auf irgendetwas musste sich so ein Spezialist doch spezialisiert haben. Und was sollte sie bei so einem?

Aber Matthias hatte ihr keine Antwort gegeben. »Dann eben nicht«, hatte er gesagt.

Nachdenklich betrachtete sie die Blätter in ihrer Hand. Viel zu viele! Sie hatte nicht aufgepasst, war mit Zählen beschäftigt gewesen, nicht mit Aufpassen. So wie neulich, als Lunas Lehrerin sie lächelnd gefragt hatte, warum sie Luna drei Entschuldigungen für einen einzigen Fehltag geschrieben habe. Drei identische Zettel mit dem gleichen Wortlaut. Und nichts davon mitbekommen! Sie musste gelegentlich die Dosis erhöhen – wobei, das ging ins Geld. Und bei Geld kannte Matthias keinen Spaß.

»Was machst du mit dem ganzen Geld?«, fragte er. »Das bringe ich in die Apotheke«, hätte sie sagen können, aber sie verkniff es sich und zuckte nur mit den Schultern. Allein die ganzen Apotheken Bad Homburgs abzugrasen war anstrengend genug. Meistens ging sie zu Fuß, mit dem Auto traute sie sich nicht mehr. Dabei war sie Stunden unterwegs. Einmal hatte sie ein Mann angesprochen, ob er ihr helfen könne.

»Wobei?«, hatte sie gefragt, hatte vom Bordstein aufgesehen und ihr Zählen der Gullydeckel unterbrechen müssen. Da war er kopfschüttelnd weitergelaufen.

Sie hatte ein System. Im Stadtplan hatte sie die Apotheken eingezeichnet. Sie nahm sich immer drei auf einmal vor, so wie sie immer ihre drei Ärzte abklapperte. Von jedem bekam sie zwei Rezepte, die sie jeweils in eine Apotheke brachte. Frau Wein, die Alte aus der Zentrumsapotheke, hatte Matthias einen Wink gegeben.

»Ihre Frau nimmt zu viele Tabletten, behalten Sie das im

Auge.« Matthias hatte es ihr brühwarm erzählt, wieder mit diesem Einliefern-Blick. Diesen Fehler machte sie nicht noch einmal, nein, nein, nein. Keine Apotheke Bad Homburgs sah sie nunmehr öfter als einmal im Jahr.

Als sie einen Fuß ins Wohnzimmer setzte und ihre Zehen den warmen Holzboden berührten, zuckte sie zurück. Erst jetzt bemerkte sie, dass sie barfuß war; ihre Füße waren eisig kalt und völlig verdreckt. Erschrocken legte sie die Blätter und Kräuter beiseite, die sie geerntet hatte, warf einen kurzen Blick über Christine Brückners Terrasse hinweg in das Wohnzimmer der Nachbarin und betete, dass ihr nicht auch noch Christines Rückkehr vom Einkaufen entgangen war. Wenn, dann war alles aus. Dann konnte sie sich eine neue Strategie überlegen, eine ganz neue. Eilig ergriff sie ein kleines Handtuch, das für diese Zwecke auf der Terrasse bereitlag, und wischte sich die Füße blank. Erst die Sohle, dann die Zehen, zum Schluss den Spann. Falsche Reihenfolge. Unlogisch. Wieder von vorn. Sie wendete das Tuch, begann beim Spann über die Zehen zur Sohle – eins – zwei – drei – sauber. Schnell griff sie nach ihrer Ernte, eilte tapsend durchs Wohnzimmer, durchquerte den Flur und spähte aus dem Türspion auf den Vorplatz. Christines Wagen war noch immer fort. Gott sei Dank!

»Du hast was gekocht?«, fragte Matthias am Abend erstaunt und lugte in die Pfanne.

»Die Fischstäbchen sind für mich und die Kinder«, antwortete sie und wartete verstohlen auf seine Reaktion. Aber er nickte nur anerkennend und holte aus seinem Korb frisch geerntete Bärlauchblätter hervor.

»Dass du keinen Salat magst«, sagte er, und begann vorsichtig, die feinen Blätter in der Spüle abzuwaschen. Wenn er auch sonst nichts im Haushalt tat, den Bärlauch wusch er stets selbst.

»Hast du alles für den Salat vorbereitet?«, erkundigte er sich.

»Natürlich, wie immer«, antwortete sie und schob ihm die Schüssel mit den zerkleinerten Kräutern unter die Nase. Wie er so daran schnupperte, erinnerte er sie an früher, als sie noch jeden Tag für ihn gekocht hatte, immer ein anderes Rezept. Damals hatte er sie manchmal umarmt und geküsst. Das war lange vorbei, inzwischen schubste er sie Treppen hinunter – auch wenn er behauptete, er habe sie halten wollen, als sie strauchelte.

»Was ist das da?«, fragte er und deutete auf ein kleines, hellgrünes Fitzelchen.

»Wird ein Grashalm dazwischengeraten sein«, antwortete sie und zog das Stück mit zittrigen Fingern aus der Masse. Hoffentlich flippte er nicht gleich aus und schüttelte sie, nur weil ihr ein Missgeschick passiert war. Doch heute schien er friedlich zu sein. Behutsam griff sie nach den gewaschenen Blättern und mischte sie unter die Masse, darauf bedacht, dass sie nicht vermatschten, das mochte er nicht. Zuoberst platzierte sie die Tomatenviertel, so dass die Portion aussah wie im Restaurant. Anschließend schob sie die Schüssel beherzt in seine Richtung.

»Stellst du ihn auf den Tisch, bitte?«

Er wandte den Kopf zum Esstisch. »Dass du den Tisch gedeckt hast, ist lange her, Anna.«

»Ich decke jeden Tag den Tisch.«

Er hob die Schultern und sagte nichts weiter dazu. Stellte die Schüssel auf den Tisch und rief die Kinder, die sich nicht rührten, in den Fernseher starrten wie jeden Tag.

»Are you coming, ladies?«, rief er noch einmal, strenger diesmal.

Nachdem alle am Tisch saßen, setzte sich Anna dazu. »Lass es dir schmecken«, sagte sie und lächelte.

»Dass du gelächelt hast, ist auch lange her, Anna.«

»Ich lächle fast jeden Tag.«

Er schüttelte amüsiert den Kopf und sagte: »Ich wollte es dir eigentlich noch nicht sagen, aber ich habe eine Reise gebucht.

Bei TUI, die Unterlagen sind gestern gekommen. Wir fahren mal weg, nur wir beide.« Dann griff er zum Besteck.

Als Matthias über ein Kratzen im Hals klagte, schliefen die Mädchen längst, und Anna hatte ebenfalls Mühe, über ihrem Buch die Augen offen zu halten. Ohnehin verstand sie nichts von dem, was sie las. Der Tag hatte sie doch mehr angestrengt als gedacht, es musste die innere Anspannung sein, die sie erschöpfte. Oder die Vorfreude. Dabei hatte sie bis zuletzt nicht damit gerechnet, dass einmal einer ihrer Pläne gelingen könnte. Normalerweise ging alles schief, was sie sich vornahm.

»Vielleicht wirst du krank«, sagte sie und gähnte.

»Glaube ich kaum, ist doch gar keine Erkältungszeit.« Er schluckte hörbar und räusperte sich. »Mein Mund brennt auf einmal«, erklärte er und erhob sich. Blickte in den Spiegel am Esstisch und streckte sich selbst die Zunge heraus.

Anna erhob sich. »Ich gehe ins Bett, Matthias, ich bin müde.«

»Haben wir was gegen Halsschmerzen im Haus?«, erkundigte er sich noch.

»Glaube nicht. Gute Nacht.«

Als er sie weckte, war es weit nach Mitternacht. Er schwitzte, das erkannte sie selbst im Schein der gedimmten Nachttischlampe. »Was ist denn?«

»Ich bin krank, Anna. Irgendetwas Schlimmes«, keuchte er und griff sich an die Kehle.

Anna versuchte, sich zu orientieren. »Ist dir schlecht?«, fragte sie, und dann dämmerte ihr, was mit ihm los war. Er krepierte endlich.

Matthias setzte sich auf die Bettkante und stellte das Licht heller. Er flüsterte: »Mund und Hals brennen wie Feuer. Außerdem muss ich kotzen.« Er sprang auf und lief Richtung Bad. Sie hörte, wie er würgte, wie er sich erbrach an seiner Schlechtigkeit. Endlich einmal war er kraftlos, musste sich festkrallen am Rand der Toilette. Sie lächelte. Die obszöne Figur, die er dabei machte, konnte sie sich vorstellen, ohne dass sie ihm hinterhereilte.

»Anna!«, rief er schwach und würgte wieder. Die mühsam gepflückten Blätter landeten in der Toilette, aber ihre tödliche Wirkung war längst in seinem Blut. Sie griff in ihr Nachtschränkchen, holte ihr Notizheft hervor, schlug feierlich die letzte Seite auf und vollendete ihre Notizen. Nachdem die Seite voll war, verstaute sie das Heft wieder im Schränkchen und erhob sich. Den Geräuschen nach zu urteilen saß Matthias nun nicht mehr vor, sondern auf der Toilette.

»Willst du einen Kaffee?«, rief sie und machte sich auf den Weg in die Küche. Beim Blick auf die Uhr verwarf sie diesen Gedanken jedoch wieder, es war erst zwei Uhr morgens. Stattdessen nahm sie eine Tablette; eine leichte Unruhe machte sich in ihr breit. Unschlüssig stand sie herum und lauschte in die Nacht. Sie hatte lediglich den Anschlag geplant, darüber hinaus hatte sie keinen Gedanken daran verschwendet, dass sie mit dem Sterbenden die Stunden bis zu seinem Tode verbringen musste. Im Grunde sollte sie die sorgende Ehefrau spielen, sonst schöpfte er möglicherweise Verdacht.

Wenn ich mich auch nur ein bisschen darum scheren würde, wie es ihm geht, müsste ich einen Arzt rufen, kam es ihr in den Sinn. Langsam arbeitete sie sich Schritt für Schritt zum Badezimmer vor. Es war merkwürdig still dort. Vorsichtig lugte sie um die Ecke und blickte direkt in seine blutunterlaufenen Augen, die ihr von der Toilette entgegenstarrten.

»Soll ich einen Arzt rufen?«, fragte sie ruhig. Nachts kam doch sowieso keiner von denen, die schliefen alle.

»Notarzt«, flüsterte er. »'s war was im Salat. Hab überall Blut.«

Sie schüttelte den Kopf. »Ich fahr dich.«

Matthias saß neben ihr, in sich zusammengesunken hing er im

Beifahrersitz, hielt sich den Bauch. Er wimmerte wie ein Baby. Sein Kopf wackelte bei jeder Bremsung und jeder Kurve hin und her wie bei einer Puppe. Er hatte nicht gewollt, dass sie ihn fuhr, hatte auf einem Notarzt bestanden, doch einmal, ein einziges Mal hatte sie die Oberhand behalten. »Ich fahre dich, basta«, hatte sie gesagt und die zitternden Hände hinter dem Rücken versteckt. Wenn ein Notarzt ihn abholte, verlor sie die Kontrolle. Am Ende hatten die ein Gegenmittel dabei, wer wusste denn, ob die Artikel im Internet alle auf dem neuesten Stand waren und nicht mittlerweile die Forschung ihr einen Strich durch die Rechnung machte.

»Aber die Kinder«, hatte er gewispert.

Ihre Antwort lautete: »Die Kinder schlafen, Matthias.« Wenn es schnell ging, war sie vor dem Frühstück längst wieder zu Hause, und Luna kam pünktlich zur Schule.

Als sie an der Ampel standen, wendete Matthias ihr sein Gesicht zu. Der rote Schein der Ampel verlieh seinem Blick etwas Teuflisches, als er flüsterte: »Du hast mir was in den Salat getan. Stimmt's, Anna?«

Ihre Finger hielten das Lenkrad umklammert, ihr Blick war in seinem gefangen. Plötzlich griffen seine Finger nach ihrem Handgelenk, schüttelten es kraftlos. Er weinte.

»Anna, sag, was es war! Du musst es den Ärzten sagen, die müssen ein Gegengift spritzen, ich gehe vor die Hunde!« Wieder hielt er sich den Bauch, wimmerte verzweifelt. Wie ein greinendes Baby rief er: »Fahr schnell, Anna!« Und als sie nicht anfuhr, sondern die grüne Ampel anstarrte, schrie er mit letzter Kraft: »Fahr schnell!«

Und Anna fuhr schnell.

Die Ecke des Pfeilers zur Krankenhauseinfahrt bohrte sich mit der Wucht von siebzig Kilometern pro Stunde in den rechten Kotflügel des Wagens, schob die Karosserie des BMW in

Matthias' Körper und blies ihm den letzten Funken Leben aus dem Leib.

Annas Kopf sank aufs Lenkrad. Kurz dachte sie an die Reise in dem blauen Umschlag, die sie allein antreten würde. Dann verlor sie das Bewusstsein.

Silvie

Meine Eltern fanden ein Notizbuch unter Annas Sachen, als sie sich endlich bereit erklärt hatte, in die Klinik zu gehen. Sie waren gerade dabei, das Nötigste für die Mädchen zusammenzupacken. In dem Buch stand nichts anderes als ein Satz, hundertfach wiederholt: Tod durch Ersticken. Akribisch eingetragen. Dieser Satz hat meinen Eltern und mir großes Kopfzerbrechen bereitet. Wie hatte sie davon wissen können? Ja, wirklich, wie?

Ich rappelte mich vom Fuße der Straßenlaterne auf und wischte mir die Tränen von den Wangen. Jens begleitete mich zu meinem Wagen und kehrte zurück ins Büro, er hatte noch zu arbeiten.

Bevor ich das Auto startete, um die Jungs von der Krippe abzuholen, saß ich minutenlang im Auto und starrte vor mich hin. Ich konnte nicht glauben, was ich gehört hatte. Vor allem aber konnte ich mit niemandem darüber sprechen. Am wenigsten mit Johannes, der mich am Abend prompt fragte, was los sei. Ich erzählte ihm von meinem Gespräch mit Anna: dass es ihr schlecht gehe, und dass der Entzug ihr entsetzlich zu schaffen mache. Ich hatte den Eindruck, als wolle er mich in den Arm nehmen und trösten, aber die Barriere zwischen uns war zu groß – seinen Wunsch nach einer Paartherapie hatte ich abgelehnt. Ich glaube, er hatte genug von mir.

Zwei Tage brauchte ich, um Jens' Offenbarung zu verdauen. Ich erkundigte mich bei Annas Therapeut, wie es im Allgemeinen zur Entstehung von Zwangsneurosen komme. Er erklärte mir, dass sie unter anderem entstehen, um die Ängste in Schach zu halten. Die Todesängste, die oft genug völlig unreal sind – nicht wie in Annas

Fall, die als Jugendliche Leukämie hatte. Sie entwickelte ihre Ticks, um gegen die Todesangst anzukommen, die ihr tägliches Leben bestimmte. Sie hatte keine schlimmen Ticks, wir bemerkten jahrelang gar nichts davon, belächelten sie als ihre Marotten. Als junge Frau entwickelte sie den Tick, sich nichts gönnen zu können, nicht einmal den geringsten Spaß, der nicht viel kostete. Sparen, sparen. Jeden Pfennig legte sie zur Seite; täglich zählte sie ihr Geld, manchmal mehrmals. Uns erzählte sie, sie habe das Ziel, sich ein Haus zu kaufen, eine Familie zu gründen. Sie muss sich das tausende Male am Tag vorgebetet haben – um nur nicht an den Krebs zu denken. Und nach Jahren des Geldzählens traf sie Matthias. Er übernahm die Finanzen, sorgte für die passende Fassade und dafür, dass äußerlich alles gut lief. Er war politisch und gesellschaftlich aktiv und sorgte fürs Image. Anna hatte ihren Teil dazu beizutragen, Haus und Garten zu versorgen, die Kinder zu beschäftigen, sie zu wohlgeratenen Bürgern zu machen. Sie erfüllte Matthias' Streben nach gesellschaftlicher Anerkennung – auch das dritte Kind zählte dazu. Und danach? Galt es, Ordnung zu halten. Mit Kindern keine leichte Aufgabe, besonders nicht mit dieser Art Kinder. Sie zählte wieder. Und der vermeintliche Krebs kam wieder, in Form eines schlechten Abstrichs. Geld konnte sie nicht mehr zählen, aber Joghurtbecher, Bücher, Blätter an den Bäumen. Sie wischte und bildete Stapel. Die Ordnung wiederherzustellen, das wurde zu ihrem neuen tagtäglichen Ziel im Kampf gegen die Todesangst in ihr. Ein Zwang, der sie verzweifeln ließ, da die Kinder immer wieder alles in Unordnung brachten, was sie eben noch hergerichtet hatte. Und dann die Unfähigkeit, sich selbst oder die Kinder zu versorgen. Die Pillen halfen ihr beim Gang in den Kindergarten, beim Bezahlen an der Kasse, bei der Angst, ihr werde das Portemonnaie herunterfallen oder sie könne vor Zittern die EC-Karte nicht in den Schlitz des Kartengeräts stecken. Und dann die Fragen, die immer ungeklärt im Hintergrund lauerten, die

Fragen nach unbezahlten Raten und einer Klage. Und schließlich die Erkenntnis, die sie gehabt haben muss: Wäre Matthias weg, gäbe es keinen Druck mehr in ihrem Leben.

Ich erzählte meinen Eltern nie die Wahrheit. Selbst Anna gegenüber habe ich nie erwähnt, dass ich Bescheid wusste. Wie viele Tabletten sie täglich eingenommen hatte, das konnte selbst sie auf dem Fragebogen in der Klinik nicht angeben, obwohl es ihre Pflicht gewesen wäre. Vermutlich hat sie die Dosis stetig erhöht, erst recht, als sich die Probleme mit Matthias häuften. Morex für den Notfall, Ramosan als Langzeitmittel. In der Mischung durchschlagend, im wahrsten Sinne des Wortes. Abhängig machten beide. Eigentlich hätte sie sich nur noch übergeben müssen, und vielleicht tat sie das sogar. Aufgeschwemmt war sie nicht, das hätte man erwarten können. Jens erzählte sie, dass sie an manchen Tagen sogar eine Ramosan nehmen musste, um überhaupt morgens aufstehen zu können. All das hat sie ihm erzählt, als er an ihrem Bett saß und ich mit der Polizei zugange war. Ich war traurig, dass sie sich nicht mir anvertraut hatte, sondern ihm. Andererseits – er stellte wenigstens keine unangenehmen Fragen. »Manchmal hatte sie Angst, dass sie stottern müsste, wenn sie ein längeres Gespräch vor sich hatte«, sagte Jens.

»Dabei hat sie noch nie in ihrem Leben gestottert«, antwortete ich.

Wir warten auf jemanden. Die angeknabberten Nussecken stehen vor uns auf dem Esstisch – mich hat man in sicherer Entfernung platziert. Sabina war in Geschrei und Tränen ausgebrochen, als sie die Misere entdeckte. Erst nach einer Weile schnallte ich, dass es Lachtränen waren, die ihr über die Wangen liefen, und dass es sich bei dem Geschrei um Gelächter handelte. Sie nahm mich sogar in den Arm und küsste mir das Gesicht ab, sagte, ich sei so eine furchtbar Süße und sie könne mich fressen, weil ich so niedlich sei. Na, na, na!

Anschließend hat sie mir Gesicht und Hände abgewaschen und die Tischdecke in die Wäsche gefeuert, immer noch lachend. Versteh einer Sabina! Mal gut gelaunt, mal nicht. Ich hätte erwartet, dass sie mit mir herumbrüllt, aber nein, sie lacht sich halb tot.

Anschließend hat sie alle Ecken mit dem Messer gerade gestutzt und nochmal in Schokoguss getaucht. Anscheinend sollen unsere Gäste die angeknabberten Ecken genießen. Mir soll es recht sein.

Es klingelt, und Nils und Ole rennen zur Tür. Jemand kommt schnaufend die Treppe rauf, ich kenne das Schnaufen, es klingt wie eine kleine Dampflok. Olga! Die Gute! Ich sitze auf meinem Stuhl, will aufstehen, da ist sie auch schon im Esszimmer und umarmt mich. »Mein Engel«, sagt sie und drückt mir einen feuchten Kuss auf die Wange. Dann wendet sie sich Sabina zu und fragt: »Spricht?«

Sabina schüttelt den Kopf. »Keine Veränderung. Obwohl, letztens sagte sie ›gut‹.«

Olga betrachtet mich anerkennend. Doch dann überlegt sie es sich anders. »Nicht viel ist«, meint sie.

Sabina winkt ab. »Sie macht sich auch so verständlich.«

Die beiden setzen sich an den Tisch, und Olga fragt: »Wann kommt Schwägerin?«

»In etwa einer Viertelstunde. Ich wollte dir aber vorher noch erzählen, wann wir jetzt genau umziehen, so dass du Vladimir und Oleg Bescheid geben kannst, damit sie uns wie verabredet helfen können.«

Olga guckt sich verträumt um. »Schöne Wohnung ist. Würde ich nicht zurückgehen nach Russland, würde ich mieten. Eigene Haus nie ich könnte mir leisten, so wie du.«

Sabina lächelt gequält. »Du weißt, woher das Geld stammt. Lieber hätte ich auf Silvies Lebensversicherung verzichtet. Und ich kann immer noch nicht fassen, dass du das Ganze vorausgesagt hast. Nur – wenn ich damals gewusst hätte, worum es sich handelt – meine Güte, Olga, ich wäre durchgedreht.«

Olga nickt beifällig. »Habe ich immer gesagt, ist besser, man sieht nicht alles. Wie mit Schlüsseldienst. Hat gereicht zu wissen: Ärger gibt.«

Sabina lacht. »Als ich Alex das Geld in bar auf den Tisch gelegt hab – nie werde ich sein Gesicht vergessen! Er wollte, dass ich geliefert bin – und dann zahlte ich ihm das Geld. Einfach so. Das war so ein gutes Gefühl, wenn auch der Anlass entsetzlich war.«

Olga hebt den Zeigefinger. »Johannes hat erklärt, du musst nicht zahlen, weil du und Alex hattet Liebesbeziehung. Ist Gesetz!«

Sabina hebt die Schultern und antwortet spitzbübisch: »Aber dann hätte deine Prophezeiung nicht gestimmt, und das ging natürlich nicht …«

Die beiden sehen mich prüfend an. Ich hätte da mal eine Frage, Leute, eine, die mich viel mehr interessiert, als das, was ihr da faselt: Welche Schwägerin, bitte?

Sie stecken wieder die Köpfe zusammen, sprechen über den Umzugstermin und dass Oleg bloß nicht verschlafen soll. Olga erzählt, dass sie einen Nachmieter für ihre Wohnung gefunden hat und dass Natasha wieder zurück nach Deutschland will, sobald sie die Schule abgeschlossen hat – da klingelt es. Die Schwägerin! Jetzt hält mich nichts mehr auf meinem Stuhl, ich laufe Nils und Ole hinterher, die zur Tür stürmen, um die Schwägerin in Empfang zu nehmen. Auch Sabina hat sich erhoben, ist mit ihrem dicken Bauch hinter dem Tisch hervorgekrochen und kommt mir hinterher. Kurz bevor ich an der Wohnungstür ankomme, mache ich eine Vollbremsung, denn in der Tür steht – Anna! Mir verschlägt es den Atem. Sabina streckt ihr die Hand entgegen und sagt auf ihre herzliche Art: »Wie schön, dass wir uns endlich mal persönlich kennenlernen, Anna.«

»Finde ich auch«, antwortet Anna, und ich starre sie mit offenem Mund an. Wie lange habe ich auf diesen Moment gewartet. Und plötzlich ist er da! Ich kann nicht fassen, wie schön sie aussieht! Wie ein Mädchen – sie sieht immer noch wie ein Mädchen aus. Wenn man be-

denkt, dass sie über vierzig sein muss, ist das einfach nur faszinierend. Wir schauen uns an, ich gehe verlegen ein, zwei Schritte auf sie zu, und sie zwinkert. Aber ich kann mich auch täuschen, eigentlich gibt sie gar keine Regung von sich. Zu Sabina sagt sie: »Sie sieht mich an, als würde sie mich kennen.« Dann nimmt sie Nils und Ole in Augenschein und sagt: »Wie groß ihr geworden seid.«

Sabina lächelt. »Komm, setz dich an den Tisch, ich habe ein paar Nussecken gebacken.«

Annas Blick friert förmlich ein, als sie die Nussecken erblickt.

Sabina lacht bei ihrem Anblick und deutet auf mich. »Das war unser kleiner Unschuldsengel hier. Man darf sie keine Sekunde aus den Augen lassen! Aber keine Angst, ich hab alles fein säuberlich abgeschnitten.«

»Das hat Silvie früher bei den Nussecken meiner Mutter auch immer getan«, sagt Anna und blinzelt.

Olga und Sabina machen ein betretenes Gesicht, aber der Moment ist ganz schnell vorbei, als ich wieder zum Tisch zurücklaufe und rufe »Anna!« Sabinas Mund bleibt offen stehen, und ich nehme stolz wieder auf meinem Stuhl Platz.

Anna lächelt und sagt: »Und mir haben sie erzählt, du sprichst kein Wort!«

So, haben sie das? Ich spitze die Ohren, sitze mucksmäuschenstill und höre mir an, wie es Anna in den letzten Jahren ergangen ist. Ich kann nicht genug bekommen von ihrem Anblick, noch nie habe ich sie so entspannt gesehen. Olga schiebt mir ab und zu ein Stückchen Nussecke zu, das ich mir schmecken lasse, und Anna erzählt von ihrem neuen Freund, der Robert heißt und den sie beim Einkaufen kennengelernt hat. Prokurist sei er, und ich muss schmunzeln darüber, dass sie keine Ahnung davon haben dürfte, was ihr Freund beruflich macht. Sie berichtet von den Mädchen, die sie auf Trab halten, aber dank ihres Therapeuten meistert sie alles ohne Pillen. Bei den Worten Therapeut und Pillen zieht Olga erstaunt die Augenbrauen hoch, doch Anna spricht unbeeindruckt weiter. Ich habe sie noch nie so selbstbewusst erlebt. Ihre Augen leuchten, ihre kurzen kastanienbraunen Haare glänzen im Licht der Lampe, und ihr Blick wandert immer wieder zu mir. Sie lächelt mir zu. Ich beobachte sie andächtig weiter. »Es geht mir gut«, sagt sie, »auch wenn es lange gedauert hat. Und es tut mir leid, dass ich mich nie bei euch gemeldet habe, nachdem ich Johannes diese schlimmen Dinge an den Kopf geworfen hatte, ich war einfach noch nicht so weit …« – sie wedelt in meine Richtung – »… auch ihretwegen. Na ja, und die Jungs zu sehen – ich wusste nicht, ob ich das alles schaffe.«

»Was mit Silvie passiert ist, hat dich zurückgeworfen«, sagt Sabina nickend.

Anna schüttelt den Kopf. »Was mit Silvie passiert ist, hat mich umgeworfen. Wie viel Halt sie mir all die Jahre gegeben hat, begriff ich erst, als sie nicht mehr da war. Und ich habe nie eine Chance bekommen, auch nur einmal für sie da zu sein. Ich meine, sie lag dort auf dem Beton, und es waren nur Fremde bei ihr. Nur Fremde! Wenn bloß dieser Rettungswagen durchgekommen wäre! Aber nein, dieses liegengebliebene Auto mitten im Berufsverkehr hat alles vermasselt.« Sie blinzelt und schluckt, und ich klebe weiter an ihren Lippen. Kann mich gar nicht recht erinnern an diese Situation. Da spricht sie auch schon weiter. »Durch das, was ihr zugestoßen ist, wurde mir plötzlich klar, dass das Leben jederzeit vorbei sein kann, auch ohne Krebs. Und dass ich endlich anfangen muss zu leben, weil das Leben ein Geschenk ist. Silvie wusste das immer. Bis zur letzten Sekunde.« Sie blickt mich traurig an und fährt fort: »Und dann hatte ich eines Tages ein Erlebnis, als hätte ich einen Geist gesehen. Es ging mir furchtbar schlecht – der Entzug war so schmerzhaft, dass ich nur noch um mich schlug. Sie haben mich auf dem Bett in meinem Zimmer fixiert, und ich war so verzweifelt, dass ich nur noch sterben wollte. Doch da nahm etwas meine Hand, ich schwöre es euch. Und ich spürte in meinem Bauch: Alles wird gut. Ich komme von den Tabletten weg, ich werde nie wieder Krebs haben, meinen Kindern wird es gutgehen, und ich werde wieder glücklich sein.«

Olga schnalzt mit der Zunge. »Wie sah aus, Geist?«

Anna lacht. »Ich habe natürlich keinen gesehen! Und ich glaube auch nicht an Geister – aber da war etwas, das mir urplötzlich Ruhe und Zuversicht einflößte. Ich wusste mit einem Mal, dass es stimmte, was mein Therapeut mir immer gepredigt hatte: Dass Silvie mich bewundert hat für meine Kraft, die ich selbst nie habe sehen können. Sie hatte immer Vertrauen in mich, mein Leben lang. Und seitdem ich das begriffen hatte, ging es stetig bergauf, auch mit den Kindern. Ich konnte mir selbst verzeihen. Und ich lernte endlich, aus meinen Ängsten auszubrechen.«

»Wann war das?«, fragt Sabina und nippt an ihrem Kaffee.

»Etwa sechs Monate nach Silvies Tod«, antwortet Anna.

Sabina lächelt sehnsüchtig. »Ungefähr zur gleichen Zeit wurde ich mit der Kleinen schwanger«, sagt sie, und alle grinsen mich an. Ich schaue verlegen zu Boden, doch Olga kneift mir in die Wange, und ich kreische vor Vergnügen. Dann plappern sie auch schon weiter, und es geht plötzlich um den Job, den Sabina Anna anbieten will, weil Olga geht. Sie soll für sie schneidern, festangestellt werden, vor allem nach Sabinas Niederkunft mehr Verantwortung übernehmen, auch selbst entwerfen. Sabina zeigt ihr Stoffmuster und Schnitte und fertige Kleidchen, und Anna ist von allem begeistert. Sagt, dass sie dann Nils und Ole häufiger sehen kann und – sie zwinkert mir wieder zu – mich natürlich auch.

»Was wird es eigentlich?«, fragt Anna plötzlich und deutet auf Sabinas Bauch.

»Ein Junge diesmal«, antwortet sie und lächelt.

Anna deutet auf mich. »Und wie heißt die Kleine?«

»Lea«, antwortet Sabina, und ich lege den Kopf schräg. Meistens sagen sie Engel oder Dicke, aber das wird sie hier natürlich nicht zugeben.

Anna streicht mir über den Kopf und sagt: »Du hast es gut, kleine Lea – vier Männer um dich herum, die dich auf Händen tragen werden.« Dann wendet sie sich Sabina zu und fragt: »Darf ich sie mal auf den Arm nehmen?«

Bevor Sabina ihr antworten kann, rufe ich begeistert »Ja!« und strecke meine Arme nach ihr aus.

Sabina starrt mich an und schüttelt den Kopf.

Ja, da guckst du.

Ich weiß, sie hätte es auch gern, dass ich mich zu ihr auf den Schoß setze, weil ich das sonst nie tue, sondern immer schnellstens wieder hinabrutsche. Dabei denke ich oft genug darüber nach, ob ich es wagen sollte. Zu sehen, wie es sich anfühlt, ganz eng in ihrem Arm zu sein und mit ihrem Haar zu spielen, so wie Johannes es immer tut. Ihr Haar schimmert in der Sonne in einem warmen Goldbraun. Manchmal sehne ich mich danach, mit ihr zu schmusen, von ihr liebkost und gestreichelt zu werden.

Aber jetzt ist erst mal Anna dran. Ich lasse mich von ihr auf den Schoß nehmen und rolle mich darauf zusammen wie ein Kätzchen.

Silvie

Den ersten Aussetzer hatte ich, als ich in meinem Wagen auf dem Rückweg von Annas Klinik war. Ich hatte ein Gespräch mit ihrem Arzt geführt, in dem er mich über die Wirkungsweisen ihrer Medikamente aufklärte: Morex dämmte das Zählen ein, allerdings mit der Nebenwirkung, emotionslos zu machen. Freude oder Empathie hatten keinen Platz mehr im Leben der Patienten. Und Ramosan wirkte wie eine Stahltür zur Angst. Es schloss die Ängste weg, als wären sie nie dagewesen. Die Patienten erinnerten sich nicht einmal mehr an ihre Ängste. Sobald jedoch die Wirkung nachließ, flog die Tür auf, und die Angst griff nach ihnen.

O Gott, dachte ich wieder, die Arme. Dafür, was sie alles durchgemacht hatte, schlug sie sich verdammt tapfer. Ich kannte keinen anderen Menschen, der einen solchen Überlebenswillen hatte. Bei meinem nächsten Besuch würde ich ihr den Kopf waschen, ihr einmal aufzählen, wie viel sie schon erreicht hatte. Sie war mittlerweile bei zwei Tabletten am Tag angelangt – das war doch eine Leistung! Und den Rest würde sie auch noch schaffen.

Meinen Gedanken nachhängend, fand ich mich plötzlich auf der Autobahnabfahrt in Richtung Hanau wieder, blickte durch die Windschutzscheibe und dachte: Moment mal, was will ich denn hier? Ich sollte doch auf der Autobahn in Richtung Frankfurt unterwegs sein, auf einen kurzen Abstecher zu Jens in den Dornbusch. Die Musik war zu laut, ich drehte sie runter – so konnte man nicht denken. Sprachlos steuerte ich auf die Ampel am Ende der Schnellstraße zu, mein Herz klopfte. Wohin wollte ich noch mal? Hatte ich mich verfahren? Nein, das war es nicht. Ich hatte hier etwas gewollt – nur was? Ich kratzte mich am Kopf und fuhr wieder an, als die Ampel auf Grün umsprang. Abbiegen oder geradeaus? Ich blickte in den Rückspiegel. Wohin um Himmels willen war ich denn nur unterwegs? Wollte ich zu IKEA? Nein. Schließlich fuhr ich geradeaus, hilflos und auch etwas panisch. Was war das denn? Klar, dass man ab und zu vergisst, was man gerade aus dem Keller holen wollte oder aus dem nächsten Zimmer. Aber dass man durch die Scheibe blinzelt und einem nicht einfallen will, wohin man gerade fährt? Es hatte ein bisschen was von Achterbahnfahren im Dunkeln. Ich dachte, jede Sekunde kracht es. Würde ich als Nächstes abbiegen? Keine Ahnung!

Erst als ich von weitem die Tankstelle auf der rechten Straßenseite erblickte, kam es mir wieder in den Kopf. Tanken, Silvie, du wolltest tanken und dann auf die Autobahn! Der Schreck saß mir in den Gliedern, ich steuerte auf die Tankstelle zu, stieg mit wackligen Knien aus und griff nach dem Zapfhahn.

Nur wenige Tage später stand ich abends mit dem Telefonhörer am Ohr in der Küche. Am anderen Ende der Leitung klopfte es an, und wie man das so macht, wollte ich mich geistig auf die Begrüßung vorbereiten. Doch dann blickte ich auf den Hörer in meiner Hand. In der Leitung tutete es, jeden Moment musste jemand rangehen. Nur – wer? Ich nahm entsetzt den Hörer wieder ans Ohr, blinzelte und überlegte fieberhaft. Bei wem rief ich noch mal an? Bei Jens? Sicher nicht von hier aus. Vielleicht bei meinen Eltern? Der Telefonhörer in meiner feuchten Hand verwandelte sich in eine Art Wundertüte, die Spannung stieg: Wer würde sich gleich am anderen Ende der Leitung melden? Fieberhaft schaute ich mich um, versuchte verzweifelt, einen Anhaltspunkt auf dem Küchentisch zu finden, der mir Aufschluss darüber geben könnte, mit wem ich hatte sprechen wollen. Nichts.

»Frankfurter Rundschau.«

Gott sei Dank. Ich hatte bei der Arbeit angerufen!

»Hallo?«, rief es am anderen Ende der Leitung.

O Gott, weswegen hatte ich angerufen, wen hatte ich sprechen wollen?

»Ich … habe mich verwählt!«, rief ich, knallte den Hörer auf und starrte an die Wand. Wieder hatte ich das Gefühl, als entgleite mir alles, als schwebe ich im luftleeren Raum und versuche, mich am Nichts festzukrallen. Schließlich ging durch die Zimmer. So macht man es auch, wenn man im Keller steht und nicht mehr weiß, was in Gottes Namen man dort hatte holen wollen: Man geht dorthin zurück, wo man hergekommen ist, und es fällt einem wieder ein. Zack, ganz einfach.

Im Wohnzimmer lief der Fernseher, und der Groschen fiel. Auf n-tv lief eine Reportage, von der ich meiner Kollegin Katja hatte erzählen wollen. Das Programm hätte sie sicher interessiert, es ging um die Bezuschussung von Kindergartenbeiträgen durch den Arbeitgeber. Wir hatten uns mittags im Büro darüber unterhalten. Wie hatte ich das vergessen können? Und warum rief ich sie um diese Uhrzeit im Büro an? Sie war mit Sicherheit gar nicht mehr dort.

Dass meine Synapsen nicht mehr funktionierten, musste am Stress der letzten Wochen und Monate liegen. Dazu die unausgegorene Situation daheim, die im Raum stehende Aussprache mit Johannes. Alles zu viel auf einmal.

In den darauffolgenden Tagen verlief alles normal, die beiden Vorfälle gerieten fast in Vergessenheit. Bis Folgendes passierte: Mittlerweile war es Ende April, wir hatten ein paar warme Tage, und wenn ich Anna in Bad Orb besuchte, ging ich viel mit ihr im Klinikpark spazieren. Und weil es mir guttat, von allem den Kopf frei zu bekommen, holte ich eines Nachmittags Nils und Ole früher von der Krippe ab und ging mit ihnen in den Zoo. Ich liebte den Zoo und freute mich darauf, den beiden die Tiere zu zeigen, mal einen Nachmittag mit ihnen zu verbringen, nachdem ich in letzter Zeit so oft abwesend gewesen war – wegen Anna und auch wegen Jens. Ole hielt ich auf dem Arm, sein blondes Köpfchen in eine dünne Mütze gepackt, und er wusste gar nicht, wohin er zuerst deuten sollte: »Da – da – da!«, rief er unentwegt und Nils kreischte vor Begeisterung beim Anblick der Seelöwen, an deren Gehege wir uns eine ganze Weile aufhielten. Dann ging es weiter zur neuen Anlage für Löwen und Tiger. Schließlich gelangten wir zu den Giraffen. Meine Füße schmerzten vom Laufen, und ich setzte mich auf eine Bank, um ein bisschen zu verschnaufen, zog den Buggy an meine Seite und setzte Ole hinein, streichelte sein zartes Gesicht.

Zu uns gesellte sich eine ältere Dame, die wenig Interesse an den Giraffen zeigte, sich dafür aber umso mehr für Nils begeisterte. Er jagte mit seinen kurzen Beinchen am Gehege entlang, rief »Tütata!«, hopste und rannte und stolperte schließlich über seine Füße, so wie er es immer tat.

Die Dame lächelte mich an und erkundigte sich mit Blick auf meine Söhne: »Wie heißen denn Ihre beiden?«

Ich öffnete freudig den Mund, um ihr zu antworten.

Dann betrachtete ich hilflos meine Jungs, und mir traten die Augen hervor. Um Gottes willen. Ich wühlte in meinem Kopf, versuchte, die verstreichenden Sekunden zu überbrücken, indem ich »Oh, sie haben sehr schöne Namen« faselte, schielte nach links unten auf den Boden, als hätte ich dort etwas Interessantes entdeckt. Der Blick der Dame folgte meinem, bis sie mich wieder ansah, irritiert, dennoch freundlich.

»Ist Ihnen was?«, fragte sie.

Mit tränenverschleiertem Blick schüttelte ich den Kopf. Mir war endlich eingefallen, wie meine Söhne hießen. »Sie heißen Nils und Ole«, gab ich Auskunft und lächelte traurig. Dann erhob ich mich, rief Nils zu mir und ließ die alte Dame einfach sitzen.

Geschockt beeilte ich mich, nach Hause zu kommen; dort versorgte ich meine Kinder notdürftig und schaltete für sie den Fernseher an, was ich sonst nie tat. Wie konnte ich die Namen meiner Kinder vergessen? War ich dement? Wohl kaum, sagte ich mir, Demenz ist doch eine Alterserscheinung. Ich rief Jens an, voller Angst, ich könne auch seinen Namen plötzlich vergessen oder meinen eigenen.

Er lachte mich aus. »Vielleicht kam es dir so vor, als hätte das eine Ewigkeit gedauert, weil die Frau dich angesehen hat. Aber ich kann mir das nicht vorstellen – nicht in deinem Alter.«

Dabei hatte ich ihm schon von den anderen Vorfällen berichtet und selbst darüber gelacht. Diesmal jedoch war mir angst und bange geworden, und ich schwor mir: Sollte das noch ein einziges Mal passieren, würde ich zum Arzt gehen, ganz bestimmt.

An den beiden folgenden Abenden löste ich ein Sudoku nach dem anderen, auch die schweren, die ich sonst gern mied. Johannes erzählte ich nicht, warum ich das tat, schon lange war allein Jens die Anlaufstelle für meine Gedanken und Sorgen. Dennoch schien er zu spüren, dass etwas nicht stimmte. Er tätschelte meinen Arm und sagte: »Mensch, schalt doch mal ab, ich denke, du bist so gestresst?«

Klar, das war ich, aber ich wollte mir beweisen, dass mit meinem Gehirn alles in Ordnung war! Ich hatte zudem Angst vor diesem ohnmächtigen Gefühl.

Und dann stand ich eines Morgens vorm Haupteingang zu meinem Büro und konnte mich nicht daran erinnern, wie ich dorthin gekommen war. Und nicht nur das. Auch an den Rest des Morgens erinnerte ich mich nicht. Waren die Jungs in der Krippe? Hatte ich ihnen Frühstück gemacht, ihnen frische Sachen angezogen? Hatte ich mich von Johannes verabschiedet? Vorsichtig sah ich an mir hinunter. Ich war angezogen, hatte meine Handtasche dabei. Meine Haarspitzen waren noch feucht, ich musste geduscht haben.

Der Schock war so groß, dass ich mich vor der Eingangstür niedersetzen musste. Als hätte man mich aus einer anderen Galaxie hierhergebeamt, so fühlte ich mich.

Und wie ich da so am Boden saß, breitete sich urplötzlich ein wahnsinniger Schmerz in meinem Kopf aus, als treibe man mir einen Nagel durch die Schädelplatte direkt ins Gehirn. Ich ließ meine Tasche zu Boden gleiten, wollte um Hilfe rufen, doch kein Laut kam mir mehr über die Lippen. Ich musste zum Arzt, und zwar schnellstens. Taumelnd versuchte ich, mich wieder aufzurappeln, wollte nach meiner Tasche greifen, doch es ging nicht.

Kopfüber stürzte ich auf den Beton.

In der Ferne hörte ich noch das Signal eines Martinshorns, das mit meinen schwindenden Sinnen langsam verebbte.

Heute geht's um was Ernstes. Sie sind mit mir unterwegs zu einem Schamanen, ein halbes Jahr mussten sie auf den Termin warten, so überlaufen ist es bei dem. Lange Diskussionen haben sie geführt, ob sie da jetzt hinsollen oder nicht, aber Sabina hat sich durchgesetzt. Keine Ahnung, was so ein Schamane macht, hoffentlich nichts Schlimmes. Wir betreten das Sprechzimmer des Mannes und nehmen Platz. Der Mann blickt auf einen Zettel und fragt: »Lea Jakobi?« Sabina und Johannes nicken.

Ich kann mich einfach nicht an diesen Namen gewöhnen. Engel oder Dicke ist mir wirklich lieber.

Der Mann guckt wieder auf sein Blatt. »Zwei Jahre also. Eine Frühgeburt, sagten Sie?«

Ich dachte immer, so ein Schamane springt um ein Lagerfeuer und murmelt seltsames Kauderwelsch, aber der hier sieht ganz normal aus. Fast wie ein Arzt.

Sabina nickt. »Acht Wochen zu früh. Davon waren wir vier mit ihr im Krankenhaus. Sie hat inzwischen ganz gut aufgeholt – außer dass sie ein Poporutscher war; gekrabbelt ist sie keine Minute. Was uns die größte Sorge bereitet ist die Sprache. Mittlerweile sollte sie erste Sätze sprechen können. Sie versteht auch alles, definitiv!«

Ich nicke wichtig.

»Könnte eine Blockade sein«, sagt der Mann. »Es kommt selten vor, aber wissen Sie, ich hatte solche Fälle schon gelegentlich.« Dann wendet er sich Johannes zu und sagt: »Kennen Sie sich ein bisschen mit Reinkarnation aus?«

Johannes verschränkt die Arme und wirft Sabina und mir einen verhaltenen Blick zu. »Keine Ahnung, worauf Sie hinauswollen.«

Der Mann holt tief Luft. »Jeder Mensch hat sein Päckchen aus der Vergangenheit zu tragen«, erklärt er. »Wir alle kommen auf die Welt und schleppen ein paar Erinnerungen mit uns herum, von denen unsere Umwelt nichts ahnt.«

Wenn der Mann wüsste, wie recht er hat!

»Und manche können überhaupt nicht loslassen, weil es noch Dinge aus ihrem früheren Leben gibt, die unklar geblieben sind. Offene Fragen, sozusagen. Mein Eindruck ist, dass diese Geschöpfe erst in der Lage sind, loszulassen, wenn sie mit der Vergangenheit vollständig abschließen konnten.«

Ich klatsche in die Hände vor Freude. Jawohl! Jetzt, da mit Anna alles wieder gut ist!

Sabina wirft mir einen irritierten Blick zu. »Sie meinen wirklich Wiedergeburt?«, fragt sie den Mann.

Ich sag's dir. Wenn man es nicht selbst erlebt hat, glaubt man's nicht.

Er nickt. »Ich kann ihr helfen, diese Blockaden zu lösen. Sie wird die Vergangenheit loslassen und zur Sprache finden. Und: Wundern Sie sich nicht, wenn sie den ein oder anderen lustigen Satz fallenlässt, etwas, was sie eigentlich gar nicht wissen kann – die Erinnerungen an frühere Leben zerfallen nicht gleich mit der ersten Behandlung.«

»Ach herrje«, sagt Johannes und greift sich an den Kopf. Ich glaube, er würde am liebsten gleich wieder gehen.

»Sollen wir loslegen?«, fragt der Mann, und ich nicke wichtig.

Sabina nickt auch und hilft mir auf die Liege.

Auf so etwas lag ich schon mal, aber da war es kälter, und Johannes stand heulend neben mir. Und viele andere lagen auch dort, genauso tot wie ich. Und wie ich hier so liege bei diesem Schamanen, da fahren meine Gedanken Achterbahn, zurück zu dieser Pritsche damals, auf der ich mir schwor, wiederzukommen. Ich musste ja zurückkommen – unmöglich konnte ich Anna allein lassen. Oder Jens.

Als wir wieder im Auto sitzen, raunt Sabina Johannes zu: »Denkst du, was ich denke?«

»Lea … ist … Silvie?« Er tippt sich an die Stirn und wirft mir in meinem Sitz einen amüsierten Blick zu. »So ein Schwachsinn!«

Sabina sieht ebenfalls zu mir nach hinten, und ich strahle sie an. Oh, ich strahle und strahle und weiß plötzlich gar nicht mehr warum. Was ist denn jetzt wieder mit meinem Kopf los? Wo sind die Gedanken hin?

Ach ja, klar!

Ich klatsche in meine kleinen Hände und rufe: »Siii viiii!«

Epilog

Es gab Tage, an denen Anna einen verstohlenen Blick in ihre Nachttischschublade warf, sich fast hineinbeugte, um auch in den hintersten Winkel spähen zu können. Doch diese Tage wurden immer seltener. Meistens ging es ihr sehr gut, was vor allem an Roberts Anwesenheit und an den Tanzkursen lag, die sie mit ihm besuchte.

Beim Einkaufen hatte er sie für eine Frau aus seinem Tanzkurs gehalten und sie angesprochen. Darüber waren sie ins Gespräch gekommen. Dass es ihr darüber hinaus gutging, lag auch an der Arbeit bei Sabina, die für sie fast so etwas wie eine Freundin geworden war. Die ihre Ideen und Vorstellungen ernst nahm, die sie einfach machen ließ und ihr vertraute. Und an den gemeinsamen Kartenspielabenden mit Brückners, die Robert sehr herzlich als ihren neuen Nachbarn aufgenommen hatten. An diesen Abenden lachten sie alle manchmal so sehr, dass Luna davon aufwachte. Wenn sie dann ins Wohnzimmer kam, um nachzuschauen, was los war, ließ sie sie noch eine Weile auf ihrem Schoß sitzen und die Karten halten.

Anna blickte aus ihrem Wohnzimmerfenster hinaus in den Garten, zur Tanne hin und zum Gewächshäuschen. Silvies Todestag jährte sich nun zum vierten Mal – wenn dieses Datum verstrichen war, ging es ihr wieder besser, ganz sicher. Es war nur gerade eine schlechte Phase, die sie überwinden musste. Wie hieß es so schön von ihrer Therapeutin: einmal Junkie, immer Junkie. Sie würde ihr Leben lang in Behandlung bleiben. Aber allein um Silvies willen blieb sie dabei. Und natürlich wegen der Mädchen und Robert.

Wieder blickte sie zur Tanne, die wie ein Mahnmal im Garten stand und sie allezeit an ihre Tat erinnerte. Sie hatte ein Leben auf dem Gewissen – eine Schuld, mit der sie würde leben müssen. Es machte die Sache nicht einfacher. Doch ihre Schuld zu beichten, stand außer Frage. Wem würde sie damit einen Gefallen tun?

Niemandem hatte sie je davon erzählt, außer Herrn Reimer damals, diesem Versicherungsmenschen, den Silvie angeschleppt hatte.

Warum hatte sie in ihrem wirren Hirn eigentlich Vertrauen zu ihm gefasst? War dieses Risiko eingegangen? Vielleicht hatte sie gehofft, er würde Silvie davon erzählen, und die wisse dann schon, was zu tun war. Aber offensichtlich hatte er sie nicht informiert. Obwohl sie wohl befreundet gewesen waren – immerhin war er bei ihrer Beerdigung erschienen. Und wirkte zutiefst bestürzt über Silvies Tod, fast mehr als alle anderen Anwesenden zusammen. »Warum?«, hatte er immer wieder gefragt und sein verweintes Gesicht schluchzend an ihre Schulter gelegt, in einer stillen Ecke im Gemeindesaal, in die sie sich nach der Beisetzung zurückgezogen hatten. Sie hatte ihm nicht helfen können, war tief in ihrem eigenen Schmerz versunken gewesen und hatte handlungsunfähig und befremdet das Treiben um sie herum beobachtet: ihren gramgebeugten Vater, der apathisch vor seinem Stück Kuchen saß und nichts davon anrührte, während ihre Mutter Tortenplatten auffüllte und tapfer durchhielt. Herr Reimer hatte auch nichts vom Kuchen gewollt, es war ihr vorgekommen, als starre er Johannes verzweifelt an, der eine kurze Rede hielt. Und plötzlich war er gegangen, ohne sich von ihr zu verabschieden. Zurück blieb nur sein roter Schirm, mit dem Emblem seiner Versicherung.

Anna erhob sich von ihrem Platz am Fenster und begab sich zur Garderobe. Ihre Eltern hatten das erste Jahr nach Silvies Tod ihren Schmerz ertränkt, indem sie Luna und die Kleinen versorgten, tagein, tagaus Anna in der Klinik besuchten, sie bei ihrem Entzug und auch zu der Gerichtsverhandlung begleiteten, bei der es unter anderem um Herbstzeitlose im Rasenschnitt gegangen war. Doch selbst der polizeiliche Gutachter konnte darin keinen Beweis erkennen – allein der Bad Homburger Kurpark und das Waldstück, in dem Matthias gesammelt hatte, waren mit dieser Pflanze übersät gewesen. Ihre Eltern waren bei all dem zusehends gealtert. Doch auch die beiden hatten es irgendwann geschafft, Silvies Tod zu akzeptieren. So machte es jedenfalls den Eindruck, über Gefühle redete man nicht so gern. Wenigstens gelang es ihr bei ihrer Therapeutin und bei Robert.

Anna nahm ihre Jacke vom Haken und griff nach dem Schlüssel. Sie wollte Clara auf ihrem Schulweg entgegengehen; Luna und Emma gingen inzwischen auf weiterführende Schulen, in denen sie gut zurechtkamen. Lunas Lieblingsfach war Deutsch; Legasthenie war inzwischen kein Makel mehr, so wie bei ihr früher. Genau genommen kam Luna in diesem Fach ausgesprochen gut klar, seitdem Anna nicht mehr nach den Hausaufgaben sah.

Heute gab es Bauernomelett mit Salat, es war alles vorbereitet. An den Tagen, an denen sie für Sabina arbeitete, besuchten Emma und Clara einen Hort, und Luna ging zu Christine Brückner. Sie selbst aß an diesen Tagen mit ihren Neffen und der kleinen Lea, die jedes Mal bei ihrer Ankunft auf sie zustürmte, wie es nicht einmal ihre eigenen Kinder taten. Manchmal kamen ihre Eltern dazu und gingen nach dem Essen mit den Kindern spazieren. Lea nahmen sie inzwischen auch mit bei ihren Ausflügen mit Nils und Ole – das Kind konnte am allerwenigsten etwas dafür, was passiert war. Sie war so eine süße Kleine. Genauso wie das entzückende Brüderchen, das seit neuestem zur Familie Jakobi gehörte.

Anna hatte ihren Eltern das schlechte Gewissen Silvie gegenüber glücklicherweise ausreden können. Silvie hätte ganz bestimmt nichts dagegen gehabt, dass sie sich so liebevoll um *alle* Kinder kümmerten.

Anna zog die Haustür hinter sich zu. Während sie Clara entgegenlief, dachte sie weiter an Lea, der sie in einem schwachen Moment gebeichtet hatte, was sie getan hatte. Wusste der Teufel, was sie geritten hatte, einem Kind solche Dinge einzuflüstern. Als Sabina mit Lars im Kindbett gelegen hatte, hatte sie die Kleine zusammen mit Nils und Ole zu sich geholt und ein paar Tage betreut. Lea war ihr nicht von der Seite gewichen und hatte darauf bestanden, bei ihr im Bett schlafen zu dürfen – Robert war aufs Sofa ausgewichen.

»Gegen die Kleine kann ich nichts ausrichten«, hatte er geschmunzelt.

Und nachdem das Mädchen am zweiten Abend erschöpft vom Spiel mit den großen Cousinen zu ihr ins Bett gekrochen und schon fast eingeschlafen war, hatte sie in die kleinen warmen Ohren geflüstert: »Du weißt gar nicht, mit wem du es zu tun hast. Ich habe etwas Furchtbares getan.« Ein bisschen geweint hatte sie dabei, aber nur kurz.

Die Kleine hatte sie plötzlich mit ihren großen braunen Augen angesehen und ihr einen innigen, feuchten Kuss auf die Stirn gedrückt, der sie getröstet hatte wie noch nie etwas zuvor. Dann hatte sie ihre warme Wange so lange gegen Annas gedrückt, bis sie eingeschlafen war.

Lea war ein besonderes Kind, das hatte sie von Anfang an gespürt.

Ich werde nicht mehr lange in der Lage sein, meine Erinnerungen zu halten. Mehr und mehr erscheinen sie mir wie bloße Hirngespinste. Mein neues Leben hält mich in Atem, es herrscht kein Stillstand; schon gar nicht, seitdem mein kleiner Bruder Lars auf der Welt ist. Meine Güte, dieses Geschrei von ihm!

Nach wie vor kann ich nur am Abend in aller Stille einen klaren Gedanken fassen. In diesen Momenten fällt mir dann ein, dass ich früher mal ein anderes Leben hatte, in dem ich selbst eine Mama war. Wie Sabina, die jetzt meine Mama ist. Manchmal darf ich sogar bei ihr einschlafen und mich ganz eng an sie ankuscheln – sie singt mir so lange etwas vor, bis mir die Augen zufallen. Johannes legt sich manchmal dazu, nachdem er die anderen ins Bett gebracht hat, und bettet seine starken Arme um uns.

Ich ahne, was mit meinen Erinnerungen geschehen wird.

Ach, was soll's, ich bin bereit dafür.

Besonders jetzt, wo ich in den Kindergarten komme!

Danksagung

Zuallererst danke ich meinem Mann und meinen drei Söhnen, die unzählige Abende ohne mich verbringen mussten, und die meinen oft geistesabwesenden Blick und mein Gelächter aus dem stillen Kämmerlein hingenommen haben, ohne allzu viele Fragen zu stellen. Ihr seid so toll, ihr Süßen! Ohne euch ginge gar nichts.

Ebenso wenig ohne meine Eltern, die mir nicht nur eine behütete Kindheit beschert, sondern mir auch immer vertraut und alles zugetraut haben. Ohne eure Zuversicht und Unterstützung wäre vieles nicht möglich – ich danke euch von ganzem Herzen dafür, dass ihr immer für mich da seid.

Toll waren auch meine vielen Testleserinnen, die ich über die Plattform *Eltern.de* suchte und fand. Ich danke euch! Ohne eure Verständnisfragen, Verbesserungsvorschläge, Korrekturen, Kritiken – und ohne euer Lob! – wäre dieser Roman vermutlich nie rund geworden. Ich hoffe, das Endergebnis ist in eurem Sinne! Stellvertretend für alle möchte ich meine liebe E-Mail-Freundin Petra nennen (sie weiß, wer gemeint ist), die mir bis heute die Treue hält.

Mein Dank geht auch an André Hille von der Textmanufaktur. Ich habe mehrere Seminare bei ihm besucht und dabei meinen Blick fürs Schreiben geschärft, unschätzbares Handwerk erlernt und Tipps bekommen, die mich auf meinem Weg voranbrachten. Er war der erste Profi, der einen Blick auf meinen Roman warf und mir Mut machte.

Als ich *Hirngespenster* im März 2012 bei *neobooks* einstellte, tat ich das, weil ich eine Alternative zum Postversand meines Manuskripts suchte. Ich wollte Leserinnen finden, und das möglichst schnell und auf unkomplizierte Weise. Meine erste Rezensentin war Feya. Die Überschrift ihrer Rezension lautete »Empfehlung, Empfehlung, Empfehlung!« Liebe Silke, du hast den Stein ins Rollen gebracht, und dafür danke ich dir von ganzem Herzen.

Allen anderen *neobooks*-Rezensenten sowie dem *neobooks*-Team möchte ich natürlich ebenfalls Dank sagen; ich könnte viele Namen aufzählen, tue es aber nicht, weil ich Angst habe, jemanden zu vergessen … Die, von denen ich spreche, wissen, dass sie gemeint sind.

Dass meine Lektorin Eliane Wurzer meinen Roman unter unzähligen anderen Manuskripten herausfischte und zur Veröffentlichung auswählte, ist für mich heute noch ein großes Wunder. Eliane, ich danke dir für dein großes Vertrauen in meine Geschichten und deinen riesengroßen Einsatz dabei, aus diesem Roman ein Buch zu machen. Diese Erfahrung, und auch die überaus befruchtende Zusammenarbeit mit meiner Lektorin Dr. Andrea Müller haben mich glücklich gemacht.

Weiterhin danke ich meinen beiden besten Freundinnen Alex und Naima, die seit über zwanzig Jahren an meiner Seite sind und es aushalten, dass ich inzwischen sehr viel weniger Zeit für sie habe und manchmal in einen Redeflash über Schreibhandwerk, Sprachmelodie oder meine Figuren gerate. Danke, dass ihr euch mit mir freut und von Anfang an an mich geglaubt habt. Ihr seid die tollsten Freundinnen, die es gibt!

Mein Dank gilt auch – und vor allem – den vielen Leserinnen und Bücherbloggerinnen, die meinen Roman trotz stetig anwachsender SUB gelesen und rezensiert haben; hierbei danke ich besonders »Kossi« Andrea Koßmann, deren Video-Rezension mich in einer österreichischen Hotellobby zu Tränen rührte, und an Alexandra Zylenas von »Willkommen im Bücherkaffee«, die sich sofort begeistert bei mir meldete, um zur Buchpremiere eine Wohnzimmerlesung bei sich zu Hause zu veranstalten. Euer aller Engagement ist unbezahlbar!

Nicht unerwähnt lassen möchte ich den RMV und seine fast immer pünktlich fahrenden S-Bahnen, in denen (neben Bett und Ohrensessel) ein Großteil meiner Geschichten entsteht. So ist auf einem Teil meiner Strecke Bad Vilbel-Frankfurt-Bad Homburg ein Wohngebiet entstanden, ohne dass ich etwas davon mitbekam – so sehr kann ich in S-Bahnen in meine Geschichten eintauchen.

Zuletzt geht mein Dank an meine Redakteurin Gisela Klemt, die wunderbar zielsicher die letzten inhaltlichen Schnitzer ans Licht holte und dem Erzählton meines Manuskripts den perfekten Schliff gab, sowie an Dr. Michael Wenzel, meinen Agenten, der nicht nur dieser Geschichte den Weg geebnet hat. Ich fand die Zusammenarbeit mit euch/Ihnen großartig!

DANKE!

Judith Merchant

Die Lügen jener Nacht

Roman

Als sie zur Hochzeit ihrer Studienfreundin geladen wird, ist Mimi zunächst skeptisch – hat sie doch den Kontakt lange sträflich vernachlässigt. Doch unerwartet herzlich wird sie im alten Freundinnenkreis aufgenommen, und spätestens nach der Junggesellinnenparty im nächtlichen Schwimmbad ist es, als sei sie nie fort gewesen. Am nächsten Morgen aber bringt ein entsetzlicher Vorfall alles ins Wanken, und langsam beschleicht Mimi ein furchtbarer Verdacht: Hat man sie nur zur Hochzeit eingeladen, um ihr einen Mord in die Schuhe zu schieben?

KNAUR